幻想藏書閣

奇幻基地出版

千年之咒 2
許諾

THE MALEDICTION TRILOGY
Hidden Huntress

丹妮爾·詹森 著

高瓊宇 譯

Danielle L. Jensen

1 希賽兒

我的歌聲漸次減弱，歸於寂靜，餘音在劇院環繞，最終沒入記憶。我歪身倒下，姿態優雅，確信朱利安即便不甘心，仍會接住我的身體。相較於數百人的體熱擠在同一個房間揮發不去，地板的光滑冰冷，反倒讓人心曠神怡。

我靜靜地裝死，淺淺地呼吸，努力忽略那股經年累月不洗澡、連濃郁香水都遮不住的臭氣。朱利安接唱詠嘆調，聲音蕩氣迴腸，在四周繚繞，但我心不在焉，思緒飄向天邊，專注在另一個人身上。即使相隔兩地，他的愁苦依然真實無比。

劇場歡聲雷動。「好哇！」某人高聲喝采，繽紛灑落的鮮花拂過臉頰，我差點忘記裝死、嫣然一笑，一直忍到布幕落下，這才睜開眼睛，紅色天鵝絨簾幕把我拉回現實的冷酷。

「妳似乎心不在焉，」朱利安說道，粗聲粗氣地把我拉起來。「情感投入程度跟我的左腳一樣，她肯定不開心。」

「我知道，」我嘀咕地撫平衣服上的皺紋。「昨天熬夜沒睡好。」

「可怕啊，」朱利安翻白眼。「不只要在有錢大爺旁邊周旋，還得迎合那些女性，全天候工作會累死人。」布幕二度升起，他再度握住我的手，我們雙雙掛上笑臉，朝劇組點頭示意。「希賽兒！希賽兒！」觀眾大叫，我茫然地對著人山人海的臉孔揮手致意，深深地屈膝施禮。我後退一步，給其他演員鞠躬謝幕的機會，然後再度站上台前，朱利安單膝著地，在鼓舞叫好的氣氛下親吻我戴著手套的指尖，帷幕最後一次降下。

天鵝絨布幕一觸及地面，朱利安立刻縮手，站了起來。「真可笑，唱得這麼糟，他們還為妳歡呼叫好。」英俊的五官變形扭曲，一臉怒容。「我倒成了舞台上的道具，可有可無。」

「事實不是這樣的，」我說。「你有成千上萬的仰慕者，男人嫉妒眼紅，女性則希望取代我躺在你懷中。」

「言不由衷的場面話能省則省。」他語帶不屑地回應我。

我聳聳肩膀，轉身走下舞台。來到崔亞諾將近兩個月，逃離厝勒斯也快過了三個月時間。初來這裡，我對自己的計畫胸有成竹，努力至今卻一點收穫都沒有，哪有心情在意朱利安的嫉妒。

後台跟往常一樣亂中有序——現在演出結束，更有理由喝酒大肆慶祝。衣衫不整的歌舞女郎巴著朱利安，爭相誇獎他的表演，吱吱喳喳的鶯聲燕語交錯在一起，幾乎聽不清楚。我為此感到高興——畢竟朱利安被觀眾冷落並不公平。被她們晾在一邊，我並不在意，只希望今晚的工作到此結束。

我穿過三三兩兩正在交談的演員，只想回更衣室卸妝，卻被叫住。

「希賽兒！」

我慢慢轉身，看到眾人紛紛讓路，母親大步走過來，用力親吻我的臉頰，緊緊擁抱了一下。她的指尖掐痛我身上細長的疤痕——那是奶奶為了治療我的內傷劃開的刀口。

「剛才糟透了。」母親嘶啞地說，熱氣吹過耳朵。「妳要心存感謝，幸好有品味的人今晚不在觀眾席。」

「當然囉，」我低聲回應。「不然今晚上台的就是妳。」

「妳應該為此感激涕零才對。」她抽身退開。「希賽兒今晚的表現非常耀眼，對吧！」母親當眾假意稱讚我。「天生好手，這麼美妙的歌喉世界少有。」

眾人欣然表示贊同，有幾位諂媚的大聲鼓掌，母親高興得眉開眼笑。只有她可以大肆批評我，唯獨不能容忍別人的貶損。

「的確出色，演得真好，希賽兒！」某人的聲音響起，我從母親肩頭望過去，看著侯爵緩步走進後台。他相貌平庸，跟灰色油漆一樣枯燥乏味，一點都不顯眼，尤其當他挽著母親手臂同進同出時，更是相形見絀。

我屈身施禮。「謝謝您，爵爺。」

他揮揮手，示意我起身，眼神卻停留在舞孃身上。「表演得太好了，親愛的，若不是吉妮薇坐在旁邊，我可能會以為是她站在台上。」

母親表情僵硬，我臉色發白。「您太誇獎了。」

大家面面相覷，沉默時間拉長，氣氛變得尷尬。

「我們得出發了，」母親開口打破寂靜，她輕快的語氣近乎尖銳。「再拖就遲到了。親愛的希賽兒，我今晚不回家，不用熬夜等門。」

我點點頭，看著侯爵護送母親由後門離開。我納悶著他知不知道母親是有夫之婦，如果知情，又是否在乎？這些年來他一直擔任護花使者，我是到崔亞諾以後才知道有他這一號人物。至於到底是全家都被蒙在鼓裡，還是唯有我一個人不知情，就不得而知。我無奈地嘆口氣，慢慢走向更衣間，堅定地關上房門。

我坐在梳妝鏡前，徐徐脫下長手套，換上蕾絲薄手套。我已經養成習慣用它來遮掩聯結的印記。銀色刺青圖案在燭光下閃爍發光，我跟著垂頭喪氣，意志消沉。

要受盡多少煎熬和折磨才能擊垮一個人的自尊？毫不間歇的痛苦盤旋在大腦深處——疼痛、恐懼和不曾削減的怒火交織在一起，永無止盡，不斷地提醒我，崔斯坦在厝勒斯受盡煎熬，換得我在崔亞諾安全無虞的生活，間接代表我的失敗，害他受苦到現在。

「希賽兒？」

我轉身面對聲音來處，下意識用另一隻手遮住記號，看見來者是莎賓，才鬆開雙手。她看到我的表情，眉頭一皺，順手關上更衣室的門。

我最親愛的好朋友不顧父母反對，堅持陪同我來到崔亞諾。本來對針線活就很拿手的莎賓，同時展現出化妝和美髮的靈巧天賦，使我得以順利說服劇團雇用她擔任助手。

在身體復原期間，家人告訴蒼鷹谷居民，說我本來對崔亞諾的事情信心滿滿，直到出發前夕，突然失去勇氣，逃到小島最南端的科維爾躲避。但我實在不忍心瞞騙莎賓，畢竟在失蹤期間，她為了找我急得像熱鍋上的螞蟻，隨便跟她搪塞說我是因為害怕才臨陣脫逃，而讓她承受那麼多痛苦，似乎太過於殘忍。

「妳的表演才沒那麼糟，」她說，一邊拿起一塊布沾上冷霜，開始幫忙卸妝，再為我重新繫上項鍊。「坦白說還算不錯，雖然不是最好。在這種狀態下，還有誰能夠維持最佳水準？」

我點點頭，彼此心知肚明，困擾我的不是母親的批評。

「吉妮薇說的那些話，只是更加證明她是黑心的巫婆。」

看來母親對我的那些挑剔批評已經傳得人盡皆知。「她是為我好，要我精益求精。」天曉得我為什麼會衝動地為她辯護，這似乎是從小到現在的習慣。

「妳是她的女兒，也只能這麼想，不過……」莎賓猶豫半晌，棕色眼眸凝視著鏡子裡面的我。「每個人都知道她在嫉妒妳——她已是日薄西山，而妳倒像旭日東昇。」她微微一笑。「由妳扮演朱利安的戀人，看起來速配多了。吉妮薇老得足以當他的娘，呃，觀眾又不是瞎子，對吧？」

「但她依舊比我技高一籌。」我沮喪地說。

莎賓收起笑臉。「那是因為妳熱情不再、一心記掛他的遭遇。」

她絕口不提崔斯坦三個字。

「如果妳可以恢復以前的水準……」莎賓忿忿不平地吐了一口氣，「希賽兒，妳曾為這一切嘔心泣血、努力不懈，我知道妳熱愛歌唱，現在卻為了那些……浪擲生命，讓我想到就生氣。」

她第一次挑起這個爭端的時候，我氣得面紅耳赤，口沫橫飛地為崔斯坦和自己的選擇辯護，後來我逐漸了解莎賓看事情的角度。她只看到事情醜惡的一面，所以對我撇下一切、以釋放擄走我的人為人生現階段最優先考量的決定，百思不得其解。

「需要幫助的不只他一位。」諸多人名浮現腦海，每一張熟悉的臉孔都仰賴我的努力，

崔斯坦、馬克、維多莉亞、文森……

「或許，但他改變了妳。」

她意味深長的語氣和緊繃的下巴使我轉離鏡子面對她。

「妳或許為了他們的緣故日夜追蹤這個女巫，卻也因為他停止追求自己的人生目標。」

莎賓彎腰牽起我的手。「為了愛，妳失去了對歌唱事業的熱情，真希望……」她欲言又止。

我知道這不是惡意攻訐，是為我的前途著想，但我非常厭惡要一再地為自己的選擇辯

護。「我不會為了提升自己的能力和水準就不愛他。」我忿忿不平地抽回自己的手，但隨即感到後悔。「對不起，莎賓，我真心地希望妳能夠接受我所選擇的人生。」

「我知道，」她站起身來。「但我更想幫助妳找到幸福。」

找到幸福……不是找著女巫。在我搜尋安諾許卡的計畫中，莎賓扮演舉足輕重的角色——她總是有辦法從閒聊的八卦中找到蛛絲馬跡。不過她也明白表示她不樂意。

「妳願意傾聽就夠了。」我握著她的手。「還幫我趕上時裝的潮流。」

我們四目相對，彼此都察覺到有一股尷尬的隔閡是以前所沒有的。這感覺很怪異，我們明明多麼希望能夠恢復往日那種親密的情誼。

「晚上跟我們一起出去吧。」她的語氣近乎懇求，不輕易氣餒。「至少就這麼一次，暫時忘掉那個巨魔，跟我們這些卑下的凡人在一起如何？我們要去彼加爾算命，某個舞孃贊助人說那裡有一位婦人可以從手紋看見未來。」

「我才不要把辛苦賺來的錢白白送給信口雌黃的騙子花用呢。」我故意裝出輕快的語氣。「不過如果她剛好是紅頭髮、藍眼珠、超乎年齡的老成，就請記得通知我。」

如果這麼容易找到該有多好……

❦

我在更衣間逗留很久，直到其他人紛紛離去、劇院空無一人。坦白說，我現在沒有心情去討好那些贊助商，再者，我已經無所不用其極了。我經常挽著某位有錢貴族外出聽歌劇、參加宴會、流連在私人沙龍裡，而這些招數只有引來眾多仰慕者，還換來了招蜂引蝶的封號，毫無其他成效。我必須盡速改變戰略，不能再虛耗下去。

我拉起斗篷兜帽遮掩，匆匆自後門離該劇院，走下樓梯。

「妳也耗得夠久了。」

克里斯從陰影底下冒出來，他一身工作服，靴子沾滿泥巴和穢物。「這裡請勿逗留。」我指著被多數人視而不見的告示牌。

「我不是逗留，是等待。」他反駁。

「在這裡閒晃遊蕩的人都這麼說。」我從台階一躍而下，和他肩並肩。「有消息嗎？」我請莎賓研究、追蹤某些婦女的身家背影資料，克里斯則是跟著攝政王麾下最強悍的女巫獵人，查證和魔法有關的傳聞。

他點點頭，走入陰影底下，遞給我一個脖子上掛著一圈藥草的人偶雕像。「讓我猜猜看，」我說。「跟生育有關、類似求子的符咒。」

「把這放在枕頭底下，保證可以幫我生很多白白胖胖的小壯丁。」克里斯打趣地調侃。他已不像先前剛抵達崔亞諾時，稍有發現就充滿期待。

我打量半晌，搖頭以對。「還有別的嗎？」

他掏出小樹枝編織而成的手環。「這叫鎮巫環，用山梨樹的細枝編織而成，只要戴在身上，就可以對抗女巫的咒語，讓它起不了作用。」

我對這些怪異的物品大皺眉頭，順手塞進口袋。簡直胡說八道。「你花了多少錢？」

他說了一個數目，我皺眉，付錢了事。我每個月一大半的薪水都花在魔法配方和巫術藥水上，截至目前的收獲，就是一堆稀奇古怪的裝飾品，真正有法力的寥寥可數。那些人不只對神祕紅髮女巫的下落和咒語一無所知，更婉拒面授機宜，不肯傳授巫術。

「那妳有新發現嗎？」他問。

我搖搖頭。「沒有相似的臉孔，也沒有來路不明或背景啟人疑竇的陌生人，更沒有人傳聞活了五百年。」

克里斯嘆了一口氣。「我送妳回家。」

我們肩並肩，伴著路燈光影，走在時明時暗的路邊，直到通往母親住家的街道上。想到屋裡空無一人，我停住腳步，渴望有一點改變。「我們去『鸚鵡』看看佛雷德在不在那裡。」

克里斯一臉詫異，沒有反對，同我順著街道走向哥哥平常流連忘返的酒館。門口有兩個人喧鬧爭執，我們閃到旁邊，推門走進高朋滿座的大廳。在這裡出入的不是軍人就是士兵——像我這一類的藝術家很少光臨——大家知道我是佛雷德．卓伊斯的小妹，因此絕少有人來騷擾。

「希賽兒！克里斯多夫！」佛雷德一看到我們就高調嚷嚷，放開懷裡的女侍，轉身多點一輪啤酒。他塞給我們一大壺，回頭繼續吹噓英勇的事蹟，然後目光飄到我身上。

「我最好放人，免得酒館老闆開除妳。」他對女侍說道，等她走開去招呼其他客人，佛雷德才補了一句。「妳看起來很憔悴，希賽兒，應該回家去睡覺。」

我扮了扮鬼臉，知道他說的家是蒼鷹谷，不是母親的住處。

佛雷德比莎賓更頑固，不只反對我追蹤安諾許卡的下落，也不贊成我留在崔亞諾。

「別說了。」他碰地一聲放下酒杯，狠狠瞪了一眼和我擦身而過的男子。看他渾身緊繃、一副要找人打架的模樣，儼然想找理由發洩心中的怒火，且不計對象。

最近他的脾氣很火爆，對母親、對我、對世界都看不順眼。

「反正我說什麼妳都聽不進去，」他嘟噥，「愛怎樣就怎樣，隨便妳。」

克里斯拉著我的手肘，走向後面那一桌。「佛雷德只是想保護妳，希賽兒，」他說。「他一直為過去發生的事情深感愧疚，自責當時不在場。」

「我知道。」

得知我的遭遇後，佛雷德第一個反應就是要放火把厝勒斯燒個精光，砍死所有厝勒斯的居民；隨後發現我的看法和他大相逕庭，因此我們兄妹倆大吵一架，爭吵聲連遠處農場的鄰居都聽得一清二楚。他不只反對、更不能理解我的決定。

這些日子，佛雷德脾氣暴躁、動不動就發火——我知道原因和巨魔無關，早在我失蹤前，他到崔亞諾之後就發生了，這件事或許和母親有關。他恨她，恨到讓我覺得自己選擇搬來崔亞諾與母親同台表演，對他而言是一種背叛。

我坐在黏膩的桌子旁，把啤酒喝個精光，渴望藉酒消愁、洗掉煩躁，不去想佛雷德和其他的事情。

「喝慢一點，」克里斯喝酒的速度節制很多。「看來妳又有新狀況，應該跟佛雷德陰沉的情緒無關。」

「不干他的事，」我揮手要女侍再送一壺酒。「什麼事都沒有，這才是問題。」我連喝好幾口。「又白耗一天，一點進展都沒有，她杳無蹤跡，崔斯坦還得繼續受苦，天曉得他們怎樣折磨他，而我只能站在台上對仰慕者歌唱，我痛恨這種狀況。」

「唯有這樣妳才能夠支付崔亞諾的生活開銷，再者，我還以為妳喜歡上台表演？」

我緊緊閉上雙眼，點頭以對。「我不該喜歡。」

「希賽兒，」克里斯試圖按住酒杯，我用力抽開，仰頭把啤酒喝光，他皺眉。「他一定不希望妳為了他怏怏不樂。」

「你又怎麼知道？」我反問，伸手掏錢付帳。

「我們試過所有的方法，」他更換策略。「兩個月來，舉凡妳認為她有可能涉足的圈子，妳統統轉過一遍，但一點蛛絲馬跡都沒有；妳也列了無數張清單，跟莎賓把清單上的女人家世背景統統調查了一遍，除了一堆八卦消息外，毫無斬獲；我們也面談過了那麼多女巫，其中有真有假，人數多到算不清楚，一樣沒有幫助。」

「她們大多幫不了我們。」

養傷期間，我纏著奶奶傳授我魔法技巧，教導我平衡大自然的元素、了解某些植物具有特定療效的原因、掌控施咒效果最好還在轉換的時辰點：例如旭日東昇、日落時分、滿月的夜晚、冬至和夏至等等，才能從自然界擷取最大的能量。奶奶所知不多——主要集中在治療傷口和疾病方面，但這段時間學習到的知識足以讓我分辨魔法的真假。

「我的重點在於，」克理斯說下去。「或許妳已經做得夠多了，應該回頭思索自己想要什麼樣的生活。」

我碰一聲放下酒杯，甚至懶得掩飾臉上的怒火。莎賓會反對還無可厚非，因為對她而言，這一切如同虛幻的天方夜譚，但克里斯應該要理解，他到過厝勒斯，深知箇中利害關係。「你真的要我半途而廢？」

「我不知道，」他別開目光。「他甚至沒有要妳破除咒語，或許到此為止對大家都好。」

「這只對人類有利。」我咄咄逼人，語音有些含糊。「你怎麼如此自私？只顧單方面死活？」

克里斯漲紅了臉，雙手扣住桌子邊緣，傾身向前。「妳去照照鏡子，就知道自私的人是誰，我不會為了私人感情出賣全世界、害人類淪落為奴隸！」他怒沖沖地穿過擁擠的人群，不見蹤影。

我視而不見，兩眼盯著空酒杯，不在乎袖子泡在濺出來的啤酒裡面。克里斯是對的嗎？是我太自私了？兩個月前我出發來到崔亞諾，一心要追尋安諾許卡的下落，希望可以殺死她以破除咒語。我堅決相信這是正確的決定，至今意念也不曾動搖過。

然而真的這樣嗎？

沒錯，我希望崔斯坦恢復自由，包括所有的朋友：馬克、雙胞胎、皮耶、希薇女公爵、柔依和艾莉，及所有的混血種，我想幫他們脫離咒語束縛。至於其他人？想到安哥雷米、苔伯特國王、特別是崔斯坦那個惡魔般的弟弟，我就冷汗直流，這些人若能關到地老天荒、我舉雙手贊成。

問題就在這裡。釋放一位，其餘就跟著自由，後果一概由我承擔；若要袖手旁觀，痛苦依然是我扛。

一想起崔斯坦，我的胸口便一陣疼痛。我把酒杯推向一邊。想念他，不只是想念心上人，也是在想念盟友，想念他工作時的認真態度和用心克服困難的智慧——他的想法讓人敬佩，一眼就看透問題核心的洞察力更讓我折服。

我環顧周遭，霎時天旋地轉，反胃的感覺強烈，使我猛然倒抽一口氣。我試著安撫身體的抗議，但隨即後悔莫及，因為汙濁的空氣與汗水的臭味灌入鼻孔，差點就令我嘔吐。

「天哪……」我勉強站起來，推開飲酒狂歡的人群，眼睛盯著出口、企求新鮮空氣的幫助。

慘了，可能來不及了。

我拚命推擠，不顧其他人的抗議和抱怨，推開大門，跌跌撞撞地衝進冰涼的戶外，膝蓋落地，埋頭狂吐，三壺啤酒都吐進水溝裡。

「我必須承認，」背後傳來一個聲音。「完全沒想到妳會擺出這種低姿態。」

我用袖子擦淨嘴角，扭頭一看，一位披著斗篷的男子佇立在後，相隔不到幾步路，臉龐藏在陰影底下看不清楚。「你要做什麼？」

「送口信。」來者咧嘴而笑。「拜見公主殿下，希賽兒．莫庭倪夫人。」

2 希賽兒

我搖搖晃晃地站起來，扶著磚牆當支撐，手套的蕾絲鉤到了磚塊。「你是哪位？」

「信差。」

「誰派你來的？」我問道，雖然心中已經知道答案了。

「苔伯特國王陛下，」男子點頭致意。「他向失蹤的兒媳婦致上最誠摯溫暖的問候，自從妳倉促離去，厝勒斯變得今非昔比。」

「你是來追殺我的？」這是算總帳的時候？

信差哈哈大笑。「追殺？當然不是，如果我是來殺人的，妳早就沒命了，我不是那種憐香惜玉的類型。」

「那是什麼原因？」我追問，依舊不太安心。「而且你怎麼可以提到他們？」

「國王陛下希望……」他剛開口，克里斯就從酒館衝了出來。

「希賽兒，」他大聲呼喚，緊張地左右張望，終於瞥見我和信差。「喂！」他大叫。「滾開，不要打擾她！」

他舉步要過來，我舉手警告。「他是國王的信差。」

克里斯睜大眼睛。「他要做什麼？」

克里斯的出現似乎在信差的預料當中，看他的舉手投足如此平靜，讓我頗為不安，這表示他知道克里斯的身分。「國王陛下想和希賽兒碰面。」

「不！」克里斯悍然拒絕的吼聲幾乎壓過我的提問，「什麼時候？」

他微微一笑。「今天晚上。」

「絕對不可以，」克里斯說道，「我不能讓妳返回厝勒斯。」

「只到溪水路的河口，」信差趕緊澄清。「厝勒斯的大門已經封閉，不容人類進出。」

我們早就知道了。即便克里斯的父親傑若米受到誓言約束，不能提到和厝勒斯有關的消息，經驗老到的他已然學會用迂迴的方法解釋目前的交易地點已局限在溪水路河口，而且是一律透過國王指定的仲介商進行。這個新規定有效地阻斷消息管道，讓我們無法得知城裡發生的事情。

克里斯搖搖頭。「還是太近了。」

「決定權不在你。」我的思緒飛快轉動，國王要的是什麼？崔斯坦會在場嗎？我們有沒有見面的機會？只要有些微的可能性就足以讓我下定決心。「我去。」

「不可以！」克里斯嘶聲反對。「崔斯坦警告妳不能回去，他們會殺了妳！」

我搖頭晃腦。「不，假如國王要殺我，我早就沒命了，他是另有打算。」其實他要什麼，我非常清楚。

❦

信差護送我們出城到鄉間，樹下有幾匹馬等在那裡裡。即使夜深人靜，守衛問也不問就幫我們打開城門，顯然事先就收了厝勒斯的黃金。

我們移動的速度不急不徐，一路靠月光照明，雖然有時候會被烏雲遮蔽。這樣的夜晚很適合念咒語，厲害的女巫可以從高掛天空的銀白色圓盤汲取最大的量能，然而對付巨魔，這些都派不上用場。

等我們騎出茂密的樹林，看見橫跨石頭坍方的橋梁時，已經是午夜時刻。我們在這裡下馬，慢慢走下石堆靠近水邊，但信差並沒有跟上來。

「妳猜他們找妳做什麼？」克里斯低聲詢問，看我在岩石上晃了一下，趕緊抓住我的手，幫我保持平衡。雖然在退潮，海面依舊很高，坍塌的石塊和海浪中間只露出十幾英呎長的沙灘。這裡充斥著排水溝的臭味。唯有在潮水夠高的時候，城市才會排出廢棄物，讓海浪捲走所有的痕跡。

「他們可能想出來。」前方就是高聳的懸崖，溪水從下方湧出，沖刷出一個彎道，穿過沙灘併入海洋。懸崖下方就是厝勒斯的入口，往裡面看去，有一團火球懸在半空中，似乎在等待。這裡儼然就是兩個世界中間的閘口，區隔真實和幻想，是美夢還是厄厄運，端看是誰在那裡等候。我把火炬插入沙堆裡，示意克里斯跟著做，這才小心翼翼地靠過去。

一個巨魔小孩雙腳交叉坐在路中央，看到我們接近，他仰起臉龐，那容貌就像小小崔斯坦的翻版，除了嘴角的弧度……讓我聯想到和他同父異母的姊姊，萊莎。天使的臉孔，惡魔的心腸。

「晚安，殿下，」距離魔法屏障還有一大段空間，我就停住腳步，屈膝施禮。「鞠躬吧。」我低聲提醒克里斯。

羅南．莫庭倪王子歪著頭，打量我們的眼神彷彿看到昆蟲。「晚安，希賽兒。」

羅南為什麼在這裡？國王呢？

「妳站的地方太暗，看不清楚。」羅南說。「靠過來一點。」

我輕舔乾燥的嘴唇，即使他被關在魔法牆內，我依舊不想靠近這個差點害死我的怪物。

羅南站起身來。「靠過來，」他命令，「我想看妳。」

「你留在這裡。」我對克里斯呢喃，接著違背所有的本能，繼續走向屏障，不顧我心跳加速、背上冒著冷汗。他只是個孩子，卻讓我異常恐懼，甚至超過國王和安哥雷米，至少他們心智正常。這個孩子再怎麼偽裝平靜、有教養都是假象，他是瘋子，行逕不可理喻，心智狡猾、個性反覆無常，而且非常、非常地危險。

「過來，」他半哄半騙。「再靠近一點。」

我慢慢前進，不確定圍牆的界線在哪裡。突然間，空氣變得凝固，我趕緊後退一步，心臟幾乎跳到喉嚨。他像一條響尾蛇，目睹獵物逃出勢力範圍，小小身軀放鬆下來，不再預備攻擊——他想引誘我進入觸手可及的範圍，好完成那天在糟粕區的致命一擊。

我舉起手來。「你從那裡可以看得很清楚了。」

羅南不置可否，嘴唇一掀，露出整齊潔白的牙齒。「害怕嗎？」

當然。「你哥哥呢？」我詢問。「崔斯坦在哪裡？」

羅南開心極了。「他們特地在監獄幫他挖了一個洞。」他格格笑，笑聲尖銳而孩子氣，讓人聽得毛骨悚然。「很少出來放風。」

他伸手摀住嘴巴，彷彿說溜嘴似的，其實是在自得其樂。他幾乎笑到人仰馬翻，刺耳的笑聲在坑道中迴盪。我倒退一步，差點和逐漸靠近的克里斯撞成一團。克里斯臉色發白，他雖然聽我提過羅南的事情，但是百聞不如一見。

我轉向羅南。「你哥哥是皇位繼承人，他被關進監牢讓你非常開心嗎？」

男孩的笑聲戛然而止。「崔斯坦不是王位繼承人，我才是。」

我搖頭，不是要否認他說的事實，而是想到有一天眼前這個惡魔要統治王國，就覺得恐怖。但不管是哪個原因，我搖頭的動作讓他勃然大怒。

「我是國王！」他大聲尖叫，猛然撲了過來，我嚇得往後跳開，鞋跟踩到裙襬，整個跌在地上，克里斯抓住我的手，把我往後拖開一段距離。羅南不肯罷休，一而再、再而三地衝撞魔法圍牆，撞到手掌裂開，傷口瞬間又癒合起來，鮮血濺上圍堵的牆面，變得清晰可見。他衝撞的力道撼動山壁，石頭隨著震動顫抖，雖然那可以中和他尖銳的吼叫聲，但那凶狠暴怒的表情——完全喪失理性——直接呈現在眼前。

「老天，救救我們……」克里斯呢喃。

衝撞的力道突然停止，羅南恢復平靜，表情沉穩，轉身面向另一球緩緩靠近的火光鞠躬。「父親。」

苔伯特國王現身。「你製造了很多噪音，孩子。」

羅南眉頭一鎖。「她說崔斯坦是繼承人，不是我。」

「是嗎？」國王隔著濺血的屏障直視我的眼睛。「你該知道人類很會說謊。羅南，回去吧，安哥雷米公爵在等你。」

國王用反問回答了問題，聽起來崔斯坦還有希望。

羅南得意洋洋地瞥了我一眼，匆忙跑進隧道裡。

「你要幹麼？」我站起身來。「為什麼叫我過來？」

「噢，我想妳心知肚明，」國王回應，掏出身上的手帕，擦拭濺在牆上的血跡。他以興致盎然的眼神盯著我們，不發一語。

我不甘示弱地瞪回去，直到受不了為止。「崔斯坦在哪裡？我要見他。」

他呵呵笑。「妳實在不是高明的政客，希賽兒，妳對自己想要的東西過於坦白，太早掀底牌。」

「你不是說人類很會說謊？」

他聳聳肩膀。「對，但妳天性誠實，連我都望塵莫及，任何巨魔都比不上妳。」光球一亮，坑道大放光明，像白天一樣，「人們都想要得不到的東西，既然不能說謊，欺騙的能耐就成為特別有意義的天賦，應該被尊重。不過哲學的辯論還是改天再聊比較好。我這裡有妳想要的東西，而妳，我相信妳有能力找到我要的東西。我們來以物易物、各取所需。」

我飛快地搖頭。「我不會蠢得去相信事情這麼簡單，苔伯特，更不會自私到為了救另一個人，釋放你出來殘害生靈。」

這是謊言，其實我時時刻刻都在考慮做此提議。

國王徐徐地點頭。「告訴我，希賽兒，為什麼將我釋放出去會讓妳如此害怕？」

「當然，」我的聲調高亢起來。「你是一位殘酷冷血的暴君，我也見識過你統治的手段——我了解你，如果讓你恢復自由，一定會把人類屠殺殆盡。」

「別說傻話，」國王打岔。「我不會把你們趕盡殺絕，我需要人類，妳以為安哥雷米有辦法扛著鋤頭下田耕種嗎？或是妳親愛的朋友馬克，他能夠日以繼夜地勞動、造橋鋪路嗎？」他揮揮手，彷彿我的恐懼純粹是胡思亂想的結果。「請不要站在那裡冠冕堂皇地向我宣揚崔亞諾的攝政王沒有頒布法律，他們的貴族不會高高在上、輕蔑鄙視一般的平民百姓。」

他用手指著我指控。「妳說我是暴君，但是我敢誇口，厝勒斯沒有一個人挨飢忍凍、露宿街頭，而且人人都能接受教育，靠工作餬口；反過來說，妳的攝政王也能這般誇口嗎？」

我咬住嘴唇。「百姓的自由呢？至少攝政王轄區沒有奴隸。」

「妳何不走一趟彼加爾區，問那些挨餓的人自由值多少，或是那些凍死在荒郊野外及河溝裡的屍體。」國王伸手碰觸魔法屏障。「就是一派貴族替換另一派，像妳父親那類的居民依舊養豬放羊，出售到市場，妳母親照舊上台演唱，有錢買票的就去欣賞。對絕大多數人而言，生活沒啥改變。」他深深嘆息。「為了自己毫無根據的恐懼，妳願意犧牲多少？」

「別聽他胡說八道，」克里斯站在背後提醒。「他只想到個人利益。」

「你不是嗎，克里斯多夫．吉瑞德？」國王反問他，眼睛盯在我身上、衡量我的反應。「別告訴我，」他對著克里斯繼續說道。「你沒想過希賽兒和我兒子分開，對你有什麼好處。」

「我才不關心崔斯坦釋放與否。」克里斯反駁。國王的話語如風飄過，我心中的恐懼真的無憑無據嗎？我閉上眼睛，想起崔斯坦提過的古畫，描繪人類在巨魔統治之下的生活，山崩以後飢寒交迫的乞討，後續遭遇更是慘絕人寰。我能保證苔伯特不會重蹈覆轍？人類的生活會更好，還是每況愈下？

但他接下來的話改變了一切。

「我不想用武力奪回王國，」國王說道。「島嶼統治權要以和平方式割讓給我。」

我驚訝地張大嘴巴。「你如何能夠主張這種權利？」

他輕輕地搖搖頭。「那是給我自己的備忘錄——我當然希望凡事按照既定的計畫，不受干擾。」他補充一句。「或許到最後，還是免不了和人類短兵相接，但我真心希望避免走到那一步，我看過太多腥風血雨的場面，已經很疲憊了。」

我再怎麼胡思亂想，都沒料到他會說出這一句：一個不能說謊的巨魔竟然提議要和平解決。太不可思議了，再怎麼說我都無法相信，若不抓住機會繼續挖掘他其他的計畫，那就太傻了。

「我一直在持續搜尋安諾許卡的下落。」我話鋒一轉，突然改變話題。

國王點點頭。「告訴我，希賽兒，妳搜索的手法和過去五百年來成千上萬追蹤她的男男女女有什麼不同？難道妳以為我們沒有追溯每一個傳言、搜索每一張臉孔，甚至無所不用其極，滲透進最隱密的社交圈嗎？我們還清查過所有人類的出生紀錄，只要童年時期的背景可疑的女性，我們統統訪談過。」

我張開嘴巴又闔起。

「妳很獨特，女孩，因此妳用的方法也要獨一無二。」他輕聲說道。

他指的是魔法。顯然巨魔不曾派女巫追蹤過安諾許卡。就算有，對方也不會像我這般鍥而不捨。

「我不知道要怎麼做，」我忍不住苦澀的口吻。「沒人肯教我。」我把魔法書留在厝勒斯，勉強記得的咒語在搜索上也毫無用處，就算現在了解的比以前更多，依然無濟於事。

接著國王的動作讓我目瞪口呆。他竟然從外套口袋掏出安諾許卡的魔法書。我心跳加速，急於伸手接過來，但他收了回去。「我要妳先答應我。」

我忍不住竊笑。「害怕我用她的咒語對付你？」

他來來回回地揮舞那條沾血的手帕。「我相信妳還缺少一樣必要的材料。在我把這件該死的東西交給妳之前，妳必須保證要利用它來追蹤安諾許卡，而且是不計代價，直到找著她帶來見我為止。」

「希賽兒，不要答應他！」克里斯大叫。「一旦給了承諾，妳就擺脫不掉了。」

「沒有看到崔斯坦，我不會答應任何事情。」

「等妳有進展的時候就會看到。」

「你不讓我見他，我就立刻停止搜索。」我挑釁地抬高下巴，這很可能是我僅有的機會，絕不能輕易放手。

「我還以為妳很通情達理，」國王嘆了一口氣。「好吧，帶他過來！」他對著隧道大吼一聲，不久便傳來腳步聲和拖拉重物的聲響。

克里斯抓著我的手。「堅強一點，要有心理準備。」

好像我不知道崔斯坦的情況一樣。這幾個月以來，我可以感受到崔斯坦在國王的懲罰底下，承受椎心刺骨的劇痛，看著指間的銀色圖案黯然失色，可想而知他的氣力和能量正備受侵蝕。然而不管再怎麼預作準備，看到他袒胸露背、光著腳被武裝守衛拖過來，摔在國王面前的景象，依舊對我產生極大的衝擊。

他臉色憔悴、骨瘦如柴，渾身都是髒汙和乾掉的血跡，我忍不住哽咽。三對手銬分別扣住他的手臂，固定的鐵釘深及骨頭，手銬上沾滿鮮血，紅色的液體滴落，滲入沙土裡。國王伸手掀開他的頭罩，崔斯坦靜止不動、虛脫乏力地靠著屏障，海面捲起一陣風，吹過我的衣裳，掀起他滿是汙垢的頭髮。

他緩慢抬起臉龐，眼睛盯著我。「希賽兒，」他聲音沙啞。「我叫妳不要回來的。」

3 希賽兒

若不是克里斯用力抓住我的手臂，我會立刻撲過去。

「你真該死！」我對國王大吼。「誰會這樣對待自己的兒子？你怎麼狠得下心？」

然而，崔斯坦會淪落到這種處境都是我造成的，我卻什麼都不能做，叫我如何面對？

「崔斯坦能夠苟延殘喘地活著就算幸運了，」國王答得很淡定。「他犯了最嚴重的叛國罪，密謀推翻自己的父親和國王，煽動亂黨造成這麼多人死亡，並且公然跟我決鬥，差點讓我命喪當場。」

「是你讓他毫無選擇餘地。」我打抱不平、憤恨地提醒。

國王緩緩搖頭。「他有選擇的權利，而他選擇救妳，當然要承擔後果。」

崔斯坦膝蓋著地，費力地撐起身體，看到他眼中還有一絲骨氣，讓我鬆了一口氣。他沒有崩潰，至少目前如此。

「希賽兒，別聽他的話……」崔斯坦的嗓音因為很少講話顯得粗嘎，也可能是尖叫造成喉嚨沙啞。「妳趕快走。」

「我不能丟下你。」我說。

崔斯坦臉色一沉。「克里斯多夫，帶她離開這裡，走得越遠越好。你答應過我要保護她的安全，這裡非常危險。」

「他說得對。」克里斯把我往後拉，我奮力掙扎，站穩腳跟硬是不肯移動，但克里斯力氣比我大，立刻佔上風。

「放開！」我大叫。

崔斯坦臉龐繃緊，他專注的表情反映出他的決心。「你許下了承諾，克里斯多夫，」他說。「我期待你信守諾言。」

「該死的巨魔。」克里斯咕噥著，不顧我奮力捶打的拳頭，他直接把我扛在肩上，往回走向沙灘。

「放我下來！」我大聲命令，不願意再一次棄崔斯坦而去，把他丟在這裡。

我咬緊牙關，召喚大地能量，凝聚在內心深處。「停住。」火炬光芒閃爍，被海面吹來的狂風捲向另一頭。波浪洶湧，河水往內倒流，淹過克里斯的馬靴。天空的滿月給我力量，幾乎和崔斯坦旗鼓相當，我不打算退讓。

克里斯僵住不動。

「不許你干預。」我說。

「克里斯多夫！」崔斯坦大叫。「帶希賽兒離開這裡！」

克里斯呻吟一聲，雙手鬆開抱頭，害我跌進水窪。

「你們會害他崩潰。」國王說道。我站起身來，發現他正興味盎然地看著這齣好戲。

克里斯跪在水裡，抓緊沙灘的石頭。「求求你，」他不住地呻吟。「頭好痛。」

我鬆開箝制的念力，不忍心讓朋友受苦證明自己的能耐。「崔斯坦，住手，」我說。

「你無權代替我做決定。」

崔斯坦怒目與我對視，最後點點頭。「妳要留就留吧，隨便妳。」

我轉向國王。「你想怎樣？」

「剛剛說過了，」他回應道。「交換條件就是妳要答應我妳會竭盡所能，找到安諾許卡，把她帶來這裡。我就允許妳和崔斯坦團圓。」

「希賽兒，不要答應他，」崔斯坦舉起鮮血淋漓的手貼著魔法牆。「妳知道解除咒語的後果，屆時被釋放的不只我們倆，其他人也會跟著恢復自由，在世界上流竄。」

「你說的她都知道。」國王俯視兒子的表情充滿疑惑，似乎不太確定崔斯坦究竟洩露了多少。「她有什麼理由要效忠崔亞諾的攝政王？他有為她做過什麼嗎？為了讓他繼續掌權，妳得付出多少代價，」他的注意力轉回我身上。「這樣值得嗎？」

我開始猶疑不定。「他說可以用和平的方法收回島嶼，」我瞄了國王一眼。「他已經有腹案了。」

我的話讓崔斯坦極其驚訝，轉過臉龐望著他父親，後者點頭證實。「是真的，計畫完成之後，崔亞諾便會順理成章歸我管轄，不必動用武力對付島上的居民。」

過了好半晌，崔斯坦低下頭去。「這是騙人的把戲，不要相信他。」

「可是，崔斯坦！」我迫切地渴望相信國王的說法——希望這種讓人絕望的處境有一個兩全其美的解決方案。

「拜託，」崔斯坦懇求。「別給他任何承諾，讓他得以左右妳個人的意願，快走吧，永遠不要回來。」

我渾身顫抖、努力思索可行的方案，崔斯坦不能預知未來的發展，他無法確定歷史是否會重演，國王難道不可能說真心話嗎？

「算我求妳，希賽兒，」崔斯坦顫巍巍地哀求，「如果妳愛我，就不要答應他的要求。」

淚水刺痛了眼睛。「如果我拒絕，」我問國王。「結果會怎樣？」

他臉色陰沉。「妳真的想知道？」

「是的。」恐懼讓喉嚨緊縮，但我硬是擠出這句話。

「悉聽尊便。」魔法立即將崔斯坦摜向隱形的屏障，他的五官痛苦地扭曲在一起，身體極力掙扎，肌肉繃緊試圖掙出魔掌，鮮血從刺入手臂的鐵釘處湧出來。

「不！」我心疼地尖叫，「不，不，不，住手，拜託不要傷害他！」我撲向隔開的屏障，魔法硬得像石頭一樣，國王自己豎起另一道牆把我擋在外面。看到守衛舉起荊棘準備鞭打，我嗚咽地啜泣。

「再問妳一遍，希賽兒，這麼做值得嗎？」國王點頭示意，邪惡的鞭子竄向崔斯坦的肩膀，立刻皮開肉綻，痛得他五官扭曲變形，目光仍然鎖在我身上。「不要答應他，不管他怎麼做，絕對不要給他承諾。」

鞭子再次落下，鮮血四濺，崔斯坦痛得咬緊牙關，他不會殺他的，理性這樣告訴我，然而親眼目睹崔斯坦的痛苦，冰冷的理性還是無法安撫人心。

國王再次點頭，鞭子起落，一開始崔斯坦咬牙忍受，鞭鞭帶出火辣的痛楚。但他痛徹心扉的反應真切地傳入我的腦海裡，直到他瀕臨崩潰的瞬間，我的尖叫聲跟著破喉而出，守衛的鞭打卻毫無歇息的意思。

太過分了。

「住手！我答應，我會找到她。」我邊哭邊喊，字句混淆在一起，但是國王聽到了。鞭子停在半空中，崔斯坦頹然倒地，背部血流如小溪，鐵釘劃破的傷口無法癒合。

「不計代價、竭盡全力？」國王步步進逼。「把她帶來這裡？我很想聽聽女巫肚破腸流的哀嚎聲，但其實她任何形式的死法，我都欣然接受。」

我木然地點頭。「我會竭盡一切努力尋找並且把她帶來這裡。」

「乖女孩，」他把安諾許卡的魔法書丟了過來，碰一聲掉在石頭上。

我置之不理，四肢著地。「崔斯坦？」

他的眼睛半睜半閉。

「對不起，」我低聲呢喃。「我受不了。」

他別開臉龐，沒有心生感激——反而非常生氣，氣我讓他失望。

「帶他回皇宮，清洗乾淨。」國王表情淡漠，看著守衛抬起崔斯坦往溪水路的方向上去。荅伯特轉身對著我說：「妳最好開始上工了，小女巫，要遵守承諾。」

4 崔斯坦

本來是高高在上的王子，一出生就註定統治這座城市，現在卻戴著手銬腳鐐，渾身髒汙，被守衛拖著遊街示眾。這樣的我還想維持基本尊嚴，實在很困難。話雖如此，從牢房到溪水路中間這一段，我的表現還算差強人意，至於回程就不同了，尖叫聲裡沒有尊嚴，痛哭流涕的痕跡或許可以招來部分的同情，但不會贏得尊敬。我不配。

我是失勢的王子，地位一落千丈，經過兩次背叛——一夕之間背叛自己的父親，又背叛自己的人生目標——剩餘的一生只能淪落為社會邊緣人。這一切只因為我愛一個人類女孩勝過榮華富貴，而今看來是一場空。

緊咬牙關讓我下頦痠痛，半是為了抵禦身體的痛楚，更多是因著她的表情，她晶亮的藍眸裡交雜著驚恐和同情，但是再多的疼痛都抵不上她為了救我而許下的承諾，那股壓力是如此沉重。抉擇的重擔本來應該落在我身上，卻因為我的軟弱、受不了父親殘酷的折磨，逼她得做出選擇，我甚至不敢直視她的眼睛、承認自己的失敗，而是別開臉逃避。我不只讓她失望，更在渴望追求的人生目標和自我評價上統統一敗塗地。

守衛把我丟在地上，我咬牙忍住呻吟聲，盯著膝蓋下方熟悉的地毯花紋。

「走開。」說話者的聲音不論人在哪裡我都認得出來。守衛低聲嘟囔，蹬著靴子逐漸走出我的視線範圍，背後的房門碰然關上，我費了好大的勁才有力氣抬頭，看著前方的巨魔。

「哈囉，表哥，好久不見。」我聲音沙啞地打招呼。

「你看起來淒慘透頂。」馬克回應，畸形的臉龐更加扭曲。「能站起來嗎？」

「只要留在原地就心滿意足了。」我低下頭去，粗糙的地毯刮傷臉頰的皮膚。「我為什麼會在這裡？」我愣了一下才想到這個問題。

「我也不清楚，還希望你可以透露一下為什麼你父親突然下令更換你的居處。」馬克走過來，鑰匙叮噹響的聲音使我睜開一隻眼睛，文風不動地任由他解鎖，打開四個環釦，剩下兩個仍銬住手臂。「忍耐一下。」他警告，用力扯開其中一只。低沉、喀吱喀吱的可怕聲音傳入耳朵，我昏了過去。

半晌我恢復清醒，看到生鏽的手銬沾滿血跡堆在旁邊，猶剩手腕的部分。鐵釘刺入皮膚又痛又癢、難受至極，但能夠拿掉四個已經輕鬆很多了。釘子刺入手臂的感覺就像胸口被鐵環勒住，只能小口小口的呼吸，無法滿足換氣的需要，現在擺脫主要的束縛，終於能夠施展魔法了，我半撐起身體。

「好些了嗎？他命令我留下兩個。」

我點點頭。「好很多。」

「我叫人準備洗澡水。」他指著蒸氣裊裊的浴盆。「但我忘了受傷的部分。」

「沒關係，」我慢慢站起身。「只是我沒有聊天的心情，請你離開時順便叫僕人進來幫我。」

「恐怕沒有侍候的人。」

我驚訝地轉頭。「什麼？」

「沒有人願意服侍你。」

「全部都不肯嗎？」我的失落感透露出超乎尋常的痛苦。「所以只剩你一個。」

他點頭。「當然還有雙胞胎，但是陛下懲罰他們去礦坑做苦工，以為低矮的天花板會讓他們腰痠背痛，生不如死，顯然沒想到他們會把挖礦當競賽，玩得不亦樂乎，在那裡適應得非常好。」

我抓緊浴盆邊緣。「他會另外想辦法折磨他們。你們應該背棄我……繼續當朋友只會害大家受苦。」我笨拙地拉扯破爛的衣服，忍不住詛咒遲鈍麻木的手指頭。「你走吧。」

「崔斯坦，我們協助你釋放希賽兒的時候，就已經知道有風險了。」

「別提她的名字。」我咆哮著瞪著熱水，彷彿看見她的眼睛從水底凝視著我。「你走吧。」

「我不能丟著你不管，」馬克說道。「你受傷了——至少讓我幫幫忙。」

這無異在暗示我是個無助的廢人。我怒潮洶湧，把他當成出氣筒。「我不需要你幫忙！」我大聲尖叫，急躁地拋出魔法，能量震動整個房子。馬克舉起盾牌抵擋，巨大的衝擊力讓他腳步踉蹌，若不是因為受制於手銬，我的攻擊很可能害他喪命。「請你離開。」

他戒備地回應。「我不會主動離開，真要叫我走的話，只要用對方法就行了。你知道我的全名。」

我虛弱地靠著浴盆，手腕在壓力下哀嚎。「我決不再犯。」我咕噥著。

「那你只好容忍我的臉了。」

我不予置評，逕自脫掉髒汙的衣服，深吸一口氣，跨進氤氳的蒸氣、一屁股坐下去，感覺就像有無數的烙鐵貼向全身的傷口，但我欣然擁抱劇痛的折磨，瞬間的痛楚淹沒她在我心裡的感受。也不管表哥在場，我開始刷刷洗洗，洗去乾涸的凝血和汙垢，直到透明的清水轉成鐵鏽色，這才停下來歇息。手臂撐著邊緣，我深深地呼吸。

「要不要告訴我事情的經過？」

我充耳不聞，看著鮮血從傷口湧出，滴進浴盆。

「崔斯坦！」馬克咄道，我驚訝地抬起頭，他不是大嗓門的類型。「嗯？」

「你父親把你關在牢裡好幾個月，今天突然大發慈悲，在溪水路的神祕會面之後，就無緣無故地恩准你回家，為什麼？你看到誰？是誰讓他改變了主意？」

我張嘴又闔起，欲言又止，聲音黏住喉嚨。

「是希賽兒，對嗎？」

我沉默地點頭。

「她好嗎？」他的語氣帶著明顯的關懷。

「是的，」我說。「至少目前如此。」我硬是嚥下喉嚨的苦水，「他利用我，確保她承諾要追蹤安諾許卡。」

「承諾？有脫身之道嗎？」

「有，但她經驗不足，找不到協議的漏洞，我又沒辦法送信給她。」我緊閉雙眸，不願意回想她苦苦哀求國王饒我一命時臉上的神情。「所以不成功、便成仁，只要她失敗，國王就會把她逼瘋。」

「萬一成功呢？你有什麼計畫？」

「沒有計畫。」我站起身，拿起毛巾裹在腰間，再從衣櫥拿了一條長褲，費力穿上，襯衫就省略，以免布料摩擦背部開放性的傷口。其間馬克不發一言，唯有隱藏在陰影裡面的表情顯示他心底的不安。

「計畫和密謀都是過去式了，」我說。「許久以來我一直高估自己的能力，看結果就知道了，現在已經無能為力，只能等結局。」

「真不敢相信你會說出這種話，」馬克說道。「我所認識的表弟絕不輕易認輸，也不會坐以待斃。」

「單獨禁閉三個月，困在洞裡進退失據足以改變人的志向。」我嘟噥著，小心翼翼坐在長椅上。「經過長時間的思考，我學會接納失敗，接受自身的局限，洞悉自己不過是老謀深算的父親手中的傀儡。」

「因為他發現你的計畫，你就要就此放棄？」馬克難以置信地問。「因為打輸一場戰役，你就把自己當成受人擺佈的魁儡？」

「問題不在於輸了一場戰役，」我閉上眼睛。「而是失敗的方式。」我用力吞嚥。「如果是被出賣，或者智不如人——我可以接受，但是……」馬克默然不語，我搜索枯腸，試著解釋心底的煎熬。「他知道我愛希賽兒，」我索性承認。「所以把愛情當成對付我的武器，用來對抗我的理想，還把我認為最美好的東西，拿來糟蹋、踐踏在腳下。」我垂頭喪氣。「我愛她，為了救她，我願意不惜一切代價，更為此深深痛恨自己，因為我的愛情竟然變成助紂為虐的工具。現在他又重施故技，把這招用在她身上，迫使她在我和其他無數人的生命中間做抉擇。」我氣得咬牙切齒。

「她已經做了選擇。」他的話帶著苦澀。「難道你要袖手旁觀，任她孤伶伶地獨自奮鬥？」

「我幫不了她，」我盯著地板，看到的卻是她的臉。「打從她踏入厝勒斯的那一刻起，就註定厄運纏身，或許這是她出生的宿命。我還以為能夠保護她，其實是錯的。」我的手指微微地抽搐，鮮血成串滴在地板上。「希賽兒將決定我們全部人的命運——重擔落在她身上，我愛莫能助。」

「好一段宿命論，」馬克憤憤地脫口而出。「如果你願意移動大駕，我希望你好好看一下。」語畢，他徑直走向露台。

我不甚情願地站起來，跟著走向露台。

深夜時分，大半個城市陷入黑暗，漆黑當中卻有一道道的強光分散在其中。我不解地皺眉。「他們在做什麼？」

「建造你規畫的結構——就在你入獄後不久開工的。」

我驚訝地眨眼睛。「為什麼？誰下的命令？」

「你父親，」馬克傾身倚著欄杆。「你被監禁之後不久，他對混血種宣布說找到了你的設計圖，只要混血種提供勞力，就可以建造。」

「這麼做的理由是什麼？」我嘟噥著，手肘撐著欄杆。

馬克聳聳肩膀。「這個政策大受好評，本來反對的混血種開始對他歌功頌德起來。」

「以前他根本不在乎他們是否支持他的政權，」我遙望建築據點，多看了好幾眼，似乎有事不太對勁。「這個舉動應該會損害他在貴族之間的支持度。」

「的確，」馬克移動身體重心，流露不安的反應。「最近他絕少跨出皇宮大門，即使出巡，也會帶足大隊人馬隨扈。妳母親也是隨時受到保護，顯然擔心有人刺殺。」

「他才不會擔心，」這個念頭讓我嗤之以鼻。「掌控樹幹的能量就是他的護身符——誰敢動他，無疑自尋死路。」

「他不再掌控樹幹了，這部分完全交給承造公會負責。為了保持樹幹能量的穩定，他們累得焦頭爛額。」

我尖銳地倒抽一口氣。「天哪，他在想什麼？」

遠從樹幹塑造成型的那一刻起，就由當權的王者掌控，一部分的原因在於維持屹立不搖的樹幹需要大量的能量，另一部分也在於它是國王的護身符。雖然巨魔過世的瞬間，魔法不會即刻消失，但終究還是無以為繼，所以國王的死對厝勒斯而言非常危險，出奇不意的駕崩更是如此。放棄樹幹的掌控權，會讓父親處於脆弱、不利的情況。

「他的理由是厝勒斯眾人的生死大權操之於他個人手中，這樣的風險難以承擔。」

我暗自畏縮，想起剛開始被監禁之時，我威脅如果希賽兒有三長兩短，就要拖垮樹幹，讓大家陪葬。「他說得對，」我低聲承認。「但是風險永遠存在——何必現在做改變？」

「這個舉動的確讓人費解。」

「一如往常。」我思索各種可能的動機，只是無法專心，眼前的結構看起來怪怪的。

「他們並沒有遵照我的藍圖。」我突然領悟異樣在哪裡。

「我也覺得不一樣。」馬克溫和地開口。「當然啦，我不是工程專家。」

但我是——就算還在打地基階段，依舊看得出來它無法承受魔山壓下來的重量。

「我以為混血種拿到了你的藍圖？」馬克說道。「他們沒有偏離原始設計的理由啊？」

我搖頭以對。「我承諾等拿到所有人的全名之後再交出設計圖——但時機緊迫，沒有收集全部，讓我不算違背誓言。」

「難怪他們要詛咒你，你應該交出去以示誠信。」

「我不信任他們。」我嘟噥著，回憶歷歷在目，彷彿就在昨天。當我正預備收集大家的全名時，希賽兒驚恐的情緒把我召回皇宮，剛抵達大門口，安蕾絲就說我父親去找希賽兒閫室密談，我急忙把工程圖給了她，囑咐她藏在安全的地方，便立刻飛奔回房和父親攤牌。安蕾絲只有幾分鐘的時間把東西藏起來，接著就破窗而入加入戰局，這意味著東西就藏在房間附近。

返回室內，我走向安蕾絲撞破的玻璃門，下方就是中庭和圍牆，我推開房門，匆匆走下樓梯，幾乎沒注意馬克尾隨在後。

希賽兒的鋼琴別來無恙，依舊佔據中央位置，只是上面多了一層灰塵。我繞著它打轉，觀察完後停在長板凳前面。坐位上擺了許多樂譜，紙張上都是灰塵，我以褲管擦拭從手腕滴下的鮮血，逐一翻閱那些樂譜，很快便找到我要的東西。「就藏在眼前。」我舉起圖稿。

「這樣一來，混血種在建造什麼東西？」馬克神情肅穆。

「父親宣布的時候你在現場嗎？」

馬克點點頭，目光遙望遠處，回想當時的情況。「他的演說長篇大論，最後高舉一個卷軸，大聲宣布，『這是石樹的藍圖。』」

我搖搖頭，敬佩他的高明之舉。「他的草稿就是目前的現況，這樣的藍圖註定要失敗——他自己非常清楚。既然承造公會全部的心力都放在維持魔法樹的能量上面，無人再有多餘的時間詳加計算，判斷既有的結構在魔法上可行，換成石頭就不行。」

馬克眨眨眼睛。

「你不會以為我花了兩年的時間，最後想出來的東西和每天看的一模一樣吧？」我搖頭反問。「相信我，這些計畫，」我舉起卷軸，「迥然不同絕對是有原因，問題在於父親明知我會一眼識破他的詭計，為什麼還放我出來？」

馬克只是搖頭。

我轉過身，隨便按了一個琴鍵，音符在四周迴盪。「他要我採取行動，」再按另一個琴鍵。「他究竟認為我要做什麼？」

「我還以為你只想袖手旁觀，等到死亡那一天？」

我陰沉地瞪他一眼。「我又沒說要採取行動。」

「當然沒有，」馬克一板正經。「只是沙盤推演，隨便聊聊。」

「沒錯，就是消磨時間，以免等得不耐煩。」

「等死也煩。」

「生死皆難。」我搔了好幾下傷口周圍的皮膚——終於結痂了，痊癒的過程癢得不得了。「他究竟要我怎樣？」我自言自語。

「或許他要你帶路找出藏匿藍圖的地點，」馬克說道。「或許我們讓他正中下懷。」環顧周遭，附近只有我們，馬克已用魔法隔絕聲音外傳。

「或許吧。」但我不太相信，看不出有翻箱倒櫃、搜尋物品的證據。「果真如此的話，看來他是白忙一場，因為我根本不知道東西在這裡。」

馬克皺眉。「卷軸是誰藏的？」

「安蕾絲，」我說。「她進來助陣之前把東西藏在這裡，」想起她被長矛刺透的慘狀，我用力吞嚥著。「她為了我拋棄一切，」我閉上雙眼。「不惜賠上性命。」

馬克猛然倒抽一口氣，我睜開眼睛，看他渾身僵硬，表情侷促不安。「崔斯坦，」他說。「安蕾絲沒死。」

「不可能。」嘴上這麼說，我心底卻浮起無限希望。安蕾絲還活著？

「她不只活得好好的，」馬克說道。「還堅稱你父親是她的救命恩人。」

5 希賽兒

我痙攣似地坐起，心臟怦怦跳，冷汗直流，陰暗的房間籠罩著不懷好意的黑影。我焦躁急促地搜索四周，尋找勾起恐懼的緣由。唯一一次類似的經歷是上回在迷宮之中，意外跌摔破燈筒的時候，而這次更加嚴重。

在曲折蜿蜒的隧道裡面，我知道自己在怕什麼，但現在境況大不相同，未知的危險虎視眈眈、潛伏在暗處，感覺防不勝防。理性想要找出威脅感的源頭，眼睛更像驚弓之鳥般抽搐抖動，只要聽到一點風聲，或是地板吱喀的聲響，我就不由自主地渾身僵硬。

床鋪周圍的薄紗帳往裡飄動，拂過臉頰。我瑟縮了一下，伸手撥開，拉起毛毯裹住身體，抵禦破窗而入的寒氣。

惡夢。

我故做鎮定地深呼吸，緩和心情。我翻身下床，拖著毛毯一起走過去關窗上栓，顫抖的手指打開油燈，光線立刻驅走黑暗，血管中湧流的驚慌沒有稍減，卻是變本加厲。

這不是惡夢，是真實發生的事情，只要稍微眨眼睛，就看到鞭子凌空飛過，鮮血四濺，濺上詛咒的魔法牆。崔斯坦別開臉龐時的眼神銘刻在眼前，還有他的尖叫聲，無止無盡，不斷在我腦中迴盪。

「崔斯坦！」他的名字化成一聲喘息。我雙膝落地，五指扭曲成爪，指甲掀起床單的布料抓在手裡，尖叫聲卡住喉嚨。我用力摀住耳朵，將臉龐埋在膝蓋上，試圖克制尖叫聲，結果是白費力氣，因為這聲音是發自於內心。

理智一遍又一遍地提出警告，我咬緊牙關屏住呼吸，直到胸部灼熱發燙。現在木已成舟，恐慌無法改善我們彼此的遭遇。

「站起來！」我大聲命令，彷彿身子和心靈分屬不同個體，可以聽候指揮。「開始走動。」起身時膝蓋發出劈啪的抗議，肌肉顫抖。

我來來回回地在房中踱步，麻痺的腳幾乎感覺不到地板的存在，唯獨大腦轉得飛快，想像他現在的遭遇，歷經各式各樣鮮活的惡夢。我應該去嗎？我該立刻跨上馬背，摸黑馳騁，偷偷溜進厝勒斯嗎？但就算沒有被發現，這麼做又有什麼幫助？

「夠了，」我說。「別再胡思亂想。」

我踉蹌地走向書桌，一把抓起歌譜，目光在字裡行間跳躍。我小聲吟唱，唱得上氣不接下氣，聽起來可怕極了。「再一遍！」我試著模仿母親的語氣。「這也太難聽了。」

我捲土重來，越唱越大聲，把所有的一切灌進歌聲，狂野不加修飾，彷彿用鐵槌敲打刀刃。我透過這種方式紓解壓力，使我的情緒得以掌控。

房門突然被推開，我唱到一半猛然停頓，雙手抓著床柱保持平衡，還來不及恢復鎮定，母親就闖了進來。

「希賽兒！」她喝斥道，我搶在她嘮叨之前先發制人。

「媽媽！」我撲進她懷裡，臉頰貼著她外套領口的毛皮，鼻孔聞到香水、雪茄和濃濃的酒味，但我不在意。

「發生什麼事？」她質問，「有人傷害妳？」她把我往後一推，審視我蒼白的臉龐。「怎麼了？」

要說什麼？我不可能據實以告——就算可以說，以我剛才的表現，只會被當成瘋子在胡言亂語。「我被嚇醒，心裡很害怕。」我嘟噥著說，羞愧地別開臉龐，感覺很幼稚。

「做惡夢？」從母親的語氣判斷，顯然贊同我對自己行為的觀感。

我以手背抹去眼淚，點頭以對。

「天哪！叫那麼大聲，差點被妳嚇死！」她用掌跟貼緊額頭，這才發現她幾乎蓬頭垢面，披散著頭髮，墨黑的眼線還糊在臉上。「妳竟然因為做夢吵得附近鄰居不得安寧，唉！」她皺眉以對。「不只鄰居被吵醒，半數的狗都跟著妳鬼吼鬼叫！」

「對不起。」

「真是傻女孩。」她搖搖頭，眼神渙散——可能喝了紅酒或苦艾酒、或是更醇的烈酒。她突兀地伸手摸我，我勉強自己留在原地、不要閃躲。「妳在哭。」

心頭湧起暖流，我深信自己聽見她的語氣中有一絲關懷。

「妳應該曉得妳不能哭。有些女孩哭得梨花帶雨，她們的眼淚可以當成對付男人的武器，可惜妳不是那一型，男人不會跟著妳的手指頭打轉，而是嚇得逃之夭夭。」

暖流消散，我叛逆的下唇開始顫抖。

她的肩膀微微垮下，意氣消沉。「老天垂憐，這就是我從來不當眾掉眼淚的原因。」她放開我的臉，拉著我走向門口。「這裡好冷，萬一感冒妳就不能登台了，如果不能唱……」她噘嘴，「嗯，鄰居會大肆慶祝。」

我攙扶她的手臂，一起走下樓梯。「先升火，」她說。「我去預備熱飲。」

我心不在焉地攪動煤炭，添上一兩根柴火，心思縈繞在崔斯坦身上和厝勒斯可能發生的狀況。他在哪裡？他們要對他怎樣？最糟糕的是我的下一步該如何是好？對他父親的承諾像一隻小蟲在血管裡攀爬橫行，有如一個活生生的東西兀自鑽進我心底。

「陪我坐坐。」

母親端了兩個熱騰騰的杯子走回大廳，空氣中瀰漫著薄荷與柑橘的清香。我坐在厚絨長椅上，冰冷的腳縮在身體下保暖，等我一切就緒，她把杯子遞過來，母女倆靜靜地看著爐火，半晌都沒有開口。氣氛舒適而溫馨，住在這裡這麼久，第一次感覺這裡像個家，而吉妮薇幾乎像一般的媽媽。我抓著那種感覺不放，讓它驅走腦中黑暗邪惡的念頭。

「妳去哪裡了？」我順口提問，水鐘顯示現在是清晨五點，我只睡了一小時，沒想到自己竟然睡得著。

「侯爵的沙龍。」她把髮絲塞進耳後，露出側面輪廓。在火光照耀下，母親眼睛周圍的細紋清晰可見，眼線的墨粉暈開，把細紋變成黑線。「他的生意夥伴從島國過來，侯爵希望好好招待他們。」

我猶豫了一下，很想問一個問題，又不敢問出口，舌尖發燙。「究竟……要怎樣招待？」

她轉頭看我。「妳認為呢？」她揚起一邊眉毛反問。

「聽妳唱歌？」我大膽假設，希望這就是答案。我或許有些幼稚，卻不是昨天才出生的嬰兒。坊間有些閒言閒語，佛雷德不曾講白他的憎惡，但我確信這是他和母親關係交惡的原因。

「偶爾唱歌，」她把杯子放在桌上。「大部分是聊天。」

沒想到她會這麼說。我喝了一大口，立刻燙到舌頭。「聊什麼？」

「天南地北，無所不談。」她嘟起下唇。「貴族淑女，至少是有教養的女孩，深受禮教拘束，能夠討論的話題非常有限，但我不一樣，」她伸手指著我。「妳也是，這一點讓我們比他們的妻子更受歡迎。」

我困窘地想要別開目光，卻被她扣住下巴。「這就是我差派家庭教師去蒼鷹谷的原因，希賽兒，如果妳要在這個世界成功，就不能單靠美貌，還得受教育、聰明有腦筋，最重要的，還必須有趣，讓人開心。」

她凝視我的眼睛，彷彿期待有所回應，但我卻不知道要說些什麼。她認為我應該具備的都是一些很好的特質，但我不喜歡學這些的目的只是為了取悅有錢人。

「侯爵提供我優渥的生活，」她繼續說道。「這些都由他買單，」她朝屋子揮揮手。「包括妳所知和妳所擁有的一切。」她捲起一綹頭髮，目光寓意深遠。「我已經不再年輕了，不久就會讓他厭倦，想尋找新歡取代我，而妳可以承接起來。」

我掙脫她的手，轉而凝視火光，一切變得清晰透明。原來這就是她讓我受教育、歌唱訓練、搬來崔亞諾和她同住的原因。她不是想念女兒、希望母女團圓，而是把我當籌碼，確保未來得以持續她習以為常的優渥生活。只要我夠有趣，自然有銀兩送上門。

「只因為年華老去，侯爵就把妳撇在一邊，顯然他不是真正關心妳。」我語氣冷淡，留意地睜大眼睛，只要她眼神冒火，就知道我切中了她要害。

但她反而微微一笑，揚起下巴。「這就是男人的天性，希賽兒，喜新厭舊。若找不到更好的替代品，他們暫且會把妳留在身邊，但終究會棄妳而去。現在先提醒妳，省得以後吃悶虧。」

裊裊升起的煙霧刺痛我的眼睛，讓我開始流淚。「爸爸沒有拋棄妳。」

沉默似乎抽走室內所有的空氣，讓人感到壓迫。

「妳認為是這樣嗎？」她低語。「他告訴妳的？」

實際上，父親絕口不提，故事是奶奶說的。是她告訴我們如何回到蒼鷹谷，我對奶奶的認識瞭若指掌，相信她不會說謊。現在換我揚起下巴。「妳的說法不一樣嗎？」

她突然起身，迅速走向酒櫃，差一點就被裙襬絆倒，隨後傳來倒酒的聲音。「我早該料到妳會相信他單方面的說法。」

我愣了一下，難道奶奶有所隱瞞嗎？小時候我常做白日夢，幻想媽媽是被迫和我們分離的——私底下最希望的無非就是一家團聚，但隨著時間拉長，諸多反面的證據讓我美夢破碎，然而如果我孩提的想法才是正確的？

「因為我只聽到那一面，」我不想流露出非常急切的語氣，「如果還有其他說法，我願意洗耳恭聽。」

「何必多此一舉？」她反問。「我跟妳哥哥說了，結果有什麼好處妳看得很清楚。」

佛雷德知道，卻沒有告訴我？「我不是他。」我說，沒想到哥哥心胸如此狹窄。

「沒錯，」她同意，語氣軟化下來。「妳是最聽話的孩子，是我的最愛。」

她移動手肘，舉起杯子就唇，我只聽到柴火霹靂啪啪燃燒的響聲。我渾身僵硬，充滿期待，甚至高過可能的範圍。她會說什麼呢？一個迥然不同的故事嗎？讓我對她的看法完全改觀？

「遇見妳父親的時候，我才十六歲，是癡情的傻瓜。」她放下杯子，手沒有移開。「他離開蒼鷹谷，到島國闖蕩一陣子，最後回崔亞諾落腳，」她轉過身，臉上淚痕未乾，雙頰泛紅。「想要尋找刺激，」她指著自己揮手示意。「然後在歌劇院找到了。」

我皺眉，去想父母的情事實在尷尬極了。

「我墜入愛河，把他當作太陽般繞著他轉，從此相廝相守、永世不渝，」她仰頭喝光那杯酒。「媽媽好言相勸，警告我小心，但我充耳不聞。十七歲結婚，便立刻懷了身孕。」她緊緊咬住顫抖的嘴唇，試著控制翻騰的感情。

「一開始幸福美滿，妳父親在城裡工作，我留在劇團，直到大腹便便不能上台。」她肩膀顫動。「他知道上台獻唱是我畢生的夢想，保證永遠不會阻攔。」一顆豆大的淚珠滾落。「妳姊姊出生之後，我們收到妳爺爺病重的消息，妳父親回家探望奔喪。他回來以後，事情統統變了樣。他心心念念、一心記掛的就是那座農場，我追求的志業變得無足輕重。」她激動地搖頭。「他堅持要搬回蒼鷹谷，我不肯，我從小就是城市姑娘，畢生認識的面孔和關心的一切都在這裡，想到離開就怏怏不樂，有如愁雲慘霧籠罩。我以為他愛我，應該會回心轉意，願意為我留在這裡。」她顫巍巍地吸了一口氣。「但我錯了。」

她開始哭泣，從來不落淚的媽媽，現在卻抽抽答答地啜泣著。「我想留下你們三兄妹，他不答應，硬是說我無法兼顧，說我們會流落街頭，三餐無以為繼。」她大口吸氣，說得斷斷續續，伸手擤鼻涕。「當時我的母親突然失蹤，事情紛紛擾擾，讓人措手不及，我心煩氣躁……答應讓他帶你們回去。」

沉重的疲憊感籠罩下來，我奮力保持清醒思索。同樣一件事從不同的角度陳述，畫面大異其趣，她並沒有否認自己以事業為重，勝於陪伴兒女，但我現在能夠從她的立場來看待，理解這對她而言是多麼艱難的抉擇。

「你們離開以後我非常痛苦，心碎欲裂、身無分文，幾乎無法養活自己。最終相信你們的父親說得對，我無法照顧自己的寶寶，你們還是跟著他比較好，不需要我去打擾。」淚水潸然而下。「對不起，希賽兒，妳應該要有一個比我更稱職的母親，」她直視我的眼睛。「但我是真心愛妳的，永遠愛妳，但願妳能明白母親的心意。」

我不是瞎子，看不到她的自私，但是天底下沒有完美的人，每個人都有缺陷。她的處境進退維谷，很難選出兩全其美的道路，我自己很能體會那種感覺，明白無論選擇哪一條路，一樣躲不開可怕的後果。

「我也愛妳，媽媽。」我起身時，身體疲憊地搖晃，想要走過去給她一個擁抱，卻覺得舉步維艱，彷彿小腿綁了鉛條。好累好累，她牽著我回到長椅，我縮起雙腳，低頭趴在她大腿上，她溫柔的撫摸我的頭髮，輕輕哼唱，因為剛才哭過，嗓音有些沙啞。

我頭昏腦脹、四肢無力、舌頭不聽使喚，既睏又疲倦。

「妳怎麼了，希賽兒？」她語氣輕柔，「過去這幾個月人在哪裡？」

我很想信任她，和盤托出，但崔斯坦的情緒盤踞在腦中，忐忑不安，統統糾纏在一起，很難分辨出這份擔憂的是他的，亦或我的。我蠕動著想要爬起來，但手腳還是很虛弱，媽媽繼續撫摸我的背，我又躺了回去。

「我以為失去妳了，」她說。「以為妳死了，或者不願意來找我，乾脆離家出走逃得遠遠的。」

「不，」聲音含糊，但我必須讓她知道事實不是如此，我的確很想來跟她團聚。「不……我不是自願去的。」

「誰逼妳？」

我咬牙，爐火似乎比太陽更耀眼，亮得好刺眼。「蒼鷹谷的男孩。」

「他帶妳去哪裡？」

我閉緊雙眼。「山底下。」

「為什麼？」

現實褪去，黑暗逐漸籠罩下來，陌生而難以預料。我奮力抗拒，試圖保持清醒，感受臉上的熱氣和母親的輕撫。

「他把我賣給他們……賣給巨魔。」

她渾身僵硬，但我麻木得幾乎感受不到，腦袋更加昏沉。

「他們要妳做什麼？」這個問題揮之不去，嗡嗡的好大聲，執著地要求回應，我的頭好昏，好昏，漸漸失去意識，答案還是溜出口。

「釋放他們得到自由。」

6 崔斯坦

我拿了手帕小心翼翼裹住傷口，想要藉此阻止血液滲透襯衫。這或許是白費心機，但總得一試，衣服再多也有穿完的時候，屆時我要自己清洗，印象中血漬很難除去。

綁好手巾，我迂迴穿梭在天堂區幾乎空無一人的街道上，皺眉沉思。相較於厝勒斯的其他區域，這裡的豪宅華廈燈光明亮，氣氛寧靜。這裡大多數的房子我都光臨過，現在每一戶人家不只看起來陌生，也不歡迎我，我只能在陰暗處徘徊，不時扭頭窺探，如同不懷好意的賊。

雖然遙遠的距離使我們無法以語言聯繫，但希賽兒從甦醒那一刻起，心思就像緊繃的琴弦，毫無鬆懈的時間，彷彿即將通過一座狹小又搖搖欲墜的危橋。她聚精會神的情緒裡隱含著恐懼和憂慮，而且急欲到達彼岸。那種感覺不算陌生——很像我，或任何巨魔許下承諾之後的反應，惶恐不安。意外的是這種反應竟然出自她身上，還有一股急切的躁動在她體內翻攪，出現的頻率越來越高，她似乎……不太一樣。

繞過轉角，前方就是安哥雷米公爵宅邸的拱門，守衛是名女性，我縮回街道上，不想被發現，靠著牆壁耐心等待，安蕾絲遲早要經過這條路。

承諾的力量實際上超乎想像地強大，凡人很少徹底認清這一點，舉凡認識我們的人類似乎只會把諾言的拘束力當成弱點看待，唯有靠著玩弄字句、扭曲目的勉強化解部分的危機。

其實他們並不了解諾言和魔法有相互作用，譬如當人類對巨魔許下承諾，如果後者想要的話，只要稍微費點力氣，就可以用諾言綁住那個人。一旦諾言難以實現，人類非但不能食言而肥，還會被那種一試再試、又持續失敗的壓力逼到不眠不休的境地——直到發瘋，或是心臟停止跳動為止。我毫不懷疑父親就是抱著這種打算來達成他的目的。

父親把這一招用在我的凡人妻子身上。我凝神思索他的手段，確信他不會竭力鞭策，害她沒命，至少目前不會那樣，而是會耐心等待——持續施加壓力，少說要等上好幾個月，慢慢剝奪她的心思意念，最後剩下軀殼，讓她生命唯一的目的就是破除咒語。就算倖存下來，她也不再是我所認識和深愛的希賽兒。我必須阻止這種事情的發生，自保之道就是殺死父親，然而這個方案會導致諸多複雜的後果，讓人不願意一一計算，這也是我站在陰影底下的部分理由。

另一部分與此不相干。

等了好久好久，我幾乎要認定是錯過她了，突然有個熟悉的身影經過轉角，正要走上旁邊的台階。「安蕾絲。」我輕聲呼喚，她沒發現。我暗暗觀察她走路的姿態，昂首挺胸，幾乎像公主一般，美豔絕倫，這是無庸置疑的事實，完美無瑕當中還有一絲無可匹敵的魅力，給人一種錯覺，好像那種完美不是生來如此，而是經過精心的設計，有如精雕細琢過後的美麗精靈。那張臉龐反映出所有先人的優點，一如我自己。

安蕾絲兀自愣住，目光逡巡樓梯旁邊的陰影處，最後落在我身上，睜大眼睛，面無表情。

事發之前，我們幾乎形影不離，除了馬克以外，安蕾絲是我認識最久、最親密的摯友，更是最忠心的追隨者。她的歷史就是我的歷史，我們的成長歷程交織在一起，兩小無猜、青梅竹馬。關乎她的一切、她的故事和祕密，我都瞭若指掌，反之亦然。

我們四目交會，突然想到在死妖攻擊之前，曾經對希賽兒說過──我和安蕾絲只是朋友。從技術而言，這是事實，同時也是謊言。安蕾絲是第一個挑起我慾念的女孩，也是我初吻的對象，有很多第一次都是和她一起經歷的，只是我從沒愛過她，不是那種生死相許。

她似乎能夠察覺我的思緒，隨即匆促跨上最後幾層台階，走向通往她家的街道。

「安蕾絲，」我再次呼喚，匆忙跟過去。「安蕾絲，等一下！」

她充耳不聞，只要再走幾步，就進入大門守衛的視線範圍。

「安蕾絲，拜託，」我小跑步。「我需要跟妳聊一聊。」

她停住腳步，轉身看我。「我猜關鍵就在於你的需要，對嗎？你有因為想要而找我聊嗎？」

我張開嘴巴要辯駁，她舉手制止。「我不要聽，崔斯坦，我不想跟你聊，我再也不想看到你那張臉。對你一再利用我，我已經感到很厭煩了。」

「安蕾絲。」我快步走上去，看到她活著的喜悅被她眼中的怒火沖散，她從來不曾用那種眼神看我。「我們是一輩子的朋友，妳怎能這麼說？」

「朋友？」她嗤之以鼻。「我已經看清楚了，只要你喜歡的玩具就會貼上這個標籤，虛情假意的關懷只因為我們對你的計畫有利。」

「妳知道不是這樣。」我凝視她的臉龐，尋找惱怒以外的情緒。「我關心妳，我……」

「對，」她不屑地翻白眼，但我發現她雙手抓緊裙襬。「你唯一關心、唯一深愛的，就是她，有時候我還真的很納悶這是你想自保的說法。」她哈哈大笑，笑聲聽起來怪異走調，跟以前不一樣。「不過這樣也不對，」她的肩膀顫抖。「因為你憎惡自己，對吧？你輕視自己的本質。」她嘴角上揚。「呃，現在你心想事成了，除了馬克那個蠢蛋跟你半斤八兩以外，厝勒斯無人不恨你。」

我完全沒料到她會跟我反目成仇，難道我對她的了解只是一場誤會？或者這是我自己鑄下的苦果？「如果不關心妳，一得知妳活著的消息，我怎麼會欣喜若狂，立刻就來找妳？」

「我不知道，崔斯坦……」淚水湧入她眼眶，滾滾而下。自從潘妮洛普過世之後，我就不曾看她哭成淚人兒一樣——她向來聲稱自己最痛恨當眾真情流露。「你把我丟在那裡等死，即使你明知道……」她聲音沙啞，狠狠抹去臉上的淚水。

「明知道什麼？」問話的同時，答案已經從潛意識裡浮上檯面。

她用力吞嚥著，開口回答。「即使你明知道我有活命的機會。你明知道女巫可以治癒巨魔被鐵器刺穿的傷口，因為你自己被希賽兒救活過。」她抽氣，緊緊閉上雙眼。「你知道城裡有女巫，但你沒有顧及我的死活，只記得要帶她走。」她猛然睜開雙眸。「我為你付出那麼多，你卻逕自離開，不顧我死活，若不是你父親出手相救，我早就進了墳墓。他是被情勢所逼才捅我一刀——不是故意要傷害我。」

那一幕在我腦海中重現，她說得對——我甚至沒有佇足思索她有沒有存活的機會，滿腦子想到的就是要把希賽兒安全救出厝勒斯。

「我不知道父親把女巫藏在哪裡，」我說。「如果知道……」

「就算知道，你還是會選擇希賽兒、拋下我。」

我啞口無言。

「對不起。」我說，仔細觀察她的神色，希望這只是一場戲，她用這種策略在我入獄的時候、保護自己免受刑罰。然而她不是在演戲。「我甚至沒有資格請求妳寬恕。」

「那就行行好，饒了我吧。」她嘶聲說道，在衣服上擦拭雙手，我發現她平常保養得宜的美麗指甲竟然咬到快見肉。「如果你真心要彌補，就不要來煩我。」

言語無法表達我對她的虧欠，也不能更改我的所做所為，以及那些沒有為她做的一切，然而我就是沒辦法把眼前安蕾絲的形象，跟當時那個冷靜命令我趕緊帶著希賽兒離開的女孩重疊在一起。

安蕾絲托米亞，不許再流淚。這是我給她的最後一個命令，我定睛看著她臉上縱橫的淚痕。

「如果這是妳希望的。」我的語氣變得奇特而疏遠。

「是的。」她猛然轉身，淺紫色的裙襬微微揚起，足以讓我瞥見腳下那雙同色系的平底鞋。錯愕的感覺竄過心底，刺破罪惡感的迷霧。有點奇怪，這不像安蕾絲的作風。我目送她大步離去的背影，記憶中高跟鞋的咯咯聲響淹沒平底鞋的啪啪聲。

「安蕾絲托米亞，」我低聲說道。「停住。」

她繼續前行。

「安蕾絲托米亞，轉過身來。」我的手指掐住牆壁的石頭，灰泥紛紛掉落。「安蕾絲托米亞，回到我這裡。」就算她遠隔重洋，在半個世界以外的地方，也會聽見我的呼喚，這就是真實全名的力量。

唯有死人聽不見。

7 崔斯坦

「你在做什麼？」馬克問道。

我的注意力全在滾水裡那五顆載浮載沉的雪白雞蛋上。「準備午餐。」

「煮蛋？」他狐疑地問。

我慢慢抬頭直視馬克的眼睛，看看他敢不敢胡亂發表意見。他聰明地閉上嘴巴。

「看到安蕾絲了嗎？有沒有交談？」馬克終於切入重點。

我輕輕一哼，鍋裡的水幾乎在瞬間化成蒸氣，「她不是安蕾絲。」我拿冷水澆雞蛋降溫，把鍋子放到一旁。

「我知道她不太一樣。」馬克開口說話，被我打岔。

「那是某人冒充頂替，安蕾絲死了。」

表哥沉重地坐進椅子裡，伸手推開兜帽，光球跟著熄滅。「怎麼會……你確定嗎？」

「那個安蕾絲穿平底鞋。」彷彿這個答案就足以說明一切。

馬克抬起頭。「崔斯坦……」

聽到他掛心的語氣，我迅速補充道。「她現在有咬指甲的習慣，笑聲還走調變樣，我們的安蕾絲不是這樣。」我瞪著水煮蛋。「不管是誰冒充的，都是我父親的爪牙，經過精心設計。她既然聲稱我父親是救命恩人，顯示中間必然有他操作，還有女巫當幫手。」我放下手裡的雞蛋。「原來城裡一直有女巫存在。」父親策畫了一切，沒有遺漏任何細節。

尖銳的吸氣聲使我抬起頭來，確信馬克想要指控我在胡言亂語。「當我呼喚她的全名，她沒有反應，所以我知道不是她。安蕾絲死了。」

馬克表情頹喪，把臉龐埋進手裡，肩膀抽動了一下又一下。

你這個粗心大意的渾球。我連連自責，突然領悟雖然自己有好幾個月的時間調整並接納摯友已死的痛苦，但馬克卻沒有。潘妮洛普過世之後，馬克和安蕾絲關係緊繃，但仍舊有他們的相處之道，算是親密的朋友，就算沒有血緣，至少也是婚姻造就的家人。

「維多莉亞會很難過。」他情緒激動、嗓音濃濁，讓我同時領悟到好幾件事。除了希賽兒、父親，和我，現在多了馬克，沒有人知道安蕾絲的死訊，無人為她哀哭，更沒有人為她舉辦一個巨魔應有的、像樣的喪禮，沒有弔唁，沒有哀歌。我們本該為我們的朋友做更多，甚至連一些關於她的回憶都是錯的，這都是因為我父親的緣故。

我沉默面對馬克壓抑的悲悽。安蕾絲的死，除了父親之外，我也有責任，長矛或許不是由我刺入她胸口，但冒充者指控我沒有盡力救她卻是不爭的事實。如果當時我更努力，如果我試著找出厝勒斯的女巫，她就很可能還活著，如果……

「對不起。」我說得簡短。

「你必須抉擇，」他終於回應。「既做了選擇，現在就得承受後果。」——他挺直肩膀——「以血付出的代價，不要白白浪費。」

後果不單單只是安蕾絲的性命，還有其餘十幾條人命的代價，也害了那些幫忙的朋友們受到牽連和懲罰，並犧牲了多年來審慎的計畫，更讓混血種追求自由的希望破滅，這一切只為了拯救一個人。

而那個人又一次性命垂危。

「永遠有復仇的機會。」馬克沉聲說。

我突然有一股迫不及待的熱切，腦子裡閃過各種主意和計畫。「沒錯。」

「你知道是誰冒充她嗎？」他問。

「不，」我拿起水煮蛋，小心翼翼地敲碎，撥開蛋殼。「但我會把她找出來。」

⚜

我們把那天剩餘的時間用在哀悼上，首先通知文森，他激動得難以接受，稍後礦工交班，又通知維多莉亞，她的反應更慘。

馬克和我低聲辯論冒充安蕾絲的可能人選，名單很有限。第一，安蕾絲法力高強，少有巨魔比得上，只有少數女孩有這種能耐，足以愚弄和安蕾絲非常親近的人。其次，那人必須非常了解她，才有可能模仿她的聲音和體態。第三，冒充者本來的身分還必須一連消失好幾天，都不會有人發現。

「她奶奶？」馬克推斷。「戴米爾夫人向來深居簡出，像隱士一樣。」

我皺眉不語，努力思索孀居的公爵夫人偽裝孫女的理由。「如果單用能耐來考量，當然非她莫屬，只是……」感覺就是不對勁，撇開對方的身分，她必須和我父親合謀，但他們倆彼此憎恨。「我看不出來她和安哥雷米公爵能夠從這種欺騙中獲取什麼利益。」我搖頭以對。「應該不是她。」

「那是誰？誰有可能假扮她？」

我轉動頭部，聽見脖子喀喀響的聲音。「不知道。」不只如此，我更想不透對方是怎麼辦到的。創造幻影或許容易，但要日以繼夜維持不變，就不是普通的技藝。那個人不只要在容貌和言行舉止上模仿安蕾絲，而是要從根本融入她這個人，然而一個簡單的問題就足以摧毀脆弱的演技：妳真的是安蕾絲嗎？舉凡巨魔都不能說是。

門被推開，文森走了進來。他臉色憔悴，看起來筋疲力竭，頭髮滿佈灰塵，看起來至少老了二十歲。

文森咳了一聲。「花了一點時間說服，但他終於同意。」

我的血液頓時加速。站起身來，感覺躍躍欲試，不能再靜坐下去。「什麼時候？」

「今天晚上。」文森直視我的眼睛。「但有一個條件。」

「什麼都可以。」我沒有深究提普可能為今晚的會面提出什麼條件就脫口而出。

即使面露疲態，文森依舊瑟縮了一下，顯然發現我說了溜嘴，「會面的條件是地點要在他的勢力範圍內。」

我強迫自己點頭以對，但動作有些僵硬。「可以，我沒有立場反對。」

該死，我真的很想反對，因為提普的勢力範圍是我在厝勒斯不曾踏入的領域，也是我平生最痛恨的地方。

礦坑。

8
希賽兒

「妳沒有床嗎？」某人用力戳我肋骨，把我從睡夢中喚醒。我睜開惺忪的眼睛，看著前方的哥哥，他的臉和我相距只有幾吋，笑意盈盈，充滿好奇心。「妳好臭。」他說。

「閉嘴。」我想把臉埋進椅墊裡，但布料粗糙僵硬，磨蹭它讓我的鼻子好痛。

我為什麼會睡在沙發上？昨夜的記憶蜂擁而來。從溪水路入口發生的事情到母親醉醺醺地回來，涕淚縱橫地為自己拋棄我們三兄妹辯白，然後……

我猛然坐起身，動作快得眼前金星直冒，過了半晌才消散。我瞪著茶几上的空杯子。「她對我下藥！」

佛雷德揚起一邊的眉毛。

「媽媽。」我嘟噥著，拉扯睡衣遮掩身體，直到可以見人的程度。

哥哥哈哈笑，似乎不覺得很有趣。「差不多是時候了，她大概開始厭煩扮演母親的角色了。」

我悶聲同意，佛雷德還不肯罷休。「我相當確定自己偏愛烈酒的原因就來自於這裡——她從小就餵我威士忌，阻止哭鬧。」

「別又來了。」我渾身戰慄，爐火熄了，大廳冷得凍人。「我真搞不懂你為什麼如此恨她，她所做的抉擇你或許不贊同，但這不等於她傷害了你。」

我說錯話了，佛雷德臉色一沉，把兩封信丟在我腿上。「一封是父親的信，另一封是莎賓父母的來信，妳必須讀給她聽。」他轉身走向門口。「她會傷害人，希賽兒，或許要等妳吃到苦頭才會認清她。」

「等等！」我大聲呼叫，他繼續走，我翻身滾下沙發，繞過去擋在他和門中間。「好啦，對不起，請你留下來吃早餐。」

他怒目相向。

「拜託？」我學小丑裝出哀傷的表情。「我們很難得見面欸。」

「我有工作要忙。」他把我抱起來放到一邊，這是我們之間長久以來的相處模式。

「求求你！」我撒嬌地懇求。

「我沒時間給妳。」他仍是拒絕。

我撲過去抱住他一條腿，他只好一步一步拖著我往前走。「拜託！」我苦苦哀求道。

「放手，哪有聲名卓著的淑女像妳這樣？妳的表現跟彼加爾區的野孩子一樣。」

我抱得更緊了。

他停住腳步，用靴底摩擦我的頭髮。

「我們有培根肉，」我試著忍住笑意。經過昨晚的事，想到今天還笑得出來就感到罪惡。「還有杏桃果醬。」

他改變方向，拖著我走往廚房，幾步之後我鬆開手，站起來跟在背後。廚師正忙著準備，把剛做好的麵糰放在旁邊發酵。媽媽不喜歡僕人住在家裡，嘴巴說是因為要省錢，但我猜是為了隱私的緣故。

「幾點了？」

「接近中午。」佛雷德答道，坐到桌邊。他穿著制服，配劍手槍一應俱全，向來很高的他幾乎到了二十歲，才長肉把骨架填滿。他低頭檢視胸前的階級徽章，看起來勁頭十足、勇敢又帥氣。

「我哥哥要留下來吃早餐。」我通知廚師，選了最靠近爐火的位置，媽媽堅持我們要在餐廳或陽台吃飯，但是身為農家女的我不想離開廚房。

「是的，小姐。」廚師頭也不抬地繼續揉麵糰。母親要求我們保持主雇距離，女主人又難纏不好侍候，僕人更迭頻繁，讓我很難記住他們的名字和臉孔。

「今早我遇見克里斯，」佛雷德靜靜地說，在隔夜麵包上抹奶油。「他說妳那些隱居在南方的朋友想要惹事生非。」

我邊嘆氣邊點頭承認，那一瞬間真希望自己沒告訴他事實，但就算可以隱瞞成功，我也不曾想過要對家人保密。

除了家人之外，只有莎賓，克里斯和他父親知情。奶奶的魔法不足以完全治癒我的傷勢，必須另找醫生，我們只好被迫編故事，她告訴別人說我被瘋子攻擊，因著神的恩典，恰巧被吉列德父子發現，他們及時把我送回家，撿回一條命。這個說法半真半假，然而每一次脫掉衣服，看見六吋長的紅色傷疤橫跨整片肋骨，都在提醒我這個記號會陪我一輩子。

「妳沒有告訴她吧？」他看了廚師一眼，才朝二樓方向點個頭，想必母親還在床上。

「你瘋了？」我咬牙說道。「當然沒有，跟她說等同是昭告天下，人盡皆知。我讓她以為是我一時恐慌，臨陣脫逃，跑去南方躲了一整個夏天，就這樣。」她沒有追問細節，不確定是不關心，還是凡事喜歡保密的她尊重我的隱私權，總而言之，這樣剛好符合我的需要。

「也好，她很擅長想辦法利用情報，謀取個人利益。」他凝視遠方，有些心不在焉。「不過讓整個該死的小島都知道或許更好。」

我緊張地提醒。「佛雷德，你答應過要幫我保密。」

「我知道。」他望著在我背後忙來忙去的廚師。「只是不喜歡這樣，我認為應該採取行動，趁他們毫無防備的時候，發動攻擊，讓他們措手不及。」

我皺眉。「你打不過他們的，究竟要解釋多少遍你才明白？」我扭頭望了一眼。「他們有魔法。」改用嘴型強調。

他嗤之以鼻，抿著嘴唇。「那就改方法，阻斷補給，餓死他們。」他傾身湊近。「我見過攝政王的兒子，艾登爵士，他很年輕，頂多比我大幾歲，是個行動派，常常和部隊同進同出，我可以私下求見，告訴他……」

「不！」我聽到廚師停下腳步，趕緊壓低聲音。「不行，佛雷德，不可以，他們大多數是善良的老百姓，不該面對這種命運，還有……」

「崔斯坦？」他挑起眉毛說道。

從哥哥口中聽見他的名字，感覺很怪。我別開目光說道。「是的。」

佛雷德雙手握拳。「我倒很想找他聊兩句。他偷走我的小妹，利用天殺的魔法讓我擔心會傷害到妳而不敢揍他，真是人渣！」

廚師低聲嘟噥，抱怨軍人嘴巴不乾淨，佛雷德眉頭皺得更緊。

「呃，嗯，你說對了。」我低語。「如果你不關心那些無辜挨餓的百姓，至少想一下自己妹妹的性命。」

他咬住下唇，眼睛瞇成一條線。「對於人性的判斷，妳實在傻到可以，希賽兒，總是不肯看清楚黑暗的一面，即便就在眼前，依然拒絕去看。」

他說的是巨魔還是媽媽？

我雙手平貼桌面，直視他的眼睛。「你不認識他們，佛雷德，你也不了解他。」

「我不必了解！」他猛然起身，用力踢了桌子一下。「我聽不下去，我要走了。」

佛雷德正要走向門口，突然又繞回來給我一個大熊抱。「我愛妳，希──傻──兒，」他對著我的頭髮呢喃。「只要碰上妳所愛的人，妳就變成盲目的傻瓜，聽我的話，妳要睜開眼睛看清楚。」

我聽著沉重的腳步聲遠去，暗暗希望他會改變主意回頭，但他還是走了。

大廳鐘響報時，把我從沉思中喚醒。噹，噹，噹，總共數了十二下。「妳知道我母親預備幾點起床嗎？」我問廚師。

「她很早就醒了，小姐。」廚師的語氣有些鄙夷。「幾個小時前就出門了，還留了一張字條給妳，就在前廳的桌上。」

我蹙眉地走向玄關，對摺的紙條上寫了我的名字。

親愛的，希望妳今天早上恢復神采，中午時請到歌劇院找我──有一個好消息要跟妳分享。

我瞥了一眼水鐘，再看看手中的紙條。「天哪！」我拔腿狂奔上樓。

9 希賽兒

我遲到了，但母親更晚才到。

我們一組人聚集在劇院休息廳，這裡通常保留做為參與首演的女伶和贊助的紳士貴賓相互認識的交誼場所。室內金碧輝煌，壁柱高聳連接優雅的拱門，溼壁畫的天花板，四周的鏡面反射出正中央大型水晶吊燈的燦爛光芒。

名聲響亮的舞者和女高音的畫像環繞整個大廳，鍍金的小天使雕像緊緊抱住每一個做工繁複精緻的畫框。就某方面而言，這些畫像代表了崔亞諾的歌劇發展史，雖然建築物本身的年代不算久遠，繪畫日期卻可以追溯到兩百年前劇團草創成立的時期。這裡讓我聯想起厝勒斯圖書館那間懸掛諸王畫像的美術廳，真希望自己當時有好好花時間參觀一下歷代皇后的畫像，因為臉孔和服裝可以陳述歷史的沿革，藝術家用油彩和畫筆訴說人物背後的故事。

看著母親的畫像掛在牆面最顯著的位置，我不禁納悶，畫像背後又述說了什麼關於她的祕密。看著她脖子上的金鎖片，我的手指似乎自有主張，跟著輕觸喉間的小鎖盒。

「希賽兒？」

我眨眨眼睛，發現莎賓蹙眉地看著我。「對不起，」我說。「你剛說朱利安怎樣？」她正告訴我昨晚一起演出的男主角鬧了哪些笑話，但我心不在焉，沒有聽進去。

她眉頭深鎖。「發生了什麼事？」

我點頭證實。「克里斯和我有一場冒險之旅，稍後再告訴妳。」

「很糟嗎？」

我嚴肅地點頭，我們曾經約定如果有別人在場就用暗號交談，但是現在沒時間。

我在絨布椅上欠動身體，脫掉鞋子，把腳縮起來。我們必須改變話題，免得引起注意。

「有誰知道這是怎麼一回事嗎？」我環視周遭詢問。

「我知道。」朱利安窩在他自己的位置說道。他看起來神采奕奕，宛如睡了一夜好覺，其實按照莎賓的說法，他跟我一樣幾乎沒闔眼。

「你要不要先透露一下，讓大家心裡有個底？」我問。

他嘻皮笑臉地搖搖頭，「這個消息要由吉妮宣布。」

我心裡對他們的親暱頗不以為然。猶記得母親甚至不許爸爸用相同的暱稱，由此可見她和朱利安交情匪淺，有時候連我都不舒服。

很多年前，母親「發掘」了朱利安的天賦，在街角發現了靠唱歌賣藝賺錢的孤兒，將他納入羽翼底下照顧，後來更造就他變成明星。除了佛雷德，我們一家人都被瞞在鼓裡，不知道過去四年來朱利安一直跟母親同住。直到我抵達崔亞諾那一天，他才被掃地出門，因為我們同住一個屋簷下可能引人非議，所以只要有一點點腦筋的人都看得出來，朱利安為此把我當成眼中釘。

我環顧四周觀察受邀的名單，各個都是劇團的重要成員，外加少數幾位戲服和布景設計，整組人馬都是精挑細選的成員，意味著演出場地在劇院外面。

「我們應邀出去為某貴族做私人演出嗎？」我問道，希望可以挫一下朱利安的銳氣，如果猜對的話。

他笑顏逐開，牙齒雪白。「比那更好。」

我低著頭，無精打采。隨便啦，不管什麼對象或場合都不重要，多一場表演意味著更多的排練，而我時間有限，必須出去尋找安諾許卡的下落，這種想到外面街上去做點什麼事的迫切需要，就像身上有癢處卻搔不到，讓人坐立難安。

初到崔亞諾的時候，母親定了一些條件，最主要的就是要我經常上台，使出渾身解數表現到最好的程度，若有違背，她會毫不猶豫把我踢出大門，自己去謀生。偏偏在崔亞諾，我沒有其他的謀生能力，就算有的話，也不能像歌唱事業這樣讓我得以接近各階層的社交圈。這表示我別無選擇，只能聽憑母親差遣。

我閉上眼睛，感受到來自對國王承諾的極大壓力。這跟給一般人的承諾差很多，我幾乎是無時無刻都在想著要如何去找。自從離開厝勒斯以來，尋找女巫的念頭就盤據在心裡，現在更糟，好像著魔似地揮之不去。我必須找到她，但要怎麼做呢？舉凡能想到的辦法統統試過了——只差沒站在大街上，高聲尖叫她的名字，希望她主動現身。

至於要如何運用魔法增加成功的機率，至今毫無主意。魔法書是我僅有的資源，偏偏手抄本裡面不曾提過和找人有關的咒語。我必須找一個師傅，不是泛泛之輩，而是了解黑魔法的人。

室內寂靜無聲，我睜開眼睛，看到母親現身，怡然自得地坐在正中央的椅子上。她向來都是倍受注目的焦點。

「感謝各位出席。」母親開口，稍作停頓，接過朱利安遞給她的熱茶，吹開上面的熱氣。

「我有一個讓人興奮的好消息想和大家分享。」她再次賣關子，製造效果。「在此很高興向諸位宣布，攝政王的妻子瑪麗．雀斯勒夫人委託我們劇團，為她一年一度的冬至宴會表演一齣假面劇。」

多數的劇團成員面面相覷，表情困惑。剛好藝術史也是我在厝勒斯研究過的題材之一，我清清喉嚨。「假面劇不是已經失傳了兩百年，早就退流行了嗎？」

母親揚揚黃褐色的眉毛。「老戲可以新演啊，親愛的。」

她最痛恨別人質疑她的想法，總是堅持己見，要別人讓步。

「什麼是假面劇？」莎賓提問。

「是一種演出方式，」朱利安打岔。「宮廷中有重要身分的名門淑女都會參與演出，瑪麗夫人打算不惜血本，花費鉅資籌備這場宴會。」他起身，掏出一疊紙張分給每個人。「我演魔鬼，」他遞另一頁給我。「惡與善分別由吉妮和希賽兒擔綱。」

我稍稍瀏覽內容，專業的興趣暫時凌駕了苔伯特強迫的督促，但也只有短短一瞬間。大家七嘴八舌、議論紛紛，就像繁忙的蜜蜂嗡嗡作響，我沒有加入，滿腦子想的都是時間緊迫，根本沒空參與。我伸手揉搓太陽穴，按摩似乎無法緩和腦部緊張的壓力。

「注意！注意！」母親用顫音嚷嚷。「還有一件事要宣布。」

交談聲戛然而止，眾人轉過頭來，面面相覷，好奇母親還有什麼袖裡乾坤要公布。一旦掌控大局，沐浴在每個人充滿期待的眼神中，她便好整以暇地享受眾人的關注，慢條斯理撫平衣服的蕾絲。「這件事有悲有喜。」她開了尊口。

大家豎起耳朵、傾身向前。

「我……」她欲言又止，嘴角微微向下。「我做了決定，攝政王府的假面劇將是我的最後一場演出。」

我的下巴幾乎掉在地上。沒有人吭聲，大家都嚇傻了。吉妮薇要退休？怎麼可能？

「許多年前，」她繼續說道，似乎對我們震驚的反應沾沾自喜。「我做出了決定，把個人事業擺在家庭前面。身為藝術工作者的你們，想必可以理解我這麼做的原因，後來我也很少有機會為此感到懊悔。」

她的話像針一樣刺人，摧毀昨晚我在不知不覺間建立的體諒和好感。回憶鮮明地浮現在眼前，就在她答應回家探視的日子，數不清多少次我坐在通往農場的小徑上癡癡等待，每一次都是乘興而去、敗興而返，她很少信守諾言。

搬來崔亞諾以前，我幫她找了千百個藉口，想像她是萬不得已才以演藝事業為重，其實內心深處更渴望回家團聚。明知跟事實相反，她依然能夠隨心所欲操縱我的情感。佛雷德說得對，我是笨蛋。我的茶杯撞到茶盤，發出清脆的聲響，她看了我一眼。

「但是，」她凝視我的目光。「我覺得自己已經到了事業的巔峰。我扮演過所有偉大的角色，也在最有影響力的大人物面前登台獻唱。我在舞台上已經別無所求，寧願急流勇退，省得面對人老珠黃、被嘲笑過氣的困窘。」

「不可以！」朱利安臉色發白，猛然站起來，把大家嚇了一跳。「妳不能離開！」

母親雙眉深鎖。「我不是離開，朱利安，只是退出舞台，全心栽培希賽兒的未來，這樣她的畫像才有機會掛在那些牆上。」

朱利安轉向我，神情怨懟凶狠。「都是妳的錯，崔亞諾的一切都毀在妳手上，真希望妳死在柯維爾別回來！」

我忍不住畏縮，以為他會撲過來，結果他怒髮衝冠、大步衝出門。

「朱利安，親愛的！等一下。」母親匆忙起身追出去。

眾人不約而同地轉向我。「我完全不知情，」我舉手否認。「我跟大家一樣震驚。」

眾人開始議論紛紛，各自臆測朱利安是否會原諒我母親，討論她想退休的真正原因，有的更關心攝政王府演出的假面劇效果如何。我一言不發，逕自瞪著手中的劇本，腦袋開始隱隱作痛，彷彿因為自己的心不在焉而被處罰。我痛到連劇本上的字句都看不清楚，眼前一片模糊，那疼痛似乎另成節奏，一遍又一遍地重複地說：「去找她，去找她……」。我站起身，倉促逃進走廊，繞過轉角，站在舞台側邊的樓梯間。

我從衣服口袋掏出魔法書，噁心的封面不知怎地竟然緩和了頭疼的症狀。我翻開書，瀏覽咒語的分類，即使目前派不上用場，能夠拿回魔法書總是好事。我先左右張望確定四下無人，才把注意力放在崔斯坦身上，拉長距離之後，我們之間情緒的聯繫比起在厝勒斯的時候微小很多，但我依舊感覺得到他的痛苦和怒氣。

我惹他生氣了。

「妳還好吧？」

原來是莎賓。

「妳現在美夢成真，當上本島最著名的歌劇院的首席女高音。」她說得無精打采。「至少這是妳過去的夢想。」

這夢想至今依然不曾改變，就是這樣才如此困難，只能勉強自己先把它撇在一邊。「那是非常吃力的工作，我現在既沒時間，也不希望母親全神貫注在我身上。」但我又不可能拒絕，她心裡早有盤算，我若反對，就會立刻被送回蒼鷹谷。她是寧為玉碎、不為瓦全的個性，寧願計畫全毀，也不會妥協。

莎賓遲疑了一下，給我一杯看起來像是白蘭地的飲料。「妳似乎需要來一杯，這個可以振作精神。」

「謝謝。」我伸手接過，雖然想到酒就覺得反胃。

「妳母親交代了很多工作，我得去趕工。」她說。「或許稍後再碰面，妳可以告訴我發生的事。」

「我再去找妳。」她沒有離開，反而盯著我看，表情有些期待。「妳應該去工作了，」我說。「朱利安激烈的反應肯定會影響到母親的情緒，她會亂發脾氣。」

「對。」她再次猶豫半晌，終於離去。我的額頭貼住冰涼的牆壁，深吸一口氣。為什麼諸事不順？幾乎才一轉身，問題就接二連三發生，我已經焦頭爛額，還是想不出解決之道，甚至不知要從處何著手。

天上突然掉下一個美好的禮物——這是我畢生期盼的機會——我卻高興不起來。當我深愛的男人被他父親折磨得死去活來；當我被自己的諾言困住，必須找出五百年前那個狠毒的女巫；當哥哥威脅要把我困在厝勒斯的朋友們活活餓死的時候，我一個人當上首席女高音又有什麼意義可言……

母親宣布退隱的那一瞬間，某部分的我聽了很興奮，因為唱歌是我從小的夢想，是我醉心熱愛的事，然而現在有這麼多重要危機四伏的事情，哪有心情考慮個人的事業？

想像一下，如果妳不曾去過厝勒斯，現在會如何呢？

我推開那個念頭。「想像一下如果沒去的話，又將失去什麼？」我咬牙提醒自己，「我將沒有機會認識的朋友和我的愛人。」但這想法反而像冷言冷語，不像慰藉。

回到休息室，每個人都假裝很專心地閱讀台詞，但不時有人偷瞄紅著眼睛、怏怏不樂的朱利安和神色緊繃的吉妮薇。除非他們言歸於好，不然什麼事情都辦不了。我得離開這裡去找安諾許卡。

我抬頭挺胸，走向朱利安。「你不會真心相信她要退休吧。」我靠著牆壁向他搭話。

他雙手抱胸，一聲不吭盯著地板。

「這很可能只是她用來提升假面劇的招數，用吉妮薇．卓依斯最後一場演出當宣傳主題。」我壓低嗓門，模仿舞台經理的口吻。「六個月以後，她很可能跑去大陸演出全新的歌劇，而我又會回復她的臨時替身。」

朱利安哼了一聲，似乎不太相信。

我咬住下唇，凝視白蘭地深處。「如果她真有這種打算，一定會在宣布之前，事先告知你。」我說。「她向你吐露了很多祕密——甚至遠遠超過我，而我還是她女兒。她之所以沮喪不悅，或許就是因為你識破她計謀的核心。」

「那她為什麼要告訴妳？」他嘟噥。「妳們幾乎不認識，她不信任妳。」

我渾身一僵，咬住反駁的衝動，我們母女之間的距離是她造成的，然而這麼說只會增加困擾，於事無補。「我知道，」我不予置評。「我很羨慕你們的關係。」

他嘴角抽動，我知道計畫奏效了。坦白說，剛剛說的每一句都是實話，我一點都不相信母親會放棄如日中天的事業只為了培養我的演唱生涯——她需要舞台，那就像空氣一樣不可或缺。

「嫉妒有礙觀瞻，」他搶走我的酒杯。「我接受妳的和平獻禮，至少目前。」他一口灌下白蘭地，眉頭一皺。「天哪，這是哪來的酒？嘗起來好像擺了一個月。」

「我……」話還沒說完，一股風吹過室內，白蘭地的酒渣凝聚成團，從旁邊浮到杯口邊緣。朱利安眼神渙散，瞬間回過神來，表情充滿困惑。

「搞不懂我為什麼在乎，」他雙眉深鎖。「干我什麼事，滿座的票房才是重點。沒有人想看老太婆演少女一角，坦白說，我很高興她決定退休，免得人老珠黃更加難堪。演戲是大家的生命，有妳上場保證有票房，鈔票也會跟著進口袋。」他放下杯子，酒渣掉落，再次沉入杯底。

我張開嘴巴又闔起，朱利安的神情和語氣沒有惡意中傷的意味，就是冷淡、沒有感情，純粹邏輯分析，這違背他原有的個性。

我拿起酒杯嗅了一下，有一股淡淡的草藥味，這裡面似乎摻了別的東西。我的皮膚突然一陣刺癢，頭痛不見了。招搖撞騙的冒牌貨可配不出這種藥方。

這是魔法，更重要的，咒語是針對我而來。

10 希賽兒

我在堆滿戲服的貯藏室找到莎賓。聽到腳步聲，她轉過頭來，眼中閃過期待的光芒，但一看到我的表情，立即消失無蹤。

「朱利安一口喝掉妳給我的白蘭地，」我說。「對他來說，這舉動不算意外，有趣的是他喝完之後的反應。」

莎賓臉色發白。

「白蘭地摻了藥草，這點妳就不必否認，省得浪費力氣。」我氣得聲音發抖。「顯然妳希望透過魔法切斷我對丈夫的感情，這些都省略不談，我們直接討論妳這麼做的原因。妳明知道這幾個月以來我花了多少時間尋找能夠幫忙的女巫，而妳找到了，卻瞞著我？」

「我沒有瞞著妳，」她脫口而出。「是我昨晚才遇到。」

「但妳沒有立刻告訴我，反而決定自己利用？妳還隱瞞了什麼？」難不成她一直說謊騙我？

「不！」她伸手拉我，我退後一步，雙手抱著胸。

「我只想幫助妳，讓妳有機會活……」莎賓澄清。

「妳的幫助就是偷走我最寶貴的東西？」我咆哮。「妳想知道昨晚克里斯和我去了哪裡嗎？我們去見巨魔國王，他當著我的面折磨崔斯坦，直到我答應為他找出女巫。諾言的效力讓我無法擺脫，就像酒鬼甩不開苦艾酒一樣。」

莎賓一臉沮喪，伸手摀住嘴巴。「噢，希賽兒，我很抱歉。」

「省省吧。」想到崔斯坦為凡人承受這些苦難，卻得到這樣的回報，真讓人氣憤。「告訴我女巫的名字，我自己去找她。」

「我可以帶妳去。」她語氣急切，希望彌補裂痕，但這種事讓人很難輕易釋懷。

「好讓妳可以繼續暗中阻撓嗎？」我搖頭以對。「我會和克里斯一起去，至少他可以信任。」

莎賓開始掉眼淚。「妳知道我不會傷害妳。」

「我也以為是這樣，」我說。「告訴我她的名字。」

她哽咽。「大家都稱呼她法辛夫人，她在彼加爾區開了一間店。」

這些話像天籟美聲，瞬間趕走怒火和恐懼，甚至壓抑住我對崔斯坦的愛意，心中只能容納眼前這件事。我咬緊牙關，雙手握拳，指甲掐進掌心，試圖控制那股難以駕馭的衝動，就像赤手空拳去推拒海浪一樣，根本就是自不量力。

「但願她能幫助我，或許會有好事發生。」

克里斯和我行色匆匆，迅速穿越彼加爾區狹小且滿是泥濘的街道。附近唯一的亮光是巷子裡一群無家可歸的遊民燒的火堆。他們圍在一起，燒垃圾取暖，襤褸的破布掩住瘦骨嶙峋的身體。這裡的建築物緊密相連，窗戶釘上木板，木頭腐爛，框架搖搖欲墜，途中經過好幾棟被地震震垮的建築物，支離破碎的梁架被揀去當木柴焚燒，除了地基，所剩無幾。

空氣中瀰漫著港口魚市場的氣味，然而彼加爾區還多了一股特有的臭氣，就像有限的空間擠了過多的人潮，滿佈人類的穢物、垃圾和絕望的氣息，讓我想起國王在沙灘上說的那番話似乎不無道理。

「這個區域一點都不安全，入夜以後更加危險。」克里斯咕噥著，瞄了左邊的妓院一眼，大門傳出刺耳的笑聲。

「不然我為什麼找你一起來？」我低聲回應。

「你怎麼知道這個法辛夫人不是裝神弄鬼，跟其他人一樣？」

「我感覺到魔法，而且就算我對魔法毫無感覺，也看到了藥效對朱利安的影響。」我說。「他前一刻還為了母親宣布退休，氣急敗壞地大發雷霆，下一刻又變得漠不關心。從反應激烈到冷漠地盤算，落差太大。」

「是莎賓端給妳喝的？」

怒火刺痛皮膚，我聳肩甩開。「我不想談。」

「好吧。」克里斯說道，不安地轉動肩膀，看著三五成群的碼頭工人搖搖晃晃迎面而來。「我們很可能碰上安諾許卡本人？」

「我懷疑。」我笑得一本正經，雖然自己一開始也希望是這樣。「但你仔細想想，詛咒巨魔永世不得自由的女巫會住在彼加爾的貧民窟裡面嗎？」

「有道理，」他說。「那我們來做什麼？」

我咬住唇，不發一語，其實我也不太確定這一趟的目的是什麼。「這是找到安諾許卡的其中一個方法。」殺她的管道之一。

「應該是這裡。」克里斯停住腳步。矮木頭房子夾在兩棟老舊的寄宿公寓中間，窗戶前面曬了很多溼衣服，髒水滴在女巫家門口。矮房子沒有開窗，只有一扇沒門牌的小門。

「有意思。」克理斯嘟噥。我用力吞嚥著，先叩門，再推開。

眼睛花了一些時間適應內部的陰暗，又過半晌才看見室內亂得像垃圾山。靠牆的地方是一層層的架子，架上塞滿藥草、石頭、小人偶和一些瓶瓶罐罐。罐子裡面泡了某些東西，有動物，有些我不想細看，還有很多文件、書籍、布匹。更多的藥草、玻璃、煤油燈等等散落在正中央的桌子和櫥櫃，高度幾乎觸及天花板，房子像迷宮一樣，讓人退避三舍，不想靠近。一隻小狗從書堆裡冒出來對我們吠了一聲，一溜煙就不見蹤影。

「哈囉？」我高聲呼喚。「有人嗎？」

沒有應聲，我穿過破銅爛鐵構築而成的迷宮，克里斯跟在後面。「哈囉？」我再次叫喚。

「看起來沒人在家，」克里斯宣布。「我們還是走吧——這裡聞起來有狗的尿騷味。」

「『小老鼠』喜歡宣示領土。」後方有聲音說道，我們雙雙嚇了一跳，克里斯撞到一疊堆到半天高的文件，紙張如雨而下。那個女人彷彿憑空出現。

「你就是大家口中的法辛夫人嗎？」我提問。

「依狀況而定。」女子答道，把我從上到下打量一番。「妳要什麼？」

我要什麼？看著眼前的女人，大紅的衣服，逐漸灰白的金色頭髮往後挽成髮髻，我心裡掙扎著要如何說明。她臉上隱約有一股傲慢，不像彼加爾區的居民——那種趾高氣昂的姿態意味著她不是一開始就淪於貧困。

她歪著頭凝視蹲在後面撿拾文件的克里斯。「懷孕了？」

克里斯猛然一震，後腦勺又撞到拉開的抽屜。

「不，」我飛快否認。「跟那無關。」

「那是什麼？說吧，女孩。」

她咄咄逼人的架勢讓人忐忑不安，我可以感覺到她的力量不容小覷，更加確信魔藥是她親手調配的傑作。

「我的朋友莎賓來過這裡，妳給了她一種藥方，讓人爬出愛河恢復理性。」我滿懷期待，但她轉過身去。

「我懂草藥和處方，女孩，但妳說的是巫術。女人只要沾上邊，就會被釘上木樁活活燒死。」她回頭瞥了我一眼。「愛情幻滅這種事情天天都有，不用借助於魔法，有一半的人過不了幾天又會墜入愛河。」

「愛情不會憑空消失，也不會毫無理由。」我直接反駁，一股無名火襲上心頭，感覺她橫加阻撓，擋在我和目標中間。「她說是妳調配的，妳就不必再假惺惺。」

她嘴角上揚。「我會很多東西，唯獨不會假惺惺。」

「我需要妳幫忙，」我改變策略。「我已經求助無門了。」

她哈哈大笑。「我很懷疑。身著華服、指甲乾乾淨淨的淑女不需要彼加爾區的窮人協助，回妳的宴會去吧。」

「拜託，求妳聽我說。」我不自覺地加強語氣，微風揚起，在店內吹拂，油燈的火焰更加明亮。

她眼神呆滯，瞬間就恢復正常。「喔，喔，喔。」她發現我做了什麼。「看來妳是真人不露相，跟表面不一樣。」

屋外傳來雜沓的馬蹄聲，靴子喀喀踩過冰凍的地面，伴隨著鋼鐵鏗鏘作響。

「城裡的衛兵！」她噓一聲。

克里斯飛快地伸出手，轉動門閂，把士兵擋在外面。

我們被困在屋內。

「法辛夫人！」其中一位大聲拍門。「開門。」

「他們要做什麼？」克里斯低聲詢問。

我沒多問。無庸置疑，士兵拍打女巫的店門只有一個理由。「這裡還有其他出入口嗎？」

她搖頭。「後門肯定有人把守。」她閉了閉眼睛，深吸一口氣，單手壓住胸口。「這邊。」

我們放輕腳步，悄悄跟著她穿過堆積凌亂的店鋪，來到後方的起居空間。這裡有出口，但果然被女巫猜到了，屋外也有動靜。她推開一條破舊的地毯，細長的手指抓住木板的凹槽，用力掀開，底下是一道暗門。「下去。」她指著地窖低語，「別出聲音，他們要的人是我。」

頭頂的暗門闔起。

一開始我無能為力地盯著上方地板縫隙中透下來的光線，豎起耳朵聆聽女巫腳步喀喀地走向大門。他們要她做什麼？精確地說，他們打算怎麼處置她？我心跳急促，連自己都聽得一清二楚，真希望可以叫心臟安靜下來，才能聽清楚衛兵講話的內容。「指控……巫術……警告……火……。」我胃部打結，顧不得手汗溼黏，緊緊抓著克里斯的手。

靴子聲砰砰穿梭在小小的店鋪，每一步都像冰鑽似地刺進胸口，萬一他們搜索這個地方，發現我們躲在地窖裡該怎麼辦？我環顧陰暗的空間，心情沉落谷底，架上的東西千奇百怪，對比之下，樓上的物品反倒稀鬆平常。桌上有一個銀質的臉盆跟水晶球，但我確定最糟糕的，應該是上面那疊書，萬一被發現，我們一定百口莫辯，肯定被列為共犯。

士兵正好停在活板門上面，破地毯遮住所有的縫隙，看不到他的動靜。「後面沒人，」他大聲宣布。「走吧，這裡都是狗的尿騷味。」

前面起了騷動，法辛夫人開始尖叫，他們顯然強行拖走她，鞋跟在地板上咚咚響。她保住我們的性命，但我們甚至不知道她的姓名。我渾身緊繃、心臟幾乎要跳出胸口，依稀聽見火焰霹啪的燃燒、聞到濃煙的味道。這就是他們的目的——把她燒死在木樁上。始作俑者是那些巨魔鍥而不捨地追尋，而我到現在沒有任何進展。我必須幫助她。

「大膽行動，希賽兒，」我自言自語，試著忽略顫抖的雙手。「要勇敢。」

「什麼？」克里斯警覺地問。

我舉手壓著嘴唇示意他禁聲，從他旁邊擠過去，順著樓梯往上走幾階，小心翼翼地掀開活動門，露出一吋空隙。放眼望去，只看到小狗縮在椅子下，法辛夫人在前門大聲叫嚷，掩蓋我可能發出的聲響。幸運的話，看守後門的士兵或許已經跑到前面來幫忙了。我掀開活板門，自己爬上去，再叫克里斯跟上來。「這邊。」我用嘴型示意，指著後門。

好運果然降臨，當我偷偷往外看的時候，後院沒有任何動靜，我們迅速撤出。克里斯抓住我的手，把我拖向隔壁建築物的圍牆。「不，」我低語，掙脫他的手。「你要的話可以先走，我要去幫她。」

克里斯低聲詛咒，任由我擠進女巫店鋪和隔壁寄宿公寓之間的窄巷子，沒有再阻止。夜色漆黑如瀝青，彼加爾不像崔亞諾其餘的地區，連照明的油燈都沒有，我祈禱夜色足以隱藏蹤跡，直到我從兩棟建築物中間冒出來，街上圍觀的人少之又少——沒有人願意跟法律過不去——不過還是有些臉孔從窗戶或門口往外看。

三個穿制服的士兵跟法辛夫人在那裡拉拉扯扯，她像瘋子似地吼叫嚷嚷，抗議誣告，一手死命抓著門框不放，抓她的年輕人看起來很陌生，第三位卻很熟悉。

「佛雷德克．卓依斯！」我咆哮。「我敢說如果被父親看到你讓一個女子受到這種對待，一定跟你脫離父子關係，不許你回家。」

哥哥扭身瞪著我看，錯愕地睜大眼睛。「希賽兒？天哪，妳為什麼在這裡？」

「買茶。」我凶惡地瞪了兩個士兵一眼，他們沒有鬆手，但至少不再硬要拉她出門。

「茶？」佛雷德的聲音就像要窒息。「在彼加爾區？還在天黑之後？」

「這種特別的茶，」我更正。「只有她會做，再者克里斯天黑以後才有空帶我過來。」

佛雷德的目光越過我的肩膀射向克里斯。「你最好有個好理由，吉瑞德。」

我翻白眼，靠近幾步。「噢，別來這一套。放開那個可憐的女人，如果我不帶茶回去舒緩媽媽的喉嚨痛，她會把我臭罵一頓，還有好幾位舞孃哀求我買專治痠痛腳跟的藥膏，法辛夫人的特別有效。」

「回去，希賽兒。」哥哥氣鼓鼓的，臉頰漲得通紅。「彼加爾不是妳這種女孩應該來的地方，這個女人被控施行巫術，而且……」

「老天爺，」我嚷嚷打斷他的話。「如果她真能運用巫術治療歌劇院那些女孩的病痛，早就變成崔亞諾最有錢的婦人，何必還住在這種地方。」我朝破爛的建築物揮揮手。「讓她走吧，佛雷德，這很荒謬。」

「她是誰，佛雷德？」一位士兵問道。

「我妹妹。」

另一個士兵色瞇瞇地眉開眼笑。「噢，唱戲的女孩。」

我不喜歡他說話的口氣，哥哥顯然也有同感。他一把揪住對方制服的前襟，拖到面前，直到兩人大眼瞪小眼。「她是我妹妹，注意你說話的語氣，聽見了嗎？」說完一把將他推開，回頭看我。

他知道我在說謊，曉得我不是來買茶葉，但他也不是傻瓜，沒有找出我為這個女人辯護的原因之前，不會魯莽犯錯。相信我，我無聲地懇求，這次請你相信我。

他眉頭深鎖，用手指戳法辛夫人。「這是最後一次警告，女人，再讓我聽到任何風聲，說妳涉足不該碰觸的事情，火焰就會在妳的腳下燃燒，懂了嗎？」

「是的。」她看著我良久，便匆匆返回店鋪裡。

「你們先回營房等我。」佛雷德命令兩個士兵，他們走向坐騎，緊皺眉頭，眼神充滿疑問，還是乖乖聽命行事。至少就目前來說，其他都無關緊要了。

佛雷德文風不動站在原處，垂著頭，眼睛盯著泥濘的街道，下巴肌肉繃緊，雙手握拳，直到馬蹄聲消失在遠方，才抬起頭來。「妳最好有一個充分的理由可以解釋清楚。」

我做了一番努力才敢直視他的眼睛。「我需要她協助。」

他爆笑。「要她幫助？妳需要愛情仙丹？還是算命指點迷津？」他握住我的肩膀用力搖晃，直到我上下排牙齒撞在一起喀喀作響。「該死，希賽兒，妳是哪裡有毛病？」

「放開她，佛雷德。」克里斯伸手阻擋。

「滾開，吉瑞德。」佛雷德用力推開克里斯。我嚇了一跳，以為他會下重手，但他氣的是我。「妳害我在部下面前像傻瓜似地丟人現眼，還逼我違背上級的命令。下令的可是高官，妳知道如果我找不到合適的理由脫身，可能會惹上什麼麻煩嗎？妳有想過嗎？」

我咬著唇，喉嚨灼熱發燙。「我很抱歉，如果沒有絕對必要的理由，我不會這麼做。」

「絕對必要的理由？」他無聲地狂笑，近乎歇斯底里，肩膀不住地顫抖。「在妳想像出來的荒誕世界嗎？」

「你知道那不是幻想。」

「錯！」他大吼一聲，口沫橫飛，濺到我臉上。「我已經聽過妳的說詞了，但根本沒有證據可以證明。」

「她沒有說謊，」克里斯反駁，肩膀跟我一樣緊繃，知道附近還有其他人旁觀。「我也在現場。」

「閉嘴！」佛雷德氣到渾身發抖，眼神狂野。「妳失蹤好幾個月，音訊全無，大家以為妳死了，卻又突然又半死不活地跑回來，冒出一個荒誕無稽的故事搪塞我們，再對其他人捏造數不清的謊言。我甚至認不得妳是誰。」

「佛雷德……」我必須修補這個裂痕，讓他明白我說的都是事實，今晚這麼做有其必要性，可是聲音出不來，因為我不知道要說些什麼。他對我的不信任深深刺傷我的心。這是我哥哥，從小保護我的人——若有人膽敢找我麻煩，他就會幫我出面對付他們。被綁架到厝勒斯以後，剛開始那段陰暗絕望的日子裡，我都以為唯一有可能來救我出去的人就是哥哥，現在他卻反過來攻擊我。

他舉起一隻手。「我不想再聽妳癡人說夢。」話鋒一轉，指著旁邊的店舖。「這裡，這裡才是真的，它遠比妳所察覺得更加危險。」

我張開嘴巴，想要告訴他我完全了解她的危險程度，但他打岔。「妳知道法辛夫人是什麼身分嗎？」他傾身靠近。「她是攝政王妻子瑪麗．雀斯勒的貼身女僕，早該因行巫術火焚而死，結果卻只被逐出宮廷了事，這不是說他們原諒了她，而是要繼續關注她的一言一行，我在這裡就是最好的證明。」

每分每秒危險性都在節節攀升，如今我的盟友離我遠去，仇敵又在意想不到的時刻現身。血管裡湧流的彷彿是冰，我好似再也感覺不到溫暖。哥哥的話讓我膽戰心驚，但我已經答應巨魔國王。「我必須這麼做。」我說道。

佛雷德突然垂頭喪氣，拱起肩膀，下巴肌肉鬆弛，神情萎靡，好像被擊垮了。他的模樣讓我於心不忍，我寧願他繼續發脾氣。「我可能被革職，甚至因此鋃鐺入獄，」他壓低嗓門，我得豎起耳朵才聽得到。「最令人擔心的是妳的所作所為或許會引起攝政王注意，萬一他們發現妳的身分，妳會沒命。」他退了一步又一步，試著躲開。「這是我最後一次幫妳脫身，下不為例，希賽兒，我再也不想跟妳有瓜葛。」

「佛雷德，別說這種話……」我試圖追上去，但被克里斯拉住。「讓他走吧，那些都是無心之言——他需要冷靜的時間。」

我不相信，但也沒有掙脫克里斯的手，因為我不知道還能說什麼來挽回這一切。看著哥哥策馬而去的背影，我的心好痛，他是我最親愛的人之一，也是我該保護的對象，然而我卻反其道而行，不只危害他的事業，還可能讓他喪失自由，同時摧毀了他對我的信任。罪惡感讓我嘴巴發苦，苦澀的背後還有一股更可怕的力量悄悄深入五臟六腑。崔斯坦警告過我釋放巨魔等於是把人類推入深淵，他強迫我睜開眼睛，看見率先受苦的將是我的朋友和家人。眼前這一幕是否就是預兆，提醒我一旦成功，就會發生類似的事情？縱然這是一個可怕又醜陋的徵兆，我卻回不了頭。

因為有一個聲音不斷縈繞在耳際，一遍又一遍，音量越來越大，如同嗅到獵物氣息的獵犬狂吠不已。

把她找出來。

11 崔斯坦

馬克和我走向礦坑入口時，厝勒斯似乎異常地明亮，我機械式地前進，眼睛視而不見，人們來來去去的細節在模糊中離我遠去。繞過轉角，迎面就是直通礦坑的寬闊樓梯，我的腳似乎忘了天生的目的，突然絆了一下，踉蹌地停在原處。

「你確定要這麼做？」馬克低聲問道。

不。「是的。」我的聲音有些含糊。「我必須找他談。」

馬克猶豫半晌，不安地看我一眼。「你可以改地點。」

「不確定他會不會答應。」我猶豫道。礦坑對我來說是極度嫌惡的設施，這個祕密少有人知，唯有馬克、雙胞胎和安蕾絲例外。他們之所以知道是因為在我十歲的時候，安蕾絲打賭大家不敢下去，驕傲的自尊讓我鼓起勇氣，卻在出礦坑之前消耗殆盡。幽閉恐懼症當場發作，讓我恨不得可以插翅飛出坑外，他們四個人聯手壓制我，直到搭乘升降機回到地面。看得出來馬克不想重覆當年的經驗，我也不願意。

「我不再是當年那個被莫名恐懼掌控的小孩。」我咕噥著，這句話更像是在對自己說，一邊強迫雙腳慢慢移向那偽裝寧靜的入口。

礦場比記憶中的更吵雜，兩小時前才換過一班工人，甬道幾乎空蕩無人，但我依舊聽到從地底深處傳來的爆炸聲和開挖岩塊的響聲。這裡熱氣逼人，空氣中瀰漫著強力的魔法，好融化金礦、倒進不同的鑄模裡面。

我機械化地跟著馬克走向礦井，瀰漫在空氣中的灰塵頓時黏在舌尖，充斥在肺葉裡面。兩名公會成員坐在豎井旁邊的凳子低頭玩牌，看見我們立刻跳起來，隨即睜大眼睛，認出我的身分。

「我們要下去處理事情。」馬克說道。

兩位懊惱地對看一眼，一部分的我暗暗希望他們拒絕我進入，很大的一部分。如果不能下去，堤普就得更換會面地點，那樣更好。現在不是我反應最敏捷的時候，如果有什麼對談需要我完全專注，那就是這次。該死，這裡為什麼熱成這樣？

「悉聽尊便，伯爵大人。」男子回應，平台從豎井轉過來，我們的重量導致它微微晃動，感覺我胃裡的食物也跟著上下震動。

「你們預備上來的時候就拉鈴鐺，大人。」

腳下的升降機急速墜落。

我揮動手臂保持平衡，死命咬緊牙關，以免發出驚叫聲損及顏面。

「渾球。」馬克憤怒地詛咒著，我們在豎井中急速墜落，支撐的桁架閃爍發光，照亮甬道四周，但是讓我忐忑不安的不是下墜的速度，而是堆積在頭頂上的巨量石頭。

升降機停住，我腳步蹣跚地逃出來。

「你們遲到了。」文森坐在幾英呎外的板條箱上，雙臂交叉橫抱胸前。「你下來是明智的決定嗎，崔斯坦？我知道這不是你喜歡的地方。」

「我的舉動早就脫離自己認為明智的範圍，」我挺直肩膀。「走吧。」

「好啊，」文森挖苦地說，「你們耗了很久才到這裡，而我還有配額要完成。」他不等我們回應，逕自走向一條狹小的隧道，通往地底深處，馬克和我心情沉重地對看一眼，逐步跟在後面，低矮的天花板讓他只能彎腰駝背前進。

這是文森和維多莉亞對我伸出援手而受的處罰，他們要日復一日、夜復一夜地在礦坑消耗生命。工作苦不堪言、汙穢骯髒又危機四伏，但我突然想到，這工作本身不算處罰，真正的處罰是父親故意將他們倆隔開。

他們的母親因難產而死，而父親因大受打擊，幾天之後也跟著撒手人寰。姊弟倆相依為命，由混血種的僕人撫養長大，從小形影不離，除了睡覺，幾乎是睜開眼睛就在一起，而現在每天有十五分鐘能夠碰到對方就算走運，這真的是極其殘酷的方法。雙胞胎意志消沉，安蕾絲香消玉殞，那馬克……

「他怎麼處罰你？」我靜靜地問。

馬克過了很久才回應。「我繳罰金。」

從語氣判斷，應該不是繳罰金那麼簡單，但馬克不是那種可以施壓的類型。

文森突然停住腳步，差點跟我撞成一團。他轉身瞪我一眼，開口說。「他們去他家沒收了所有和潘妮洛普有關的遺物，包括她的藝術品、畫像、和大大小小的東西。」

父親了解每個人的弱點。潘妮洛普是馬克一生的痛，沒有人比我更了解這一點。

那時，我們都知道她死期在即，當我發現他們聯結時勃然大怒，無法理解他硬要跟一個徘徊在鬼門關前的女孩生死與共的原因。在我看來，這麼做非常自私，我只差沒有當面跟馬克表達我的想法，但潘妮洛普就不一樣，那天便是我和她最後一次交談。

她不是瞬間香消玉殞，而是慢慢失血，持續很多天，耗盡所有的元氣。最後她枯竭的生命注定無法再延長，走向不可避免的結局，光芒終究熄滅。我躲在角落裡徘徊又徘徊，即使現在都聽得到自己劇烈的心跳聲，期待著可怕的時刻到來，暗自盤算等她走後，要如何逼迫表哥活下來。

綑綁的時間如同永恆那麼久，我天天希望馬克能夠恢復理性，卻總不能如願，只好強迫他承諾活下來。馬克把這件事告訴希賽兒時，說得我好像做了什麼偉大的事，事實上，這卻是我生平最糟糕的決定，就因為許久以前他對我的信任，把全名告訴了我，因此才能夠讓情勢逆轉。運用名字不只讓我得以影響他的行為，還能控制他的想法，感受和記憶……

「我……」正要開口，文森已經匆匆轉進隧道內，馬克低著頭，兜帽遮住了他的臉龐。

「我會拿回來的。」我脫口而出。父親奪走了表哥摯愛女孩的遺物，那是馬克僅餘的一切，他卻不吭一聲，連一句抱怨都沒有。

「沒關係，崔斯坦，」他說。「就是一些雜物而已，又不是她。」

「當然有關係，」我強調。「是因為我才被沒收，我會拿回來的。」

「沒事。」

「怎麼會沒事，」我越說越氣憤。「我竟然沒問他對你做了什麼事，甚至沒去想……」我咬牙切齒。「最近我很自私，只顧自己，或許我一直以來都是如此，但這點必須改變。」

「那就改變吧。」他加快步伐，追上文森的速度。「只是不要把潘妮洛普的東西放在心上，眼前還有更急迫的事情要處理。」

話題到此結束。馬克不願意討論潘妮洛普，即使在她活著的時候，也是守口如瓶，絕口不提她的事情，彷彿他們之間的一切既私密又寶貴，不能跟別人分享。唯一能讓他心甘情願、主動提起的人是希賽兒。她就是有辦法讓別人打開心房傾訴，我就不能；她有同理心，而我只會……批評論斷。

我邁開步伐，匆忙追上前面的朋友。

⚜

追上堤普和工人的時間比我預期的快很多，依據希賽兒的形容，他們工作的地點距離升降機約莫兩小時的路程，我們只花了半小時。

堤普顯然感覺到我們的能量，注意力不在工人身上，而在我們出現的方向。

「文森。」他點頭致意，文森沒有應聲，逕自走向爆破的石堆，混血種圍在那裡挑挑撿撿。

「伯爵大人。」堤普對馬克一鞠躬，繼而轉向我。「這一刻我期待很久了。」

他猛然出拳揮中我的臉，我蹣跚地倒退一步，驚訝大於痛苦。我伸手摸臉，發現指尖有血，堤普手指頭金光一閃。那一瞬間，我怒火上騰，以為他戴著鐵環，但皮膚隨即癒合，只有些癢癢的，原來是銀。

「幾個月來我朝思暮想著這麼做。」他露出得意的笑容。

「滿意了嗎？」我質問，語氣比我所想的更冷。是你罪有應得，怪不得人。

「差遠了。」堤普用同樣冰冷的口氣回應我。

我們怒目相向，似乎還沒開始討論就陷入死胡同。

「這條隧道應該關閉，」馬克打破僵局。「太危險了。」

堤普瞥他一眼。「那是以前，」他更正。「現在文森爵士抓到支撐它的訣竅。」

我對最後一句話充耳不聞，只聽見上方的岩層極不穩定。汗水順著臉頰流下，我全神貫注地搜尋頭頂是否有任何不尋常的縫隙，魔法應時而起，隨時預備架起防護盾，至於堤普和馬克的爭論就像耳邊風一樣。我豎起耳朵，屏息聆聽石頭移動的聲音。

「該死，你在做什麼！」堤普嚷嚷引起我的注意。

「這邊的岩層穩定嗎？」我痛恨自己的語氣，但又不能不問。

「還可以。」堤普歪著頭，突然爆發大笑。「你在害怕，你，天底下最有能力的巨魔，竟然會害怕礦坑。」

「我沒有……」我皺眉。「只是不喜歡這種地方。」

「英俊的王子好可憐，」他揉揉眼角，彷彿在擦眼淚。「你知道這有多荒謬嗎？你一輩子都活在山脈底下，我還看過你進去比這裡更可怕的迷宮，你進進出出就像家常便飯，彷彿陪母親去喝下午茶，到礦坑卻如此恐懼，實在不合常理。」

「其實合情合理。」我反駁道。我痛恨他說的每一句話。

「石頭就是石頭，不管到那裡，上方都是石頭。」他笑不可抑，傾身靠著拐杖，看到我彷彿看到這輩子最好笑的東西。

「我可以托住迷宮和城市上方的岩層，」我咆哮。「唯獨這裡不行。連我都承受不住。」

四周一片寂靜，我怒不可遏，對著牆壁揮拳發洩，塵土灑落頭頂，手臂一陣劇痛。我立刻後悔自己衝動的行徑，為什麼馬克沒有事先告訴我這邊的地層極不穩定？他一定知道這會分散我的注意力，讓我口不擇言，後悔莫及。

「呃，我想是有點道理。」堤普打破沉默。

我沉著臉，不再多言，以免牽扯不清，損及尊嚴。

「雖然我不應該覺得很詫異，」堤普繼續說下去。「你需要掌控周遭每一個人，想當然耳，也會想要控制所有大大小小的事物。」

這樣有錯嗎？是的，我猜是有些問題。堤普的木頭義肢發出喀喀的聲音，慢慢朝工人走過去。我知道自己應該開口，不然何必來這裡？我不想白白浪費因著我決定而生的優點？或是為了修補我的抉擇所造成的裂痕？我想兩者都有。

「等一等。」我說。

堤普停住腳步。

「對不起，」我囁嚅地說，有點口吃。「我很遺憾當時欺騙了你們，但我必須……」

堤普轉過身來，再度一跛一跛地走回來。「你不只欺騙我們，年輕人。」他咆哮地伸手戳我胸口。

「我……」

「閉嘴聽我說。」

唯一一位敢用這種口氣跟我說話是我父親。

「你不只欺騙，還用恐嚇的方式利用我們、害死很多條人命，」他口沫四濺，噴到我臉上。「你知道最不堪的是什麼嗎？我們很願意幫你，只要你開口就行了。那個女孩在我被壓斷腿的時候救了我一命；當她隻身上前對抗你那個瘋狂弟弟的惡行，拯救了無數人。」他繼續戳我胸口。「至於我和其他的人？我們都願意為她捨命，只要你夠信任我們，這一切就不會發生，但你不肯讓我們自己決定，你就是要掌控大局，才會奪走人命。」

我能說什麼？他說的句句屬實，但我現在還清楚記得當時那股深沉麻痺般的恐懼，確信如果不能立時採取正確的行動，希賽兒一定沒命。

「我必須確定所有狀況，」我說。「不能冒險採用其他方式。」
「意思就是你要能全面掌控。」
「我……」我很想反駁，強調正當性，解釋那麼做的必要性，事後也證明那個決定是對的——畢竟希賽兒逃出了厝勒斯，現在活得好好的。我想讓堤普明白不願意假手他人跟凡事都要掌控，兩者的意義不相同。但最重要的是我討厭那些字眼：掌控、挾制，讓我聯想起自己的父親，凡事都要聽他指揮，一切遵照他的想法和做法，不得自做主張。
如果真是這樣……
我心有不甘地點點頭。
「好孩子。」他拍拍我的臉頰，膽大妄為的行徑讓我當場愣住，忘了躲開。
震驚隨後化為怒火，他想幹什麼？我已經謙卑地道歉，承認自己的失敗，也做了讓步，讓他暢所欲言，不必擔心言語觸犯的後果。都已經做到這種程度，他還把我當成被寵壞的小孩？我再也顧不得鐵銬箍住手腕灼熱的刺痛，聚集魔法的能量，打算好好教訓他一下，讓他知道分寸。
白癡，*他當然知道*。我咬牙切齒，聽見一個微小、警告的聲音，*他很清楚你可以像打蒼蠅似地一巴掌打死他，但他不在乎，攻擊只會證明他的觀點正確*。
堤普顯然感覺到魔法湧流，高傲的態度一閃而逝，慌張地倒退半步。「我想你並不在乎，」他說。「希賽兒已經遠離厝勒斯，平安無虞，這才是你真正的目的，其餘都是小事。」然後他微微點個頭，開始往回走，對話就此結束，但我不接受，我願意正視自己對礦坑的憎惡還有一個重要的理由，雖然現在才想到。
「希賽兒的處境根本談不上安全無憂。」

堤普當場愣住，其他假裝認真的工人也停止演戲，公然盯著我看。

不過幾個月，甚至不到一小時前，我只會把需要讓他們知道的事說出來，確保他們的支持就夠了，不必透露太多，但現在情勢改變了，我也必須跟著改變。我不再是厝勒斯的王位繼承人，也不是革命領袖；空有王子名分，卻一點權勢都沒有。

我手中僅有一樣從來沒用過的武器，就是真相。

「我父親用威脅的手段，」我說。「逼迫希賽兒許下一個幾乎不可能實現的諾言，藉此控制她的思想。如果不想辦法阻止，希賽兒不死也會發瘋。」

堤普的臉部肌肉抽搐了一下，語畢，我便鉅細靡遺地描述溪水路口發生的那一幕。

聽完故事，堤普表情非常嚴肅。「或許她有辦法找到安諾許卡。」他的語氣帶著一絲懷疑，人人都知道女巫就像從人間蒸發一樣，徹底避開每一次追擊。

「或許，」我瞄了馬克一眼，他的表情難以捉摸。「但我不敢奢望。」

堤普倚著拐杖支撐重量，望著遠處，眼神茫然，仔細思索剛聽到的一切。我搜尋他的臉龐，希望有任何線索足以判斷他在想什麼。

「我當然不希望聽到那個女孩遭遇不測，」他終於開口。「可是我不懂你究竟期待我們怎麼做。」

我輕輕吁口氣。「除了找到安諾許卡，只有兩個辦法能夠幫助希賽兒卸下承諾的重擔，第一是我父親改變心意，不在乎她是否實現諾言，但這是癡人說夢。第二是……」

「他死掉。」

「是的。」我點頭。

堤普心不在焉地揉揉肩膀，眼睛盯著地板思索，下頦肌肉隨著手部的動作一緊一鬆。過了半晌，他扭頭看著那群朋友，他們默不作聲，沒有試著隱藏不安的心情。

「我恨你父親，」堤普說道，語氣簡潔而嚴厲。「恨到骨子裡，這一點大家都有同感，不過……」

情勢不妙。

「不過怎樣……」即便知道他要說什麼，我依舊催促。

他拱起肩膀又垂下，似乎感到抱歉。「我們要求的條件他全部答應了，包括更好的待遇，建構石樹需要的藍圖和黃金。」堤普抬起臉龐，冷靜沉著地直視我的眼睛。「你提議的條件自己沒有信守，他反而幫你實踐了，如果我們還和你聯手去對付他，不是瘋子是什麼。」他揚起嘴角，忿忿不平地哼了一聲。「我很不願意這麼說，然而這是事實。」

我咬住下唇，即使預料到他會有這種反應，還是忍不住氣憤填膺。不管怎麼轉，父親似乎就是有辦法讓我和其他人逃不出他的手掌心。即便這件事……他知道我看出混血種正在搭建的結構注定失敗，也知道我無論如何不會袖手旁觀，他幫我鋪了這條路，確信我會順著往下走，就算不知道結局是什麼。一部分的我想要保密，只有馬克和我知道，直到摸透父親的用意在哪裡，然而根據最近的經驗，這種方式對我沒有多大的效果。

「他什麼都沒給。」我說。「父親提供的建樹藍圖不是我原來的計畫——那是假的，就算完工了，也會立刻倒塌，根本支撐不住。只要一拿掉魔法，魔山便會轟然壓垮厝勒斯，成全五百年前的毀滅計畫。」

堤普錯愕地張大嘴巴，其他人也大驚失色。

文森的眼神不再呆滯。「那個渾蛋！」他破口大罵，岩層受到震動，灰塵紛紛灑落。

「該死，狡猾的老狐狸。」

我有好幾個精選字眼可以形容得更加貼切，可惜現在不是時機。

「可是……」堤普移動嘴唇，想要說話，卻沒有聲音。「那份藍圖的內容鉅細靡遺，」他終於脫口。「有計算公式……還有材料表，是你的手稿！」

我聳聳肩膀。「毫無疑問地，他會嚴密掌握所有的細節，確保給你的計畫看起來真實可靠，但我保證，那些是假的。」

他緊閉眼睛。「我看過計畫書——它完全模仿魔法神奇的結構。」

「問題就在這裡，鐵和石頭不夠力。」我答道，試著解釋清楚。剛好旁邊碎石堆有顆大石頭，我示意文森搬過來，再造出一道魔法柱。「把石頭放在魔法柱上面，」他依言而行，大家一知半解地睜大眼睛，不明白其中的奧妙。我嘆了一口氣。「現在搬到堤普的枴杖上頭。」

文森挪動大石頭，猶豫了一下。「會壓碎。」

「沒錯，」我同意。「可是如果有三根拐杖，仔細安排一下，讓重量均勻分布，結果會怎樣？」

「那會有效。」文森笑呵呵地點頭。「我現在明白了，魔法是最強悍的材料。」

「而且彈性奇佳。」我補充一句，欣慰地看著眾人恍然大悟的表情，還有他們隨之升起的怒火。

「我們是一群該死的白癡！」堤普大聲咆哮。「笨蛋，我一把抓住眼前的蘋果，卻不知道那是敵人預備的誘餌。記住我的話，他一定會付出代價。」

我忍不住喜出望外，混血種——至少有一部分——又投回我的陣營，我舉手示意他們要謹慎。「我們不能匆促行動。」

堤普眉宇糾結在一起，其他人則忿忿不平，要求立刻採取行動。

「他肯定料到會有這段對話，」我說。「他知道我在這裡，也預期我們會採取特定的行動。」

「什麼行動？」

「我不確定，」我深吸抽一口氣。「我只知道他會有所防範，防備任何突發的事件。」

堤普雙臂抱胸。「那我們要怎樣？」

我環顧隧道四周，凝視每一對眼睛，現場有男有女，都很年輕。「我們要先找出他設局的目的，再加以破壞。」

眾人欣然同意的聲音在礦坑迴響，唯獨堤普默不作聲。「我聽到你說了一堆的『我們』，崔斯坦，但你憑什麼認為我們還要你當帶頭的領袖？你曾為了私人目的不惜背叛，我們怎麼知道舊事不會重演？」

隧道陷入死寂。

「我知道你們不願如此，」我挺直肩膀。「因此我不要求當領袖——只請你們容許我加入陣營，大家一起完成革命的壯舉，我們是夥伴關係，而且……」我猶豫了一下，對人性悲觀、理性的一面在心中尖叫，提醒我唯有精神錯亂的瘋子才會這麼做，未來我一定會對今天的行動懊悔不已，但我仍需要他們的信任。不……我必須證明自己可以被信任。

「我……」我喉嚨緊縮，彷彿內心的真我企圖掐住那些字眼不許說。「我，莫庭倪王族之家的崔斯坦，在此發誓，終此一生，我永遠不會再運用或說出任何混血種的真實全名，或是」——我瞥了馬克一眼——「純種巨魔的真名。」

我的視線一片模糊，感覺驟然間喪失了控制他們名字的權力。我的力量仍在，但如同一把劍靜靜躺在透明的玻璃罩底下，玻璃強度難以穿透，永遠拿不出來。當我鬆開掌控權的時候，似乎有一股寒噤穿透馬克、文森和所有礦工身上，好像只有堤普不受影響，這一點很奇怪，超乎尋常地怪。

「非常崇高的舉動，」他嘟噥著，似乎知道我正在仔細觀察情況。「每個人都很感激。」

我把重心往後傾，繼續盯著他看。「或許程度各有不同。」他開始冒汗，汗珠滴下臉頰，不安地舔舔嘴唇，眼神飄來飄去，就是不肯正視我。一種可怕醜惡的懷疑浮上心頭，某個意念隱約成形，一旦證明我的想法是真的，將會撼動厝勒斯的根基。

不可能，不可能，不可能！

我將注意力轉向其他混血種，他們不像堤普那般焦躁，或許他們不知道？他比任何一位更近似人類——這很可能是他獨一無二的天賦。如果是這樣，將之公開對他非常不利，而我需要他的支持。

「我再單獨跟你談。」我的聲音輕得只有他和馬克聽得到。

堤普抹去額頭的汗珠。「不……」他似乎是用盡力氣才從胸口擠出這句話。「有話要說儘管當著成員面前，我信任他們。」

這足以獻出他的生命嗎？因為如果我的懷疑是正確的，他將面臨生死交關的危機，但那要之後再找他討論。

「我接受你對我先前行為的指教，說我……表裡不一。」我改變話題，加重語氣。「從此以後，我願意拿出真心、坦誠相對，希望你們也是如此，如果大家要團結在一起對抗我父親的話。」

「這個要求很公平。」堤普閉上眼睛，過了半晌才睜開，他用力吞嚥，喉嚨上下移動。

「我們需要時間討論。」

我點頭以對，看著他拄著拐杖走向工人，對朝我們走來的文森說了幾句話。一位混血種樹起薄弱的魔法盾牌，他們交頭接耳，熱烈地討論起來。

「你為什麼要那樣做？」馬克幾乎在大吼。

「沒有自由意志，就談不上平等，只要我能掌控你們的全名，就可以影響你們的意願和決定，這不公平。」

「這要付出什麼代價？」他質問。

他的情緒緊繃狂暴，魔法的熱流在隧道內來回湧動。「對我的代價嗎？」我反問，隨即遲疑了一下，突然領悟他勃然大怒的原因。「或是就你而言？」

馬克猛然轉身，頹然靠著隧道牆壁，臉部完全隱藏在漆黑當中。「統統解除了。」自從潘妮洛普過世以後，許久不曾聽見他如此絕望的語氣。

文森抓住我的手臂，關心和擔憂讓他捏得很用力，甚至會痛。「他怎麼了？」

我完全沒考慮到會有這層後果。放棄掌控全名的權力，這種事情沒有前例可循，我在不是很了解它背後錯綜複雜的後果之下，就貿然做了決定，影響之大遠遠超過我的預期，我不只放棄未來指揮他們的權力，同時解除了過往命令的效力，影響最深的莫過於我的表哥。

「我們決定了。」堤普的聲音傳過來。

「該死，時機真是不湊巧。」我驚慌地詛咒著，和文森對看一眼。

我試探地伸手碰觸馬克的肩膀。「對不起，」我低聲說道。「我沒想到會發生這種事。」

他沒有應聲，手掌緊握的石頭逐漸碎裂。

「王子殿下？」堤普有點發火。「這麼快就對我們失去興趣？」

我充耳不聞，馬克的事情更重要。「你的話還有效嗎？」我嘶聲問道。

看見他的兜帽用力點了一下，讓我大大鬆了一口氣。「可以再支撐一陣子，等我處理完畢再想辦法解決嗎？」

他沒有回答。

「馬克！」我抓緊他的肩膀。「回答我。」

他慢慢轉過頭來，我看見一隻眼睛罩著薄薄的血絲，血管在巨大壓力下爆裂，隨即癒合起來。那種眼神讓人退避三舍，但我不能避開。

「你自己選擇吧，」他的語氣充滿怨恨。「不要白白浪費既有的成果。」

他的話就像有人用力朝我肚子揍了一拳，擠出肺裡的空氣，這就是我的命運嗎？只要無法做出正確的決定，受傷最深的永遠都是對我最重要的人？「對不起。」

「快去吧。」

我木然轉身面對混血種，唯有靠著日常鍛練才得以抹去蛛絲馬跡，不致流露真正的情緒。堤普和他的同僚興致勃勃地打量著我們，察覺有異樣發生，只是不確定。

「你們決定得如何？」我問，背後的表哥情緒迅速失控，讓我很難專注聆聽他們的決定。

堤普毫不猶豫。「我們支持你。」他手指著同伴。「大家意見一致。」他們點頭同意。

「至於其他的混血種……要花一點時間，近來要他們重拾信任有點困難。」

我即使有些釋懷也顯得無關緊要。「在進一步了解我父親的計畫之前，不能貿然採取行動。」我說。「我們有的是時間，如果沒有適當的策略，這件事最好保守祕密。」

堤普點頭以對。「事情既然解決，你應該離開了，如果不能達成配額，合作的協議也是枉然。」

「屆時再見。」我朝他們點頭致意，有幾位混血種笨拙地鞠躬回應。堤普沒有卑躬屈膝，至少他很認真看待雙方平等的地位。但坦白說，我還有更緊迫的問題要處理。

「帶他出去，」文森靜靜說道。「想辦法解決。」

「會的。」我嘟噥，馬克已經轉向隧道，空氣中瀰漫著魔法的能量，亂無章法和方向，那些魔法和我擦身而過，轉向牆壁和天花板。我輕觸左手的腕銬，痛恨它的阻礙和刺痛。拿掉的處罰值得嗎？到時只會換來更多懲罰，不只是兩側各一，再銬下去我會成為廢物。

「走吧。」馬克的語氣顯得奇怪又陌生，憤怒而危險。

拿掉手銬要懲處，但不拿的話，我極有可能死在隧道裡。

12 希賽兒

「回來得真晚。」

母親尖酸的嗓音傳入耳膜，把我嚇了一跳。她端著一杯白蘭地，站在爐火旁，陰影罩住臉龐。「突然這樣有點戲劇化吧？」我問道，將斗篷掛在鉤子上。「再者，妳不是要跟朱利安共進晚餐？」

她淺啜一口白蘭地。「他有約，抽不出空檔。」

「至少他從妳宣布退隱的驚嚇裡面恢復過來了。」我咚一聲坐進椅子裡。「我還有點擔心他會意氣用事，辭職離開劇團。」

「他不會離開。」

母親那怨毒的語氣讓我重新評估這件事的嚴重程度。即便很久以前我就知道朱利安暗戀她，但那應該是單戀吧？畢竟他跟哥哥同年齡。「他有說什麼嗎？」

她又灌了一口酒。「說了很多。」

我愁眉苦臉，確信如果他重複了先前告訴我的那番話，母親肯定不會有欣然接受的雅量。

「朱利安的事說夠了。」她放下酒杯，走過地毯停在我面前。「妳今晚去了哪裡？」

「隨便逛，哪裡都去。」她從不過問我的去向，頂多在演出結束要求我多花一點時間娛樂那些贊助人。

「隨便逛？」她重覆了一遍，我知道有麻煩了。「我需要更精確的答案。希賽兒，妳去彼加爾區做什麼？」

我嚇得目瞪口呆，大腦迅速地運轉，一方面尋找合適的謊言，另一方面推測她可能的消息來源。

「別想找藉口推拖，親愛的，」她咄道。「妳哥哥來過，單是他的出現已經足以讓人震驚，又大放厥詞地數落我不應該讓妳跑去貧民窟撒野閒逛，那種垃圾堆似的地方究竟有什麼吸引力，讓妳晚上跑去探險？」

沒有好理由，彼加爾區不該有任何東西會引發我這種年輕女孩的興趣，然而如果我不給答案，她就會追根究柢。我絕對不能因為佛雷德生我的氣就說出真相。

「我……」

「妳怎樣……？」酒精和火氣帶出她臉頰的紅。這麼久以來，為什麼她偏偏挑今天晚上對我的消遣方式感興趣？

「我去算命，」倉促抓了一個理由。「我聽到一些女孩私下討論，就想去問問自己未來的命運。」

她挺直肩膀，歪著頭思索，彷彿在考慮我是否會傻得編造這種謊言以求脫身。「沒有人能夠預知未來發生的事情。」

「我知道，」我脫口而出，再也坐不住，跟著站起來，「就是一些胡說八道，很抱歉我去那種地方，以後不會再犯了。」我只想上樓躲進房間裡面，讓這一天到此結束，但她擋在前面。

「接下來這幾個星期對妳非常重要，知道嗎？」

的確很重要，只是和她的想法背道而馳。

「希望妳明白，我正用心為妳安排一個美好偉大的未來。」她深深凝視我的眼睛，我不確定她在找些什麼。「我要妳好好預備接班的路，接替我的角色、地位和身分。」

「妳太戲劇化了，」她是真心要退休嗎？「講得好像會暴斃一樣。」

她眼中閃過某種情緒，瞬間消失無蹤。

「當然不是，只是由年輕人承接，以前就是這樣，未來也不會改變，我需要……」她中途停頓，隨即吐了一口氣。「妳回房去吧。以後只要沒有演出的夜晚，入夜之前就必須回家，聽清楚了嗎？或者要我把妳留在崔亞諾的條件再重複一遍？」

「非常清楚。」同意比爭辯容易，反正晚上她自己也很少在家，若有必要，我可以輕而易舉地溜出去。我轉身走向樓梯。

「明天早上，妳要陪同我和朱利安去城堡拜見瑪麗夫人和其他參與假面劇演出的貴族淑女，妳必須盛裝出席，展現最好的一面。」

「可是……」我打算一早就去彼加爾區找法辛夫人討論。

「沒有可是，」她尖銳地制止。「妳必須聽我的吩咐，否則就給我回農場去餵豬。」

我頓時起了一身雞皮疙瘩，皮膚感到刺痛，突然覺得現在和她唱反調肯定是個餿主意，她不是那種隨便嚇唬人的類型。「我會好好準備。」

即使回到房間裡，一股寒意依舊流連不去。我坐在爐火前面，肩上裹著厚毛毯保暖，凝視火光，試著整理紊亂的思緒。

周遭的氣氛不太真實，感覺很詭異。我裹著毛毯坐在地板上沉思，這是我近來常有的習慣。我在夜深人靜時分騎馬跟著陌生人外出，與巨魔國王談判交換條件，在崔亞諾治安最差的區域追尋女巫，當面跟士兵據理力爭。在這些時刻，我都精力充沛、生龍活虎，然而現在獨自坐在爐火前面，卻像變了一個人。

或許因為我變了，整個人改頭換面，變得不一樣了。

我伸手遮住眼睛，含糊地自言自語。「我已經搞不清楚自己究竟是誰了。」

「妳是希賽兒．卓依斯，舞台上的後起之秀，歌劇演員，崔亞諾最受歡迎的新寵兒。」

突如其來的諷刺的話語把我嚇了好大一跳，渾身肌肉緊繃。自言自語是一回事，有人回應又是另一回事。我微微張開手指，從指縫中偷看，竟看見爐火中有一對眼睛正凝視著我。我大聲尖叫，仰天跌了一跤，毛毯纏成一團。

「噢，別叫了。」

一個熟悉的聲音再度傳來。我手腳並用，小心翼翼地爬回壁爐前面，肌肉緊繃，隨時預備落荒而逃。「是妳嗎？法辛夫人？」

「叫我凱瑟琳就好。」只聞聲不見人，她的語氣似乎很平靜。

我可冷靜不下來，就算見識過很多不可思議的事情，但是這個狀況……如果她能夠這樣，就表示我可以向她拜師學藝。諸多的可能性在我心裡爆開，我立刻想到至少上千種用途，甚至可以跟厝勒斯的混血種朋友交談，或見到崔斯坦。

「怎麼可能？」

「當然是魔法的力量。」火焰裡的眼睛對著我眨了眨。「妳的頭髮顏色非常鮮艷，今天掉了幾根在店裡面，下次小心點，不要隨便留下私人的物品——很可能被人拿去利用了。」

那對眼睛突然消失不見，但才一眨眼又出現了。

「今天妳伸出援手，救我脫離找麻煩的士兵，」她沒等我的回答便繼續說下去。「明天到店裡來吧，我會竭盡所能地協助妳。」

當我正要開口，火舌突然竄起，女巫來得快，去得也很快，煞時不見蹤跡。

13 崔斯坦

我沒有拿掉鐵環，並非擔心摘除的懲罰——雖然我是有一點害怕——也不是出於驕傲，自信可以輕而易舉地勝過他，真正的原因在於即使面對這麼陰暗可怕的時刻，我都不認為自己有必要防範表哥對我不利。或許這樣很傻，一如父親死亡可以卸除諾言對希賽兒的拘束力，我的死也具有類似的效果，馬克會得到自由。

我跟著他在礦坑裡穿梭，每一個爆炸聲都嚇得我魂不附體，但我勉強壓抑，搜索枯腸希望找出解決之道，化解意料之外的後果。

但是毫無收穫。

不久之後，馬克從快走變成小跑，即便他扭曲變形的雙腿讓步伐搖搖擺擺，我依舊要使出全力才能趕上他的速度。他長得人高馬大，因此速度更快，距離越拉越開，我的腦中閃過一幕又一幕的影像，內容越來越可怕。他的這種反應我只碰過一次，必須盡快處理，否則很難說他腦中的瘋狂會把他逼到什麼程度。

我從來沒見過馬克這一面，也不知道他的能耐。

「馬克，停住腳步！」我氣喘吁吁地大叫。

他卻跑得更快。

「馬克！馬克，聽我的話！」

我像對風呼號，毫無反應，前面就是豎井底部，升降機在那裡。我必須阻止他，跟他講話，試著要他冷靜，因為我已經沒辦法強迫他轉念了。

情急之下，我甩出魔法套索，搶在他轉彎之前套住他的腳踝，他咕咚一聲倒在地上，嘴裡爆出連串詛咒，然後寂靜無聲。我放慢腳步，小心翼翼地繞過轉角。

馬克起身站在隧道中央，手握長劍。「你憑什麼認為我想聽你講任何話？」

我頓住，滿懷戒備盯著那把劍，手指發癢很想跟著拔刀，但是直覺叫我別動。

「為什麼你要那麼做？」他質問。

「表示信任，」我說。「讓大家立足點平等。」

「說得好像我們可以跟你平起平坐一樣，」他咬牙切齒，劍尖不住地顫抖。「你知道那不是我的意思。」

「我明白。」深吸一口氣，試著平靜下來，馬克的失控這跟我決定放棄全名的掌控權無關，而是要追溯到兩年前的事。「我沒有什麼冠冕堂皇的理由，只是不希望潘妮洛普的死把你也帶走，而只有一個方法能夠避免悲劇發生。」我疲憊地摸臉，遮住桁架上刺眼的燈光，回想起潘妮洛普過世之後那段陰暗悲慘的歲月。

「我的生死不勞你決定。」他舉起長劍，渾身緊繃，預備揮劍攻擊。「你不應該插手！」他的吼叫引起一遍又一遍的回音，彷彿隧道本身也想表達意見。

他目露凶光、眼睛紅腫，糾結的肌肉牽動他畸形的臉龐，使之變成瘋癲狂亂的面具。我記得一清二楚，因為那是我一手促成的，是我強迫他許下跟個人意願相互矛盾的諾言，害他精神分裂，一半想死、另一半又被迫要活著。

「我知道，」我說。「只是當時我不明白強迫你承諾活下來會有什麼後果。」

但發現的時候已經太遲了，我只能在事後瘋狂地彌補、東拼西湊、試圖更正自己的錯誤，用名字的力量命令他不要去想驟失所愛的傷痛和悲慘的生命。花了好幾天時間，才小心翼翼架構出一層又一層的命令圈，讓他不致精神錯亂，同時又能夠顧及人性，保留潘妮洛普的記憶在他心裡頭。

當初的魔法效力一直留存至今，直到剛才我放手，承諾不再透過名字來掌控他和混血種，現在殘存的問題就是欠缺周詳考慮的承諾沒辦法挪除，馬克的內心再度陷入矛盾的戰爭中，除非當事人死亡。

「我已經不認識我自己了。」他把長劍丟在地上，雙手按住太陽穴，使力擠壓。「兩年來我活在你的掌控底下，不再是原來的自己，而是你希望的我。我應該隨她而去，我應該隨她而去。」他不斷覆述這一句。

心中突來的怒火讓我氣得發抖。顧不得手腕椎心的刺痛，我揮出拳頭，正中他的下巴，他腳步踉蹌倒退。我彎著腰，連連詛咒，鮮血四濺。「你為什麼該死？」我忍痛大吼。「要證明你很愛她嗎？還是因為你相信活著就是背叛她？或者她也希望你死去？」我慢慢挺起胸膛，帶著金屬的血腥味瀰漫在空氣中。「她希望你撐下去——我知道，因為這是她親口告訴我的！」

「失去她，我沒有活下去的理由。」

我輕蔑地呸一聲。「沒有活下去的理由？你的家人呢？你的朋友？你人生的使命？這些都無關緊要嗎？」我猛然往前衝，直到彼此瞪視，間隔不到幾吋。「你跟我一直以來都有一個相同的理念，希望世界變得更美好，這是你我共同的使命。」

他率先移開目光。「別站在那裡假裝如果希賽兒死了，你會比我好，我親眼看你為了救她不計代價、拋棄一切。」

「因為她可以救得活！我不會說自己是對的，但至少目標明確。你求死可不一樣，潘妮洛普不會因此復生。假如希賽兒走了，而我還有一口氣撐下去，相信你也會給我相同的勸告。」

我激動得握緊拳頭，手腕的劇痛有如刺耳的尖叫聲，迫使我放鬆。「除了她，生命還有更多面向，還有其他人要關心，還有使命要完成。」我深吸一口氣。「希賽兒和潘妮洛普一樣走過死亡邊緣。有些時候我真會質疑我們為什麼要這樣，把自身的命運跟別人密切相連，讓我們渴望追求的一切、我們的努力，懸在他人的生死上面，以致當我們失去摯愛，不只哀慟欲絕，還喪失了堅毅忍耐的機會，以完成原有的人生目標，這樣不是很殘忍嗎？」

怒火逐漸消逝，我突然覺得身心俱疲，「我不知道她的死對我會有什麼影響，是否因此喪失活著的勇氣。」疼痛讓我專注，凝神思考。「我無法想像失去她的生活，但於此同時，我也不願意去想我們在厝勒斯的努力就此付諸流水，這樣的浪費讓人惋惜。」

我們各自陷入沉默，許久沒開口，唯有採礦的聲音打破寂靜。

「對不起，我過去的決定造成你如此痛苦，真是抱歉，」我說。「但我並不後悔那麼做。」我和他擦身而過，逕自走向升降梯。

「就這樣？」他在背後大叫。「你就這樣袖手不管，讓我的心像戰場，矛盾的想法相互交戰，落得像我扭曲、破碎的身體一樣？」

我佇足不動，沒有轉身，擔心一看到他的臉，就會喪失勇氣。恐懼讓我正視自己薄弱的信心是多麼岌岌可危。

「馬克，決定權已經不在我手裡了，」我說。「唯有你內心找到活下去的理由，意志和言語才會停止矛盾，使心思意念再度融合成完整的個體；你也可以繼續消沉下去，瘋瘋癲癲，一心求死，直到我父親命令你放下一切。選擇權在你。」

雙腳不想動，但我強迫它們邁出一步又一步，直到站上平台，當它開始上升的時候，我暗暗祈求命運和星辰，未來的我不致再懊悔這次的決定。

14 希賽兒

馬車隨著路面的窟窿搖晃震動，震得我屁股痠痛、牙關打顫。冬天的腳步近了，地面結霜變硬，風雪欲來的氣息交織在空氣中，我拉緊斗篷裹住身體。看著車外行人熙來攘往，期待瞥見我要找的臉孔，即使明知道不可能如此幸運。

我的確看見了一張熟悉的臉龐：是許久不見的艾莫娜姐，表情氣憤地對著一群水手比手畫腳，雖然她不太可能留意到車內的動靜，我依然不由自主地縮回窗簾後面，感覺像懦夫一樣。

我本來應該幫助柔依、艾莉和所有混血種脫離苦海，但我卻越幫越忙，害他們墜入深淵。是我讓崔斯坦心有旁騖，改變原有的專注，甚至在我受傷的時候，寧可犧牲他們只求救我一命。

厝勒斯從此不許凡人跨入一步，艾莫娜姐也失去和外甥女僅有的接觸管道，這都是因為我的緣故。再多的愧疚和歉意都無法彌補——唯有破除咒語才是解決之道，柔依和艾莉才能獲得自由。

我嘆了一口氣，將遺憾推回心底。昨夜幾乎失眠，和法辛夫人——也就是凱瑟琳——短暫的交談挑起希望之火，開啟各種可能性，至少我說不定可以和厝勒斯的朋友連繫。

昨晚崔斯坦似乎在策畫某些行動，不眠不休地躁動害我也跟著失眠，如果可以跟他交談肯定大有幫助，至少說明目前的進展和我的發現。我咬著唇，幻想對話的內容，結果或許跟想像的不一樣，我知道他不會贊成我這麼做，若有機會，甚至會要求我放手，別管這些。

但我做不到。

一陣寒噤，我順手關上窗戶，希望母親和朱利安會誤以為我著了風寒。我們正要前往攝政王的城堡，第一次跟參與演出的貴族仕女集合排練，屆時委託製作這齣歌劇的瑪麗・雀斯勒夫人也會在場，加上十二位崔亞諾位居顯貴的名門淑女，天曉得還有多少想要攀龍附鳳的人齊聚一堂。

這是一次千載難逢、獨一無二的機會，但是昨晚一個突如其來的念頭澆熄了興奮的心情。今天跟往常在劇院休息廳的社交圈大不相同，這些女性來自上流階層，平民百姓很難一窺堂奧之密，安諾許卡很可能藏身在這裡。

「我提供的戲碼清單，妳考慮過了嗎？」朱利安向母親問道。「既然希賽兒要獨挑大梁、擔任首席女高音，戲碼的選擇就非常重要。新面孔搭配新戲碼，顯然有加分效果。」

魔法靈藥的效力顯然還沒有褪去，這個念頭觸動了我先前不滿的情緒。自從跟莎賓對質之後，我們至今沒有講過一句話，可是我很難一直生她的氣，她的所作所為或許是錯的，卻是出自好意。

「我會考慮你的提議。」母親語帶諷刺，朱利安似乎沒有察覺。

「劇情要前衛一些，有一點驚世駭俗更好……」

「戲碼不是優先的考量，」母親逕自岔開話題。「假面劇才是重點。」

「我們要比競爭對手搶先一步，不能落後！」

「別說了，朱利安。」我嘟噥著，把他們丟在腦後，俯視自己的雙手。半截的藍色蕾絲手套露出龜裂的指尖，指甲咬到根部，曾幾何時我又恢復咬指甲的習慣？

除了車輪轆轆的滾動，還有嘩啦啦的流水聲，窗外的景象更證實了馬車即將越過橋梁、接近堡壘的城牆。

攝政王的城堡建於安德爾河中央的小島上，厚重的石牆高聳於湍流之上，要從河岸進入小島就靠兩座橋梁，一座在南，一座朝北，大門的防禦固若金湯。這是我第一次進入城牆之內，興奮的感覺溢於言表，很想趕快見識一下城堡的面貌。

馬車暫時停住，不久就有一個守衛從窗戶探頭查看，母親舉手致意，守衛揮揮手，要我們進去。穿越大門時，城牆一掠而過，晦暗的灰色表面，偶爾有苔蘚從灰泥縫隙裡冒出淺淺的綠意當點綴，整體給人的印象就是堅固和實際，重點在軍事防禦不在於美觀，雖然就我印象所及，這裡從來不曾遭受攻擊。

放眼所及，城堡外圍的附屬建物顯得方正牢固，我很想站出去好好參觀一下、看看那些人究竟在做什麼，然而母親堅持要我穿上最好的鞋子，實在不適合踩在泥濘裡，馬廄和鐵匠舖統統不宜涉足。

馬車再次停住，身著制服的僕役旋即走過來開門，伸手攙扶我下車，我微微拉起裙襬，徐徐轉圈，趁著朱利安攙扶母親下車的時間好好看城堡一眼。城堡本身只比外圍稍稍壯觀一點，形狀醜陋低矮，實在談不上宏偉，唯一的例外是那兩座高聳的尖塔，再怎麼看都是單調的灰色，僅有的鮮艷色彩來自於兩面迎著海風招展的旗幟。

「來吧，希賽兒。」媽媽勾住正要往前走的朱利安的手臂，一起跨上通往前門的台階，我尾隨在後，鞋跟喀喀踩在經年累月幾乎磨到光亮的石階。兩名守衛拉開厚重的橡木門，我發現石頭上有好些鋼鐵貫穿的孔洞，抬頭一看，還有尖銳倒叉的閘門可升可降，做為進一步的防禦工事。

城堡內部跟外觀一樣是灰色的，幾乎乏善可陳，即使有很多盞油燈，狹窄的走道依然無比陰暗，周圍看不到任何窗戶，空間狹小密閉，跟棺材沒兩樣。易守難攻的設計應該要讓人覺得安全無虞，但只有感受到料峭的寒意。

似乎走了一輩子才脫離迷宮般的長廊，帶路的僕役終於停在門前面，輕叩幾下，跨進去通報，光明和溫暖迎面襲來，讓我忍不住眨眨眼睛。牆邊的壁爐升著火，真正的光源其實是懸在天花板那兩盞樹枝狀的大燭台，地上鋪著厚厚的地毯，織錦掛毯遮住醜陋的灰牆。

這裡的長條窗跟我從屋外看見的一樣，彩色玻璃的窗櫺反射出七彩色澤，映在屋內二十幾位仕女身上，不需要更多顏色來增添光彩——因為她們各個打扮華麗、爭奇鬥艷，精心設計的禮服涵蓋各種綾羅綢緞、絲質緞面和天鵝絨布。我迅速打量了一遍，沒看到像安諾許卡那種紅頭髮和傲慢深邃的五官。

即使和瑪麗·雀斯勒夫人素未謀面，我一眼就認了出來。紫紅色禮服不算特別華麗，但厝勒斯的生活教導我學會分辨上流階層特有的風範和架勢，在場不論老少，唯她馬首是瞻，人人關注她的一舉一動，不敢率先打招呼。

瑪麗夫人起身走過來，我垂眉斂目，隔著睫毛偷看，她比母親年長幾歲，鬢邊棕髮轉為銀白，長相不算美艷，卻自有一股高貴端莊的魅力。頸項戴著奇怪的木頭項鍊，頭髮別了一束紅莓果，看起來是新鮮果子而非蠟製品，很難想像這種季節有漿果。

母親深深地屈膝施禮。「您好，夫人。」

「吉妮薇。」她語氣平淡，沒有任何抑揚頓挫，逕自擦身而過。我立刻查覺瑪麗夫人對母親沒有好感。母親挺起胸膛時，表情有一絲懊惱。

面對崔亞諾最有權勢的女性，朱利安鞠躬致意，我優雅地行屈膝禮，她走向朱利安，伸手捧住他的臉。「你一定就是朱利安。」

他點點頭。「是的，夫人。」

「你有很多仰慕者，」瑪麗夫人笑容可掬，親切極了。「別讓她們為你心碎。」

朱利安低下頭。「有心碎危機的應該是我才對，夫人。」他對答如流，聽起來很虛偽，彷彿事先排練過。

「真會講話。」夫人挖苦地回應，接著轉向我。

保持屈膝的禮儀讓我膝蓋痠痛，我硬是撐到她勾起我的下巴才直起身體。

「希賽兒．卓依斯。」她一臉深思地呢喃。「先前看過妳的表演，我必須承認，妳在舞台上看起來似乎高佻很多。」她收起笑意。「其實還是個小娃娃，不是嗎？」

她不是第一位這麼說的人，但我實在很難掩飾被人比較的厭惡。娃娃沒有大腦——只是漂亮可愛的玩偶，我受夠了。「外表會騙人，夫人，」我直視她的眼睛。「我穿高跟鞋登台。」

她揚起眉毛，那一瞬間我忍不住擔心自己僭越身分，但她隨即笑呵呵。「的確會騙人。」

假面劇的作曲家詹森先生剛好抵達，打斷我們的對話，他把眾人趕到大廳另一頭，用怪里怪氣的異國腔調和穿著把大家逗得眉開眼笑，我和朱利安跟在後面，走向施工中的舞台，好些人在那裡逢迎拍馬、自吹自擂。我細細打量每一位，搜索、追尋任何詭祕狡詐的眼神。還是一無所獲，只有傻瓜才會期待她公然出現在這裡。

背靠牆壁，看她們嘰嘰喳喳，提出層出不窮的問題——關於戲服、音樂、舞步不一而足，即便台上的布景尚在施工階段，還是看得出來非常壯觀。詹森先生特地說明中場休息時間會更換布景，目前在架設的是黑暗的邪惡——那是母親擔綱飾演的角色，她在咯咯嬌笑的女孩中間穿梭，解釋每個人的戲分，朱利安亦步亦趨，一副風流倜儻的模樣，飾演誘惑她們的魔鬼。

「妳跟我一樣在觀察她們。」

我震了一下，瑪麗夫人突然憑空出現，打斷我的思緒。「對不起，妳說什麼？」

她笑嘻嘻的，肩膀跟著靠向牆壁，讓我有些詫異。「妳的表情彷彿想要看透她們的內心，尋尋覓覓，但又不確定要找什麼東西，我自己也經常這樣。」

注視她時，我暗忖自己真的表現得這麼明顯嗎？或是她對我的了解不只停留在表面？

「我對於她們要如何演出深感好奇，」我搜尋她的反應。「希望我的觀察和審視不致妨礙她們——只是習慣使然。」

她嘴角一揚，眼睛依舊盯著前方。「我猜不會有影響，她們早就習以為常，甚至比妳更習慣。」她看我一眼，再度移開視線，似乎知道我在說謊。

我用力吞嚥。「那麼妳觀察她們的原因是什麼，夫人？妳要尋找什麼？」

「不確定，」她收起笑容，逕自搖頭。「這是謊言，其實我知道要找什麼，我在找人。」

即使很想打破砂鍋問到底，但我知道分寸。

「我兒子艾登，」她終於開了金口。「到了適婚年齡，依舊冥頑不靈、拒絕考慮我們建議結婚的對象。」她嘆口氣。「總有一天他要統治這個國家，旁邊需要一個堅強優異、聰明伶俐的女孩，這就是舉辦宴會的目的——可能的人選一字排開，讓他可以好好地精挑細選，因為這個女孩未來肩負的重責大任遠超過一般人的預期。」

這種說法很粗鄙——彷彿這些年輕女孩只是市場上公開競標的牛羊家畜，然而平心而論，這場選秀大會還比我受到的待遇略勝一籌，至少她們是甘心樂意。

「我哥哥在他麾下服役，」我怯懦地說，不確定她為什麼要告訴我這些隱私。「他很推崇艾登爵士的領導力。」

「那是當然，」她有些火爆。「目前他只關心領導統御，彷彿除了指揮軍隊以外，完全抽不出空檔。」她的怒火來得快，去得更快。「以前似乎不是這樣，那時候他沉迷在於玩樂裡面，直到去年突然變了一個人——鬱鬱寡歡，愁眉不展，偶爾還連續失蹤好幾天，我幾乎不認識他了。」她吐了一大口氣，揮揮手，似乎想要緩和嚴肅的氣氛。「現在的年輕人，真讓人摸不著頭腦。」

我陪笑臉說道：「或許看過表演以後，他會發現伊人就在眼前。」

「或許，」她挺直胸膛，不再靠著牆壁。「有時候我們所追尋的確實就在眼前，但更多時候，必須花時間、看得很仔細，因為她不會輕而易舉地出現。」

她的話在耳中迴響，我咬住舌尖不予回應。

「這些年來一直都是妳的母親為我們演出，明晚的宴會亦然，」她凝視我的眼睛。「但是就我所知，不久妳將接續她的光環，未來晚宴上繚繞的將是妳美妙的歌聲。」

「我自己很難相信她真的打算要退休。」

我有一股說不出來的緊張，突然領悟這個女人對我的熟悉程度遠超過我對她的粗淺認識。佛雷德曾經提醒過，和法辛夫人牽扯在一起肯定會引起執政當局的注意，如果他們早就留意了呢？瑪麗．雀斯勒夫人沒有理由在乎我這個小人物，更沒有理由過來跟我交心閒聊，除非她知道我在崔亞諾除了上台表演以外，另有一個不為人知的理由。

「相信吧，」瑪麗夫人說道。「吉妮薇的舞台生涯結束了，但她後繼有人，我相信妳會非常成功，不只才華洋溢，而且多才多藝。」

「我將全力以赴。」我有點喘不過氣，汗珠沿著小腿流下。她說的不是我的歌聲……

「妳還好吧，親愛的？」她輕觸我的手臂，渾身肌肉驟然收縮，她皺起眉頭。「控制一下！」

「對不起。」我深呼吸，試著控制怦怦跳動的心臟，但毫無成效。「抱歉，夫人，我很驚訝——完全沒有預期。」

瑪麗夫人緊鎖的眉宇舒展開來，但我緊繃的情緒並沒有因此化解。「如此天真無邪的小東西，很難相信妳曾經跟那些在一起……」

「原諒我打岔，夫人，但是詹森先生要我女兒過去。」母親突然出現在身邊。

她知道巨魔，我在心裡尖叫，臉上還得強顏歡笑。

「當然，去吧。」瑪麗夫人看著吉妮薇，態度堅定嚴肅。「畢竟這是她來這裡的原因。」她轉向我說道。「我們會關注妳的每一步，希賽兒，這是可以肯定的。」

我顫抖地屈膝施禮，跟著母親離去，耳朵嗡嗡作響，彷彿有一堆蒼蠅在其中飛舞，發出低沉的噪音，一路感覺她灼燙的目光射在背上。

「她跟妳說什麼？」母親湊過來低聲問道，「她想怎樣？」

「她說以後或許有機會找我來表演。」麻痺的舌頭幾乎咬字不清。

「好極了。」她心滿意足，低聲回應。「歷年來貴族夫人都很支持劇團，很高興瑪麗夫人打算延續這樣的傳統。」

我機械式地上下點頭，但心裡想的是迥然不同的事情。

瑪麗夫人知道我是女巫，顯然也知道巨魔的存在，但她為什麼邀請我來演出？何不直接把我關進地牢、綁在木樁上燒死，就像他們對付每一個被抓來的女巫一樣？她想把我怎樣？

她究竟了解多少實情？

我們會關注妳的每一步……我們會關注……我們……

這些話如雷貫耳、一遍又一遍地在腦海裡重覆。某個假設逐漸在心裡成形，突如其來的意念沒有把我嚇得落荒而逃，踏出去的步伐反而帶著一股邪惡的期待。

我找到她了。

15 崔斯坦

「十四號物件！」拍賣官的嗓音在市場內迴盪，透過簡單的魔法小把戲就產生擴音效果。我站在現場，眼睛視而不見，耳朵聽而不聞，鬧中取靜思考自己的事情。

留在礦坑深處的馬克至今沒有動靜，這表示最壞的情況並沒有發生——他沒有恨到把厝勒斯當成報復對象，也沒有想辦法自殘結束生命；但這不表示他已經想開了，或者寬恕了我，而我只能接受。問題已經多如牛毛，搞得我焦頭爛額，一點好事都讓人如釋重負。

突然有異物撞上小腿肚，轉身一看，一位巨魔婦人正一跛一跛地慢慢走開，她的拐杖打到我，應該不是無心的意外。果然，她扭頭瞥了我一眼，毫無道歉的意思。我認得她，雕刻家芮根，邪惡卑鄙的小人，因為幫上流階層雕刻格爾兵棋組才有一點小小的名氣。

「女性，二十六歲，魔法五級。」拍賣官大聲宣布，這個數字引起我的注意。魔法四級以上的混血種很少出現在拍賣場合裡——通常都是私下交易，這名女子出現在這裡肯定有不討人喜歡的瑕疵。

「世家教養受過良好訓練！」

貴族世家的名號略而不提，顯然不想和她扯上關係。拍賣場的工作人員咻一聲揮出魔法鞭，落在女子腳前，她嚇得跳了起來，依從指示沿著展示台繞了一圈。她的外表看起來很正常，沒有顯著的畸形或缺陷，沒有抽搐癲癇，也沒有精神錯亂的跡象。她低著頭，一如訓練精良的僕人，因為我站得很近，可以清楚看見淚珠從下頦滑落。

「精通四種語言，聽說讀寫毫無困難！」

這些優點對現場的買家來說毫無意義，五級的法力絕對不便宜，需要她持家的中產階級，荷包也有限，出不起這麼高的價碼，而她以往的瑕疵又讓資產雄厚的上流階層難以看上她。我猜只有礦產公會買得起。

「證明生育力。」

原來如此，是行為不檢，至於是被迫還是自願都不是重點。

「五十起標！」

競標過程如火如荼、熱烈而迅速，後方突然湧來一股強大熟悉的魔法能量，拉開我對競標程序的關注。轉身一看，那個冒牌貨勾著弟弟的手臂走來，旁邊則是安哥雷米公爵。

「殿下。」我微微點頭致意，他喜歡別人卑躬屈膝、尊重他高高在上的皇族地位，所以摸頭安撫是最好的策略——不然就要以災難收場。以我目前的處境，加上腕銬束縛，如果有狀況，毫無施展身手的餘地。至於冒牌貨和安哥雷米，決定置之不理。

「崔斯坦。」羅南亮晶晶的眼眸眨也不眨，似乎不像要惹是生非。

冒牌貨對我怒目相向，顯然在等人俯首致意。「面對地位尊上的，你要謙恭有禮。」她斥責。

我瞄了她一眼，但仍舊文風不動，沒有多說什麼。羅南興奮地咯咯笑，躁動地將身體重心從左腳移到右腳。「他是對的，安蕾絲小姐，」他說。「無論崔斯坦做了什麼，仍然是莫庭倪家族的一員，地位還是比妳高一階。」

安蕾絲臉上的面具顫抖、努力維持的假象岌岌可危。一想到幻影術即將裂開，洩露冒牌貨的身分，我的脈搏就隨之加快，但她立即恢復控制，對羅南點點頭。「那是當然，王子殿下，我只是認為崔斯坦應該對厝勒斯未來的國王尊敬有加才對。」

鬼扯，她才不是這個意思。我瞥向安哥雷米，他雙手交叉、抱在胸前，眼神盯著台上被拍賣的女子。

羅南伸手揉搓下巴。「說得對，安蕾絲。」垂手握住腰間小一號的配劍對我下令。「鞠躬。」

忍住嘆氣的衝動，我依言而行。「原諒我的失誤，殿下。」

弟弟眉開眼笑，非常得意。「沒關係，我原諒你。」

本以為冒牌貨看到我如此降尊紆貴會一臉竊喜，然而當我挺起胸膛的時候，發現她轉開目光，望著台上的女孩，表情喜不自勝。「陪我一起看好嗎，殿下？」她拉拉羅南的手臂。

「好。」羅南勉強被拉過去，站在台前。緊張的群眾自動讓出空間，深怕激怒他。

「讓他靠近這麼多混血種，你確定這是明智的做法嗎？」我對著公爵嘀咕。

「他不會違背我的吩咐。」安哥雷米眼神仍專注在台上。

他會如此篤定真是怪異。我好奇地斜瞥安哥雷米一眼，納悶上次他如此直截了當的回應是什麼時候的事情。的確，他幾乎沒把我放在心上，面無表情看著台上，顯然另有原因。

「成交！」拍賣官大聲宣布。「礦產公會以兩百零三枚金幣得標！」

冒牌貨安蕾絲忍不住拍手，奇特的舉止引來羅南側目的眼神。

安哥雷米悄悄閉了閉眼睛，不到三秒，再次睜開時，呈現某種前所未有的感情。讓我頓時領悟他在這裡和對我置之不理的原因。

「你想她能在地底撐多久？」我靜靜地詢問，看著啜泣的混血種女孩被人帶下台。「在權貴之家出生、受訓，不知礦坑疾苦，幾乎跟她侍候的仕女一樣嬌生慣養。」

安哥雷米慢慢地轉頭看向我。「你為什麼認為我會在乎？」

我聳聳肩膀。「至少她很在意。」我朝冒牌貨努努下巴，甚至無法喊出安蕾絲的名字。

「對，」他轉向那一對。「為此我要感謝你，崔斯坦，你的背叛讓安蕾絲徹底清醒過來，變成我所期待的女兒，有過之而無不及。」

看來他也不知情。冒牌貨甚至矇騙了安蕾絲的父親，盲目的安哥雷米，竟然看不出真假？我張開嘴巴想要戳破謊言，出奇不意地洩露父親精心的計畫。

「什麼……」想想又閉上嘴巴。沒有弄清楚父親的本意就貿然揭發冒牌貨的身分，或許會鑄下大錯。

她和羅南回頭朝我們而來，安哥雷米視若無睹。「你說……」他揚起眉毛，我決定改弦易轍，繞道進攻。「那個孩子會怎樣？」

安哥雷米勃然大怒、臉龐氣得發紫。「我跟你父親不一樣，」他鄙夷地說。「那種怪胎不配活下來。」

我從眼角瞥見冒牌貨渾身一震，彷彿被摑了一巴掌。

那一瞬間謎底揭曉，終於知道是誰偷了安蕾絲的身分。

16 崔斯坦

萊莎。

「安蕾絲，走吧！」安哥雷米後腳跟一轉，不等冒牌貨和羅南跟上就離開了。

我再次俯首致意，裝出懊惱的表情掩飾錯愕的反應。父親如何說服她假扮他人？就我所知，萊莎憎恨父親的無情，把她棄如敝屣，讓她在法律和命運中自生自滅——寄人籬下，做個卑微的僕人，即便她有一半的血緣跟她侍候的主人一樣尊貴。然而話說回來，或許她對安哥雷米的恨意更深？相較於他對混血種的偏激觀感，父親的看法溫和很多。況且她在公爵家裡住了一輩子，父親很可能給她一個夢寐以求的報復機會？

難道他的影響力無遠弗屆？經過這麼多風風雨雨，父親的陰謀詭計依然讓我大開眼界，驚奇不已。他老謀深算，料到我的每一步，其他人也一樣逃不出他的算計。不只對每一種可能性各有應對之道，連招數都千變萬化，永無止盡，每一局都留了最後一手。整個城市，甚至包含這個島嶼，都得聽他指揮，若不是因為對他的恨意太強，真不得不誇他是天才，教人佩服得五體投地。

拍賣場上熙熙攘攘，待售的混血種在舞台上繞圈展示。我看得心不在焉，一邊思索手邊的問題。每一項決定的影響都涉及我最關心的對象，不管我如何用心盤算、絞盡腦汁，似乎都無法化解任何一項。沒有忠貞的盟友、也沒有顯著的動力，一切的核心都指向我的父親，整體看起來，想要解決任何謎題，最好先了解父親。

這麼做之前，我需要幫手。

「我還在納悶你要等到什麼時候才肯來看我，看來你似乎忙著學習煮雞蛋、補襪子，沒空探望你窮苦衰老的阿姨。」

「很高興看見妳，」我應道，等著希薇女公爵的侍衛離去，他幾乎是心不甘情不願地幫我通報。「而且妳不老也不窮。」

她揚起眉毛。「親愛的，所以？」

「我親愛的阿姨，」我深深一鞠躬。「妳既然知道我生活慘澹，還袖手旁觀任我自生自滅，可見不再受寵的人是我。我才是窮親戚。」

「真是伶牙俐嘴。艾莉！」她扯開喉嚨大叫混血種的名字，雖然女孩就站在附近不遠處。在我莽撞的革命行動功敗垂成之後，阿姨伸出援手、把她納入保護。看到她平安無恙，真是讓我如釋重負。

「幫王子殿下送吃的過來，我也要，若要吐口水，請妳吐在他的那一份。」

「是，公爵閣下。」艾莉深深屈膝。「我會幫妳另外準備一盤。」

顯然我還有好些要道歉的對象。

艾莉猶豫半晌。「皇后陛下……」

阿姨無聲地搖頭，揮手示意她退下。這可真奇怪……

我繞到母親坐著的長椅，方便看得清楚一些，隨即懊悔自己這麼做。平常和藹寧靜的臉龐顯得緊繃僵硬，她緊咬牙關，肌肉甚至都鼓了起來。雙眼直視前方盯著隱形的物體，瞳孔擴散，眉毛揪成一團，腿上的雙手互相揉捏，力道之大甚至有紅色印子時隱時現。

「母親？」我猶豫地問，從來不曾見過她這副模樣，這是絕無僅有的一次。

她沒有反應。

「母親？」我伸手想去拉母親的手，阿姨的魔法纏住我的手臂。

「小心，崔斯坦，她現在脾氣暴躁得跟火山一樣，一觸即發。」

是因為我嗎？我讓她如此氣憤？我曾擔憂自己的行動會激怒許多人，唯有母親例外，她不只與世無爭，心思還常常飄到另一個世界之外，即使曾有好幾次我活該受罰，她都不曾生氣，更不曾對我發怒過。

你攻擊自己的父親，心裡有聲音低語，還差點置他於死地，母親很可能跟著沒命，連帶阿姨也會陪葬，這樣大逆不道，你還期待她怎樣？

應該不是這個原因。

我小心翼翼走進她的視線範圍，同時揚起魔法防備。從前她不曾傷害過我，但不表示現在不會，她更不是力有未逮——弱女子不可能貴為厝勒斯的皇后。

「母親？」我渾身緊繃，試探性地碰觸她的肩膀。

她瑟縮了一下，我抽回手，幾乎忘卻手腕的刺痛。拜託不要，我無聲地懇求，不要跟我反目成仇。

「崔斯坦？」她突然定睛注視我的臉，劍拔弩張的緊繃和怒火倏忽消逝無蹤。「你來了！」

「是的。」我試著微笑，但臉頰肌肉卻做不到。「妳在生我的氣嗎？」我不假思索地脫口而出。

「我為什麼要生氣？」她語氣真誠，表情讓人看不出端倪。

我口乾舌燥、無言以對，只好聳聳肩膀。「因為我一直不是個貼心的好兒子。」

她的目光飄移不定，讓我再次納悶她看到、聽見了什麼，心裡又在想什麼。外面盛傳母親的心思一半在世外桃源般的阿爾卡笛亞，那裡沒有季節輪換，只有碧草如茵的夏天，讓她常保寧靜祥和的心境。這種說法比認定她是近親繁衍和鐵中毒的受害者好很多。

這一點正好可以解釋精靈能夠和阿姨溝通的原因，預言就是他們所啟示的——即便精靈無法來到這個世界，並不代表他們不能看見，只是不知他們看到什麼，以致認定唯有我和希賽兒的聯結能夠斷開魔法的詛咒。真希望可以去問個仔細，然而就算有機會，他們大概也會說天機不可洩露，結論一樣是撲朔迷離。

母親突然打個寒噤，臉龐扭曲如同罩上陌生的面具。「別吵我。」

「可是……」

「別煩我！」刺耳的尖叫聲令我畏縮，踉蹌地倒退好幾步。

「聽她的話，崔斯坦，」阿姨疲憊地說。「過來跟我坐。」

我挪動麻木的腳步繞回去坐在阿姨旁邊，周圍的鏡子只能照到表面，無法反射真正的心情。「她怎麼了？」我追問。「是誰造成的？因為我嗎？是我的錯？」

希薇阿姨凝視我好半晌。「希賽兒感覺怎樣？」

「別管希賽兒，」我氣極敗壞。「告訴我媽媽是哪裡不對勁！」

阿姨微微偏著頭，目不轉睛凝視我的眼睛。「你知道我向來喜歡希賽兒，那個小傢伙既有主張、又有個性，不喜歡被人牽著鼻子走，我猜你父親套在她脖子上的枷鎖肯定讓她很不舒服。」

我想叫她直接回答、不要扯開話題，隨即領悟過來，停止追問。「就身體而言，她很健康，」我終於開口。「不過最近有點反常。」

「個人意願和魔法的強制作用相互抗衡。」

我點頭認同。「永無止盡的緊繃。」

「你感覺到了？」她好奇地隨口問道，彷彿從來沒有聯結的經驗。

「最糟的時候，受苦的人似乎不是她，而是我。」

她渾身一僵。「真是累贅、吃力不討好。」

原來如此，答案已經浮現。母親的情緒並非自己的——而是源於父親。我跳躍式地思索，探討各種隱含的可能性——他不只被某件事激怒，情況還嚴重到影響配偶。打從入監以來，這是我第一次納悶或許父親掌控大局的程度不如我想像的那般牢固。

「要是感覺不到就好了。」我換個舒服的坐姿，撇開雜念，專注在這場意在言外的對談。這是我們之間一貫的模式——她不方便直言不諱，不然就會違背父親的信任。我不知道、也不曾問過她這麼做是出於對母親的尊重，還是父親曾強迫她許下重諾。事實如何都無妨，必要的情報就藏匿在她的舉手投足和言語之間，有賴我擷取碎片拼湊出真相。

「是嗎？」她扯著衣袖。「我還覺得有時候更慘，明明能夠體會別人的感受，卻不知道原因。你們現在，至少分別三個月了吧？」她搖搖頭。「時光匆匆，既消逝又累積，真是奇怪。」

看來她不知道父親受困擾的程度與原因，然而自從我被監禁以後，情況持續惡化，時間是一個要素。

「一日不見如隔三秋，」我說。「讓我深深思念。」

反常的坦白完全違背我的個性，她雖然挑起眉毛，卻不是很驚訝。「還想玩遊戲嗎？」她指著架上的格爾兵棋，說的卻是現實的局勢。

我不發一語，故意沉默了很久。「可以，」我說。「反正也沒有更厲害的對手了。」

「這是你的天職。」她提醒。

四個棋盤飄向半空，全新的棋子從盒裡冉冉升起，縞瑪瑙和白色大理石黑白兩色，精雕細琢，無疑是芮根的傑作。「要從上次的殘局開始嗎？」

我點點頭，脈搏加速，等著看她排列的布局。

棋子繞著棋盤打轉，國王、皇后、王子、公主、戰士、間諜、精靈、貴族、殺手、混血種和販夫走卒的凡人盡皆轉動奔走。「你拿白棋。」

這不是選擇題，但怕有人監視，我仍點頭以對。

白棋如雨點般紛紛飛落在地板上，跟著少許的黑棋。「你輸了。」她說。

「但還不到全盤皆輸的程度。」我說。

「結局還是未知數。」她語氣冷淡，眼神莫測高深，棋子各就各位，黑棋密密麻麻——代表我父親，而不是她。盤面只剩一小撮白子：國王、四戰士、一名凡人。靠近一看，國王的臉就像我的翻版，其餘的臉孔分別是馬克、安蕾絲、維多莉亞、文森和希賽兒。我伸手輕觸代表妻子的人偶，大理石雕刻而成的捲髮垂在背後，臉上似笑非笑，人類手中通常都揮舞著棍棒，唯有她捧著一本敞開的書。

「棋子排列正確嗎？」

「不對，」我靜靜地說。「我失去了她。」伸手指著女戰士，她的棕髮隨風揚起，舉劍迎敵，表情桀傲不遜。白棋應聲浮起，輕輕落在桌上，相對應的黑棋站在父親陣營裡。

「不，」我拿開那只黑棋，搜尋半晌，找出地板上的女間諜。「這個才對。」我把人偶放在國王黑棋旁邊。

「你確定？」

「對，毫無疑問。」

水晶叮噹作響，兩只酒杯飄了過來，我順手接過，心不在焉地用魔法托住杯子，目不轉睛盯著棋盤，又從地板上拿起一名男混血種放在代表文森的白棋旁邊。這是堤普。

「這個也丟了，對吧？」她舉起代表馬克的兜帽戰士，預備放到旁邊。

「等等！」嗓門大又激動，我強迫自己放鬆。「他的命運還在未定之天。」

「嗯，」她淺啜一口酒。「我只能相信你。」

寒意襲上心頭，難道馬克發生什麼事情而我卻不知情？如果她很確定我已經失去馬克，應該不會讓我保留棋子，但我不喜歡她懷疑的語氣。

「這就是上次的棋局了嗎？」

「對。」眼前的棋局似乎大勢已去，毫無希望，父親旁邊是皇后和戴著王冠的小王子，重要群臣簇擁在周遭；我這邊剩四個盟友，各個都命在旦夕、危機四伏。

「王子殿下，你的處境堪憂，局勢淒涼。」她說。「白棋有什麼選項？」那種教訓的語氣，似乎猶在指導我下棋，其實不然。這個問題很合理。

「政治手腕。」就遊戲說起來這是一招險棋，把己方的國王移到對手陣營裡的特定位置，如果折衝得宜，自己的人馬就可以取代對方的棋子，但萬一策略失敗，將立刻折損最有力的一員。

「你有想到什麼方法讓他們靜下心來聽嗎？」

「一部分。」我把堤普移到第二盤。

「聽話的唯有弱勢的一方，這樣不足以翻轉局面，變成贏棋。」

我再也不把混血種看成弱勢的一群，尤其當他們團結在一起的時候。但她是對的。「同意。」我拉長脖子觀察棋盤，左思右想。「刺殺國王。」

「你沒有殺手。」

「對，但我還有一個棋子能夠完成任務。」我推出自己。

她渾身一僵。「風險太高，就算黑棋國王死掉，小王子可以加冕繼任，你還是不會贏。」

看著羅南的小人偶，想像他黝黑的眼眸散發出精神錯亂的光芒。「我知道，所以要刺殺好幾次。」

「或許。」

我的注意力從棋盤轉向阿姨，她顯然認為還有其他選項，卻不動聲色，不肯告訴我。

「抓住享受的機會吧，有酒堪醉直須醉，」她喝了一口。「如果現況繼續下去，可能連酒都沒得喝了。」

「有道理。」這很明顯，她有話想說。就算食而無味，我還是用魔法舉起酒杯，仰頭灌下一大口。早先和馬克那一場打鬥，讓我的手腕痛得像有地獄之火灼燒一樣，連酒杯的重量都難以承受，感覺有些反胃。即便不想承認，鐵環的副作用越來越明顯，指尖微微發青，指頭僵硬，再繼續下去，破壞性的後果可能難以挽回。

放下杯子之前我又喝了一口。

阿姨噘起嘴唇，嘖嘖作聲。「再這樣下去，可能連用餐的時候，都要把手肘放在餐桌上。這種行為如果被你父親發現，大概要氣炸了。」

彷彿父親會關注我的餐桌禮儀一樣，她在暗示什麼？他命令我戴著刑具，如果因此受到傷害，他會沮喪？當然不可能，他只會幸災樂禍，終於達到他預期的效果。

「他會很高興才對。」

「是嗎？」她轉向棋盤，答案都在裡面。我走過去，兜著四個棋盤轉圈思索，檢視父親的局面。那些熟悉的臉孔跟我預期中的一模一樣，直到看見代表自己的那一顆。黑棋的我依然擁有王子身分，坐落在用鐵箍住的架子上，表示沒死，但無法加入戰局；四周有好幾個棋子圍繞成特定的陣勢，打算解救他，雖然距離目標還有很多路要走。我湊近細看，黑棋王子眉毛上有一個小槽溝，一度有王冠戴在頭上。

未來還是有加冕機會。

如果我的認知正確，父親依舊把我當成棋子之一，心裡另有盤算，可以恢復我王位繼承人的身分，但要按照他的條件。縞瑪瑙棋——象徵父親。要恢復地位，就要聽他指揮。

我回到原來的位置。「那顆棋子不加入，我維持原案，保留白棋，爭取這些棋子支持。」我指向混血種。「善用政治手腕，步步為營，預備暗殺黑棋國王。」

「或許有效，」她說。「不過螳螂捕蟬，黃雀在後，還有第三方虎視眈眈。」

第三方？

旁邊又浮起兩個棋盤，加入現有的四盤棋局，盒蓋掀開，她挑了幾個棋子擺在盤面，完全沒有人類和混血種參與。棋子以石榴石雕刻而成，紅色寶石閃閃發光。

安哥雷米。

「新的格爾兵棋雕工精細。」我顧左右而言他。棋子形狀完美，完全符合交談的主題，任何一位藝術家至少都要耗上幾個月的時間才能做出成品。她怎麼知道有這個需要？

我把酒杯放在桌上，拿起縞瑪瑙間諜萊莎假扮的安蕾絲，放在石榴公爵旁邊。阿姨微微點頭，縞瑪瑙的羅南也飄過去陣營，石榴紅的戰士排列在旁，表示他被困住了。

「對嗎？」她問。

「是。」我說，羅南和萊莎、安哥雷米同行的那一幕讓我深感困擾，他不像遭人監視和看守，也沒有不滿的反應，事實正好相反。

「所以，如果白棋將你的策略付諸實現……」大理石混血種取代縞瑪瑙、黑棋國王倒斃，脫掉的皇冠飄過去戴在羅南頭上。「換成紅色大軍掌控黑棋，聯手對抗白色陣營。」

這會對我更加不利。我深呼吸，緩慢吐氣。「白棋可以強行押住新上任的黑棋國王。」

「你確定？」阿姨精神萎靡，愁眉苦臉，是我不曾見過的模樣。黑色皇冠從縞瑪瑙的羅南頭上摘下，黑棋翩然下台，換成石榴紅的羅南上台加冕。

「不，」我喃喃自語。「不可能，不……」

玻璃震碎的響聲打斷我的自言自語，鏡子瞬間爆裂，空氣中充斥著數百萬片尖銳如剃刀的玻璃碎片，母親刺耳的尖叫聲震天價響。

17 希賽兒

樂團演奏前暖身的噪音從更衣室的門縫滲進來，讓每次演出前夕後台的緊張氣氛雪上加霜，我心裡也是七上八下、焦慮不安，但原因迥然不同。我深信瑪麗・雀斯勒跟安諾許卡有某種程度的關聯。她知曉我的身分，知道巨魔國王派我來獵殺她。

另一個念頭揮之不去：她或許就是安諾許卡本人，只是和畫像不太一樣。轉念一想又覺得不可能，瑪麗的能見度太高——雖然是普通的貴族之女，家族財富卻很驚人，出生和成長過程都有紀錄可循，也有很多人見證。

安諾許卡或許能夠靠著染髮、化妝和魔法改頭換面，卻不能返老還童、變成嬰兒或小女孩。詛咒巨魔的時候她二十出頭，就算有辦法阻止老化過程，青春永駐，依舊是成年人。如果不想引人注目，就要不斷的消失，然後重新來過，否則鄰居一定會發現她永遠不會老。這樣一來，身為公眾人物，對她的困難度太高——不是冒著被巨魔發現的風險，就是被指控運用巫術。

除非指控的一方其實是在保護她，我咬唇思索。如果歷代的攝政王都知道巨魔的存在——我猜他們的確有耳聞，不然何必維持攝政的名義，不立為國王。協助安諾許卡壓制巨魔，對他們的權勢最有利，這就表示他們會不計代價，保護她的安全。

然而瑪麗夫人特別挑選我演出假面劇，邀我進入她的家。難道這就是所謂的「親近朋友，更要靠近敵人，唯有知己知彼，才能百戰百勝」？這些都是老生常談，但直覺告訴我，凡事都有可能。

莎賓用力扯綁著我的頭髮。「噢。」我哀叫一聲，對著鏡子皺眉。

她幫我把頭髮編成辮子，便於塞進廉價的棕色假髮底下，配合今晚演出的小角色，每次用力拉緊髮綹，她的金色捲髮就跟著上下跳躍，自從魔法靈藥的事件後，這是我們第一次見面，彼此都覺得不太自在，而且相對寡言。她的眼睛一逕盯著我的後腦勺，不肯看向鏡子，避免跟我在鏡子裡直視，這剛好給我機會好好審視她的改變。

莎賓看起來不太一樣。

我不確定改變是發生在我在厝勒斯的期間，或者到了崔亞諾以後，總之我的朋友老成許多。孩提時代豐潤的臉頰瘦了下去，露出細緻的五官，就算沒有安蕾絲那種美艷，自有一股親和力，老少咸宜。她的金髮總是梳理得一絲不苟，針線方面的絕活更讓她即使預算有限，衣著打扮也絕不馬虎。然而令我困擾的不是外在的改變。

我雙眉深鎖，將記憶中的女孩跟眼前的女人並列比較。以前的莎賓總是迎合大家的需要——試著討好每一個人，就算自己難過也會忍讓。在我臥床復原的期間，她天天來探望，幫忙奶奶照顧我，忍耐我陰鬱的沉默，耐心得跟聖人一樣；當我宣布要來崔亞諾的時候，她堅持要陪著我，即便自己從沒想過要離開蒼鷹谷。

「怎樣？」她尖銳的語氣讓我忍不住畏縮，顯然生氣的不只我一位。

「感覺妳變了很多。」

「我別無選擇。」她用力套上假髮，硬是把不聽話的紅髮塞進底下。

「怎麼說？」

她靜默良久才開口。「大家都以為妳死了，」她的聲音輕微地顫抖。「妳知道那種好朋友因我而死的感覺是什麼嗎？」

實在太出人意料，好像忽然被呼了一巴掌，我一點防備都沒有。

「什麼？」我氣極敗壞。「胡說八道，妳又能做什麼？」

「有，」她渾身顫抖。「當初我可以和妳同行，或者強迫妳等到佛雷德抵達蒼鷹谷再走，做任何事都好。」她開始哽咽，宛如肺部缺乏足夠的空氣，沒辦法好好開口。「結果是因為我被恐懼阻撓，才就此失去妳。」

我突然覺得心痛。崔斯坦說過，我的失蹤讓莎賓非常不好受，我以為她只是悲傷，從沒想過她會因而自責，更糟糕的，她竟然認為是自己沒有及時決定才造成悲劇發生。就算我當時還搞不清狀況，當時的我就已經認定她不會和我同騎，催促她回家等候。就算我因此意外身亡，也不是她的錯，是我自己造成的。

如果她跟我騎馬回家，事件有轉圜的可能嗎？她在場就能阻止路克綁架我嗎？不，我迅速判定，幸運的話他會等下次再動手，最差的……莎賓慘死在荒郊野外的畫面浮現眼前，我用力甩甩頭，撇開那個景象。「莎賓，是我沒給妳選──」

她舉手打斷我的話。「然後妳歷劫歸來，讓我喜出望外，開心極了，原來妳還活著。」她伸手按住額頭，似乎要把回憶壓進去。「當妳告訴我這中間發生的事情，我好恨他們，恨他們這樣對待妳、對我和對妳的家人。」

她雙手垂在身體旁邊。「但妳竟然沒有懷恨在心，而且還反過來愛上其中某個人。」她凝視我鏡中的眼睛。「我不懂，希賽兒，他們傷害妳，奪走妳的一切，即使現在逃出來，一樣擺脫不了糾纏。他們偷走妳所規畫的人生，奪去妳熱烈追求的事業——當我試著解救妳的心脫離他們的掌握，妳怎麼忍心怪罪我？」

我既不怪她，也無法清楚解釋厝勒斯的生活雖然讓我有所失，也有很多收穫，同時不會使我陷入孰優孰劣的比較。我也曾經受傷過，做出犧牲，只是不覺得是被剝奪、被強迫。

「我……」我正想開口解釋。

有人叩門，朱利安探頭進來。「時間到了。」他來回打量我們的表情，莎賓跟他擦身而過，我嘆了一口氣，跟在後面。

母親站在門外，眉頭深鎖，目送莎賓在忙亂的後台穿梭而去的背影。「那個女孩有心要惹麻煩。」她轉向我們。「時候到了，或許應該叫她另外找工作。」

我渾身發熱，手戳母親胸口強調地說。「請、妳、不、要、插、手。」

吉妮薇目瞪口呆、睜大眼睛。

「我說真的，母親，」我對她怒目相向。「如果她因妳插手而離開，我就請辭，不只離開劇團——同時離開妳，絕不回頭。」

不等她回應，我逕自穿過走廊步向休息廳，那裡有幾位年輕紳士站在那欣賞舞者暖身，多數人已經返回包廂去等歌劇開演，幾個女孩好奇地瞥我一眼，沒人有空嚼舌根。

這是空泛的威脅，我會言出必行嗎？老實說，自己也不確定。望著牆壁上歷年來在舞台上揚名、表現傑出的女演員畫像，想到就此放棄畢生追求的夢想、不能列名其上，胃就揪成一團。我無聲地一一默念名牌上的名字，祈求前輩指引，獨獨略過母親的畫像，然後在一個耳熟能詳的名牌上逗留，莉絲．陶丁，我的外祖母。

平常戴在頸間的項鍊和外婆畫像中的一模一樣，此時放在更衣室裡面。我對她毫無印象——聽說她在我很小的時候就失蹤了。她是金髮，眼珠顏色難以分辨，高聳的顴骨和冰冷的眼神隱約能看見母親神韻，然而我沒時間再逗留下去，不然會卡住出場人員的順序。我在後台就定位，看著打扮成後宮佳麗的芭蕾舞孃一一離開舞台，經過時鞋子發出輕柔的喀喀聲。該我出場了。

我調整藤籃的位置，跟另一個女孩勾住手臂，從側面魚貫上場，飾演充滿異國風情的香料市場的村姑，台上的熱氣來自於客滿的觀眾而非熱帶的艷陽。我開口演唱、跳躍、旋轉，本能地吐出每一句台詞，配合其他女孩的音量和歌聲。觀眾席的臉孔模糊不清，台上布景的顏色異常鮮艷，燈光亮得刺眼。

母親緊接著上台，清亮的嗓音風靡全場。她一開口，我們全都噤聲，退向舞台後方，合唱團的女孩使出渾身解數，拿出各種商品、珠寶、香料和精緻的糖果誘惑，接著換我上前，走到她面前，舉起水果籃供她挑選，她繼續演唱，同時挑了一顆蘋果，我假裝半買半送，堅持不收錢，就在退下的瞬間，某種東西勾起我注意。

燈光一閃，攝政王的私人包廂有某些動靜，除非有攝政王或家人邀請，不然不許任何人坐在那裡。*我們會關注妳的每一步……*瑪麗的呢喃閃過心底，她是一個人嗎？或者有安諾許卡作陪？

我很想看個清楚，不過這樣會破壞演出和諧度，當然不方便。其他女孩拉住我的手臂，轉圈移位，為母親的歌聲合音。我挺直背脊，即便站在舞台上，面對無數雙眼睛，還是有被偷窺的感覺，只能面帶微笑，繼續唱唱跳跳。我很想落荒逃跑，只要一有機會就偷瞄包廂，可惜光線太暗，看不清楚誰在裡面。

這一幕結束，以舞蹈方式下台，明明要趕著更換戲服，但我忍不住脫離預定計劃，溜到漆黑的舞台側面。我手心冒汗、緊緊抓住提籃，盡可能貼近舞台、又得避免被觀眾發現。攝政王的旗幟一如往常，懸在包廂欄杆上頭，裡面黑漆漆的，卻有一隻手戴著手套扶著欄杆。他們為何監視我？究竟要做什麼？

突然間，有人扣住我的手肘把我拉向後。

「妳在做什麼？」莎賓嘶聲說道。「快換戲服！」

我被她拖往後台。「妳像豬一樣汗流浹背。」她皺皺鼻子，幫我解開戲服的扭釦。

「豬才不流汗。」我心不在焉，幾乎沒留意她在翻白眼。我必須知道是誰在包廂裡面，我確信是她，只是如果正確的話，那又如何呢？當面對質？不，無論她是否和安諾許卡有牽連，得罪她對我完全沒好處。

「妳剛是說真的嗎？」莎賓忽然迸出這個問題。

莎賓正幫忙整理裙襬，我只能看到她的頭頂。「對不起，妳說什麼？」

「妳對妳媽媽說的話是真心的？」

她專注的語氣意味著這不是隨便問問而已，我咬住嘴唇沉吟不語。我是真心想護衛我朋友嗎？一部分的我很想大叫這件事現在根本無關緊要——一個五百歲的謀殺犯找來幫凶，正坐在包廂監視我的一舉一動。但另一部分的我不願意讓恐懼掌控一切。「是的。」我用裙襬擦乾手汗。「如果她把妳開除，我也會跟著辭職。」

「她是妳母親。」雖然只看到頭頂，但以我對她的了解，我知道她很震驚。

「只在她方便的時候她才會承認血緣。」我撩起她的頭髮。「妳是我最好的朋友，我了解妳這麼做的原因，莎賓，希望妳也能夠諒解我真的必須這麼做。」

我靜靜地佇立半晌，最後莎賓呢喃地開口。「妳該走了。」她沒有抬頭。

剩餘的演出就像一場折磨，我犯了無數次輕微的錯誤，目光不時飄往包廂，感覺自己赤裸裸的，但又掩不住心底的期待，非要看清楚是誰坐在那裡。最好的機會就是在終場謝幕的時候，那時我就可以直直盯著觀眾席，不必擔心被責備。

等待的時間似乎漫長到永無止境，母親裝死躺在朱利安懷中，布幕終於落下，我站在舞台側邊，心臟越跳越快，驚懼的不只我自己——崔斯坦也有狀況，但我現在不能去想，機會只有一次，錯過就沒了。

其他女孩交頭接耳地竊竊私語，我充耳不聞。觀眾大聲歡呼，大喊母親的名字，紛紛站起來鼓掌，合唱團的女孩跑到舞台前面，我跟著上前。我會看到她嗎？

踏上指定位置，牽起左右兩側女孩的手，深深屈膝，起身往後退，我再次抬起頭。

攝政王的包廂空空如也，不管剛才是誰在那裡，都已經離開了。

18 崔斯坦

格爾棋盤砰然落地，我豎起盾牌擋開四處飛濺的碎玻璃，阿姨跟著施展魔法，試圖保護母親，卻白費力氣。魔法力道強大得足以震碎玻璃，發自母親身上的能量當然可以輕而易舉地推開阿姨的魔法，剃刀般尖銳的碎片劃破母親的皮膚和衣服，但她幾乎沒留意，臉上血跡斑斑，暴怒的情緒讓五官扭曲在一起，類似的表情我只在羅南臉上看過。這樣的類比讓我心驚，意味著母親已經陷入無法理喻的程度，只能強加阻止。

我從眼角瞥見某些動靜，艾莉站在門口，盤子和食物散落在腳邊。「快走開！」我大叫警告，但遲了一步，母親轉向她發飆，兩眼無神、視而不見。

我一躍而起擋在中間，但針對女孩的魔法力道強大，撼動我豎起的防護罩，讓我整個人踉蹌地倒退好幾步，跟艾莉撞成一團，跌出外面的走廊。不過一瞬間，另一道能量衝擊牆壁，幸好有千年魔法能量的累積，一層層地鞏固城堡，天花板才不至於崩塌下來。

我手腳並用、趕緊起身，一把拉起艾莉。「快跑，」我命令。「通知父親這裡出事了。」

「你要怎麼辦？」

「我得阻止她。」

我狠下心，用魔法裹住手腕的環銬，不敢猶豫以免失去勇氣。我用力扳開，劇痛讓我幾乎不支倒地，魔法的能量沒有了金屬的荼毒和壓抑，狂湧而出，疼痛紓緩，讓我可以打起精神，返回房裡阻止母親。

屋裡煙霧瀰漫，灰塵漫天，只能勉強看見母親造成的混亂場面。所有東西都慘不忍睹，家具四分五裂，油畫和織錦在冒煙，部分天花板凹陷，從裂縫露出城市上方黝黑的洞穴，我仔細搜尋阿姨的光芒，只看到橘紅色的火光，濃煙刺痛我的眼睛，引發劇烈的咳嗽。

攻擊來得尖銳又突然，但我早有防備，她接二連三地出手，霧氣中隱約可以看見她的身影，阿姨癱軟無力地垂在母親背上，希望她只是昏迷不醒，我根本不敢想像其他可能性。

「媽媽！」我提高嗓門，試圖壓過魔法撞擊的響聲。「我是崔斯坦。」

但她充耳不聞，認不得人，只想發洩怒火，將這裡毀滅殆盡。單單保護自己閃避攻擊就讓我捉襟見肘，疲於奔命，實在看不出來要怎樣切斷她的法力。她太強悍，而且無所顧忌，逼得我一方面防禦，同時還得分神劈開她和我周圍崩垮的碎片和瓦礫，她一心要摧毀我，就算因此賠上性命也無所謂。

我需要父親支援，而且越快越好——不然皇宮很快就成為廢墟，一旦沒有圍牆阻隔，她的法力很可能危害大樹的穩定，把厝勒斯推向毀滅。若真是這樣，就必須阻止她，雖然我一點都不想傷害自己的母親。

抵擋她就像抵擋暴風雨，她的攻擊力連綿不斷，一再衝撞，亂無章法，只有蠻力。煙霧和熱氣吹向我的臉龐，腳邊的瓦礫越堆越高，幾乎要害我失足跌倒。我不知道要怎麼阻止她，如果是決鬥，殺她輕而易舉，但阻止的同時還得保護她的安全，根本是不可能的任務。出手太重怕傷了她，力道不夠又只會火上加油、讓她更暴躁，唯一能想到的辦法就是讓她聚焦在我身上，降低對周圍的危害，以免災難擴大。

拜託盡快趕到。曾幾何時我竟這麼急切地盼望父親在場，現在真的很需要，他會知道怎麼做才好。

隔間的牆壁垮了，地板不住搖晃，皇宮側翼快要支撐不住了。

「美妮妲！」熟悉的聲音終於出現。

聽見父親的呼喊，母親猛然一震，怒火來得突兀，去得也快，她瞬間平息下來，困惑地環顧周遭，似乎無法理解自己是這場災難的罪魁禍首。「發生了什麼事？」

「走開。」父親把我推到一邊，大步穿過瓦礫堆，用衣袖擦拭母親臉上的血跡，表情出奇地焦慮。「妳有受傷嗎，親愛的？」

她搖頭，流下臉頰的淚水染成了粉紅色。「我很生氣，氣炸了。」她手按額頭，試著回憶，當她把片片段段拼湊在一起時，肩膀開始顫抖，掙扎的模樣讓人於心不忍。「崔斯坦？」她哽咽地呼喚。

「他沒事。」父親轉頭看我一眼，似乎想證明我沒有受傷。「他沒事。」他重複一遍，把她拉近。「希薇？」

「沒關係，反正我一直想要重新裝潢。」阿姨的語氣似乎無動於衷，但是連母親都聽出她的嗓音在顫抖。

母親崩潰地趴倒在父親胸前，悲傷啜泣，微微發光的魔法籠罩在阿姨四周，像圍牆似地把她們隔開。出於尊重，我也應該這麼做或是離開現場，但我反而坐在塵埃密布的廢墟上看著父母。

「對不起，親愛的，這不是妳的錯——都怪我。」他一一摘掉母親髮間的碎石，想要撥開灰塵，但是成效不佳。父親將下巴靠著她的頭頂。「很抱歉害妳承受這些折磨，我會彌補，讓一切回歸正軌。」

我發現他是真心在道歉，他向來對母親和顏悅色，只是沒有證據顯示關懷是出於真心，或是有夫妻之愛，也沒有跡象能夠證明我不全然是政治聯姻和社會因素考量下的結晶。我屏息以待，擔心些微的動靜會轉移焦點，破壞眼前這一幕的溫馨，我不希望它結束，親眼看見他關心母親，意味著他可能也在乎我這個人。

金屬相互撞擊、鏗鏘有聲，轉頭一看，扯斷的手銬從瓦礫中升起，浮在空中。熱氣四散，魔法融化金屬、重新塑形，直到完好如初才掉到地上。我抬起頭，父親直視我的眼睛，表情神祕、難以辨認。「下次看到你，這些東西最好戴回手臂上，不然我就把其他東西加回去。」他不發一語，逕自牽著母親手臂，攙扶她走過瓦礫堆，消失蹤影。

我的期盼不過是一場空，真相晦暗又傷人。

我把額頭抵住膝蓋，試圖將過往的傷害推回嚴密的石牆後方。

「王子殿下？」艾莉怯生生地呼喚，我動也不動——感覺全身乏力，挪不出力氣。

「崔斯坦？」艾莉輕觸我的肩膀。

部分的我想要甩開一切，告訴艾莉、混血種和這座該死的城市，有問題自己去處理，別來煩我。然而我對阿姨說的話是不爭的事實——當前除了我，沒有更好的人選足以和父親對抗，而且不只我父親，還有虎視眈眈的安哥雷米。

考量阿姨給我的線索，邪惡黑心的公爵早就掌控了我的弟弟——不知道用了什麼手段欺騙羅南透露全名。現在一想，事實似乎很明顯。*他不會違背我的吩咐。*拍賣場上安哥雷米說了這句話，背後的意思不言而喻：*他會聽從我的命令行事。*如果父親明天駕崩，加冕為王的或許是羅南，統治權卻在安哥雷米手中。

不論個人的意願如何，我都必須參與這場遊戲。

「什麼事情激怒了皇后？」艾莉的嗓音打斷我的沉思。

「激怒她？沒有。」我抬頭直視她的眼睛。「妳目睹的是我父親的怒火，所以問題在於激怒他的是什麼事或什麼人？」

「是我們嗎？」她抽回手，我一聲不吭，從艾莉臉上思索的神情看出她在問自己，而不是問我，安靜許久之後她才開口。「我感覺到你所做的，從今以後你不能再指揮我做事。」

「我可以，」我說。「只是聽與不聽，由妳自己做決定，妳願意嗎？」

她毫不遲疑。「願意。」

我如釋重負吁了一口氣，顯然贏得她支持的重要性遠比我察覺的還多。我們認識很久，選擇她和柔依保護希賽兒有一個獨特的理由，她們姊妹的忠誠度和勇敢已經到無可挑剔的地步。

她似乎看透我的心思，問道。「她好嗎？」

「目前還可以，」我望著手腕的傷口，鮮血直流。「但她對我父親許下承諾，答應不計代價尋找安諾許卡的下落，而我們剛剛親眼目睹父親耐心磨光的結果會是什麼。」

「她有危險？」

我點點頭。「我們都有危險，希賽兒、妳、我、大家皆然。我敢用魔山所有的金礦來打賭，在情勢好轉之前還會再惡化。」

「有可能好轉嗎？」她垂著頭，髮絲掉在頰邊。「有時候似乎看不到任何希望。」

我身歷其境，很能體會那種無望的感受。

「不確定，」我只能承認。「很有可能努力奮戰的結果還是輸了，但是……」隔著殘破的家園眺望外面的城市，斷垣殘壁的大理石上緣就像巨型怪物的尖牙利齒。「如果我們什麼都不做，等於坐以待斃，只會輸得更徹底。」

艾莉揚起下巴，撥開臉上的頭髮。「那就戰鬥到底。」

「對，戰鬥到底。」我附議，眼尾餘光瞥見之前逃走的人溜回來偷看母親造成的破壞程度，這個話題不能再持續。

「希賽兒呢？」艾莉發現窺視的眼神，壓低聲音提問。

「她絕對不是手無寸鐵的弱女子，如果有人能夠找到安諾許卡，那人非她莫屬。」這些話讓我的胃糾結在一起。我迫切希望可以保護她的安全，心裡知道即便有可能，希賽兒也不是那種願意置身事外、看著朋友陷入水深火熱、袖手旁觀的類型。「我們只能相信她可以實現承諾，專注自己手邊的任務。」

「意思是人類的問題由她去應付，我們有自己的戰爭？」

我笑得很僵硬。「沒錯。」

五六名父親的守衛穿過斷垣殘壁，表情嚴肅、眼神淩厲，艾莉也發現了。「我碰到國王的時候，他已經走到半途要來找你母親。我確定他是從書房出來的。」

「我們必須知道他跟誰在一起。」我呢喃。

「有可能是收到信件，他通常不許任何人進入私人起居的空間。」

「有道理，」時間迫在眉睫。「妳可以嗎？」

「我試試看。」她明智地起身，預備搶在守衛靠近之前先離開。

「可以幫個忙嗎，艾莉？」我詢問，看她點點頭，這才撿起依舊溫熱的手銬，強顏歡笑說道。「妳可以把這個當成是為妳們倆姊妹報一箭之仇。」

她嫌惡地倒退一步。「就算想報復，也不會用這種方式。」

「那就當人情？」接觸金屬的皮膚開始發癢，我花了不少力氣才沒有扔開它們。「妳若不願意，就是他們來下手，我敢說，他們不會手下留情的。」

艾莉咬緊牙關，閉上雙眸。「好吧，我已經想到要交換的條件。」

「隨妳開口。」

「等你當上國王，我要你變更法律規定，允許混血種有聯結的權利，和……選擇的人在一起。」

放眼當前，這只是一個微乎其微的要求，然而當一個人被奴役了一輩子，即使是微小的幸福都很重要。「如果能夠撐到那一步，我會頒布。」

「謝謝你。」她把手銬接過去。「預備好了嗎？」

我放聲大笑。「當然不。」但也只能伸出雙手，父親已經出招，很快就要輪到我。

好戲上場，拭目以待。

19 希賽兒

花兒的馬蹄踩過冰雪掩蓋的泥濘街道，發出輕脆的嘎吱聲。黎明時分，我悄無聲息地溜出大門口，一路跑向馬廄跟克里斯碰頭。

幸好他說服我今天早上騎馬去見凱瑟琳。彼加爾區向來治安不良，現在有兩股勢力透過中間人密切監視我的一舉一動，感覺更加危險。我知道國王的信差會繼續追蹤我的進展，現在又幾乎確定瑪麗和安諾許卡聯手，應該會隨時出手阻撓，這就勾起另一個疑問：她為什麼不試圖殺我滅口？即使為此失眠一整晚，我還是想不透。

一到店鋪門口，我從馬背上滑下，抬頭看著克里斯。「一小時之後見？」

他點點頭。「沒有我，妳就別想走。」他將牡馬掉頭，小跑步離去，直到背影消失，我才舉手叩門進去。

「我還在想妳會何時出現。」凱瑟琳探手轉動門栓。「這回不要重覆上次不愉快經驗。」我跟在後面，小心翼翼閃避在裙邊嗅來嗅去的小狗。「你今天安靜多了。」我彎腰拍拍這隻名叫「小老鼠」的小狗的頭。

「他只吠陌生人。」凱瑟琳靜靜地在店鋪中穿梭，收集藥草、樹皮和骨頭裝進小鍋裡，拿著火柴，連同所有物品走到前方，席地而坐。她把鍋子放在膝蓋，閉上眼睛，口中唸唸有詞，再把著火的木頭丟進去，綠色火焰頓時竄向空中，她又將咒語重覆一遍。

「那是什麼咒？」我問。

她瞥我一眼。「嫌惡咒。任何人走近，都會感覺有一股惡臭撲鼻而來——那是臭鼬的骨頭。雖然趕不走有決心的人，但也不會引人疑竇、跟巫術扯上關係。」

我想請她傳授各式各樣的咒語，以備不時之需，但眼前還有更重要的問題要尋求解答。她在店內不經意地走動，調整瓶瓶罐罐、整理紙張，感覺很緊張，考量她的處境，又有誰能從容不迫？沒有倉皇逃走就夠讓人驚訝的。轉念一想，她或許是無路可走，從襤褸的衣著判斷——上次碰面也穿同一件——應該沒什麼錢，這個店舖很可能就是她僅有的財物，就算命在旦夕，放棄這一切仍不容易。

「妳傳承哪一方？」

凱瑟琳突然開口把我嚇一跳。「什麼？」我疑惑不解。

她揚揚眉毛，抱起小狗。「妳跟大自然的能量密不可分——這通常是天生的遺傳。」

「我知道……」輕輕碰觸肋骨旁邊長長的疤痕。「是我奶奶，但她沒有……」我尋找適當的措詞。「……施法，頂多運用植物和藥草的功效幫人治療，基本法則都是她教的。」

「那就不能說她沒有施法。」

「的確，可惜不是妹妹遺傳到這種天賦，」我喋喋不休地解釋。「她對這些感興趣的程度遠遠超過我。」

「通常每個世代只會有一位。」凱瑟琳說道。小老鼠抬起頭，突然跳到地上，匆匆往屋後走。她目送小狗的去向，繼續問道。「妳母親也有嗎？」

「哦，奶奶是我父親這邊的。」我更正，不安地笑著說：「我媽媽……不，她不是女巫，對魔法一竅不通。」我又笑了，實在壓抑不住，笑聲在屋裡迴盪。「不是說她不好，雖然有時惹人厭煩，但她不是……」我倒抽一口氣，默默從一數到五。「總之，魔法的遺傳來自奶奶那邊。」

凱瑟琳的目光似乎要穿透表面、窺視我的內心。「妳是個大嗓門。」

我蹙額，漲紅了臉，紅暈一路擴散到胸口。「對不起，是職業病。」顯然緊張的不只她而已。

「沒錯，」她坐在對面。「那妳為什麼不回去問她？」

我咬著嘴唇，希望自己顯得更有自信。「因為奶奶對我感興趣的魔法一無所知。」

「妳說的是什麼魔法？」她腳點地，木頭地板發出砰砰的聲音。

「血魔法。」

腳打拍子的聲音戛然而止。

「特別是咒語那方面。」我趕緊補充，免得失去勇氣。

「妳憑什麼認為我會知道？」她從口袋掏出內有綠色液體的小瓶子，仰頭喝了好幾口。

我聳了聳一邊肩膀。「攝政王宮到彼加爾區這條路很漫長。」

她臉上有條肌肉抽動不已。「是啊，遠得讓我足以學到教訓，這種東西不能碰。」她算是婉轉承認自己的確熟悉黑色魔法。

「我對施咒沒興趣，」我說。「只想知道破除的方法。」

除了臉上肌肉的抽搐，看不出她對我的問題感到詫異。「不可能。」她嘆了一口氣。「這麼說不完全正確，殺死下咒的女巫，咒語自然就會破除。」

「沒有別的辦法？」

她猶豫了一秒鐘。「沒有。」

她勉為其難的態度讓人覺得有所保留。「為什麼？」我鍥而不捨地問。

凱瑟琳仰頭喝了一口，不肯直視我的眼睛。「詛咒是個人意志和渴望的展現，透過祭品的魔法凝聚在一起，直到施咒者的意願改變，或者至死方休。」

我挺直背脊。「詛咒需要人名嗎？」

她沉重地吐了一口氣。「女巫應該知道對方的名字，但我想這不是必要條件，名字的功用就是凝聚專注而已。」

「所以解鈴還須繫鈴人？」

她再次猶豫。「如果她改變心意，咒語自然會停止效力。」

我屏息不語。她肯定有所隱瞞，有些話沒說出口，不確定是什麼，就是直覺她有所保留。為什麼？我想破解咒語跟她有什麼關係？她何必在意？怎麼說都跟她扯不上關係，除非……

她繼續踏腳打拍子，店裡很涼爽，她的額頭卻開始冒汗。

「真可惜，」我說。「或許還有其他事妳可以幫我。」

「噢？」她望著門口。

「妳透過爐火和我聯絡，這一招可以教我嗎？」

她靠著椅背。「那個很簡單，只需要對方的物品和雙邊的火焰，再把藥草撒進去就可以啟動魔法，程度中等的女巫甚至不需要借助這些東西。」

「對方的物品是什麼意思？」

凱瑟琳聳聳肩膀。「頭髮，指甲，血跡。」她直視我的眼睛。「有時候，只要是對方的東西就可以，沒有一定的規則可循。」

我的心往下沉。我身上當然沒有崔斯坦的私人物品，其實應該說什麼紀念品都沒有。我嘆了一口氣——反正聯繫的想法是癡心妄想，他既不是凡人——大自然的魔法不認識他，而且厝勒斯也沒有火。

但我身上倒有安諾許卡的魔法書，可以拿來當媒介，這樣就能看見她的臉，眼見為憑，哪裡還需要證據？「有特定的咒語嗎？」我問。

她哈哈大笑，笑聲充滿揶揄的味道。「妳真的沒概念，對吧？」

我雙頰滾燙。「我又沒說我很懂魔法。」

「也對。」她撇撇嘴唇。「咒語無關緊要，重點在於專注，聚焦在妳希望發生的事情上，有些人覺得嘴巴唸唸有詞比較能夠集中注意力，有些人會利用儀式，有些人則什麼都不需要。」

「原來如此，等到專注以後……」

「把頭髮、指甲或是妳要運用的東西丟進火焰中。」她接著說。

我皺眉。問題來了，我只有一次機會，萬一她不在爐火旁邊呢？我不就白白損失魔法書，瞎忙一場。

「要施法就要有所犧牲，」凱瑟琳似乎看透我的想法。「只有黑法術才不需要女巫有所付出，因為血魔法是豪取強奪，不是自願的，所以只要用到血，即便僅此一次，也會一發不可收拾。」她不自覺地從口袋裡掏出淡綠色的瓶子。「最後報應回自己身上，傷人傷己。」

這顯然是她的親身經歷。我輕咬纏在手指尖的髮絲，思索要如何選用措辭問下一個問題。「聽說妳曾是瑪麗夫人的女僕。」

凱瑟琳突然變得面無表情，試圖掩飾真正的反應。「這又不是祕密。」

「因為妳是女巫才被她開除嗎？」我試探地問。

她哈哈大笑。「當然不，這是我雀屏中選的部分原因。」

我驚訝地眨眼睛，沒想到如此輕而易舉就證實心底的懷疑。攝政王，或者該說瑪麗夫人，顯然不像法律規定的那麼反對巫術。這點加強了我的推測，相信她暗地裡應該幫助了安諾許卡躲開巨魔的追殺。「我應邀在她的冬至晚宴上演出，」我說。「她似乎對我頗有興趣，讓我擔心她知道我是……」看到凱瑟琳臉色發白，我停頓下來。

「妳必須離開了。」她突然跳起來，椅子翻倒在後面。

「我才剛到，而且妳答應要幫助我。」

「那是因為我不知道瑪麗在監視妳。」她抓住我的手臂，以驚人的力道把我拉到店鋪前方。「別回來。」

「怎麼了？」我追問，還有很多問題懸而未決，實在不想離去。「她為什麼要對付妳？」

「是我多管閒事。」她拉開門栓，門才半開就把我用力推出去。「絕不能重蹈覆轍，一犯再犯。」

碰地一聲，門在我面前快速關上。我呆站在那裡，像個傻瓜，心想下一步該怎麼辦。

「呃，看起來不太順利。」

猛然轉身，看見克里斯從窄巷裡鑽出來。「你在偷聽。」

他臉紅，有些尷尬。「後門沒鎖。」

「呃，這樣也好，省得我還要重頭到尾解釋一遍。」我跟著他走向栓馬的地方。

「凱瑟琳不會幫妳，希賽兒，她很害怕。」

「我曉得。」瞇眼望著天空，判斷時間。「但她知道答案，我得想辦法讓她說出來。」

「或許有門路。」他伸出手，掌心有一撮頭髮。「說了半天，她自己應該知道梳子不能亂丟。」

「克里斯多夫．吉瑞德，你是天才！」我驚呼地接過他手裡的頭髮，小心翼翼收進口袋，想著安諾許卡的魔法書中提到的方法。

抬頭一看，克里斯臉色緊繃、刻意低頭盯著鞋尖。「怎麼了？」

「我還順手牽羊。」他小聲嘀咕。

我揚起一邊眉毛。「你還能拿走什麼東西？我在裡面不過幾分鐘而已。」

他一臉怪相。「上次就拿了。當時躲在地窖，桌上有一疊書，我順手拿了其中一本。」

我挑起另一邊眉毛，免得一高一低。「你偷的？」

「我原本想放回去——才從後門溜進去，後來聽見那段話，知道她不肯幫忙，所以……」

「就決定佔為己有？」努力半晌，我終究掩不住急切的語氣，一邊懊惱他沒有事先告訴我，同時深信如果沒有好理由，他不會瞞著不說。

「這裡。」他從外套裡層掏出一本破舊的書，「內容大多看不懂，只知道都是一些骯髒的把戲。」

我偷偷摸摸地左右張望，匆匆瀏覽一遍，大多是咒語和血魔法，詳盡說明步驟並附帶插圖。我用力吞嚥著，回想起凱瑟琳對這一類法術的看法：只要用到血，就算僅此一次，也會一發不可收拾，最後報應回自己身上，傷人傷己。警告聲言猶在耳，然而當摺角那一頁的咒語映入眼簾時，我知道自己將對她的恐嚇置之不理。

20 崔斯坦

「就是這些？」堤普展開設計圖攤在桌面上，當他發現這和父親提供的方案天差地遠時，臉色鐵青，看得出來他在心裡盤算著白白浪費了好幾個月的工作時數，還得花力氣拆毀所有的石頭重新來過。

「那是什麼？」他指著紅色汙漬問道。

我傾身查看。「如果我記得沒錯，應該是覆盆子果醬。」

堤普嗤之以鼻。「你父親給的圖稿沒有食物汙漬。」

我聳聳肩膀。「這就是假圖的第一個線索。」

他磨耗了很久，一頁一頁慢慢翻閱，彷彿要牢記所有的細節。我不催促，逕自靠著椅背閉目養神。我非常疲累，昨天輾轉反側，一點睡意都沒有，連續失眠三晚，只覺得頭昏腦脹、神智不清，需要好好睡一覺，因為接下來的日子絕不容許犯錯。

只是每每閉上眼睛，災難的場景就像瘟疫般降臨，包含已經發生和可能發生的事情。母親試圖殺我，阿姨不省人事地垂在她背後，馬克臉上凶狠的表情，我很擔心他會陷入瘋狂。

還有希賽兒的安危。

想像力如同洪水猛獸，難以控制，我總會幻想可怕的災難落在她頭上，而我無能為力，完全幫不上忙。對於她的近況、她在做什麼我都一無所知，人類不許踏進溪水路的界線，就算聯絡人有新消息，也沒辦法連繫，無法將訊息傳遞出去通知希賽兒。

還有更糟的念頭緊跟在後，應該算是白日夢，在夜裡也是一種另類煎熬。我幻想著我和希賽兒未來真有機會廝守，形影不離，她徹徹底底地屬於我，我也配得上她。

每當回憶起她時，我彷彿依稀嗅到她秀髮的香氣，湛藍的眼神幽幽凝視我的眼睛，當我親吻她的喉嚨、她拱起脖子的模樣，叫我如何睡得著？可能要花上幾千個失眠的夜晚迷失在這不切實際的白日夢裡，我才能稍微平復。

「有什麼計畫？」堤普打斷我的沉思。「要讓大家知道我們被騙嗎？再一次起義？我們毫無準備，然而一旦消息傳出去，不管喜不喜歡，都可能再次發生血戰。」

我睜開眼睛，椅子往前傾，雙手小心翼翼地架在桌上，鮮血逐漸滲透裹住金屬的布巾，可以依稀聽見血答答地滴在木頭上的聲音。「我們先來討論別的事情。」

他捲起藍圖放在旁邊。「你說的是派我們去送死之前，我謊報真名的事情。」

「撇開全名，先談說謊這件事。」我回應。「問精確一點，你怎麼做到的？」

堤普轉動肩膀，忸怩不安。「這比實話實說更困難，需要練習很多很多遍，上手以後才比較容易。」

「請解釋。」

他瞄我一眼，目光游移不定。「就像有些話必須說，又很不想說一樣，感覺喉嚨緊縮、口乾舌燥，很想使盡全身力氣把這些話留在肚子裡，但你不管怎樣就是強迫自己說出來。」

思索著他的比喻，我點點頭。「舉凡有人類血統的都可以，或者唯有……」我想說得委婉一點。「主要是人類？」

他哼了一聲，搖頭以對。「意思是像我這樣的人？」

「對。」再拐彎抹角沒有意義。

「很難說。」他的手肘靠在桌上。「這種事又不能公開討論，但我知道有幾位主要血統是巨魔的也能夠睜眼說瞎話，但也有幾乎對魔法一竅不通的混血種即便為了保命都掰不出來。」他遲疑許久。「我猜，說謊的潛能來自於人類血緣，但實際上能與不能還有別的因素決定。」

「看意志力？」我建議。

「或許。」他嘆了一口氣。「也可能是固執，當我們發現年輕人說謊，他一定無所不用其極，只差沒有把再次說謊的念頭從他腦袋裡連根拔除；這是非常危險的遊戲，萬一被有心人發現，不只他們的性命岌岌可危，還會拖累所有的族群。這是我們最大的祕密——寧願殺死同類都不能外洩。如果被純種巨魔發現這些年來我們都謊話連篇，他們大概會嚇到做惡夢。」他畏縮了一下。「不是說你……」

我擺手表示不在意。「你說得對，這是你們的優勢，巨魔一定非常羨慕這一項能力。」我轉動脖子發出啪啪聲，一邊思索他說的。「安蕾絲死了。」我終於開口。「就在我把希賽兒送出厝勒斯的那一夜，她幫忙制服我父親因而被殺。」

堤普驚訝地睜大眼睛。「不可能，我親眼見過她好幾次！」

「那不是本尊，」我說。「而是有人冒充。我本來不確定冒牌貨怎麼辦到的，直到你一時失誤，才讓我想通是混血種戴上安蕾絲的面具。」

堤普從牙縫中吸氣。「只有一位辦得到，」他說。「就是你妹妹。」

「同父異母。」我嘟噥。「沒錯，是萊莎，她法力強大，終其一生跟安蕾絲住在同一座屋簷下，直到希賽兒陷害戴米爾夫人，才被讓渡給我父親。沒人會留意混血女僕的蹤跡，不管她有多大的能耐，來來去去都不致引人注意，加上她有說謊的能力，絕對是頂替安蕾絲的不二人選，這一切策畫得天衣無縫，彷彿有預謀。」話一出口，就有一股反胃的感覺。「他知道。」

「什麼？誰知道？」堤普焦急追問。

「我父親，」語氣跟心情一樣嚴肅。「他肯定知道你能說謊，我敢拿性命打賭，你的祕密不是祕密，至少就他而言。」

堤普臉色慘白。「不可能，如果他知道，不會坐視不管，國王痛恨我們——倘若發現混血種能說謊，我們早就死光了。」

「他不恨你們，」我心不在焉，凝視堤普後方的牆面。「他只恨那些跟他有過節、有私人恩怨的，只要他認為這個情報有利用價值，就不會衝動行事、貿然掀底牌。」我腦中隱約浮現一個計畫，這顯然過於輕率大膽，以前也不曾想過它的可行性，但現在或許有成功的可能。

「我怕得不敢問。」堤普咕噥地說。

「換一個方向想，」我說。「他知道你能說謊，你卻不曉得他知道，這麼一來，他不只能夠用來對付你，還可以運用他的仇敵也被蒙在鼓裡的優勢，利用你去對付他們。」

堤普揚揚眉毛，陰沉地看我一眼。「這就是我很討厭和貴族打交道的原因——你們都瘋了。」

我咧嘴而笑。「這是妙計。」

「對。」

我傾身向前。「你被我逮到的事有告訴別人嗎？」

堤普皺眉。「還沒，找不到勇氣告訴他們我的失誤。」

「太好了。」若不是手痛，我會興奮地擊掌。「我有個主意，不是普通的瘋狂，如果運氣不好，我們會人頭落地，但我相信會成功。」

「只有瘋子才會被你說服，但我決定要義無反顧。」堤普傾身靠近桌子，兩眼炯炯有神。

「有什麼好主意，說來聽吧。」

21
希賽兒

母親漫步走向窗戶往外眺望，經過之處留下濃郁的香氣。「今晚妳會留在屋裡。」她說，信手闔上窗簾。

「是的，」我回應，「只要一杯茶、一本書就夠了。」我輕輕咳嗽，「喉嚨有點痛，我可不想過度使用。」

她皺眉頭。「千萬別生病——妳已經看到攝政王的假面劇場面盛大，工作量驚人。」

「我相信沒問題。」偷偷瞄了時鐘，我要克里斯七點抵達後門，但願他夠聰明，確定母親真的離開了才敲門。「妳說要去哪裡？」我問道，視而不見盯著腿上的書本。

「侯爵要送我去皇宮表演，會後安排還不確定，某個舉足輕重的人物今晚舉辦宴會。」

「他們似乎欠缺妥善的計畫。」我嘟噥。我一點也不在乎母親的社交安排——只要她早早離開，讓我私下練習這個咒語。

有人叩門。「馬車來了。」她拎著厚重的天鵝絨斗篷。「希望妳好好休息，親愛的，我會晚歸，也有可能不回來。」她彎腰親我額頭，摸摸我的臉頰。「希賽兒，希望妳明白對我而言，沒有人比妳更加重要。」

心裡湧起一股暖流，我壓下那種感受，提醒自己她上一次如此真情流露的時候，緊接著就對我下藥。「祝好運，母親。」

靜坐等候，直到確定她走了，才脫掉遮住外出衣的睡袍，匆匆走向後門。克里斯已經到了，一手拿著卷軸，一手拎著雞籠。「她走了？」

我點頭以對。「快進來，免得鄰居看見。」

等他進門，我們分頭進行，拉起屋內所有的窗簾，不能冒險被人看見——如果傳出去，最好的狀況是驅逐出境，最慘的……我不敢再多想，壁爐的煙給人一種不祥的預感。

「妳要在哪裡做？」克里斯問道，舉起籠子看著那隻雞。「會弄得髒兮兮。」

我扮鬼臉。「應該是廚房，我想。」

一切遵照我的指揮，需要的物品一一擺好在廚房地板上，外加一桶水和抹布，預備清理大量的血跡。接過克里斯帶來的地圖，平鋪在地上，我慎重其事地背誦、牢記在腦海裡。

「妳在做什麼？」克里斯低語。

「牢記地圖，刻印在心靈的眼睛。」我說。「不然沒作用。」

我打算借用凱瑟琳所設計尋找失蹤親人的咒語。她用意良善，跟我不一樣，但意圖跟咒語的效果不相干，我真正需要的就是失蹤者的物品，換言之就是安諾許卡的魔法書，還有地圖及死亡瞬間帶出的巨大能量。看起來所需不多，代價卻很大。

當我有自信可以牢牢記住地圖的影像時，我把水盆放在中間，掀開籠子，抓出那隻雞，牠靜靜地咯咯幾聲，顯然很習慣被抓來抓去。克里斯遞來一把刀，我用力嚥口水，壓抑反胃的感覺。「我不確定自己辦得到。」

「妳殺過很多雞，希賽兒，沒什麼大不了的。」克里斯語氣平穩，臉色卻白得像幽靈。

「那是食物，」我嘟囔。「不是……這個。」我拍了拍雞頭，牠咯咯地叫著。

「事後我負責拔毛，一起，嗯，吃烤雞，這樣行嗎？」

我搖頭，想到把作法之後的犧牲品吃下肚子，只覺得噁心想吐。

「或者，嗯，等我清理完內臟，把它送給需要的人。」他點點頭，努力激勵我。

「好，」我用力嚥下反胃的酸水。「這樣可以。」

握刀的手一直在冒汗，母雞彷彿查覺我緊張的情緒，開始掙扎。「手很滑，我抓不住牠。」我嘀咕著，刀子和雞同時滑動。

「別再磨蹭了，」克里斯說道。「快點動手。」

「不行，下不了手。」我奮力尋找正確的角度，雙手知道要做什麼，心中卻天人交戰，深知走上這條路，將會改變一切，不再是原來的我。

動手！心底的聲音充滿幸災樂禍的喜悅。那是我，還是國王？

「對不起。」我倉促道歉，一刀劃破雞脖子，鮮血四濺的同時我哭得涕淚縱橫，顫抖著雙手舉起垂死的母雞移到盆子上方，能量隨著湧出的雞血流入體內，再把死雞交給克里斯。點燃蠟燭，燭芯湊近血碗，我半期待火焰會熄滅，咒語失效，雖然直覺知道不會如願。碗裡突然起火，火焰竄升，嚇得我們同時往後跳開，魔法環繞在周遭，隱隱約約有一股黑暗、邪惡的勢力埋伏在裡面，這麼做無疑是褻瀆大地的能量，淪入罪惡的行伍。

「不能回頭了。」我低語，趁著還有一絲勇氣，單手探入著火的混合液，感覺熱熱的，但不至灼傷。我慢慢舉起手，火焰在指尖延燒，另一手舉起魔法書，血手伸到地圖上方，閉上雙眼，城市圖像立時呈現在眼前。

「告訴我安諾許卡在哪裡。」我大聲命令，屏息地聚精會神，一股能量從指尖射出，熱氣升高，雞血滴滴答答落在紙面上，但我心無旁騖。

「告訴我安諾許卡在哪裡。」魔法翻騰，隱約聞到煙霧的氣味，然後就結束了。

我睜開眼睛，克里斯站在廚房另一頭，背後倚著櫥櫃，看我的眼神非常古怪，手裡緊抓著死掉的雞。「有效嗎？」他的聲音在發抖，看得出來他很恐懼，只想拉開距離，我也很害怕。

我把手擦乾淨，舉起蠟燭，傾身端詳地圖的變化。

羊皮紙有燒焦的痕跡，一點一點的，只比針孔大一些，我期待只有一個點，結果出現了十九處焦痕。

「我想應該沒成功。」看著血跡斑斑的地圖，我呼吸急促。「失敗了。」我氣得用拳頭捶地板，指關節磨破皮。「怎麼會這樣？」

克里斯立即走過來，觀察下咒的結果。「天哪，」他大聲嚷嚷。「浪費一隻雞，真是白忙一場！」

「我在做什麼？怎麼會變成這樣？」我自暴自棄地哭了起來，再也掩不住心底的失望。「我竟然淪落到殺雞練習黑魔法的地步？而且還助紂為虐，要幫一個野心勃勃、想要征服全世界的國王達成願望，我是怎麼了？竟然這麼邪惡？」問題一個接一個，像連珠炮一般，直到需要換氣才閉嘴。

「妳並不邪惡，希賽兒。」克里斯輕聲安慰，拍拍我的肩膀。

「那為什麼要這樣做？」我質問。

「因為妳愛崔斯坦，」他說。「不忍心袖手旁觀看他受苦。」

「但也不能因為這樣就是非不分。」

「沒錯，」他重重地嘆了一口氣，「但我不敢確定這就是錯的。」他移到前方，跟我面對面。「我是平凡的農夫，只對馬有眼光，不是學者，不是哲學家，更談不上有什麼學問，然而如果妳問我意見的話，很多人比不上妳的堅強，願意把陌生人的福祉擺在自己所愛的人前面，坦白說，我不確定自己想要知道有哪一種人願意這樣。」

「崔斯坦願意。」我用袖子擦鼻涕。「他會希望我這麼做。」

克里斯輕輕搖晃我一下。「他重視妳勝過一切——我確定是這樣沒錯，他犧牲了很多混血種的生命，只為了把妳送離厝勒斯。撇開對錯，他這麼做都是因為愛妳，不忍心看妳死去。」

他從口袋掏出一條有點髒汙的手帕，幫我擦臉，上面沾滿血跡。「看起來似乎不管我們怎麼做、怎麼抉擇，漫漫長路的終點都不是圓滿的結局。」他抬頭挺胸，叫我打起精神。「但不表示我們要半途而廢、不再努力。」

他起身。「我要把這隻雞送給馬路那邊需要幫助的一家人，妳何不利用時間清理廚房？」

秉持克里斯的樂觀態度，我開始擦拭廚房的血跡，只是心不在焉。我痛恨自己的墮落，天天說謊欺騙最親近的人，每次練習魔法，都是明知故犯，觸犯法律規定而這一切都是為了試圖解放一股駭人的勢力闖入人類世界，我做的這些事是為了什麼？只是拯救我所愛的人嗎？自私自利的程度連自己都覺得羞愧，然而只要回想起溪水路入口那一幕，我還是會做相同的抉擇，很難改變。

我把沾血的抹布丟進爐火裡燒掉，脫下髒汙的衣服，依樣畫葫蘆，然後站在爐火前方，凝視燒成灰燼的衣服，心思都在崔斯坦身上。

他興奮莫名，這是許久以來沒有的現象。他在做什麼？有什麼新的打算？如果知道我剛才做的事，他會有什麼看法？

「妳還好吧？」

我嚇得跳起來，完全沒留意克里斯回來了。「我不確定。」

他一臉同情，順勢撿起廢棄的地圖。

「燒了它，」我轉身面對爐火。「反正用不上。」

克里斯不置可否地嗯了一聲。「有意思。」他說。

「怎樣？」火光亮得刺眼，但我不肯眨眼睛。

「燒焦的記號有一處在城堡附近。」

我心臟狂跳，立刻想到瑪麗和安諾許卡有關聯的推論。

「其他記號呢？」我問道，繞過去查看他手裡的地圖，「那些地點你認得嗎？」

他緩緩描畫地圖表面。「有些不確定，但至少有十處記號在墓園裡面。」

我們面面相覷。「她活了這麼多年，或許這就是答案。」

「我們應該去查看。」克里斯說道。「已經走到這一步，如果不按圖索驥，似乎非常愚蠢。」

期待的感覺刺痛我的皮膚。「你說得對。」

「穿保暖一點，」克里斯興奮得漲紅臉。「我去牽馬——今晚要走很多路。」

❦

馬兒在寂靜的街道上疾行，冷風夾著雪花和冰霰打在臉頰，煤油燈的熱氣把雪花融成雨水滴滴答答。附近路人不多，大都行色匆匆地低著頭裹緊帽子，恨不得趕快躲回屋簷底下、靠近壁爐烘手取暖。印象裡我沒有碰過這麼刺骨的寒風，冰冷的風暴夾雜著雪，刺激著暴露在外的皮膚，讓人不禁同情彼加爾區那些無家可歸的可憐人，祈禱這種驟然降臨的暴風雪盡快結束。

我左思右想，試著找出地圖上出現十九個記號的合理解釋，撇開咒語混淆出錯之外，唯一的可能性是有十九條生命和她連在一起，甚至有十九位被害人。

克里斯勒住坐騎，停在蒙馬特墓園門口。「妳猜會發現什麼？」他下馬問道。

「很難說。」只知道這裡有線索，大地引導我往前走，步向邪惡咒語指出的地點，我一手握住轠繩，單手推開鐵門，聽見生鏽的樞紐發出刺耳的嘎吱聲，忍不住皺眉頭。「往這邊。」

蒙馬特墓園的位置比路面低窪許多，感覺很像陷入地底。我把兩匹馬栓在大門口，帶著克里斯順著樓梯往下走，在墓碑中穿梭。許多裝飾性質的雕像在提燈照耀底下，投出詭異可怕的陰影；狹窄結冰的小徑滑溜難行，我有兩次差點失足滑倒，一次及時抓住天使的翅膀保持平衡，第二次是大理石雕刻的墓誌銘救我一命。兩次我都立刻縮回手，彷彿輕微的碰觸已經褻瀆了埋葬在墓中的回憶。

「這裡，」我說。「就是這一個。」我的腳自然而然走向一個看起來很普通的墓碑，歲月把石碑磨得平整光滑。小心翼翼撥開褪落蝕刻上的雪花，舉起燈籠打光，照著墓碑上的名字和兩個日期。「艾絲黛兒．佩洛特。」我低聲呢喃。

「妳認得嗎？」克里斯傾身從我肩膀往下看。

「不，」我說。「不認識，但是這個墓園還有其他兩處。」

不管冷冽如冰的寒風，任由雙腳帶著我走向一個新的區域，這裡的墓碑多了些裝飾，字跡清晰很多。我停下腳步，對著一尊低頭坐在大理石上面的女性雕像。「依拉．賴娃，妳的日落來得太早。」念著蝕刻的碑文，順手撥開雕像手臂上的積雪。「搞不懂它的含意是什麼。」

「裡面真的有屍體？」克里斯問道，手掌搭在墓碑上面。「這會不會是假的，其實是空的墳墓？讓她神不知鬼不覺地變換身分。」

「裡面有東西。」我說，不是認為他說錯，而是我從內心深處就覺得裡面不是空的。「只有一個方法能確定。」

我們站在那裡瞪著雕像發呆，過了很久，克里斯放下燈籠，雙腳抵住相鄰的花崗岩，用力推墓蓋，它不動如山，我的腳跟踩入溼滑的泥土，全身重量壓向石板跟著克里斯賣力地推。石頭相互磨擦，噪音壓過呼呼的風聲，墓蓋勉強鬆動幾吋就卡住，再怎麼硬推都不肯移動。

我氣喘吁吁地提起燈籠，試著調整角度讓光線射入狹小的縫隙，百般嘗試都看不到東西。「拿著。」我把燈籠塞給克里斯，深吸一口氣，慢慢把手伸進去。怦怦悸動的脈搏在耳際大聲鼓動，呼吸更加急促，手臂深入墓穴裡。

「有東西嗎？」

我搖頭以對，石板掐緊皮膚，但我不放棄，繼續使力，手臂突然滑進幾吋，指尖戳破老舊的布料，插進胸廓。

我嚇得大聲尖叫，試著抽手卻被卡住，克里斯抱著我的腰用力往上拉，衣服的布料被石板勾住，我想把手指頭抽離骷髏，手腕卻不能彎曲，更是用力扭動身體。「把我拖開！」

他把我整個抱起來，又扯又拉，撕裂了衣服。尖物劃破手臂皮膚，才終於順利掙脫，跌坐在雪地裡。

「那是什麼？」他追問，驚嚇的眼神盯著裂縫，彷彿隨時有怪物現身。

「屍體。」我顫抖地回應，搓揉痠痛的手臂。

克里斯轉向我，沉默很久才開口。「城市的生活改變了妳。」

他的諷刺讓我滿臉通紅，蹣跚地站起來。

「寫下名字和日期。」克里斯走向墳墓另一端，將墓蓋還原。「等我們找出所有的地點，或許可以歸納出一個模式。」

我猶豫地點頭，拿起鉛筆在地圖後面潦草註記姓名和日期。「繼續去找其他的點。」

那一夜我們按圖索驥，找著大部分的墳墓或墓穴，符合地圖註明的位置，唯有兩處例外，一個在城市最南邊，另一處在城堡圍牆之內。

我們策馬停在攝政王的城堡外面，只能盡可能靠近圍牆。時間已經將近午夜，安德爾河的河水轟然奔向大海，跨河的橋梁盡頭就是小島的大門入口，防衛森嚴，衛兵頂著冷風，藉由燒得通紅的火盆烤火取暖。

昨天通關時易如反掌，今晚負責防禦的衛兵公事公辦，不講情面。「她肯定在裡面。」我冷得牙齒上下打顫。「其他地點都有遺骸——她一定在這裡。」

「這不足以證明。」克里斯搖動手裡的地圖。「城外還有一個地點須要調查，所以很可能是另一具屍體埋在這裡。」

雪花在風中舞動盤旋，潔白微小的碎片彷彿具有催眠效果。我知道她在裡面。

「希賽兒！」克里斯大聲叫我，我頭暈目眩，有些恍神，搖搖頭，試著恢復思緒。

「走開，不准靠近大門！」某人大吼，抬頭一看，站崗的士兵對著我們喝斥下令，我不知不覺中靠近了城堡，回神時幾乎過了大半個橋面，守衛清晰可見，花兒怯懦地閃向橋邊，我抓緊結冰的鬃毛，害怕一閃神失去平衡、栽進冰凍的河水。

克里斯突然出現，伸手拉住韁繩，幫我控制受驚的馬匹。

「對不起，」他大聲嚷嚷，「她喝醉了，現在就送她回去，我們不想惹麻煩。」

「快走！不然就把你們關進大牢。」他和另一名守衛逐漸逼近。

「天哪。」我大喝一聲，拉起冰凍的韁繩，腳跟踩穩，一點都不想在地牢過夜。「來吧。」我迎風對克里斯大吼，策馬在城市中穿梭，馬蹄在滑溜溜的鵝卵石上滑步前進，直到抵達母親住家的那條街，才勒住馬匹。牠豎起耳朵，不安地欠動，不時噴出白色霧氣。

「妳怎麼了？神情恍惚、失魂落魄。」

我把凍僵的手伸進口袋，讓手指頭溫暖起來才能活動，「我不確定，感覺她就在高牆裡面，然後……」我停頓一下。「我一直想著我對國王的承諾，近乎著魔。」

滑下馬鞍，我把韁繩交給克里斯。「妳確定一個人沒問題嗎？」他問道。「萬一又發生了怎麼辦？」

「放心，沒問題了。」我自信地回應，希望自己沒這麼心虛。「我必須在母親發現之前趕回去。」

我裹緊斗篷，走上回家的路。

「希賽兒！」

我回頭。

「小心一點，如果她敢殺死那些婦女，那麼……」我知道他欲言又止吞進去的話，有什麼理由阻止她殺妳？

有什麼理由阻止她殺我？

我點頭以對，跟克里斯分道揚鑣，順著街道快步回家，他則往反方向走。這些死者，姑且不論身分，都跟安諾許卡有關，如果正確無誤，我敢打賭這就是她長生不老的祕訣所在，只要找到其中的關聯，答案就呼之欲出。

我顧不得筋疲力竭的身體，拔腿快跑，不只因為天氣冷——還有一種被監視的感覺揮去不去。肌膚刺痛，前後的街道來回看了很多遍，漆黑的夜色和霧茫茫的白雪阻礙視線，頂多看到幾碼的距離，我不再抓緊斗篷，掏出隨身攜帶的刀子，握在手上防身。

抵達家門口，如釋重負地掏出鑰匙，因為手指抖得太厲害，試了三次才插進鎖孔，心裡忐忑不安，等著某人突然冒出來抓我。終於推開大門時，我狼狽地走進去，砰然關上，氣喘吁吁。

「妳去哪裡了？」

心跳停頓，慢慢轉身面對母親的質問。「妳怎麼提早回來了？」我心虛問道。

「回答我的問題！」她咆哮。

盯著地板，飛快地動腦筋，我說要留在家裡休息，就算沒說，也很難找到午夜過後還冒著暴風雪出門的好理由。「佛雷德。」我正要開口，就被她打斷。

「我親眼看見妳哥哥在宮廷值班，不要拿他來搪塞我，」她氣勢凌人地逼近一步。「也不是跟劇團的同事出門，不！」她嗤之以鼻。「不必了，這種藉口違背妳一貫的性格，說謊是妳的天性。」

她揮手強調，我倒退一步。「這兩週妳一直偷偷摸摸，不肯告訴我究竟在做什麼，妳這個滿口謊言、不知感激的丫……」

「幹麻管我？」我大叫。「以前妳完全不在乎我去哪裡，為什麼現在突然關心了？就算我去找克里斯而不是朱利安，又有什麼差別？」

她沉著臉，瞇起眼睛。「這就是原因？」她皺眉。「難怪我會聞到馬的氣味，妳跟馬伕在乾草堆上廝混？」她五官扭曲，氣得轉過身去。「妳是在自毀前程，希賽兒，如果要被農夫弄成大肚子，當初又何必離開蒼鷹谷？」

我漲紅臉，要解釋嗎？讓她誤會總比被她發現我在廚房練習血魔法、深夜到城區的墓園到處遊蕩好，不是嗎？更不能讓她知道我試著釋放傳說中的神奇物種，只是目前被詛咒拘禁在地下城市裡頭。「克里斯哪一點不好？」我反問道，逕自擦身而過，走進客廳。

「他務農，沒前途。」

我劈頭反駁。「爸爸也是農夫。」

「沒錯，」她咄道。「我的遭遇就是借鏡，家庭和事業只能擇一，所以我勸妳，親愛的，不要走同樣一條路，妳要找一個不會強迫妳犧牲的對象。」

我冷冷地瞪著她，雖然心裡本來就有這樣的認知，親耳聽見還是很震驚。「就像侯爵嗎？」我說。「如果重點是財富，母親，妳的選擇很高明。」

她瞇起眼睛。「侯爵是我的贊助人，丫頭，他支付一切開銷，支持劇團，幫我們在攝政王面前美言，僅有的交換條件，就是請我娛樂他和他的朋友。」

「當然，母親，」我說。「大家都知道他感興趣的就是妳的……」我故意停頓，拉長尾音。「……天籟美聲。」

她反手摑了我一巴掌，力道大得我踉蹌倒退。「妳真是搞不清狀況！」她大聲尖叫，朝我撲過來。

「不要管我！」我推開她，對她大吼。我氣瘋了，死亡的黑暗勢力仍盤據不去，增加了這句話的力道。

她被我推得步履蹣跚，瞬間愣了一下，眼神呆滯。

「這是我的人生，」我雙手握拳強調。「不是妳的。」

我拉起裙襬，一個箭步衝上樓梯，推開房門，面對一屋子冰冷的空氣。我明記得出門前有關窗，但現在窗戶敞開，雪花飄了進來，地毯被染成雪白。我匆忙走過去關上玻璃窗，隨即愣在原地，全身起雞皮疙瘩。我慢慢地轉過身。

一根蠟燭插在書桌上，牆上的鏡子寫了幾個鮮紅的大字：

分秒必爭，公主。

22 崔斯坦

宵禁剛結束，暴民聚集鼓譟的聲響就傳入皇宮高牆。從事態判斷，早班的礦工顯然集體罷工不肯進去，甘願冒著達不到配額的危險，也要表達他們的怒火。即使有心理準備，知道會有這麼多憤怒的群眾衝著我來，依舊渾身不自在。我本來以為被人忽視、冷落就是最可怕的懲罰，但現在這種感覺更恐怖。

這時有人猛敲房門，把我嚇了一跳，還以為是暴民突破了皇宮警戒線，闖入大門，直接找上我。「進來。」我故作鎮定地說。

吉路米推門進來，臉上掛著笑容。打從希賽兒離開厝勒斯以來，我們不曾再見面，而我寧願維持那樣。「國王陛下命令你去覲見廳，就是現在。」

我跟著他離開房間，發現走廊還有六個侍衛。「這是多此一舉，」我說。「我自己會走，不用強迫。」

「太好了，」吉路米應道，「但我們還是要護送，不是怕你逃走，而是確保你能夠活著見到陛下。」

我眨眨眼。「我不需要保護。」

「陛下不以為然，宮內來了很多混血種，各個恨你入骨，渴望見血。」

「悉聽尊便吧。」

他們在我四周圍成圓形隊伍，魔法微光閃爍，形成一道拱形防護。從前我不需要守衛保護，父親亦然，最近情勢大變，他竟然開始擔心受到攻擊，局勢顯然不太樂觀。

我們穿越大理石穹頂長廊走向覲見廳，宮外喧囂震天，群眾不住地吶喊。廳門被推開，沒有侍衛通報，我直接進入，走道兩側擠得水洩不通，父親一早就接受覲見，大廳人滿為患，有人不滿來抱怨，也有人純粹好奇來看熱鬧。

大廳鴉雀無聲，看著我快步走向國王面前，混血種各個怒容滿面，貴族反應古怪，其餘的人則似乎……憂心忡忡。父親高踞王位，皇冠閃爍發光，表情莫測高深。我和他視線交會，深深一鞠躬。「拜見陛下。」

「崔斯坦，」父親挪動身體，一隻腳伸在身體前方。「有人控告你。」

「是嗎？」我扭過頭去，微笑面對聚集的混血種，想知道堤普是否身在其中，順便煽動群眾。「看來我的豐功偉業又要再添一筆。」

這一招立刻見效，他們氣急敗壞地嚷嚷，侮辱叫囂萬箭齊發，直到父親舉手制止，叫他們安靜下來，他並沒有輕易上鉤。「聽說石樹的興建工程連夜遭人破壞，地基四分五裂，石塊散落四處，傳說罪魁禍首就是你，你要申辯嗎？」

「微臣俯首認罪，」我說。「他們寶貴的工程進度是我破壞的，而且我樂在其中。」

大廳突然人聲鼎沸，夾雜著匆匆離開的腳步聲，顯然是要出去報告我有罪；不久全城的人都會知道近乎三個月的辛勤成果之所以會毀於一夕，罪魁禍首就是我。我瓦解了他們不需再倚靠貴族支撐城市的唯一希望，相信很快就會聽見他們的反應。

但我更想得知父親的回應。

「判刑！」某人大叫。「他要付出代價！」

「安靜。」不須提高音量，父親自有國王的威嚴。

喧鬧的覲見廳重新歸於平靜，反而襯托皇宮外面震天價響的鼓譟聲。一名守衛從大廳邊緣狂奔向前，直到父親示意之後才敢上前報告。他壓低音量，讓人只能聽見片段。「他們威脅要索命……恨他入骨……只要他敢踏出皇宮一步，就把他五馬分屍……。」父親嘆了一口氣，揮手示意他退下，彷彿報告的內容只是無關緊要的水溝、人孔蓋的問題，但我無意中發現他靠著扶手的手背抽搐了一下。

我的心也震了一下。

「我還以為你看到夢想付諸實現會很高興。」

「他們建造的工程跟我無關，」我說。「那不是我的藍圖。」

群眾竊竊私語，互相討論這句話的含意，卻無人意會我是實話實說，父親的手指再度痙攣，手掌用力按住黃金打造的扶手。現在，現在，現在！我無聲地尖叫。

「他是惡意報復，陛下。」提普的嗓音傳入大廳上方有如陰暗洞穴般的屋頂。「他想再次鼓吹我們背叛陛下的統治，我們悍然拒絕，所以他心有不甘，故意破壞。」

父親揚起一邊眉毛，眼神有些躊躇不定。「這麼快就故態復萌了，兒子？」

我一語不發，文風不動站在原處。

「你，」他朝提普努起下巴。「上前說話。」

混血種上前的時候，木頭義肢尖銳地敲著地板，咚咚作響。我一鼓作氣，喚起剩餘的法力，彷彿打算在提普告密之前先封住他該死的嘴巴，使大家相信這個混血種有足夠的威脅性，讓我不惜觸犯父親、當眾擊殺他，也不准他開口說話。

大廳的觀眾一察覺魔法的能量風起雲湧，頓時尖叫聲四起、互相衝撞，爭先恐後往出口逃命。

父親的魔法像一波巨浪襲捲而來，把我撞倒在地，熱氣和壓力讓人動彈不得。我雖然極力掙扎、抗拒，手銬依舊發揮了作用。

一只靴子突然踩在我的肩胛骨中間，我悶哼一聲，龐大的壓力使我呼吸困難。

父親揪住頭髮把我往後拉起，後仰的角度實在很痛。「殺人不能免除你的罪名。」「他活著對我沒好處。」我冷冷地回應。

父親鬆開頭髮，移動腳步，繼續用體重和法力把我壓制在地上無法動彈。「回來，你們這些懦夫！」他低吼。如果能夠吸飽空氣，這句話會讓我如釋重負地嘆口氣——演戲不能沒有觀眾捧場。

我從眼角瞥見倉皇逃命的人悄悄溜回大廳。最先回來的是貴族，撇開恐懼不談，他們的動作一反常態地流暢，進出之間就像訓練有素的隊伍，每對眼睛都盯著我們不放。堤普義肢的聲音夾雜在其中，動作勉強地扮演好自己的角色。

「告訴我你和王子殿下的對話內容。」父親開口命令，眾人安靜下來。

「是的，陛下。」堤普沙啞的聲音和緊繃的神經狀態不謀而合。「他從監獄釋放不到兩天就進入礦坑，一路追蹤我和工班的下落，聲稱我們遭到欺騙，建造石樹的藍圖不是他設計的原稿，就算完工，結構也支撐不住，還說你用假圖欺騙我們。」

大家議論紛紛，竊竊私語此起彼落，但難以聽清楚內容。

踩住肩膀的腳移開了重心。看來父親已經料到這一步——知道我會透露那是假圖，不是我的原稿。他已經預先防範這一招，唯獨沒想到混血種會和我反目成仇，這倒出乎他意料。

「你們都知道是安蕾絲．安哥雷米小姐親手將文件交給我，」父親說道。「她信誓旦旦地強調這是崔斯坦精心設計、特地交給她保管的結構圖，現場的諸位，」他指著周圍的貴族。「都是見證人。」

他們紛紛點頭，但我充耳不聞。就這麼一瞬間，我的懷疑得到印證：他不只和萊莎合謀，還利用她說謊的能力牟取利益。

「我們沒理由懷疑她，陛下，」堤普回應。「而且我們深刻了解王子殿下的為人，他很擅長扭曲字句，先前對他的信任卻害死了我們的朋友和家人，我不想再重蹈覆轍，被背叛的教訓一次就夠了。」

這是事實，雖然不是全部。

「很高興聽你這麼說。」父親的語氣充滿諷刺。「崔斯坦，你否認有這回事嗎？」

「不。」我強迫自己開口，讓大家都聽見。

「但是，陛下，還有下文，」堤普揚聲說道，壓過宮外的噪音。「他不肯善罷甘休，昨天又來找我，再度鼓起三寸不爛之舌，許下各種好處，只要我們肯幫助他推翻陛下，讓他登上王位。我悍然拒絕，我可不想和他扯上任何關係，寧死都不要他當國王。」

謊話連篇。

「崔斯坦，你承認有這一段嗎？」

我猶豫不已，淺淺地呼吸，吐了三口氣才開口。「那是混血種說的。」這的確是他的片面之詞，說謊並沒有改變這些話從他口裡出來的事實。室內沒有人懷疑我在證實堤普的故事，唯有父親知情，因為他自己也用過相同的手法。

父親渾身一僵，把重量壓在我身上，讓人忍不住懷疑他是否還在呼吸。雖然看不到他臉上的表情，但我知道情勢轉變了。他曉得堤普說謊是我授意的，如果是這樣，他是否在思考還有多少人也在說謊？

外面傳來爆炸聲，父親一愣，身體失去平衡，把靴子從我的背脊挪開。我很想轉頭，看他認定所有混血種聯合起來聽我發號施令，會有怎樣的表情。其實這些人對我的把戲一無所知，仍一心一意想把我送上斷頭台，然而在這一瞬間，真相已無關緊要，重點是他認為這些人矢志追隨我的領導。當他察覺我已經發現混血種有說謊的能耐，因著自己玩弄兩面手法，深陷其中，就把可能發生的當成必然不會發生，真話當成謊言。

他沉默不語，感覺正絞盡腦汁苦思應對之道，總之就是不可能指控堤普說謊。如果這麼做，不只會洩露他明知混血種有說謊能力，卻對百姓保密，還會破壞他運用起來得心應手的工具。唯一的選擇就是從善如流，配合演下去，假裝跟大家一樣相信堤普的說詞。

「你希望怎麼做？」他終於開口問道。

「我們要他被懲罰。」堤普拿起拐杖敲擊大理石地板，其餘的混血種歡呼叫好、支持他的意見，直到父親示意他們安靜下來。「要我把他丟回監獄，讓他自生自滅？」他問道。「或者這種處罰還不夠嚴厲？乾脆砍掉他的腦袋，從此高枕無憂？」

「對很多人來說這種復仇方式或許甜蜜，」堤普說道。「但我們沒那麼極端，讓他死或坐牢，對我們毫無益處可言。」

「那要怎樣才對你們有好處？」父親顯然也想知道答案。

堤普用力吞嚥著，我屏住呼吸，這是仔細盤算的時刻。

「崔斯坦王子一夜毀掉我們辛苦三個月的成果，」堤普說道。「假如你真的希望厝勒斯不需倚靠魔法支撐，最好的懲罰就是讓他運用研究成果實現夢想的計畫，藉此彌補我們過往受到的傷害。請陛下命令崔斯坦王子為我們建造石樹，還要保證做到最好。」

覲見廳鴉雀無聲，一片寂靜。沒有人料到堤普會提出這種要求，貴族、平民和商賈都很詫異，當然，當然啦，混血種也很驚奇。我心臟狂跳，汗溼手心，拜託，不能功敗垂成。

父親竟然笑了，一開始呵呵淺笑，越笑越大聲，到最後，宏亮的笑聲在大廳內繚繞。「好個務實的要求，礦工。」他終於開口，笑到聲音發抖。「完全出乎我意料。」

他的腳一推，壓制我的魔法散去。「起來。」

我滿懷戒備慢慢爬起來，絲毫不敢大意。他的表情令人恐懼，使我不敢移開目光。明知道被我耍猴戲，掉入我設的陷阱，看起來卻很得意。

父親的反應完全不合常理，他在我設下的陷阱當中無路可退，明知堤普和我共謀，又不能明目張膽揭穿對方的謊言，興建石樹的命令正中我下懷；如果出爾反爾，無異當眾宣布他一直在欺騙那些憤怒的混血種，用謊言安撫他們。雖然他誤以為混血種都被我說服，重新聽候指揮，但事實上，他們很可能恨我入骨，遠超過恨他的程度。

父親終究會看穿我的把戲，但是沒關係，重點在於此時此刻他相信城裡大半數的混血種都會聽我發號施令。

說話啊，我渾身一陣冷一陣熱，四周臉孔模糊不清，暴民叫囂的噪音褪去成嗡嗡的低語，焦距全放在父親身上。

「你就順應混血種的要求，」他提高嗓音，讓大家聽得一清二楚，眼神笑意盈盈。「當作……你妄自破壞工程的處罰。」

我如釋重負，努力掩飾以免喜形於色。大概做得不夠好，因為父親的笑意從雙眸移到嘴角。我靜默半晌，加強可信度，這才點點頭。「既然是陛下的命令，我只能遵命。」

堤普突然出聲嚇了我一跳，這不在計畫範圍內。我轉過身去，剛好看見魔法把混血種擊倒在地。

「我們要他發誓！」

「尊重上位者，不許要求！」父親大聲喝斥，語氣激烈得讓人吃驚。打從堤普開口，一味做要求，父親似乎不以為忤，為什麼當他要我做承諾就有所差別？這個問題需要更深入地探索，但現在沒有時間。今天發生的一切，混血種無疑需要更多的安撫才能重啟信任之門，我打算配合到底。

我清清喉嚨。「我，崔斯坦．莫庭倪王子在此宣誓，願意為你們建造石樹，讓它完工之時，無須利用魔法，就能保護厝勒斯不被魔山的重量壓垮。」

父親憤然轉身面對我，炯炯發光的眼神射出錯愕和怒火。「你是傻瓜，才會輕率地許下承諾。」他嘀咕地說，只有我近得足以聽清楚。

「傻不傻有待來日證明。」我輕聲回應，拒絕讓自己去想他是對的。

「通知下去，讓大家知道王子殿下親口應承！」父親大吼一聲，腳跟一轉，大步走上御前重重坐下，寶座被震得往後退。「你們各回本位！」他對群眾咆哮。「還有你，」他盯著堤普。「回去挖礦。經過這一鬧，如果達不到配額，那就非常遺憾。」

顯然他在提醒大家他依舊是厝勒斯的國王，有權操縱各人的生死。

即便依舊置身險境，回程卻沒有守衛護送。堤普需要時間才能把今天事件背後的真相傳播出去。就算知道我這麼做是在為他們爭取自由，還是有很多人痛恨被再次利用的感受。就算在對抗父親上得到初步勝利，我的盟友仍然寥寥可數，只剩堤普、礦工工班和艾莉。馬克還是未知數，至今窩在家裡拒絕訪客上門；雙胞胎困在礦坑出不來。我必須想辦法幫助這些朋友，只是一時找不到對策。

一踏入房間，香味撲鼻而來。我擴張光源，一大盤熱騰騰的美食擺在眼前，旁邊是阿姨專屬的信箋：

你依舊是我的摯愛。

S.

附筆，我派艾莉送去給你，因此，有沒有加料我也不敢保證，請自行斟酌。

我坐在書桌旁邊，心跳加速，將托盤瀏覽一遍，尋找艾莉祕密的留言，但一無所獲，沒有紙條，沒有象徵物，擺盤也看不出所以然。「該死。」我咕噥著，開始大快朵頤，塞下大半個麵包捲，又將湯碗拿過來，舀了一匙濃湯放進嘴巴，完全顧不得吃相，最後用魔法傾斜湯碗，舀起最後一湯匙時，這才瞥見碗底有字。

艾莉的任務是要找出激怒父親，連帶影響母親失控、幾乎拆毀整座皇宮的人事物。她果然不負所託達成任務。

安蕾絲。

23
希賽兒

「無論如何，絕對不許她踏出大門一步，明白嗎？她今天不排演、不上台，也沒有約，不管她編造任何理由都不要相信她。」

「是，夫人。」

母親對廚娘和女僕耳提面命，措辭雖稍有修改，但內容完全相同：除非房子慘遭祝融——甚至即使這樣——也不許我跨出門檻一步。愁眉苦臉的我翻個身，瞪著天花板。

不是溜不出去，真要強迫兩個婦人不要干預其實很容易，只是一旦被母親發現她們毫無異議或抗拒就讓我離開，肯定會被解雇，最好採取無關魔法的途徑。說起爬樹，我經驗豐富，就算旁邊有堅固的格子棚架，也沒有妨礙。

難的是神不知鬼不覺不被發現。我把母親的命令當耳邊風，今天的禁足就是懲罰，如果再犯，她還有更狠的招數，不是用鐵鍊捆腳，就是雇用守衛在門口站崗，甚至每夜下藥讓我昏睡。在這方面她有無限創意。

十五分鐘前女僕送來一盤早餐，耀眼的陽光從她拉開的窗簾斜射進來。食物慢慢涼了，香氣卻讓胃部收縮翻攪。想到吃就不舒服，頭疼得不得了，在冰凍的夜裡騎馬奔波造成全身痠痛，感覺好像病了，但我知道不是，即使沒有鏡子上的留言，那股急迫感也在提醒我地底發生了某些事情。情況有變，巨魔國王不像以前那樣甘於等待。

分秒必爭，公主。

我翻身把臉龐埋進枕頭裡。第一眼看見鮮紅的字體，還以為是血跡，結果只是口紅，或許那個信息沒有明顯的惡意，但背後的含意一樣窮凶惡極，不只在警告剩餘時間有限，留言方式和隨意運用房間的化妝品，等於一巴掌將我打醒，認清國王隨時隨地掌握我的行蹤，即便離開厝勒斯，我也沒有脫離險境。我忍不住納悶哪裡才是安全之地。

心裡千頭萬緒，最後我轉而思考昨晚施咒的收穫和咒語本身。那感覺很容易——不必擔心材料的成分是否正確和平衡，是否用到最適合的元素，更不必害怕召來的能量不夠顯著。得心應手的感覺真好。

我微微顫抖，蠕動身體埋進被窩。當然啦，一開始不忍心殘害那隻雞，但我記得魔法風起雲湧時的狂喜，在體內久久流連不去，即便過了好幾個小時回到家裡，還能夠無所畏懼地對著母親大吼，光氣勢就贏了。這種行為令人作噁，但我又陶醉在其中，不知不覺就上癮了。我把咬到見底的指甲戳入掌心，徒勞無功地提醒自己。「不要再想了。」最好想想結果。

地圖上有燒焦痕跡的地點經過印證，死亡的都是女性，唯有兩處例外，有一處我們沒找到，位於攝政王城堡之內，我確信瑪麗昨晚在那裡，安諾許卡應該也在場，母親就是去那裡表演。克里斯堅稱這樣不足以證明，我們應該去調查崔亞諾城外那一處才對，他還來不及說明理由，就被我打槍，擱置在腦後。直覺告訴我那裡不過是另一座位於荒郊野外或森林深處的墳墓。

*她也可能離開了崔亞諾，*克里斯悠悠的嗓音在耳際響起，*如果知道妳在追蹤，難道她不*

會逃之夭夭嗎？我把朋友的推測拋在腦後——直覺告訴我安諾許卡不會逃避我。

但我要怎麼跟巨魔交代？

「該死！閉嘴！」我大吼。

「小姐？」

我抬起頭，從被窩底下睜開一隻眼睛。女僕站在門口，錯愕地揚起一邊眉毛。「不干妳的事，」我說。「是……鄰居太吵了。」

「已經日上三竿了。」她意有所指，瞄了一眼沒有動過的托盤。

「對不起，」我再瞥一眼，胃裡還是在作怪。「有點不舒服，吃不下。」

她冷哼一聲，顯然對我所謂的身體微恙不以為意。「要吃午餐嗎？」

「稍後再說吧，」我仍然看著浪費的食物。「現在只想休息。」

等她離開之後，我拖了一張椅子卡住門把當阻礙，使她不能再進來探頭探腦。從書桌那取出鉛筆和文具，爬到床上重新躲進被窩裡，再從枕頭下方抽出沾血的地圖，檢視倉促寫下的人名和日期，小心翼翼地按照順序重新抄寫一遍。

日期橫跨五個世紀：最古老的墓碑歷經風霜雨雪，歲月摧殘，名字和日期幾乎模糊到難以辨別。我咬著指甲，仔細計算每個女子的歲數，但沒有模式可循。重新計算她們生日彼此間隔的時間，依舊看不出所以然。換成死後間隔的時間，十一、十九、三十八，不一而足，我懊惱地丟開鉛筆，懶得再算下去。

這些死者肯定是安諾許卡維持長生不老的關鍵，至於怎麼做？我仍是一頭霧水。以血作法當然會帶出充沛的法力，然而最多就是幾天的時間，撐不了多久。研究到現在，沒有任何資料顯示這樣可以延長壽命；若真是如此，其他女巫肯定會有發現，群起效尤。她一定是利用魔法做了什麼事，但我再怎麼絞盡腦汁，就是想不出名堂來。女巫無法自我療癒，如果找不到抗老祕方，要怎麼青春永駐、長生不死？這樣不合理，一定有其他管道。

我拿起克里斯順手牽羊的魔法書，瀏覽其中內容，頁面貼著毛毯摩擦，發出啪、啪的聲響，然後我的手突然停了下來。

手抄本記載的咒語大致融合了一般的法術和血魔法，處理身體部位的疼痛，但我逐漸留意到這些咒語大都涉及類似的主題：維持烏黑秀髮的藥方、消除皺紋的乳霜、幫助肌膚緊實的化妝水。雖然不能讓使用者增加壽命，交相運用卻可以維持青春不老的外貌——就算已經是壽終正寢的年齡，外人看起來卻像如花似玉的青春年少。

我的下頦抵著手腕，凝神思索。凱瑟琳曾經侍候過瑪麗夫人，我又懷疑瑪麗和安諾許卡是同路人，因此她會不會徵召凱瑟琳，或許還有其他人，一起幫助安諾許卡維持永生不朽的生命？如果魔法能夠對抗年紀老化的外顯跡象，難道不能也緩和內部器官的退化嗎？過程或許極其複雜，咒語時時需要更新，但或許不是癡人說夢。唯一確定的答案是她需要別的女巫助她一臂之力。

我的心跳開始加速，或許這就是凱瑟琳失寵被逐的原因——她想退出，不想再繼續運用邪惡的魔法為虎作倀。

凱瑟琳知道實情嗎？瑪麗和安諾許卡有沒有把她納入信任圈，或者僅僅利用她的技巧，所以她什麼都不知道？凱瑟琳說自己被解雇是因為多管閒事，她說的會不會就是安諾許卡和巨魔之間的恩怨？

闔上手抄本，翻身仰躺，有一個根深蒂固的問題揮之不去，就像身體發癢，不搔就不能止癢一樣。如果安諾許卡知道我的身分、我的立場，也知道我緊追不放，那她為什麼還不動手殺我滅口？

床鋪的天蓬因為我不時翻身而搖晃，我閉上眼睛，試著專心思索她留我活口的理由。是玩弄嗎？像貓捉老鼠，咬死前要弄解悶？或者看我像無知的傻瓜窮追不捨、給她一種變態的快感，等新鮮感消失殆盡才結束我的生命？這種行為模式似乎過於魯莽；或許五百年的壽命造就出她滿不在乎的態度，對危險的看法跟常人不一樣？或是另有隱情，她認為我還有一點用處？

門把喀喀作響。「希賽兒？我是莎賓。」

我翻身下床，匆忙走到門邊拉開擋門的椅子，「妳來這裡做什麼？」

「幫妳。」她跟著進來，繼續用椅子擋住門把。「女僕上市場途中遇見我，提到吉妮薇嚴加限制妳『深夜外出遊蕩』和『不知檢點的行為』，天曉得那是什麼意思。」她踢掉靴子爬上床來。「所以我自告奮勇跑過來，需要幫忙什麼儘管告訴我。」

她突然熱心起來，讓我不知所措。「莎賓……」

「我知道，」她說。「什麼使我改變了？」她伸手撥弄床單，表情非常嚴肅。「我一直期待隨著時間改變，生活將恢復舊有的常態，妳會變回以前的希賽兒，忘掉他們的存在，和……崔斯坦。只要不繼續關注，巨魔就不復存在，我們也能恢復原有的生活，不受他們的干擾。」她皺眉。「現在說出口，連自己都覺得這想法很幼稚。」

我拉起棉被蓋住雙腳。「或許吧。有時候當妳非常渴望某個東西，根本不會管它是否實際，也不在乎對錯。」她沒去過厝勒斯——在我遇難之前，巨魔對她來說只是神話故事、鄉野傳說，所以我可以想像，對她而言，只要闔上故事書、束之高閣，巨魔就消失無蹤。

她點點頭。「問題在於聽妳陳述之後，我終於看見箇中端倪，發現他們的影響力無所不在，這才想起曾經發生的某些事情，當時感覺很奇怪，只是後來便忘了。克里斯的父親從蒼鷹谷附近的農場收購了一大堆物品，運到柯維爾市場出售，但他似乎又對城裡發生的事一無所知，還有那些商人往崔亞諾途中停在我爸媽經營的客棧用餐，回程經過的速度快得不像走完全程，但是車上貨物又都銷售一空。」她從牙縫吁出一口氣。「來到崔亞諾之後，跡象更明顯，來自大陸的商人把滿船貨物搬上馬車，繞過崔亞諾的市集，往南方行進，然而在這裡和柯維爾之間沒有任何城鎮能夠消化一百匹絲綢，如果目的地是柯維爾，何不直接行船到那裡去卸貨？顯然是往厝勒斯去。」

我一臉錯愕，目瞪口呆，不是因為莎賓的說詞不合常理，而是折服於她觀察入微的能力。這些商人來來去去，我卻不曾留意，雖然有點自知之明，我不僅很少察言觀色，走路的時候還心不在焉、胡思亂想，但想到自己錯過這麼明顯的跡象還是覺得吃驚。

「這些商人都知道巨魔的存在，」莎賓繼續說道。「最重要的，是沒有人干涉，無人置評和質問，這表示其他人也知情，或者收了封口費，至少有幾百人知曉巨魔的存在，只有島上多數的居民不知情而已，唯一的可能性就是他們掌控大局的能力超過一般人認知的程度。」

「妳是對的。」我或許沒想過巨魔實質上掌控了整座島嶼的問題，但我確信國王具有無遠弗屆的影響力。「莎賓，你知道攝政王是什麼嗎？」

她聳聳肩膀。「地位視同國王？」

「這個頭銜是給暫時替代君主統治國家的個人。」

「但是島上沒有國王。」她反問。

我揚起一邊眉毛，她立刻領悟其中的奧妙。「我猜巨魔被詛咒之後，就指定了第一位攝政王，剛開始只是便宜行事，因為他們以為只要殺死安諾許卡就可以收回統治權。」

莎賓皺起眉頭。「可是……找不到女巫不是對攝政王最有利嗎？巨魔受制於咒語，他就能順理成章掌控整座島嶼？」

我點點頭。「我猜歷世歷代的攝政王都打這種如意算盤，表面通過獵殺女巫的法律，假裝幫忙搜尋，暗地裡卻把最重要的那個人納入羽翼下保護。這些純屬推論，無法證明，但我認為凱瑟琳的失寵或許和這件事有關——她過於接近真相的核心。」

「凱瑟琳？」

「就是法辛夫人。」我趕緊澄清。已經很習慣她知道大小事情，一時忘記她還不知道我和女巫碰面的收穫。

莎賓眉頭深鎖，聽我解釋凱瑟琳與攝政王的關係，和這些推論背後的緣由。當我提到昨晚施咒的過程時，她的表情更是嚴肅。「因此，即便凱瑟琳不了解安諾許卡舉足輕重的地位，依舊知道她是誰？」莎賓最終開口問道。

「她大概不會透露。」我扮鬼臉。「攝政王把她嚇壞了。」

「可惜咒語不能汲取別人腦袋裡的祕密。」她用力戳一下安諾許卡的魔法書。一個主意儼然成形，就像煙火爆炸一樣。「莎賓，」我說。「妳真是天才。」

⚜

廚娘看我穿著晨袍下樓，露出奇特的表情，接著又看我從儲藏室拿出一束迷迭香，依舊不發一語。我回到臥房，關起門窗，拉緊簾子，翻開魔法書，小心翼翼地撕下和抗皺乳霜有關的那頁咒語，當著莎賓的面，把咒語內容仔細抄寫在其他紙箋上，再捲起原版，用克里斯偷來的頭髮連同那束迷迭香捆在一起，將材料拿到裝滿水的臉盆上方。

現在我終於明瞭咒語作用的訣竅：抄寫咒語的紙張鉗住我要汲取的記憶，頭髮是聯結凱瑟琳的工具，迷迭香有益於加強清晰的程度，最後選擇水這個元素當媒介，因為記憶和思緒有如流動的液體，瞬息萬變，很像曇花一現。

「妳以前做過嗎？」莎賓問道。

「嗯，只是稍微變通一下。」我一面回答，一面檢查手邊工作。「魔法對巨魔起不了作用，只能針對混血種。」咒語最初的目的在尋找失物，但我調整做法，用在艾莉身上，汲取她之前對丁香油去處的記憶，希望找出這東西治療地震造成的傷害。凱瑟琳說念咒的目的只是把注意力聚焦在意欲的結果，所以我相信可以再次調整咒語配合這次我想達成的目的。

「如果魔法對他們無效，為什麼詛咒可以？」

我咬住嘴唇，這也是自己百思不得其解的地方。「我不知道，現在別出聲，我需要安靜。」

聚精會神盯著紙捲，心裡只有一個念頭，汲取其中跟咒語有關最清晰的回憶，不只如此，我還想知道這是為了誰。

「這是什麼時候的咒語？」我呢喃低語，把紙捲丟進水裡。「這一切是為誰？」

我輕輕觸動水面，臉盆突然傳出洶湧翻騰的水聲，能量導入全身，紙捲不停地旋轉，重量似乎突然增加三倍，倏地沉入水底。

莎賓驚呼一聲，我也差點尖叫，這是前所未有的現象。頸部脈搏暴衝，水流變得渾濁幽暗，集中精神變得更加困難，水面出現其他的動靜，感覺就像我在深夜偷窺某一個場景，聽見竊竊私語的聲音，只是無法辨別內容，我傾身往前，湊近臉盆，試著辨認任何熟悉的影像。

「怎麼了？」莎賓詢問。

「仔細看。」

水底浮出深紅色，我們嚇得往後縮，同時水面凝結像一片玻璃，盛住紅點。我知道那是血，至於是人血或是動物，就很難說。

「青春永駐，青春永駐，青春永駐。」一開始，話語靜得像一個思緒，然後越變越大聲，響亮的程度讓我確信屋內所有的人都聽得到。那是凱瑟琳的嗓音。

聲音來得快去得也快，室內歸於寂靜，水變回純白色。

記憶片段還沒結束。

白色慢慢化開，就像白雲散去、露出藍天，呈現另一幅畫面，一名女子——凱瑟琳——踽踽獨行在城堡的長廊，裙襬隨著腳步搖曳生姿，衣服的布料遠比現在的穿著精緻多了。依稀聽見鞋跟在石地上喀喀作響和布料拖地的窸窣聲，但聲響聽起來有點怪異。她停在房門外面，左右張望了一下才走進去。

「拿到了。」凱瑟琳宣稱，勾起的回音彷彿她站在長廊的盡頭。

「妳也拖得太久了。」女人的嗓音有點失真，而且凱瑟琳盯著地板，我看不到在她跟誰對話。

「這是最後一批了，」凱瑟琳顫抖地說。「不能再繼續下去——萬一被發現怎麼辦？」

「妳要擔心的是停止的後果！妳能承受嗎？」一晃眼，女子奪走凱瑟琳手裡的瓶罐，轉身走開。她終於抬起頭，對方穿著斗篷，兜帽遮住了臉龐。

「轉過來，」我對著影像呢喃。「妳是誰？」

「掩藏那些屍體變得越來越困難，」凱瑟琳哀求地說。「夫人，這是黑魔法，最終要付出代價。」

「我不管。」女子猛然轉身，臉上戴著造型恐怖的尖嘴喙面具，遮住了五官，讓人難以判斷她的長相和年紀。「代價事小，無論如何我都必須承受。」

畫面消失無蹤，盆子裡就是一般的清水，裡面有浸溼的紙捲、頭髮和香草。魔法褪去，莎賓直視我的眼睛。「妳想那是她嗎？」

我徐徐點頭。「她說那句話的口氣，無論如何我都必須承受，措辭裡暗藏玄機，要承受後果的不是美貌或青春，而是她自己。」

「也可能毫無意義，只是一個渴望抓住青春的婦女。」

「或者意義深遠。」我推開臉盆起身。「我要去找凱瑟琳，逼她告訴我實情。」

「希賽兒，她之前不說，現在更不會透露。」

「不盡然喔。」我說。「報復是一個強烈的動機，只要我運用得宜。」

「好吧，然而還有一個問題。」莎賓提醒。

「我知道，」我說。「還得想辦法避開母親的耳目。」

24 崔斯坦

眉頭深鎖看著眼前高聳的石柱，使出魔法用隱形手握筆，潦草地計算了一下。用這種方式寫字需要花時間練習，但有它的必要性，因為就算麻痺的手指頭還能握筆，下筆時的顫抖也會造成字跡難以辨認，遠不如花時間練習這種方法。我低頭看手，不必脫掉手套就知道五根手指頭缺乏血色，了無生氣，插入手腕的尖刺周圍的皮膚發黑，讓我病懨懨地渾身乏力，偏偏我又持續運用魔法，無異是雪上加霜，不只榨乾精力，虛弱的身體更容易因為鐵鏽中毒更深。

覷見廳熱血沸騰的那一瞬間，我豪爽答應了提普的要求，沒有多做考慮就輕率保證，現在開始承擔後果。我要活著才能建造這棵樹，但是手腕上聯結的印記顏色變黑，意味著希賽兒的精力在惡化。相互間的牽連，加上手腕鏽毒擴散，在在證明我的生命來日無多，這樣的危機感驅策我更加賣力工作。

我無法煞車，幾乎是不眠不休、不吃不睡。持續耗損身體能量的結果，導致鐵鏽毒化更加嚴重，所以我更是努力工作，卡在這樣的循環裡無法解脫，除非情勢改變，結局無法避免。就算可以抗拒這種不斷努力、近乎賣命建造的衝動，重點依然在於另一個問題——我喜歡這份工作。

用喜歡來形容不夠貼切——事實是我熱愛它，熱愛把抽象的理想化為具體的物質，熱愛創造永恆不朽的東西，熱愛自己有能力解決眾人的問題，不像我名單上那一大串無所事事的傢伙。

至於萊莎對父親說了什麼讓他大為光火的事情，依舊無解。她是父親放進安哥雷米家裡的間諜，這一招非常有效，也可能是因為她發現某些重要的情報，或者和弟弟有關，這個念頭讓我忐忑不安。也可能是萊莎個人的行徑激怒了父親，雖然我無法想像這麼做的原因，畢竟他們是同陣營的盟友，必要的情況下，父親還是有可能除掉她。我躲著她，猶如躲避蛇蠍，單單保持距離就知道她還活得好好的，毫髮無傷。部分的我其實很希望她死掉。

「殿下？」

我應聲轉身，一起工作的混血種站在他們小心翼翼切割好的大石塊旁邊。「預備好了？」他們點點頭，興奮地睜大眼睛，我暗自納悶還要舉起多少塊大石頭之後，那種目睹大樹逐漸成形的喜悅和快感才會遞減，對他們、對我皆然。

我岔開雙腳保持平衡，魔法環繞巨大的石塊，將之舉向空中，靴子後跟在碎石地上用力摩擦，就算魔法把力氣擴大上千倍，來源依舊是我，我可不想在舉起重物時因失去平衡，跌個四腳朝天，讓大家看笑話。我退後一步，光球變亮，才能看得更清楚。輕輕把石塊堆上石柱頂端，一個工人手腳並用地爬上高架頂端，大膽攀懸在結構上，確定石塊放得四平八穩。

「非常完美，王子殿下。」他從柱頂往下嚷嚷。現場歡聲雷動，大聲叫好。

「很好。」我疲憊地回應，「過幾天再見囉。」

拎起帽子和外套，走向預定的下一站，順便查看沿途的工地。不過兩星期的成果，已經是他們過去三個月努力進度的四倍，剩餘的工作量依舊大得嚇人。混血種空閒的時間有限，大多在工會賣命工作，很多人都是犧牲私人睡眠時間，挪來切割石塊，看見石柱增加幾碼的高度，就覺得心滿意足。

他們對我的態度軟化很多，不確定是因為攜手共同努力建造的成果，或是因為堤普在背後搓合的緣故。至少過去二十四小時之內，不必擔心要工作、又得分心應付混血種試著刺殺我的風險。

「讓我告訴你，笨蛋，它夜裡移動過！你看！你看！」皮耶的吼叫幾乎要刺破耳膜，我加快步伐，上前查看究竟有什麼事情讓他如此氣急敗壞。

「太好了！」他一看到我就大叫。「終於有人能夠了解事態的嚴重性，殿下，拜託開導一下這幾個死腦筋的傻瓜。」

三個建築工會的成員已經疲憊得不太在乎被他侮辱，他們的臉看起來很熟悉，但不知道姓名。一位長相正常，唯有咻咻的呼吸聲顯示他的問題在內部器官，另外兩位的缺陷顯而易見，一個多了一雙手臂，另一個該是眼睛的位置只有平滑的皮膚。

「夜裡有震動，」皮耶對空揮舞拳頭。「程度不大，但石頭還是可能移位，他們只會來回走動，把能量灌入大樹，卻不去檢查是否有變化。他們一點概念都沒有，這會害死大家。」他眼神狂野，目不轉睛望著頭頂漆黑的洞穴，彷彿隨時會有石頭掉下來砸中腦袋瓜。

「皮耶，冷靜一點。」我說，「我不便插手，父親嚴加命令要交給工會負責。」我的注意力轉向巨魔。「不過他是對的，這不是靜態不變的結構，不能掉以輕心。」

「看起來似乎沒問題啊。」呼吸咻咻的傢伙往天空看了一眼。

「看？」我重複一遍，特意望著漆黑的頭頂。「處理這棵樹不能用眼睛看，必須仰賴摸索的感覺。」我低聲詛咒好幾句，把外套、帽子丟向皮耶的椅背。「有人來就警告一下。」

勉強剝開手套放在一邊，探入最近處的魔法柱，感覺溫暖的能量從指間流出，我閉上眼睛，任由魔法直上天花板，每一塊石頭都像一位久別重逢的老友。有少許改變，但不需要擔心。正想抽身退開的時候，一位盲眼的成員走了過來。「可以告訴我您是怎麼做的嗎，王子殿下？」

「憑感覺。」幸好走上來的是盲眼人，至少他看不見我雙手受傷的狀況。「你必須牢記每顆石頭的位置，只要稍有移動立刻會知道，接下來判斷重量和平衡的變化，再調整穹頂來彌補。」

男子微微一笑，伸出手掌貼著石柱，安靜半晌，開口說道。「西北方編號六十三和六十五稍微低了一點，但不嚴重。」

「是，」我皺眉以對。「但你本來就知道了，對吧？」

「嗯，」他轉向正在跟另外兩位巨魔爭辯的皮耶。「我只是找藉口跟您攀談。」

我好奇心大起。「談什麼？」

「我知道當時混血種的工程不可能成功。」他輕聲說道。「那些聲音聽起來的感覺就不太對，而且不只我有這種感受，其他人也發現端倪。」他的手絞在一起。「我們知道您父親在愚弄我們，只是沒有人敢違抗他。」

我猶豫了一下。「為什麼告訴我這些話？」

「只想讓您知道，不只混血種願意揭竿而起，推翻您父親，讓您坐上王位。」他轉過臉來，雖然缺少雙眼，但我敢發誓他看得見。

「工會裡充斥著擁護您的成員──很多巨魔相信您是我們存活的關鍵，唯有您能夠解放我們得到自由。」

心裡閃過千頭萬緒，卻不知道要說什麼。
皮耶吹了一聲口哨。「有訪客。」他嘶聲警告，努起下巴，指著街道那邊上下震動的光球。
我抽身退開，讓球光黯淡下來，愚蠢地期待靠近的人認不出我來。
約莫和我同齡的男孩雀躍地來到這裡，身上制服繡著建築工會的鐵鎚和鑿子標記。「皇宮傳來天大的消息！」他看到我在場立刻睜大眼睛。「對不起，殿下。」他本來要鞠躬，但中途停頓，瞥向年長的成員尋求指引。
「不必因為我吞吞吐吐，」我傾身靠著牆壁。「有什麼消息？」
「是您弟弟，」他說：「羅南王子。」
「我知道我弟弟是誰。」輕快的語氣難掩幾乎動怒的情緒。「他怎樣？」
「國王剛才宣布他即將訂婚。」
我扮鬼臉，他至少要滿十六歲才能和別人聯結，即便要等好幾年，依舊讓人同情那位不幸雀屏中選的女孩。想到任何人在情感上要和我那個瘋瘋癲癲的虐待狂弟弟唇齒相依，我就為她感到難過。「跟誰訂婚？」
男孩舔舔嘴唇，東看西看就是不肯跟我正眼相對，我開始七上八下——感覺不對勁，父親有什麼詭計？「快說。」我咄道。
「我猜你應該不會高興，因為你……跟她……」
四周天旋地轉，不，不，不！「快告訴我是誰！」
男孩用力吞嚥，「殿下，是萊莎小姐，羅南王子的訂婚對象是安哥雷米公爵的女繼承人。」

25 希賽兒

「拜託讓我出去。」母親坐在沙發上閱讀，我撲過去哀聲懇求。

她頭也不抬地翻頁。「不行，我不相信妳出去不會惹麻煩。」

「我快要被妳逼瘋了。」我嘀咕地說。這是真的，重現凱瑟琳記憶後一星期來，我一事無成，這要歸功於我的母親。她唯一出門的時機就是演出或排練假面劇——這些場合瑪麗都不會出席——一刻都不許我離開視線範圍。即便運用魔法可以促使她給我片刻的自由，但是成效太過短暫，我又找不出效果持久的辦法改變她的想法，再者這麼做也於心有愧。

況且我們單獨相處的時間也不是很多，大多有別人在場，我不確定是否有能耐同時驅策兩個人，因此只能被迫安於現狀，安排莎賓和克里斯輪流盯著凱瑟琳。這樣不算有進展，我已經到了山窮水盡、走投無路的地步，幾乎要不惜代價。我很清楚一旦心急如焚就很可能犯錯。「難道妳要把我關一輩子？」

「直到假面劇結束，親愛的，之後我不在乎妳要做什麼。」

假面劇、假面劇、假面劇，她只關心那齣戲，彷彿那是我一輩子最重要的夜晚。毫無爭辯的餘地，更不可能說服她改變心意，房子旁邊本來搭建的棚架已經拆除，窗戶上鎖，當我試圖撬鎖開溜的時候，她竟然吩咐廚娘的丈夫把窗戶釘死，晚上又從外面把我的房門堵住；

每逢出門的時候，她就緊緊扣住我的手腕，預防我溜之大吉。

舉凡要繼續搜尋安諾許卡的努力都被防堵得很徹底，讓我深陷困境。那股渴望並沒有因此消失，我幾乎不眠不休，連續幾天無法闔眼，連吃東西都想吐。偶爾照鏡子發現自己雙頰凹陷，黑眼圈很深，偏偏膚色紅潤。本該累得筋疲力竭，情緒卻很興奮，就像吃了太多糖果的小孩，難以安靜下來。

「還要好幾個星期。」再這樣一事無成，我不確定自己能否撐到那時候，氣力似乎逐漸在損耗。

「準備的時間根本不夠，」她視而不見地看著書本。「但是日期已經定好了。」

她只在意愚蠢的表演，真是鬼迷心竅，根本沒發現我怒目相向。「再這樣下去我乾脆跳河自盡算了。」我咕噥。

她瞥我一眼。「不要胡言亂語。」

朱利安坐在椅子上竊笑，母親凶狠地瞪他一眼以示警告，但他似乎不以為意。咒語的功效還在，本來把我當成眼中釘的輕蔑被一股熱誠取代，一心要把我推上首席女高音的寶座。他或許是從迷戀中清醒，恢復理性，但這跟講話前用腦思考不一樣，如果他再不知收斂，很可能下一季就被除名。為了他好，但願咒語盡快失效。「真無聊，」他宣稱。「我想出去溜達一下。」

「那就去吧。」母親說道。

「沒人同行。」他嘀咕道。

我心裡閃過一個念頭。「我可以，朱利安，下一季演出之前，先讓人們看見我們同進同出對未來很有幫助，不是嗎？」

他眼睛一亮。

吉妮薇把書放下。「假面劇演出前，沒有我，妳哪裡都不准去。我不容許妳毀了我苦心經營的一切。」

我張嘴要反駁，朱利安卻搶先一步。「妳不信任我能夠盯住她嗎？」他問。「畢竟我非常清楚假面劇的重要性。」他瞥我一眼，再看著母親。「對我們倆而言。」

高招，我暗暗鼓掌叫好，仔細觀察母親側面的輪廓，揣測她的想法，她跟巨魔一樣面無表情，莫測高深。「午夜前回來。」她說，砰地把書打開。

我對朱利安咧嘴而笑，他眨眨眼睛。

他出去招呼出租馬車，我換上深藍色衣服，編好頭髮從一邊肩膀垂下，再把需要的物品統統塞進肩背包，吻一下母親的臉頰，匆匆出門迎向冰冷的空氣和等待的同僚。我挽住他的手臂，倉促爬上馬車。

「黑貓酒吧？」朱利安問道。

我搖搖頭。「等一下，我們先去別的地方。」

他揚起一邊濃眉。「噢？哪裡？」

「彼加爾區。」

另一濃眉挑高湊成一對。「彼加爾區？該死，妳為什麼要去那裡？」

「需要某些東西。」我等著他提出異議，結果他只是聳聳肩，便吩咐車伕上路。

「你不會告訴她我們去哪裡吧？」馬車開始移動，我問他。「萬一被發現，她會囚禁我一輩子。」

他搖頭晃腦，故作沉思狀。「應該不會，和囚犯聯合演出對我沒好處，但是幫忙隱瞞有一個條件，今晚的酒錢妳買單。」

「你要喝多少都可以。」

「那就先去彼加爾囉，」他拍拍手。「真沒想到我會去那裡。」

⚜

「在這裡等一下，」我溜下馬車。「不會很久。」

彼加爾區非常陰暗，夜空只有一輪銀月的光芒，但我依然東張西望，確定沒有人監視，這才走去叩門，不久傳來腳步聲和開門的聲音。

「我叫妳不要再來了！」

凱瑟琳試圖關上店門，但我硬用肩膀頂住，強行進入，以免朱利安發現異狀。「我需要答案。」

「我不管，妳必須離開。」她的氣息充滿濃濃的苦艾酒氣味，走起路來東倒西歪。

「妳不告訴我答案，我絕不離開。」

「無可奉告。」

我掏出魔法書舉到她面前。「我想妳非說不可。」

認出那本書，凱瑟琳的眼睛幾乎要凸出來。「小偷！」她尖叫地撲過來，宛如要把我的眼睛挖出來。

我輕而易舉避開她醉醺醺的攻擊，謹慎地倒退好幾步，防止她再度出手。「來，」我伸長手臂。「還給妳。」

她一把搶過去，緊抱在胸前。「妳會害我沒命。」

「我不打算那麼做，」我說。「咒語的事也沒有告訴別人，只要妳肯幫我，必定相安無事。」

「這是威脅？」

我不吭聲，沒必要開口——利用她的想像力就能幫我達成目的。

她對我怒目相向，過了好半晌，怒火消褪，肩膀垮下，垂頭喪氣地說道。「其實無所謂，他們知道我認識妳。」

她是指攝政王。我想逼問細節，可惜時間有限，我要知道她對那個戴面具女子的了解有多少。我一邊提防她再次攻擊，一邊輕拉著她的手走向後方桌子，扶她抱著小狗坐下，自己坐在對面。

「書中有一個凍齡乳霜的咒語，是妳特地為一位罩著兜帽的女子調配的，她臉上戴著面具，或許妳還為她使出其他咒語。」

「我不懂妳在說什麼。」

「不必否認，凱瑟琳，我已經從妳腦中汲取了那段記憶。」

我做足準備，預期這會誘發另一場攻擊，但她眼中沒有怒火，只有聽天由命的屈服。

「當時我別無選擇。」

「她是誰？」我問。

凱瑟琳搖頭以對。「不知道，她每次現身總是有所偽裝，甚至改變嗓音，讓我難以辨認。」

我暗暗詛咒。「妳有任何線索嗎？包括她可能的身分？」

「沒有。」女巫輕輕撫摸懷裡的狗。「第一次碰面大約發生在十年前——她聽說我可以調配乳霜和化妝水，抹去臉部老化的痕跡。她既然肯花錢，我也樂意提供，當時的咒語就是混合草藥和土，完全無傷大雅，只是效果有限，更不可能阻止時間往前邁進。」

「所以妳鋌而走險，轉用黑魔法？」

「我是被逼的。」她表情扭曲。「她說如果不按照她的意思，就會讓攝政王發現我是女巫。面對火燒酷刑的威脅，我只好乖乖聽命。」淚水從她臉頰滑落。「要找到我需要的……犧牲品極其困難，毀屍滅跡更不容易，我很害怕被人發現，同時也查覺自己慢慢在改變，逐漸腐化，彷彿有某種潛伏的物質進入血管，一步步吞噬我的身體。以她使用的劑量和頻率，我可以想像那會對她大腦產生怎樣可怕的影響。」

「她有請妳調配其他藥方嗎？或是施展更多的咒語？」很難掩飾自己滿懷期待的語氣。

「只有乳霜。」

期待落空，我忍不住大失所望。還以為會有其他進展——例如延長壽命等等，難道是我的推論有誤？清清喉嚨問道。「所以妳就自己喊停，告訴她不能再調配藥方了？」

「我嘗試拒絕，」她眼眶泛紅，伸手揉了揉。「但她不肯，我嚇壞了，根本不敢違抗，又不能告訴瑪麗，因為她絕對不會原諒我濫用身分和職權。」

「瑪麗知道妳是女巫？」

凱瑟琳點點頭。「她的兒子艾登體弱多病，瑪麗親自把我帶進家門當他保母。以攝政王對巫術的觀感，這麼做是冒著極大的風險，因為父母和兒女的血緣連繫具有強大的能力。我把瑪麗扯入咒語以幫助艾登，只有她知道我是女巫，直到……」她住口不語。

「直到什麼？」我傾身向前。

「大約四年前，戴面具的女子留下字條約我見面，我不假思索就去了，結果不是平常的要求，而是不同的目的。」

「她要什麼？」

「愛情靈藥。」

我猛然坐直身體，如果這個女人是安諾許卡，為什麼要求這種東西？凍齡乳霜我能理解——她不能對自己作法，需要其他女巫幫忙，但是據我猜測，她絕對有能力調配這種藥方，不須假手他人。「用在誰身上？」

「攝政王。」

我張口結舌，下巴差點掉地上。攝政王？這不合理——和安諾許卡結盟的瑪麗，怎能縱容這種事發生？

「我百般不願意，瑪麗待我仁至義盡，對她丈夫下咒等於背叛女主人，但那女子毫不猶豫地警告我，一旦黑魔法的事機敗露，烈焰很快就會燒到我的腳趾頭。」她深吸一口氣。「我知道只要用了魔藥，就會洩露她的身分，到時候我就不必擔心被威脅，可是……」她頓住，激動得雙手緊緊握拳。

「失敗了？」我問。

「噢，當然有效，攝政王動情了，但不是愛上她，」她雙肩顫抖。「而是看上我，這個一輩子沒跟他說過半句話的女人。」她指著自己鼻尖。

平心而論，凱瑟琳不能說毫無魅力，但也不是絕世美女，又小有年紀，早過了最精華的青春時期。如果攝政王愛的是個性和內在美，當然可能發生婚外情，但如果事實如她所言，兩個人從來沒講過一句話，怎可能被個性吸引。

「真是一場災難，」我咕噥。「怎麼會？失誤嗎？」

「我不曾弄錯，從來沒有過。」她眼神閃爍。「這次當然也不例外，類似的配方之前和之後都調過無數次，不可能失誤。」

我很想說凡人難免有失誤，但這時候閉上嘴巴比較明智。再者我也不認為是犯錯——而是陷害。「妳想這是怎麼一回事？」

「不知道。」她摀住額頭彷彿回想起來很痛苦。「實在很糟糕，當我察覺異狀之後曾試圖逃跑，他卻差派士兵把我帶回去，當著朝臣面前對我示愛，完全不在乎可能的後果。他不只愛錯人，超強的藥效甚至超乎我的預料，他的想法和行徑都受到影響。

「想當然耳，瑪麗氣得發狂，但攝政王對自己造成的傷害毫不在乎，也不在意她因為心情抑鬱最後纏綿病榻。」凱瑟琳邊說邊搖頭。「我施咒的日期在夏至前幾天，能量卻等同於季節交替的時期，彷彿永遠不會結束，平常頂多幾天就失效，這次持續了好幾個星期，大家把懷疑擺在心裡，只是沒有證據。其實能否證明並不是重點——很多女人被燒死的理由比這個更加微不足道。」

「瑪麗指控妳是女巫？」

「不，」她低語。「我對她坦承一切，但她怎麼可能原諒我？咒語或許出了差錯，但我調配靈藥讓她丈夫愛上別的女人卻是不爭的事實。」

「後來呢？」

「攝政王的兒子艾登勃然大怒，認定我是女巫，更是害他父親變成笑柄、讓他母親痛不欲生的罪魁禍首，一再要求要把我處死。等到藥效終於褪去，攝政王跟他一鼻孔出氣，但是瑪麗苦苦哀求饒我一命，最後折衷處理，他們奪走我所有的一切，將我掃地出門。在那之後瑪麗來見過我一次，要我發誓遠離她所親近的任何人，再犯就要我的命。」

「後來妳有再見過戴面具的女子嗎？」我提問。安諾許卡顯然想置凱瑟琳於死地，幸好瑪麗介入干預，但凱瑟琳知道索取愛情靈藥的女子是安諾許卡嗎？她為什麼要反咬盟友一口？太多未知的疑問需要解答。

「送藥之後就沒見過了。」

「妳真的不知道她是誰？也沒有任何線索追蹤她的身分？」

凱瑟琳聳聳肩膀，意志消沉地說。「不容易，就是中等身材的女人，衣著打扮入時，布料華麗高級，而且動作敏捷，我猜還不到中年的年紀，每次見面都約在城堡裡，沒有任何跡象可以判斷她的來歷。」

「完全沒有嗎？」我鍥而不捨地追問。「儀態或神情都沒有讓妳聯想起任何一位宮廷仕女？」

「完全沒有，她在身分保密上異常謹慎。」

我遲疑了一下。「有沒有可能她自己也是女巫？」

凱瑟琳渾身一震。「為什麼會這麼問？」

我一言不發地凝視她，她嘆了一口氣。

「她沒有流露這方面的特質。」

「但妳還是看得出來，對吧？」我逼問。「妳就認出我來了。」

「那是因為妳當著我的面汲取自然元素的能量。」凱瑟琳回應。「妳有什麼理由相信她或許有這方面的天賦？難道妳知曉她的身分？」她傾身向前，審視我的臉龐。

「假如她是女巫，就有可能用自己的配方取代妳的靈藥。」我避重就輕，避免正面回答她的疑問。「還有什麼更好的方法可以除掉妳又不讓人起疑，而且連妳都料想不到。」

凱瑟琳不發一語，臉頰漲紅，手早就停止撫摸小狗，雙手不知不覺地握成拳頭，她的怒火隱然透露我要的答案。我很難設身處地去想像她心裡的感受。這麼多年來，她不停懊悔一個小小的失誤毀掉自己的一生，到頭來卻發現是別人從中作梗設下的陷阱。

「我們可以找到她，」我輕聲說道。「只要妳和我聯手。」

她盯著我看。「報復嗎？」

我聳聳肩膀。「至少可以挖掘真相。」

「為什麼要幫我？」她反問，眼神充滿疑竇。「對妳有什麼好處？」

「私人理由，」我說，「我相信我想破除的咒語跟背後陷害妳的是同一位女巫。」我按捺衝動，避免提及我懷疑她前任的女主人知道女巫的真實身分。

她臉上血色盡失，除了詫異，我還來不及判斷其他的情緒反應，但她已經低頭迴避。「瑪麗警告過，」她說。「採取任何行動之前，我必須仔細衡量違背諾言的後果。」

我想要求她當場決定——承諾的威力不斷驅策我，但我硬是閉上嘴巴。最好是她自己回心轉意、甘心接受這個提議，而非受我威脅利誘，唯有她自己願意，才能造就一個堅強的盟友。

「好吧，」我站起身來。「當妳決心要找出毀滅妳一生的女巫身分，派人通知我。」

26 崔斯坦

他做得太過分了。

我拂開侍衛，彷彿他們只是討人厭的蒼蠅，逕自推開通往宮廷大廳的房門，再用魔法闔起，確保不受干擾。

這麼做不僅令人憎惡，而且違反倫常。

我大步走向寶座，後跟在大理石地板喀喀作響，走道兩旁的燈光一一亮起，我的法力充斥室內，尋找發洩的管道。

他一定是精神失常——否則怎麼會做出這樣的配對？

大廳裡只有父親一人，聽到腳步聲的他甚至懶得抬起頭，蓄意的忽略讓人火冒三丈。御座前方的大桌子擺滿美食佳餚，分量足以餵飽二十人，只供他單獨享用。他正俯首享受一大盤熱騰騰的食物，讓人只看得到頭頂。

「你這隻貪食無厭的豬。」我不假思索脫口而出，冰冷的語氣和怒火沸騰的血液形成強烈的對比。

握著雞腿的那隻手停在半空不動，依舊沒有抬頭。「你沒有羞恥心嗎？」我嘶聲指控。「百姓天天受苦，只有配給的食物，你卻坐在這裡大快朵頤，不停塞下更多的食物。」

讓我生氣的不是他貪得無厭的食欲，但是無所謂，只要可以發洩就夠了。我還沒預備好把矛頭轉向真正的理由，即便事實就像下水道的惡臭瀰漫在周遭。

父親放下手裡的雞腿，終於抬起頭。

他的神情一如往常充滿疲憊，精神萎靡、眼眶發黑，我第一次留意到他臉上長了很多皺紋。「崔斯坦，」他傾身靠著椅背，雙肘撐著兩側的扶手。「我的生活已經沒有多少樂趣可言，只要我還是國王，自然不能放棄這一項。」他微微點頭。「當然啦，除非那是你來這裡的理由？」

他伸手到頭頂後方，摘下隨意掛在椅背上的皇冠。「終於來要它了？在這裡，」他把金色的頭冠拋過桌面。「拿去吧。」

皇冠匡啷一聲掉在平台階梯上，往上彈起，又順勢滾落地板，停在我的雙腳前。我瞪著它看，心中的驚訝頓時取代怒火，思緒突然變得無比清晰，霎時有所領悟。

我抬起頭。「傀儡不聽指揮的挫折感讓人心煩意亂，是嗎？」

他沉默地盯著我的眼睛，不需要言語即印證了他懂我的言下之意。現在終於明白萊莎做了什麼事引爆他的怒火，我有把握事情的真相就是這樣。

「這是萊莎擅自行動，她有自己的如意算盤。」我開口。

他慢慢地點頭。「你知道多久了？」

「你是說知道安蕾絲過世，身分被妹妹冒名頂替的事？」我沒等回應就自行回答了。「她一開口就被我看出破綻，萊莎的演技不夠精湛，她的自信遠不如真正的安蕾絲。」

「但已經足夠愚弄女孩的父親。」

我哈哈大笑，笑聲非常刺耳。「那是因為安哥雷米從來不曾費心認識自己的女兒，他只看到自己想像中的那一面。」

「現在的她完全符合他的理想。」

我皺眉。「甚至超乎他的期待。」

「你怎麼知道是萊莎冒名頂替？」他是真心感到好奇，彷彿這一切就是一場遊戲，無關生死。

「擁有這種能耐的人少之又少，」我說。「還能夠蹤跡杳然、持續這麼久都沒有被人發現更是罕見，數來數去，具有這種超凡能力的應該只有一位。」

他眼睛一亮。「我很好奇你是如何發現混血種具有這樣的天賦，是他們直接告訴你，還是有某人說溜嘴？」

「應該是另一種形式的失誤。」我仔細觀察，想要揣測他的反應，但是看不出個所以然。「你呢？你如何發現他們能說謊？」

他的表情五味雜陳，一閃而逝，快得難以辨認，只知道自己觸及了一條敏感神經。他後方的火光黯淡。「我逮到萊莎的母親說謊，所以把她殺了。」

三言兩語的背後看來還有很多不為人知的故事。「她說什麼謊？」

父親搖頭，即便在如此罕見、坦誠交心的時刻，有些事他依舊不肯說。我決定改變話題。「你怎麼處理安蕾絲的……遺體？」這句話很難說出口，我還是無法把好朋友當成一具沒有生氣的屍體。

他嗤之以鼻。「有這麼多問題可以問，你卻挑了這麼多愁善感的來問我？何必關心這種小事？」

如果停止關心，人活著還有什麼意義。「拜託，讓我知道。」

因著我的語氣，他沒有再嘲弄下去。「火化，燒去她曾經存在的痕跡。」

我垂頭不語，不想掩飾心底的悲痛，希望讓他看見這是我和他之間迥然不同的一面。我以為他還有話要說——揶揄我感情用事，變得更加軟弱。他果然沒有讓我失望。

父親身體後傾，後腦靠著寶座。「事態的發展恰如我所預料，你太愚蠢，任由感情凌駕理智，倉促行事，以為我想傷害希賽兒，就先下手攻擊。」他嘆了一口氣。「如果你用邏輯思考，稍微想清楚點，就會明白我絕不會傷害那個女孩，她對我的價值甚至超過你看重她的程度，因此她受傷之後，我就把人稱法辛夫人的女巫帶進厝勒斯。當聽到她保證希賽兒的傷勢有藥可醫的時候，我就決定抓住這個機會好好利用，而你的反應正符合預期，反倒你妹妹出乎我意料之外。」

「萊莎的任務是阻止安蕾絲介入，但她選擇袖手旁觀。」國王皺著眉頭。「你帶希賽兒離開後不久，萊莎就進來了，那一瞬間我以為自己性命不保，所有苦心經營的一切、計畫和謀略，統統要付諸流水，那一瞬間我真希望你……」他停頓了一下。「結果她沒殺我，反而了斷你忠心的小朋友，同時和我談條件。」

我不在乎條件，只關心他本來要說的話，說我……怎樣？他希望我怎麼做？

「條件如下：她要我讓她取代安蕾絲的身分，交換她在安哥雷米家裡當間諜刺探消息。」

「她為什麼希望這樣？」我反問。「活在謊言裡面，天天擔心被人發現，一旦被揭穿，小命就沒了。」嘴巴這麼問，心裡已經有答案。

父親聳聳肩膀。「她顯然認為利益大過風險。」

寧願活在謊言裡頭，也勝於被人奴役使喚。

我轉換身體重心，各種問題充斥在心底。父親和我之間從來沒有過這種開誠布公的時刻，他此刻看待我的態度幾乎就像我是他的……我推開那個念頭，不可能平等，這是一種手段，他向來詭計多端。「如果她先殺死安蕾絲，你就自由了，可以立刻置萊莎於死地，卻手下留情，為什麼？」

「無論是不是混血種，她都是我的女兒。」

「然而她和其他人一樣，只要阻礙你的計畫依舊不能免死。」

他的手指微微抽搐了一下，「你愛怎麼想都可以。重新回答你的問題，我們談妥的條件對我有利，不只可以在最大的宿敵家裡安放眼線，還得到了一位強而有力的盟友。」

「因為安蕾絲是安哥雷米爵位的繼承人，」我說。「萊莎可以隨時除掉他，繼承爵位、接收他所有的人脈和資源。」

「沒錯。」

我徐徐點頭。「一箭雙雕的好計畫。」

「的確。」

我把重心轉到另一隻腳，感覺不太舒服。「媽媽發作就是因為萊莎的緣故，對嗎？」

父親這回沒有掩飾情緒，十指緊抓御座的扶手，額頭青筋暴露。「那個卑鄙的東西，當上女公爵還不知滿足，竟想當公主。」

「她想當皇后。」父親直視我的眼睛，那一瞬間，我們父子想法一致。「安哥雷米知道羅南的全名嗎？」我明知故問，想要從父親口裡得到證實。即便我不想承認，但如果他已經有應對方案，我會比較安心。

「我有強烈理由認為是這樣。」

我以為他會因此暴怒，沒想到他證實了。原本他額頭上跳動的血管竟沒動靜，他迴避目光接觸，越過我的肩膀望著門口。難道弟弟的事情讓他心情沮喪？他會在乎嗎？

劇烈的心跳聲傳入自己的耳朵，我要說嗎？這是正確的決定嗎？「要排除這些麻煩很簡單，」我不想流露心底的期盼，蓄意用單調的口吻表達。「只要重新立我為王儲就行了。」

笑意在他嘴角展現，往外蔓延，然而他的表情既非喜悅也不是寬慰。我立刻明白一切並未改變。這時我痛苦地意識到自己衣衫襤褸，一身髒汙、臭汗淋漓，外套和帽子仍然掛在皮耶的椅背上，手套丟在牆邊，虛弱的狀態更加明顯。

我們目光交會，父親開口。「俗話說得好，得來不易的東西才有價值。崔斯坦，想要王冠就得努力爭取。」

金冠依然躺在腳邊。

我想佔為己有。

也想盡可能遠離，避免扯上關係。

我用力嚥下喉嚨的灼熱感，彎下腰，強迫麻痺的手指頭撿起象徵權力的頭冠，它的重量讓手腕痛得想要大叫，然而經過漫長的練習，我已經學會隱藏痛苦、不露聲色，一步、兩步，第三步踏上平台，把王冠塞向他胸口。「等我預備好了，時機一到就會得手，這是我的承諾。」言語的力量沉重而美妙地壓在胸口，產生拘束的效果。

鬆開皇冠，我腳跟一旋，轉身下台，頭也不回地走向門口。

前廳擠滿父親的侍衛，男男女女一看到我推開大門，各個神態緊繃，少數幾位偷偷隔空打量經過這次交手，父親是否安然無恙。他們看起來似乎不急於衝破防線，顯然父親事先有交代，警告他們不准干預，也讓我相信消息宣布之後，他就預期我會過來。父親這種精準預測的能力真令人讚歎不已。

侍衛如潮水般分開讓路，我急於離開這裡，直到一股意料之外的氣味引起我的注意。馬的味道。

我停住腳步往回走，若不是聞到氣味，根本不會發現那人靠著牆壁，深色斗篷融入陰影底下。一名侍衛擋住我的去路。

「走開。」我命令。

侍衛緊張地舔舔嘴唇，瞪著地面。「國王有令，在厝勒斯城裡不許跟人交談，殿下。」

我不予置評，靜靜地站著等待，守衛乖乖離開。

見我走近，凡人依舊靠著牆壁，沒有抬頭挺胸，僅僅用一種無事可做、興趣缺缺的眼神看著我。他的身材比我矮半截，卻有一股架勢讓他顯得高大一些，特殊的風采使我揣測他在人類世界應該具有舉足輕重的地位。

毛皮鑲邊的毛料斗篷和光鮮亮麗的馬靴，他的一身衣著間接證實我的懷疑。腰間懸著一把劍，胸前一角繡著徽章的圖案，至少是攝政王侍衛隊裡的一名軍官。除非我誤判，他應該也是宮廷的一員，但我真正在乎的其實不是他的身分。一個凡人可以來到這裡，意味著他為我父親跑腿。

「你是誰？」我問。

他挺直肩膀。「我也有相同的問題。」

「會這麼問的，你是第一個。」

他哈哈笑，但一點笑意都沒有。「關在籠裡的確很難隱姓埋名。」

我齜牙咧嘴。「對某些人而言是如此。」

「在籠裡，更在世界之內，王子殿下。」他彎腰鞠躬，態度異常諷刺。一開始我以為他是嘲笑我失去權勢，隨即發現不只如此，而是嘲弄我們巨魔自以為擁有權勢。被嘲諷的不只是我，還有父親。他是誰，竟然如此膽大包天？

「你似乎應付得很好。」我攻擊他那種自恃高人一等的態度，試探他是否會吞下誘餌、洩露身分。

他僅僅點個頭。「每個人都有自己的天賦，現在容我告退，還有更重要的事項等待處理，若非必要，我可不想在這種小洞留連忘返。」他打算擦身而過，還跨出不到一步，就被我攔住，不是用手，而是用魔法。

他毛骨悚然，顫抖的反應顯而易見。「她好嗎？」我壓低聲音詢問。

他轉過頭來，上下打量一眼，鄙夷地開口。「似乎比你好一些，」他說。「但也更糟，監視的女人說她轉而尋求黑魔法。」

血魔法。想到希賽兒有殺生的念頭，我的胃部緊繃糾結，幾乎後悔沒有當場謀殺父親，還把皇冠歸還。

「我知道她在找什麼，」他說。「即便違反她的意願，我寧願她死都不能讓她成功。」

法力像巨型手掌往前一捏，迫使對方疼痛地吸氣，只有一絲小小的自制力阻止我掐死他。他已然承認自己無法傷害希賽兒，顯然意志力受到父親掌控，為此恨他入骨。這表示如果他認為對自己有利，就有幫助希賽兒的機會，當然也有可能受限於諾言，轉而跟父親告密。我能冒險一試嗎？透露消息讓希賽兒知道，這很可能是她僅有的機會，我顫巍巍地深吸一口氣，就此鬆手。

他蹣跚地倒退一步，跟侍衛撞成一團。「你們是這個世界的災難，」他斷聲指控。「如果希賽兒像前人一樣失敗，不是因為我做了什麼，而是你們自作自受。」

我推開侍衛，傾身向前跟他眼對眼。「如果因為你什麼都不做而害她死掉，你會發現罪惡感窮追不捨，讓你逃都逃不掉。」好幾雙手把我擒住往後拉開，我感覺到父親大步走過來。這傢伙的地位看來相當重要，以致他親自介入。我只用不到一秒的時間，甩開侍衛，低聲說道。「她的承諾有一個漏洞，叫她仔細思考。」

男子睜大眼睛，我沒有時間多說，只能暗暗祈禱自己給希賽兒送上的是幫手，而非敵人。

27 希賽兒

在爐火前枯坐一整晚，期望凱瑟琳透過火焰聯絡、說她願意幫助我，徹夜不眠的堅持換來滿佈血絲的雙眼與煙味瀰漫的頭髮。我領悟這位女巫或許過於害怕，不敢提供協助。如果今晚依舊無消無息，我打算再試一遍地圖的咒語，測試城堡的記號會不會移動，以證明是安諾許卡，但我極力避免嘗試第二遍就是因為自己實在很想那麼做，渴望得到那股能量的洪流湧入體內的感覺，一旦屈服在誘惑底下，我害怕從此無法回頭。

擔心歸擔心，或許我別無選擇。

我們在歌劇院的舞蹈教室排演，因為這裡的舞台和城堡演出場地大小相當，十幾位舞蹈學校的女學生暫時取代宮廷仕女的角色，蓬起的塔勒丹薄紗舞裙底下露出結實的腿肌，意味著累積了無數個小時辛苦的練習，這樣的舞步對她們而言絲毫沒有難度。她們難掩興奮的眼神，期待可能受到的關注，無論時間多麼短暫，這些觀眾都是舉足輕重的人物。

看著劇組成員趕工搭造一個鞦韆，預備讓我在假面劇的第二幕高居眾人之上，我心裡猶疑不定。

「妳只要輕輕地來回擺盪，」詹森先生解說。「展現女王的風采，嫣然一笑、俯視美麗的蒼生。」

「我沒辦法一邊唱歌一邊微笑。」我用力扯動鞦韆，確定它綁得夠牢靠。

「微笑可以用眼神，」他氣急敗壞地強調。「用儀態、用妳的靈魂！」

站在背後的母親朝他翻白眼，我咬住嘴唇避免笑出聲音。那一晚朱利安帶我出去冒險，善盡職守趕在午夜以前送我回家，改善了我們的母女關係，我終於有力氣重新討她歡心和青睞，而且就我所知，朱利安沒有對我們的去向透露隻字片語。「我的靈魂一定眉開眼笑，先生，」我說。「絕不會讓您失望。」

他用力拍手，小跑步離開，把其他演出人員趕到舞台旁邊等候。

「愚蠢的傻瓜。」母親呢喃低語，用力拉扯繩索，拉了幾下似乎還是不滿意，乾脆雙手抓住鞦韆，兩腳離地，親自測試堅固程度。「如果能夠支撐我的體重，妳就沒問題。」她說。「或許我們還是應該在妳身上綁一條繩子以防萬一。」

「別擔心，沒問題的，」我坐在鞦韆木板上。

「千萬要抓緊。」她把我的頭髮從耳後拉出來。「萬一摔下來受傷了，就是一場災難。」

「不會的。」我安慰她。

她依舊存疑。

「妳的感覺如何？」我改變話題。明天排練結束，接著就是吉妮薇最後一場告別演出。

「影響不及妳的想像，」她彎腰親我額頭。「每當妳上台，我就會活在妳身上。」

滑輪吱嘎作響，我被拉到半空中，幾乎跟廳堂中央的水晶燈同一高度，兩腳一蹬，開始來回擺盪。

「太用力了，」詹森先生大聲嚷嚷。「看起來像嬉戲的小女孩，不像儀態萬千的女王。」

我縮減力道。

「腳踝不要交叉！」

我依言而行。

「但也沒叫妳兩腿開開！」他大叫。「妳是女王，不是彼加爾區人盡可夫的娼妓！」

他的評論引爆母親怒火，她對詹森大吼，咆哮的內容聽不清楚，他臉色隨即發白。「拜託膝蓋貼在一起，卓依斯小姐，」他語帶責備，但口氣和緩許多。「以免春光外洩，被觀眾盡收眼底。」

他朝樂師點頭示意，他們開始演奏，我迅速地連吸好幾口氣，再次深呼吸，開口演唱。

第一小節我獨自站在舞台上，然後舞者從兩側魚貫而出，根本沒走幾步，詹森先生就喊停。「歌聲輕柔一點，小姐，」他告訴我。「這不是大劇院。」

我們重新開始，來來回回至少十幾遍，製作人不時大叫、指揮批評，執意要職業演員達到完美境界，才肯帶出那些沒有受過訓練的宮廷淑女，韃韆上的木板粗糙堅硬，坐到我屁股麻痺，腰背痠疼。

如果再試一遍咒語，城堡的印記會移動嗎，我在心裡納悶，萬一有所改變，我該怎麼辦？

「再一遍！」

地圖呈現的線索讓我大致猜出安諾許卡維持長生不老的方法，至於要怎麼進行下一步則毫無頭緒。我確信城堡的記號就是直到現在還有一口氣在的女巫本人，但這無法讓我揭穿她的真實身分，即便瑪麗知道她是誰，也不會自告奮勇透露，何況是對我。如果能夠拿到頭髮，或許可以施法汲取她腦中的記憶，然而自從第一次會面至今，幾乎不見她的人影，要拿到頭髮談何容易。

「妳說這叫一流表演？簡直是災難！再來一遍！」

我們終於不受干擾、順利演完第一幕，換來吝惜的讚美，詹森先生轉向母親激動地討論，我停止擺盪鞦韆的動作，背痛得不得了，用力嚥下胃裡莫名的不安感。

這些女人相互之間有什麼關連？島上這麼多人，安諾許卡為什麼選上她們？有可能是隨機挑選，但直覺告訴我不然，只要有特定模式，就可能預測下一位人選的身分，這將是巨大的進展。

傾身向後伸展痠痛的背脊，無意識地望著掛在左邊舞台上方的女子肖像，髮型和衣著年代久遠，感覺很不可思議，唯有一項熟悉的事物吸住我的目光。心臟一揪，我整個人挺直身體，從鞦韆上轉身凝視那幅年輕女子的畫像。

我放開一隻手輕觸頸間的鎖片，跟畫家筆下的一模一樣，但是當我瞥見畫框下方的名牌時，興奮之火在血液中湧流的感受實在無可比擬。

那個名字異常熟悉。

28 希賽兒

「這邊。」我壓低聲音，快步走向前廳入口，克里斯腋下夾著梯子匆匆跟在後面。

「如果在這裡被逮到會怎樣？」他問。「都沒有警衛巡邏嗎？」

「莎賓去引開他的注意力，再者，我們又沒做壞事，」輕輕關上房門。「只是我不想回答我們為什麼會出現在這裡，所以你最好小聲一點。」

坦白說，我最擔心的是萬一被母親發現我半夜溜出家門，她會如何對付我。運氣好的話，可能入夜以後就用鐵鍊把我拴在床邊，但就算這樣還是值得冒險，因為我實在找不出理由拿著梯子進來說要欣賞剩餘的肖像，但我亟須證實自己的懷疑是否正確。

克里斯架設梯子，我舉起煤油燈在室內繞了一圈，查看所有位於眼睛高度的畫像。地圖和人名表都在手邊，一一跟肖像底下的名牌相對照。「艾絲黛兒．佩洛特，」我舉起燈光喃喃自語，仔細看清楚她的臉龐。「找到一個了。」

克里斯匆匆靠過來。「她的項鍊跟妳一樣。」他說。

「我知道，還有依拉．賴娃，她在舞台左上方。」我指出方向，但是太黑看不見。「媽媽說這是家族的傳家寶。」

我們同時陷入沉默，這句話隱含的意味顯得太沉重。

「這些都是什麼人？」克里斯輕觸鑲金的畫框，開口詢問。

「大多都是著名的女演員，」我在艾絲黛兒的名字旁邊做記號。「有一些是女高音。」

「跟妳一樣。」

我點點頭，走向下一位，屋裡至少有幾十幅肖像——核對的工作要花很長的時間。

「希賽兒？」

他的語氣帶著疑問，但我還沒預備好要討論糾結在心底的答案。「我知道，」我回答。「我們先核對，結束再說……再來討論發現的結果。」

我們繞行一圈，再用梯子環繞一遍，就算踩著橫木爬上爬下異常費力，勞動的熱氣還是不足以驅除每一次找到跟清單相符的名字時，那股深入骨髓的寒氣。

直到我確信把兩百年來每一個名字和每一張肖像上的臉孔都查看過一遍之後，終於雙腳交叉、坐在大廳正中央，裙襬環繞在身旁，註記的名單放在地板上。「幫我倒一杯酒。」我兩眼發直，盯著無法否認的事實。名單上最後十個名字，都出現在大廳的肖像下方，每一位都戴著我的項鍊。

這意味著她們是我的祖先。

「給妳，」克里斯遞來一杯酒，我顫抖地握住杯子，灌了一大口，白蘭地的炙熱滑下喉嚨，可惜發揮不了穩定神經的作用。

「妳母系的祖先都死在她手下。」他坐在對面地板上。「為什麼？」

我放下酒杯，在他發問之前，答案已經呼之欲出。「因為血，」我從牙縫倒抽一口氣，巨魔預言的真實性清晰可見。「血緣關係對某些類別的咒語非常重要，因為這是人與人之間的聯結，她就是用這種方法做到的。」

「但這表示……」

「這些女人都是她的後代，還有，」我用力嚥下反湧上來的炙熱白蘭地。「我也是。」

我用力握緊拳頭，連鉛筆都斷成兩截。我還以為預言在說我會和崔斯坦合力終結安諾許卡的生命，但事實並非如此，它指出我是未來的受害者，根本不用做什麼——單單活著就能確保她總有一天自己上門來，找我延續永恆不朽的壽命。巨魔只要守株待兔，盯著我耐心等候就夠了。

這些日子，我一直以為自己擁有某些獨一無二的特質，才有資格承擔終結咒語的使命，這樣的想法真的很傻，其實只要是安諾許卡的後代都可以，我會被選上只是因為機率。

克里斯撿起折斷的鉛筆，伸手數了一下，在名字之間記下數字。「看起來有固定模式可循，」他說。「只有少數幾次例外，多數的死亡都間隔十九或三十八年，看不出背後的意義，但似乎是每一代都有一位雀屏中選。」

「外婆的名字不在名單上。」

克里斯鋪開捲起的地圖，指著我們還沒有機會調查的記號處，就在通往蒼鷹谷的路途上。

我拿起鉛筆小心翼翼地寫下外婆的名字和往生的年度，果然跟名單上最後一位相隔十九年，按照這個順序，安諾許卡最快動手是外婆去世十九年後，稍微算了算。「距離她下一次攻擊大約是六年後。」

「也可能更短。」克里斯警告。

「也有可能延長。」我暗自納悶，如果告訴苔伯特他要等二十五年安諾許卡才會找上門，不知會做何感想；換言之，等他得到寶貴的自由時，已經是步履蹣跚的老人了，他肯定很不高興。

而且她要找的不是我。

我一躍而起，舉起油燈走向母親的肖像，畫作時間是好幾年以前，那時她青春年少，也還沒給我這條項鍊。我顫抖地觸摸畫布上的金色油彩。她下一個目標不是我，是母親。

「妳要告訴巨魔下一位被追殺的是吉妮薇？」

「不……不……」不行兩個字黏在喉嚨出不來，履行諾言的急迫性幾乎跟呼吸一樣如影隨形。「一旦說出去，他們肯定先下手殺她，藉此斷絕安諾許卡延長壽命的可能性，連帶解除咒語的束縛，但如果是我，做法必定不同，崔斯坦這張保命符讓國王投鼠忌器，頂多把我拖回厝勒斯，讓女巫無法下手，他自己不會殺我。」

克里斯仍然存疑，但我確信即便國王虧待崔斯坦，依舊虎毒不食子，不會冒險殺他，國王這麼做，只是因為他相信崔斯坦必須變成某種類型的男子漢才能統治巨魔。儘管我從未原諒他，也不全然理解他虐待兒子的理由，但很確定國王一定會不計代價讓崔斯坦活下去。

莎賓的嬌笑傳入耳中，伴隨著守衛低沉的笑聲，我們匆忙躲進大廳另一頭的窗簾後面。油燈一滅，門就開了，兩對腳步聲走進來。「我就說是你幻聽，」莎賓揶揄。「除非劇院鬧鬼，裡面根本沒有人。」

「怎麼有梯子在這裡？」

「大概是要挪出空間懸掛希賽兒．卓依斯的畫像，你應該聽說了吧，下一季開始就由她獨挑大梁？」我對莎賓了解夠深，才聽出她很緊張。「嗯，你剛不是說要帶我參觀前面的沙龍？我迫不及待想去看一眼。」

「像妳這麼漂亮的女孩，想去哪裡我都樂意奉陪。」守衛色迷迷地說。

莎賓咯咯嬌笑，我忍不住翻白眼，但是聽見房門一開一關的聲音，還是鬆了一口氣。

我們把梯子留在原處以防守衛回來，躡手躡腳穿過走廊，從員工出入口離開。

「莎賓約在這裡碰頭。」我從斗篷口袋掏出保暖手套。「我們必須想辦法——保護我的母親。」

「希賽兒？」

我嚇一跳，猛然轉過身，恰巧和克里斯撞在一起。「佛雷德？」

哥哥從陰影底下走出來，黑馬跟在後面。「妳深夜在這裡做什麼？」

他為什麼在這裡？「我不認為這跟你有關係，」我的語氣出乎意料地尖銳。「你說得非常清楚，不想跟我的胡思亂想扯上關係。」

他皺眉。「我不是故意的，當時我氣昏了，而且……妳是我妹妹，希賽兒，無論如何我都要保護妳。」

心中的緊張從肩頭卸下，聽他這麼說，讓我如釋重負。失去哥哥的善意和信賴讓我深感懊惱，現在重修舊好對我來說意義非常重大。漆黑中火星一閃。「很高興聽你這麼說。」

「我送妳回家好嗎？」他問道。「順便跟妳討論某些事情。」

我不想回去，好不容易溜出門，很需要跟朋友討論今晚的發現，但又不忍心婉拒哥哥的好意，只能點頭接受。

我們往大街走去，克里斯作勢要跟上，佛雷德卻突然發脾氣。「我想跟自己的妹妹私下聊一聊，難道你還要監聽？」

克里斯舉起雙手做防衛狀。「對不起，我只是……」

「沒關係，」我凝視朋友的眼睛。「你去等莎賓，確保她安全到家，黎明時我們一起去騎馬，那時再討論。」

克里斯沒有爭辯，逕自走回員工出入口，受傷的神情清晰可見，直到離開聽力範圍之外，我才開口。「我若不知道你們曾經是好朋友，實在很難從你對待他的方式看出你們有交情。」

「我來崔亞諾快五年了，」他低聲回應。「人情世故自然有所改變。」

「因此你有權利這樣對待他，比對待陌生人還不如？」

「我不信任他。」

我幾乎停住腳步。「為什麼不？」再沒有比克里斯多夫・吉瑞德更值得信賴的朋友了，渾身沒有一根虛假的骨頭。

「因為他的動機讓人費解，」佛雷德拉起斗篷的兜帽。「為什麼要幫助妳釋放那些怪物？這麼瘋狂的計畫對他有什麼好處？」

「因為他是我的朋友，」我試著壓抑湧上心頭的怒火。「再者他們不是怪物。」

「對，絕不可能是因為他們提供誘人的黃金。」佛雷德諷刺地猜測。

「不。」我猛力搖頭，完全拒絕考慮這個可能性。

「希賽兒……」他氣急敗壞，似乎懊惱得說不出話來。「這是巨魔的技倆，藉此控制島嶼——用錢收買人心，如果有任何人想要干預，就雇用殺手斬草除根。」

「你怎麼突然變成專家，了解他們的習性？」

「遠超過妳的想像。」他停住腳步，牽馬過來擋風。「希賽兒，我跟艾登爵士談過……」

「你說什麼？」怒火驅走刺骨的寒意。「佛雷德，你承諾要保密。」

「可以聽我說嗎？」他彎著腰和我四目相對。「是他主動找我，顯然早就知道妳和他們的一切。攝政王一直都知情，只是不敢輕舉妄動，擔心巨魔的間諜告密，他們只要稍有怠慢，犯點小錯就可能遭來滅門的災禍。」

我用力吞嚥口水，別開目光。

「他們了解這不是妳的錯，」佛雷德說道。「更樂意幫助妳，艾登爵士說他有辦法幫妳掙脫尋找女巫諾言的束縛，讓妳順利抽身，返回蒼鷹谷，妳只要跟他聊一聊……」

「不，」我聲色俱厲，諾言的法力掌控了我的思緒，讓我內心充滿陰暗的暴戾之氣。「我不許你干預，他們也不可以介入。」

佛雷德倒退一步，撞上坐騎。「希賽兒？」

我低下頭，駭然發現手裡竟然握著匕首，刀尖朝外。「對不起。」我鬆開手指，任由刀子掉進雪地。「對不起，佛雷德克，你還是別管我吧。」

腳跟一轉，我和他分道揚鑣，朝反方向而去，走得又喘又急，感覺無法控制自己——企圖傷害哥哥的自己就是證據，這一點讓我開始懷疑，打從沙灘上那一夜之後的每一個決定和行動，有多少是自己的意願，多少是魔法的影響？巨魔國王究竟想要怎樣？恐懼滲入心底，讓我忐忑不安，擔心自己是否會無所不用其極，甚至泯滅人性？

一隻手臂環住我的脖子，混合著藥草和魔法的溼布摀向口鼻。

「對不起，希賽兒，很抱歉這樣對妳。」哥哥湊近我的耳朵低語。「唯有這麼做才能夠救妳。」

之後我便失去意識，昏了過去。

29 希賽兒

我不是猛然驚醒，而是緩慢、艱辛地爬回意識層，最後恢復神智。頭頂傳來雜沓的腳步聲，對著地板裂縫連連眨眼睛，半晌才領悟自己趴在地窖塵土中，手腳被綁，嘴巴被布條塞住，想吐又吐不掉。胃裡一陣噁心，眼眶跟著泛出水珠，鼻水直流，連呼吸都費力。臉上涕淚縱橫，鼻涕滑下臉頰，感覺很可怕，但很符合這種環境。

哥哥背叛我。

即便他深信這麼做對我最有利，仍然無法紓緩那股受傷害的感覺，他不只剝奪我個人選擇的自由，更讓我不能做自己認為正確的事情。我是崔斯坦僅有的希望，而混血種改善生活的希望都寄託在他一個人身上，就在即將面臨巨大突破的轉捩點，偏偏受困在這裡，所有的努力都付諸流水。

頭頂傳來重物在椅子上移動和另一個人踱步的聲響。氣氛靜悄悄，沒人開口說話，唯有狗尾巴拍打地面的喀喀聲，讓我察覺自己所在之處。我盡可能抬起頭，凝視漆黑的地窖，上方光線模糊，熟悉的桌子和架上的雜物隱約可見，心情跟著沉到谷底。這是凱瑟琳家的地窖，是她運用魔法讓哥哥得以制伏我，這個背叛的打擊更大。

我忍不住納悶她是否打從一開始就在要我，和莎賓偶遇、最終引我上門。這不是巧合，而是精心的布局，她用精湛的演技演出一場戲，目的在博取信任，然而真是這樣的話，難道哥哥一開始就涉及這場騙局？他說攝政王向來心知肚明，那又何必浪費這麼多力氣，直接逮補我、逼我供出一切，不是更輕而易舉？

佛雷德說他們想要幫助我擺脫巨魔掌控，意味他們希望把巨魔繼續關在山底，如果攝政王真的希望這樣，乾脆把我殺了不是更輕鬆？有什麼理由容許我活著妨礙他們？

後門再次開啟，地板響起沉重的腳步聲。

「大人，我以為你會早早出現。」哥哥的嗓音令我渾身一僵，我豎起耳朵聽，確信他指的是艾登爵士。

「我得確認沒有遭人跟蹤，巨魔一旦發現她失蹤，島上間諜一定會全員出動，搜尋她的下落。魔法書在她身上嗎？」

「除了那本書，還有一張紙，註記人名和日期。」哥哥回答。

「很好，沒有它，我們無能為力。凱瑟琳，我相信妳有採取預防措施，確保她不能利用魔法和朋友連繫吧？」這嗓音聽起來很熟悉，應該是我認識的人——至少以前聽過，但是在哪裡聽過？

「她手腳被綁，嘴巴塞著布條，」女巫淡定回應，「以她嬌小的身材，咒語的效力應該會讓她睡上好一陣子。」

「魔法不致傷害她，對吧？」佛雷德問道，我含著布條皺眉，納悶他動手之前是否想過這一點？「為什麼將她留在這裡？你說要幫助我妹妹，不是把她拘禁在彼加爾區的地窖裡。為什麼不帶去城堡？」

「那裡人多口雜，太多眼睛，況且你沒有權力質疑我的決定。」艾登爵士斥責道，語氣的轉變讓我認出他的嗓音——他就是國王的信差。謎底揭曉，讓我突然領悟國王對收回小島掌控權的計畫自信滿滿的原因，他已經控制了攝政王的繼承人，但是艾登爵士在玩兩面手法，國王似乎過度自信。

「你另有職責，應該回去報到，卓伊斯。她的朋友肯定會到處搜尋，第一個就會找你打聽，你的說詞要有說服力。」

「我不要把妹妹丟在地窖裡。」

「如果你真心在乎她的生命，就應該照我的話去做。」艾登回應。「我們若要找出那個女巫，幫你妹妹擺脫巨魔掌控，就必須盡快採取行動，避免勾起他們的懷疑。」他不知道安諾許卡的身分和下落……

佛雷德默不作聲，我祈禱他不會離去，結果不然。「請好好照顧她。」他嘀咕一句，門開了又關上。

失望從肺腑深處湧出，我勉強壓抑，強迫自己專心聆聽艾登爵士和凱瑟琳的對話。

「她用那本書追蹤安諾許卡嗎？」佛雷德一走，他立刻質問。「巨魔國王在沙灘上將魔法書交給她——意義顯然非同小可。」

「如果真是她的東西就很重要，」凱瑟琳回應。「看起來很古老，又是用北方文字做註記，應該不是湊巧，但要等我施過咒語之後才知道。」

「現在確認，不能再浪費時間。」

「先除罪，」凱瑟琳回答。「這是我們講好的條件，大人，我要恢復以往的生活，要你母親了解真相。」

「不要扯上我母親，她對巨魔一無所知，我希望保持原狀。」

錯，我確信瑪麗知道巨魔和安諾許卡的存在，只是不敢確定艾登爵士是被蒙在鼓裡，還是蓄意說謊。我本以為攝政王一家人同謀，或許我錯了，搞不好他們各懷鬼胎、相互欺騙，跟崔斯坦家族一樣。

「不管是否出於自願，你的母親已經被牽扯進來。安諾許卡早就活躍在宮廷裡，只是冒用他人的身分，因為是她把靈藥交給你父親。雖然她要活著，咒語才能繼續生效，但不表示她可以逍遙法外、不受懲罰。」

「我的母親不和女巫為伍。」

「她就曾接納我，也跟希賽兒有來往。」

艾登靜默半晌。「她不是蓄意庇護安諾許卡——那樣風險太大，如果被巨魔發現我們暗中唱反調……不，不能把我母親牽扯進來，不許妳跟她談起這件事，我也絕口不提。」

「你沒告訴父母，對嗎？」凱瑟琳笑意盎然。「他們完全不知道你陷得這麼深，淪落到幫巨魔國王打雜跑腿、聽候差遣。歷代以來的攝政王都小心翼翼、如履薄冰地走在安撫和拘禁巨魔的界線中間，獨獨你因為天性貪婪，把王國的鑰匙雙手奉上。」

「妳已經僭越分際了，法辛夫人，別忘了我對妳的感激早在很久以前就磨光了，再者，如果計畫成功，我的成就將會超越歷代的攝政王……」他頓住。「妳有聽到聲音嗎？該不會是卓伊斯在屋外徘徊……」

頭頂傳來雜沓的腳步聲，隨後是死命掙扎的叫囂，突然傳來一個熟悉的嗓音。「放開我！」

是莎賓。

艾登爵士連聲詛咒，奮力制伏我的朋友，我屏息以待，擔心她受到傷害。「打開地窖，看來暫時只能把她關在這裡。」

活板門被掀開，我趕緊閉上眼睛，免得他們發現我已經清醒了。傳來一陣砰砰下樓的聲音，緊接是莎賓被推倒在地，嘴巴被塞住，嗚咽啜泣，含糊地喊著我的名字。直到活板門闔起，我才睜開眼睛，用膝蓋頂她示意。

光線從地板縫隙射下來，模糊不清，但已經足以讓我看見她如釋重負的表情。我猛然抬起下巴點兩下，仔細聽。

「妳現在明白為什麼時間是關鍵了嗎？」艾登說道。「這個女孩不會是第一個出來打聽的——那個馬廄小廝應該也在探頭探腦，他曾經和巨魔有所接觸，一定會去跟他們求助。」

「先赦罪，我才施咒，很快地我們就會知道多方急於尋找的女巫的真實身分。你需要我的程度遠比我需要你更多，大人。請記住，沒有我的幫助，」她咬牙切齒，「你使喚不了希賽兒。」

「妳為何在乎她？」艾登問道。「她不過是另一項工具。」

「我同情她，」凱瑟琳回答。「巨魔強行綁架她，隨後用感情脅迫，逼她同意這項交易，你忘了我曾在厝勒斯親眼看到她徘徊在鬼門關外——她受了太多煎熬和痛苦了。」

艾登哈哈大笑。「妳太抬舉她了，凱瑟琳，她很關心王子，這一點非常肯定，還把他們當朋友看待，希望他們得到自由。」

「我不認為她希望那樣，至少在內心深處，」凱瑟琳說道。「真是那樣，巨魔早就自由了。」

「妳在暗示她沒有盡力？」

「我相信誓言不會容許她怠惰不盡力，不過這不是我的意思。」

我脈搏加速，渾身肌肉緊繃，期待接下來的內容。關於咒語的事，我知道她有所隱瞞，現在謎底即將揭開，只能祈禱不會太遲。

「想想他們對她做的事，巨魔沒有虐待她，也沒有把她當囚犯對待，反而把她嫁給英俊的王子，變成尊貴的王妃，用盡辦法讓她墜入愛河。當我看到巨魔國王那一瞬間，立刻知道他比你認定的更加精明且複雜。」凱瑟琳提醒道。

「那又怎樣？」艾登追問，我也有同樣的疑問，想到自己的感情遭人玩弄、操縱，胃部糾成一團。難不成國王早知道我會為崔斯坦傾心？他也愛我？更慘的是，我們連感情都被他操弄？

「詛咒是決心的展現，」凱瑟琳解答。「決心，加上想要達成目標的強烈渴望當燃料，再以魔法作媒介。」椅子摩擦地板，可以想見凱瑟琳傾身向前的身影。「反之想要破除咒語也是這樣，決心像大鐵鎚鞭策一個人前進，力道就是魔法。」

我木然以對，額頭貼著地窖的溼土，無法迎視莎賓徵詢的眼神。發現自己在預言裡面只是誘餌的角色已經很不舒服了，現在這個打擊更糟糕。原來國王早就預料和崔斯坦聯結會讓我動心，愛情會給我破除咒語的決心？被利用的感覺非常噁心，彷彿相愛不是個人的選擇，而是更大計謀的一部分。

「有趣的論點，」一分鐘後他出聲回應。「只不過她對巨魔的感受對我來說不重要，重點在於她是王子衷心所愛的女孩，是他告訴我諾言的漏洞所在，孤注一擲，希望我能助她一臂之力。我會的，但他要付代價。」

噢，崔斯坦。淚水從鼻尖滑落。

「她承諾說：我會竭盡一切努力尋找並且把她帶來這裡。」他近乎歇斯底里的笑聲讓人忍不住畏縮。「希賽兒不曾踏入厝勒斯的範圍，承諾中的這裡就是她所佇立的沙灘，在厝勒斯界線以外。」

即便受到劇痛煎熬，崔斯坦仍舊聽出諾言的漏洞所在，他練就一輩子的功夫在扭曲文字、搜尋言外之意，讓我可以在不破除咒語的狀況下、擺脫諾言的拘束力，還試圖找人通知我。而今這個傢伙卻想利用這一點來反制他。

「所以你打算找出安諾許卡、帶到沙灘上，再讓她毫髮無傷地離去。」凱瑟琳嗓音喑啞，沒有抑揚頓挫，但我曉得她非常生氣。她想報復安諾許卡的陷害，而這一點並不在艾登的計畫範圍。

「看到那個魔鬼發現自己被耍的滋味一定很美妙。」他起身踱步。「瞧，凱瑟琳，妳不必擔心希賽兒的安危，因為她是全世界最貴重的資產，掌握她，就是掌控崔斯坦王子。」

不，不，不！

「混血種再一次和他結盟，謠傳還有很多人希望他登上寶座，相信我，他打算殺死國王篡奪王位，我當然樂見其成。」他狠狠吐出最後一句。「苔伯特一死，年輕時草率許下的諾言就會失去拘束力，有希賽兒在手裡，崔斯坦就必須聽我指揮，我便得以控制巨魔。」

巨魔暴君換成凡人專制，換湯不換藥。

「安諾許卡呢？」凱瑟琳再次進逼。「她要如何處理？」

「我會放她走，」他說。「她靠自己的力量倖存這麼久，應該還能活上好幾個世代。」

「她有罪，應該要受到懲罰才對。」

「重點不在懲罰，」艾登說道。「是她讓我們免於巨魔的侵擾，因此不能動她一根寒毛，瘋子才會去激怒她。」

凱瑟琳不發一語，不難想像這番話對她而言像是難以下嚥的苦藥，一字一句都是不容辯駁的事實。

「事成以後，妳就可以免除死罪，」艾登說道。「屆時父親別無選擇，必然同意妳的要求。我們需要妳控制希賽兒，讓她乖乖聽話。」

上面靜默無聲。

「好吧。」凱瑟琳終於回應。「我會照做，不過施法之前要先準備材料，你去應付她另一個朋友，日落前一小時在這裡會合，那時再開始。」

「我會準時到，別想和我作對，女巫。」後門開了又關，摔門的力道撼動整間店舖。

日落前一小時……這是我僅有的時間，不只要逃出這裡、拿回魔法書，還得找著安諾許卡，萬一失敗，我所關心的每一位朋友就得承擔難以想像的代價，包含崔斯坦……。

30 崔斯坦

混血種微微落後一段距離，我抓住寶貴的空檔回房更換手腕的繃帶。蜿蜒的長廊似乎在周遭浮動，大理石地板光可鑑人，我卻差點絆倒，兩隻腳重得像石頭般不聽使喚。

捲起衣袖，繃帶解開到一半，這才發現房間還有別人。

「哈囉，崔斯坦。」

我把繃帶塞回原處，徐徐轉過身去，戴著安蕾絲面具的萊莎橫躺在床鋪上，一手支著頭。

「出、去。」我說。

她噘著下唇，「太倉促了！」

「出去，」我重複一遍。「不然我就動手，動作不會太輕柔。」

她唇間溢出冷酷的笑聲。「你辦得到嗎？」她坐起，下床朝我而來，停在一步之外。「容我大膽說一句，你看起來很虛弱，」她瞄了一眼臂環和繃帶，再次抬起眼。「真是慘絕人寰的虐待。」

我不予置評，她知道我已經識破她的技倆了嗎？或者依舊試圖要偽裝成安蕾絲的身分？

「妳要做什麼？」

萊莎嫣然一笑，嘴角微彎的模樣熟悉得讓人想要扯下她臉上的魔法。「等一下再說。」

她拉近距離，與我相隔幾吋而已，這讓我頭皮發麻、渾身起雞皮疙瘩，但我不想退後示弱，讓她稱心如意。

「你現在進退維谷，處境艱難，如果沒人幫忙，很可能小命不保。」

「我不需要妳的協助。」

她仰頭大笑。「你或許需要，希賽兒承諾要找到安諾許卡，這是國王畢生的願望，他會不眠不休地督促她，萬一失敗，希賽兒必定進墳墓。你答應為混血種建造石樹，坦白說，人要活著才能達成這個使命，偏偏希賽兒有時間壓力，這也意味著你時間有限，必須日以繼夜地工作，無法喘息，這麼一來肯定會耗盡所有的能量，何況還有這些鐵鏽扯你後腿。國王的願望促使希賽兒著魔般地搜尋，你又被迫不眠不休地工作，國王既不希望你達成任務，只會更急著破除咒語，這樣的狀況會不斷循環下去，」她慢慢繞了一圈，信步走回原點。「直到有人斷氣。」

「少說廢話。」

「死的不一定要是你或希賽兒，」她仰起頭。「也可以是他，畢竟他才是罪魁禍首。」我假裝之前都沒想過，現在才茅塞頓開的模樣。「好個忘恩負義的答案，可惜謀殺父親只會拖延時間，結果依舊無可避免。妳心知肚明羅南是王位繼承人，一旦加冕之後，我無法想像他會容忍我苟延殘喘，傻瓜都看得出來這個陰謀妳是最大的獲利者。」

「我們可以雙贏，」她語氣放緩，繼續說服。「沒有人希望羅南登上王位，我也一樣。」

「妳是他的未婚妻，」光這麼說就覺得噁心。「而且妳說錯了，至少公爵希望他登基。」

「婚約可以解除，盟友關係可以重締，要說服他支持你當國王並不困難，」她的手指頭在我胸口畫圈圈。「只要你答應另娶新王妃。」

她的建議讓人退避三舍，嫌惡感卻令我渾身僵硬、無法動彈。一定是鐵鏽或什麼東西讓她頭殼壞掉、精神失常，否則再大的野心都無法讓人淪落到這種地步。「妳瘋了。」我沙啞地擠出這句話，退後一步躲開她的手。「妳是哪裡有問題才會想出這種提議？」

她的笑臉有些掛不住。「不久前你並不反對。」

這場鬧劇演夠了。「跟安蕾絲或許可以，但不是妳。」魔法如利爪，一把扯掉她臉上的面具，迫使她踉蹌倒退。「永遠不可能。」

她恢復平衡，悍然抬起頭直視我的眼睛，像發狂的野獸、暴怒地齜牙咧嘴。室內氣溫猛然上升，瓶瓶罐罐和燈盞都在巨大的壓力下搖晃擺動，皇宮地板在腳底下顫抖，架上的書籍紛紛墜落，牆上的畫也抵擋不住。

我沒有嘗試阻止，而是當面嘲笑她。「如果殺了我，想想父親會怎麼對付妳？」

四周震動戛然而止，萊莎的表情恢復虛假的冷靜。「我不想要你的命。」

「騙人。」

她翻白眼、吐了一口氣。「真要這樣嗎？因為我能說謊，你就不肯相信我說的任何一句話？」

「不，」我說。「問題在於我不信任妳。」

室內溫度隨著我的回答開始冷卻。

「無論信與不信，都是實情，我不要你的命，只要你理性。」她抬腳似乎想往前，隨後又明智地留在原處。「難道你不明白嗎？只要聯手，我們將擁有一切。殺死父親易如反掌，安哥雷米深信他女兒將變成皇后，肯定支持你對付羅南，如果不肯……」她聳聳肩膀。「就殺了他。羅南也一樣。少了你弟弟，厝勒斯的明天會更好，只要我們聯手，勝券在握，沒有人敢與我們為敵。」

「妳是我妹妹！」再多的邏輯、理由、承諾或權力都不能抹滅這個事實。

「不必告訴別人。」

我全身僵硬，暖和的溫度驅不走嫌惡造成的冰冷。「就算瞞得了別人，但我知道！」我對著她尖叫。「妳也知道！」

她連畏縮的反應都沒有。「如果是因為希賽兒，別擔心，我不在乎你帶她返回厝勒斯收作情婦，畢竟你們聯結在一起，而我們的關係純然出於政治考量。」

從眼神看得出來她是真的不在意，就算憎惡這種違反倫常的計畫，她依舊能夠拋開個人情緒、一心追求權力，甚至更進一步，絲毫不以為意，只求當上皇后，其他都不重要。

「妳為什麼如此渴望追求權力？」話一出口，我也不明白自己為何要問這個問題，或許是因為面對面，而且這是萊莎第一次為自己發言，共有的血緣讓我們相似的程度不容置疑。

我一直都知道她是我妹妹，只是很少有機會對話，我不曾接近，更不曾試圖了解她。即便在童年時期，我就知道她被視為家族的恥辱，必須刻意忽視。等我長大、開始叛逆、敢於違抗傳統的時候，已經深陷偽裝計畫裡，故意敵視所有的混血種，不屑一顧。

棄絕她的不只父親一個人，還有整個家族，或許在厝勒斯城裡，她比任何人都能夠體會擁有人類血統的巨大代價。對此，我有所虧欠，應該給她機會證明在她一心要坐上皇后寶座的醜陋計畫背後，還有一些單純良善的理由。

「理由還不夠明顯嗎？」她的聲音細微到幾乎聽不清楚。「我被家族拋棄、廉價售出當奴隸，只因為母親身上有少部分人類血統，我的另一半莫庭倪血緣則完全不是重點，私生女的身分等於貼上家族恥辱的標籤。我本應該貴為公主，卻淪落成奴僕，天天伺候別人，」她的語氣激動顫抖。「做我自己，只會永遠被人排拒，成為了安蕾絲，要什麼應有盡有。娶我當皇后吧，我將是你最強的盟友。」

果然有其父必有其女，萊莎的這番話完全抹除我心裡還存有的任何疑慮。驅策她追求皇冠的理由與良善無關，她不想改變厝勒斯，讓自己親身經歷的痛苦不在另一個孩子身上重演；她也不想證明混血種存在的價值跟純種巨魔一樣，這些都不在她考量的範圍。我所看到的就是她痛恨自己身上屬於人類的那部分，比父親、安哥雷米、也比我更甚。她怪罪那是她受苦的源頭，偷竊安蕾絲的臉孔不只想要愚弄別人，她是真心想要變成另一個女人。

萊莎熱心追求權力，不是要推翻人類血統加諸在身上的限制，而是要創造一種環境，假裝這些限制不存在，因為那些將不能適用在她身上，她所關心的只有自己的福祉，別人死活和她毫不相干，類似的統治者在厝勒斯已經見過太多了。

「不，」我搖頭以對。「再說一千遍還是不，我不要跟妳的失心瘋扯上任何關連，相信我，我會盡己所能確保妳和皇冠無緣，這麼做跟私生女的身分、也和人類血緣無關，」我向前一步，幾乎跟她鼻尖相對。「而是因為妳根本配不上！」

萊莎的臉龐血色盡失。「你不該口不擇言，崔斯坦，真的不應該這麼說。」我還來不及眨眼，火圈就環住脖子，把我往上吊起，兩腳離地。我措手不及，沒有反應的機會，難以呼吸。

她再次戴上安蕾絲的面具，嫣然一笑。「我要讓你後悔莫及、付出慘痛代價。」

31 希賽兒

莎賓使出全力，五官扭曲在一起，吐掉塞住嘴巴的布條，蠕動地靠近，咬住堵著我嘴巴的布條邊緣，往後移動，終於幫我把布條扯掉。

「妳有受傷嗎？」她問道。

「沒有。」我低語，嘴巴麻木，口乾舌燥。「佛雷德在幫助他們——凱瑟琳教他咒語，讓我睡著。克里斯在哪裡？」

莎賓臉龐繃緊。「他去找佛雷德打聽，希望查出妳的下落。」她靠過來，利用微弱的光線審視我的臉龐。「噢，希賽兒，聽見他們的計畫了嗎？我們該怎麼辦？」

我一邊思索，一邊徒勞無功地舔著嘴唇，希望多少滋潤一點。聽到艾登想利用我操縱崔斯坦的計畫，我立刻火冒三丈，這傢伙跟巨魔國王一樣卑鄙。「我需要思考。」

艾登痛恨荅伯特——這一點顯而易見，他跟巨魔許下承諾，自己又後悔莫及，了解唯一的脫身之道是殺死國王，但只有崔斯坦能夠幫他達成這個目標，如果他活著的話。偏偏崔斯坦的性命懸在一線間，是死是活就看我能否完成對國王的承諾。

若要計畫生效，艾登就得幫我鑽漏洞，掙脫國王承諾的束縛，一旦國王死掉，下一個目標就輪到崔斯坦，艾登必然不計代價要割開我的喉嚨，但他何必冒險？除掉崔斯坦，還有別的巨魔掌權，無論對方是誰，總是一個未知的變數，倒不如讓我淪為階下囚，苟延殘喘活下去，這個計畫更好，一箭雙雕。

只要能夠及時脫身，我也贊成。「我們必須逃走，」我小聲說。「必須警告克里斯，再把魔法書搶回來。」

只要能逃走，制伏凱瑟琳，拿回魔法書，就可以再一次利用地圖施法。我得搶在艾登發現之前爭取寶貴時間，追蹤女巫的下落，同時好好運用那個漏洞。計畫不算盡善盡美，但奪回掌控權至少是我目前最需要的。

「翻身，」我低語。「我們必須想辦法解開繩索。」

我們在塵土中蠕動身體，翻來滾去，直到兩人背對背。我率先摸到莎賓手腕上的繩結，解來解去，難度超乎我的預期。眼睛看不見，只能單憑麻痺的手指頭和光禿禿的指甲奮力對抗完好的繩結。

莎賓察覺我的挫折感，撥開我的手。「讓我試試看。」

她靜靜地努力，唯有顫抖的身體和溼潤的手心顯示出心底的焦慮和恐懼。我想安慰她，頭頂上方卻突然傳來凱瑟琳的腳步聲，莎賓渾身一僵，我微微挪開，以防女巫決定下樓來查看，幸好開的是後門，不是頭頂的活板門，不久便聽到關門上栓的聲響。

「她走了！」莎賓聲音發抖。

「快點，」我嘶聲提醒。「我們必須追上她！」我相信她會隨身攜帶魔法書，交給別人保管太危險。

莎賓使勁拉扯我手腕的繩索，鬆脫時發出勝利的歡呼。雙手重獲自由，我轉而對付腳踝的束縛。

「快走！」看我可以自由活動，莎賓大聲嚷嚷。「快去追她，我沒事。」

「不。」不能把被捆的朋友丟在地窖不管。我趴在地上，用門牙咬住她手腕的繩結用力拉扯，顧不得下頦疼痛，直到死結鬆弛，再用指頭插進去解開。

「腳踝我自己處理，快去警告克里斯。」她催促我離開。

我衝上樓梯，掀開活板門，躲躲藏藏閃到店鋪前方，開門跑到大街上，路上有很多行人，獨獨沒有凱瑟琳的蹤影，她不可能走遠，她說要找材料，頂多去市場尋找。我一手拎起裙襬，邁步快跑。

⚜

顧不得別人好奇的眼光，我像瘋婆似地在大街上狂奔，找遍想得到的每一個地方，但凱瑟琳依舊蹤跡杳然。我氣喘吁吁坐在人行道邊緣，心想應該做個決定。除了尋找凱瑟琳，我還學到一件事情：破除咒語還有其他辦法，只要我的決心夠堅定。

我絞盡腦汁思考，不是用理智思索，而是探詢內心深處——我真的希望巨魔被釋放嗎？如果是，就得努力破除安諾許卡的詛咒，如果不是，就要屈從艾登爵士的計謀、按字面履行對國王的承諾，接受可能的後果。我把正反兩面、成敗優劣仔細斟酌了上萬遍，一面是可怕的已知，另一面是駭人的未知，兩難的抉擇。

如果我屈服，被詛咒的巨魔將永難翻身；假如釋放他們？世事難料，人類或許要付出慘痛的代價，又或者我所看到巨魔善良的一面也可能戰勝，終究順利解決這一切。或許我所信任的朋友擁有足夠堅定的信念，足以改變這個世界。

做決定吧。

我抬頭挺胸，站起身來，果斷地走向城門。

憑著信心向前邁進。

「那頭多少錢？」我指著飼養場的老牛問道，特意拉起兜帽遮住臉龐，背對午後的陽光。

老闆揚起眉毛，隨口報了一個驚人的價碼。

「這個價錢太扯了，」我嘀咕。「那頭牛活不過一年。」

他聳肩以對。「肉就這麼貴。」

我咬住唇，自知掏不出那麼多錢，更沒有多餘的時間籌資，只好不情願地解開項鍊，遞給對方——這條項鍊代表死亡，不該再戴在身上。

「這是純金的，」我說。「遠遠高過你要的價碼。」

這個商家經驗老到，沒有露出過多反應，但他打量項鍊的眼神充滿貪婪。「讓我看看。」

我把項鍊放進他掌心，他掂掂重量，點頭成交。

我朝插在木頭上的斧頭努起嘴巴，補了一句。「包括那把斧頭，外加一盞燈。」

他驚訝地拱起雙眉，點頭同意，我給的金子已經足以讓他閉上嘴巴。

✾

抵達沙灘時，橘紅色的夕陽餘暉染紅海面，怒號的海風冰冷刺骨，灰色波濤隨著漲潮捲向沙灘。我牽著老牛走向潮水邊緣，不論成功與否，選擇這裡是因為海浪會捲走所有痕跡。祭物大小影響法力多寡，因此我才會選上這個在我能力範圍內最大的物體。安諾許卡殺了巨魔國王，而我無論犧牲什麼都比不上，只能靠魔法彌補兩者的差異。為了舉行儀式，我精心布置現場，但願能夠從大自然的元素裡面汲取最大的能量，如果是月圓效果更好，但時機緊迫，只能選在日夜交替──日落的時刻。

我把公牛繫在枯樹上，迅速籌備施咒所需的物品，收集枯枝和樹葉，在距離潮汐十呎高的地方圍成圓圈，蓄意灑了一些煤油在上面。踢掉靴子，牽著公牛進圓圈，任由海風吹亂頭髮，注意力全放在牛隻身上。牠為人類操勞這麼多年，看起來瘦弱又疲倦，如今同情心改變不了我的決定，我現在只能勇往直前、不能退縮。

魔山矗立在南方，一片看過去，它比其他山巒更高，似乎遠在天邊，又像近在眼前。夕陽逐漸沉入海面，潮汐往上湧起，我把指頭插入潮溼的沙子裡，聚集大地的能量，感覺它湧入體內。就在橘紅色的圓球觸及魔山山頂的瞬間，我在枯枝上點燃火苗，火牆圍繞成圈，我從眼角餘光看見海浪分開兩邊，繞過圓圈、湧上沙灘，公牛不安地移動，眼裡露出恐懼。

「別動。」我低語。即使狂風呼嘯，公牛倒是安靜了下來。

充斥體內的魔法顯得美好純淨，但我知道這樣不夠，一點都不夠。

雙手舉起斧頭，感覺非常矛盾，明知這樣是錯的，但我非做不可。

我用力一揮。

鮮血四濺，公牛倒地不起，立刻斷氣，我也跟著跪倒在地。

那是一股非常強勁的法力，原始而狂野、漫無目標，聽憑我的意志指揮。淚水湧入眼眶，最後一抹夕陽的餘光亮得刺眼，但我不敢眨眼，甚至不敢移動分毫，那股力量太大，痛得難以承受，人體盛載不了。

只能放手。

鬆手之前我必須先喊話，給它一個目標。「終結安諾許卡的詛咒，釋放巨魔得自由。」

心願相左的兩個人意志力相互碰撞，安諾許卡非常震驚，影響所及撼動整片大地，若不是我已經跪在地上，還會再跌一跤。波濤洶湧翻騰，水花四濺，火焰嘶嘶作響，我和她形成拉鋸，即便身體疼痛疲憊，依然奮戰不懈……

但終究落居下風。

浪濤澆熄火苗，衝擊背部，讓我往前撲倒，冰水淹沒我的頭，捲起衣服把我拉入海裡。我猛烈地咳嗽、吐出海水，手腳並用地爬離大海，疲憊地縮成一球，挫敗和失望的打擊幾乎難以承受。

原來安諾許卡不只運用大地的力量縛住巨魔，還加上垂死國王的魔法，這讓我因此明白凱瑟琳的判斷有誤。她說名字本身無關緊要，這是錯的，因為安諾許卡不只詛咒巨魔困在居住的地方，還詛咒他們長生不死的同類，一概不許涉足於人類世界。偏偏我不知道他們如何稱呼自己，因為崔斯坦不肯信任我，什麼都沒透露。

再者，我的渴望也不夠強烈，不到想要釋放所有巨魔的程度，遠不如安諾許卡憎恨他們入骨——想盡辦法存活這麼多年就為了報復，這是她生存的目標，若要破除咒語，渴望的程度必須更加強烈。

但我遠遠不及，至少不是針對全部，其中只有一位，我甘願為他付出一切。

「讓他走！」我叫了一遍又一遍，直到上氣不接下氣，只能在心底複述。

腦海深處突然浮現一個意念，或是回憶或是夢，或是那個夏天跟夢有關的回憶，尋求妳最渴望的那個名字……

鼓起剩餘的力氣，我用手肘撐起身體，遙遙凝視夕陽的最後一抹餘暉。就在交替的瞬間，能量的轉圜點，我忽然領悟。

「釋放崔斯坦提斯恩，脫離安諾許卡的詛咒。」

空氣震顫鼓動，我頹然無力倒回沙灘上，比夜晚更漆黑的幽暗閃過眼前。在落日光芒消失前的那一瞬間，我再次呢喃。

「崔斯坦提斯恩，來到我身邊。」

32
崔斯坦

萊莎的法力如同她所繼承的血緣那般強大。她使出全力，一手掐住氣管讓我無法呼吸，再舉起防護阻擋我反擊。在她掐斷喉嚨之前，我把能量注入骨骼抵擋，魔法陷入膠著狀態，彼此勢均力敵。我試著拉開繩索，但它非常棘手，每次扯斷一點點，它就變得異常平滑，又再度重新連接起來。我已經無法呼吸了，迫切需要空氣，試了好幾遍都擋不住她的魔法，視線開始模糊起來。

是鐵鐐妨礙我使力。

她宛如察覺我的思緒，另一條隱形的繩索縛住我的手臂，劇痛頓時竄入肩膀，我張開嘴巴，卻發不出尖叫聲。我轉而攻擊她的防護，全力衝撞，相互撞擊的魔法發出砰砰聲響，雖然懸在半空中很難找到使力點，但我知道她的法力逐漸擋不住我的攻擊。看她錯愕地睜大眼睛，察覺自己不是我的對手，同時我也感覺自己快要油盡燈枯，再不衝破她的防護，就要連命都輸了。

就是那種不顧一切、只能放手一搏的力量，終於切斷把我吊在半空中的魔法繩索。我雙腳著地，勉強恢復平衡，立刻轉身攻擊，爆發的力道撼動皇宮四周的牆壁，爆烈的巨響淹沒房門被撞開的噪音。

這也是萊莎遲了一步才發現維多莉亞的原因，她的肋骨挨了一拳，肺部的空氣頓時噴出，跌跌撞撞地倒退。「這一拳是為了安蕾絲！」維多莉亞大吼一聲，趁著萊莎來不及反應，又賞她一巴掌，骨頭輕脆的響聲清晰可聞。「這一巴掌是為了我自己。」

我倒抽一口氣，朝她們撲過去。維多莉亞只是趁其不備，其實不是萊莎的對手。不過其實我不需要擔心，因為文森和馬克緊隨在後。

萊莎瞪大眼睛，來回打量他們，碎裂的頰骨頭緩緩癒合。「我不會放過你們的。」下顎骨折讓她講話含糊不清。

「想單挑嗎？」維多莉亞微笑地按摩指關節。「如果這是在下戰帖，我欣然接受。」

「生死定勝負？」文森拍拍手，追加一句。「大家都喜歡這樣。」

萊莎不安地輕舔嘴唇，扶著背後的牆壁起身。「妳殺不了我，」她低聲咀咒。「妳不敢……因為他會懲罰你們。」

「噢，她真的是謊話連篇，不是嗎？」維多莉亞惡毒的語氣完全不像平日的作風。「我當然可以。」

「讓她走。」剛被勒住的喉嚨有點受傷，癢得不住咳嗽。痊癒的時間似乎比平常更久？

「我沒有淪落到得跟她一般見識。」現在不用，但以後很難說。

雙胞胎一臉失望，沒有爭辯，任由萊莎倉皇離開。

「你們來這裡做什麼？」馬克現身讓我如釋重負，暫時撇開所有的憂慮。他恢復了嗎？願意寬恕我的過錯了嗎？他的臉龐被兜帽遮住，看不清楚表情。

「艾莉看到萊莎溜進你房間，懷疑她居心不良，」表哥說道。「所以跑來通知我。」

艾莉，我虧欠她太多。「幸好你們及時出現。」

「你應該說謝謝才對。」馬克嘲諷地回答。

他的語氣跟正常人一樣，沒有發狂的跡象。「你說得對，」我露出久違的笑臉。「謝謝你們，言語無法形容我是多麼高興看到你們三位。」

突然一陣天旋地轉，我趕緊扶著桌子保持平衡，手臂的劇痛讓我難以站穩腳跟。

「怎麼了？」他們簇擁而上，馬克率先詢問。

「希賽兒，」我緊閉雙眼，試著恢復平衡感。「她出了狀況，似乎非常絕望，」我咬緊牙關。「還想要鋌而走險。」

她想做什麼？消息被封鎖，我無法得知她的狀況，只能詛咒自己的無助。情急之下採取任何行動，都可能造成災難、後果一發不可收拾。

一股急迫感浮上心頭，彷彿事情已成定局，無法轉圜。「我要回去工作，」我喃喃自語。「必須趕快完工。」

他們互看一眼，似乎有所領悟，了解我的困境所在，三個人同時走向我，馬克居前，雙胞胎殿後。「你父親下令歸還潘妮洛普的遺物，」馬克開口。「還把文森調回夜班，讓雙胞胎再次相聚，我猜是你促成的？」

「不，」我否認。「我想插手，但好像越幫越忙。」

建造石樹的衝動和一股履行諾言的急迫感佔據我的心思意念，讓我無暇他顧。哪一區的工地已經備好石材？我要先去哪一塊？「這是他自身的決定。」希賽兒在打什麼主意？在她付諸行動之前，我有多少時間？這樣夠嗎？

「看來情勢緊急，」馬克說道。「他不想要你送命，你知道吧？是嗎？我不確定。「他正逐步逼死她，而她似乎不太了解。」

「但她仍然活得好好的，你只要顧好自己，情勢就不會有變化。你要衡量自己的體力和狀況，讓她有機會成功。」他扣住肩膀，並未試圖阻止我。「這就是我和雙胞胎一起出現的原因，我們要助你一臂之力。」

我驚訝地眨眨眼，暫時擺脫那股急迫。「為什麼？何必為我這麼做？」心中有個懸而未解的問題──他怎麼可能幫助我？因我插手干預而造成的癲狂又是怎麼痊癒的？

問題有了答案。雙胞胎體貼地後退，給予我們隱私的空間。「我將你在礦坑說的那番話好好想過了一遍。」

我立刻打岔。「我不應該……」他舉手制止。

「你說得對，如果決定權不在我，她過世時我的心跳跟著停止是一回事，但是若有選擇？」他尖銳地倒抽一口氣。「她不會希望我陪葬，我自己也不希望那樣，在我甘心步向人生終點之前，還有許多想要完成的心願，」他指著谷底的城市景觀。「拯救它是其中之一。」

倘若這個世界由馬克這樣的人來統治，該有多好？

「很高興聽你這麼說，」我應道。「目前看來，無法目睹大功告成的人恐怕是我。」

他緩緩點頭。面對危急的情勢，他不能也不願意說一些虛偽的場面話。「即便可能有無法想像的事情出現，至少現在還沒有，在那之前，希望永遠存在，或許我們能夠及時完成不可能的任務。」

希望，那是我不常允許自己抱持的念頭，免得希望破滅、自嘗苦果。不過話說回來，除了希望，我現在還擁有什麼？我有弒父的機會，卻沒有把握，傻傻地以為時間是盟友，未來總會有更好、更審慎的解決方案，到時候再說。我錯了，而今僅有的希望寄託在希賽兒身上。要達成不可能的任務，或許她是不二人選；我了解她，只要時機出現，她會毫不猶豫地抓住，大膽地勇往直前。

「維多莉亞，文森，」馬克轉向雙胞胎。「你們負責北邊。」他們同時點頭，文森露出狡黠的笑容。「妳管東邊，西邊由我負責，午夜之前進度最快的人贏。」

維多莉亞嫣然一笑，眼睛灼灼發亮。「我很樂意接受挑戰。」

這種事需要共同的努力，我停住腳步。「還有，」我強調。「工作品質的優劣屬於加分項目。」

「我們會好好地做，崔斯坦，」文森的語氣出奇嚴肅。「這是我們的承諾。」

「你當裁判，好嗎？」維多莉亞突然淚如雨下。「涉及主觀項目的競賽需要一個好裁判。」

「我……」我想答應，但是聲音卡在喉嚨出不來，因為我自己並不相信能夠完成。「我相信你們。」為什麼感覺像要生離死別？

她咬住顫抖的嘴唇，深深一鞠躬。「我們絕不會讓你失望，王子殿下。」

「那是當然。」我站在原處，目送他們消失在城市裡，才轉身面對馬克。「我們去工作吧。」

前往第一處建築工地途中，遇見了提普。

「你看起來比齋戒日過後的下水道工人模樣更淒慘，王子殿下。」他脫下帽子。

「既然你再次把頭銜掛在嘴邊，我看起來一定很可憐。」我哈哈大笑。連笑都會痛，全身無處不痛。

「她……」提普正要開口詢問，馬克作勢制止，把話題岔開。兩人聊得很熱烈，但我充耳不聞，不想再聽一遍自己多麼逼近人生的終點，逕自走向柱子旁邊的石塊。已經準備就緒，我站穩腳跟，用魔法舉起石塊，看著它逐漸上升靠近柱頂，額頭汗水直流。石塊重得要命，很難想像我以前的法力居然足以支撐頭頂的山脈，現在根本不可能了，遙遠的記憶彷彿是上輩子的事情。

石塊依序浮向半空中，有些是我做的，有些是馬克。依稀瞥見有好些混血種聚集在街道旁邊，彷彿厝勒斯的居民不約而同一起外出，三三兩兩圍著石柱，不時傳來開鑿石頭、切割形狀的響聲。在場的還不只混血種，承造公會成員熟悉的制服在一片晦暗的鐵灰色裡面顯得非常突出，各個拿著羊皮卷，大聲地發號施令。不對，不只承造公會——各機構的成員都有人到場，協力完成我的任務。這是前所未見的景象，看到百姓齊心努力，真叫人不敢相信。

「王子殿下。」我嚇了一跳，轉頭看見侯爵夫人對我屈膝施禮，深紅色的絲質長裙圍繞在腳邊。

「夫人？」

她微微一笑，起身走向另一根石柱，跟穿制服的公會成員交代幾句，歪著頭傾聽他的回應，不久之後，混血種從鑿成正方形的石塊旁邊退開，我看著它浮向半空中，由夫人的魔法導引方向。

她不是唯一的巨魔，或遠或近，還有其他穿金戴銀的貴族仕女或西裝筆挺的爵爺心甘情願地聆聽向來被他們視為次等生物的混血種發號施令，利用魔法幫助我們。

「馬克，可以跟你借光嗎？」我退後一步，希望看得更清楚。

燦爛的光球照亮厝勒斯漆黑的上空，讓我得以目睹眾人努力的成果。一根根高聳的石柱伸向穹頂，增長的速度快得超乎預期。許久以來我埋頭苦思、畫了一幅又一幅草圖，心靈之眼看見的就是這一幕。不只結構隱然成型，還有眾人一起參與，同心合作、揮汗如雨——這就是我理想中的城市藍圖，美好無比。

「我還以為不可能有這一天。」我自言自語。

馬克應道。「真的發生了。」

但願永遠持續下去——不管未來如何，我都希望看見這個城市改頭換面、煥然一新，為此被人當傻瓜都可以。

突然間，震驚和失望的情緒像拳頭似地揮向腹部，讓我痛得幾乎彎腰。希賽兒失敗了，失敗在哪裡並不清楚，只知道後果不堪設想。我做足心理準備，靜待結果。

此時，一陣熟悉的聲音傳入腦海。實在沒想到我竟會聽見自己的名字，就像在寂靜的大廳搖鈴鐺一樣，希賽兒的嗓音在耳際迴盪，崔斯坦提斯恩。

「不可能……」我驚呼出聲，但真的發生了。全身肌肉像彈簧般突然繃緊，讓我無視周遭的一切，轉過身去，癡癡地凝視北方，期待她的下一步。

崔斯坦提斯恩，來到我身邊。

是。精靈的天性使我不由自主地回應，即便口中大叫：「不！」

「崔斯坦，你怎麼了？」馬克語氣凝重。「是她嗎？」

他以為希賽兒死了，即便她的心跳強勁有力，其實離死不遠矣。馬克說得不無可能。

「希賽兒呼叫我的名字，要我去找她。」

「咒語被她破解了？」

「不，她另有選擇。」

馬克頓時睜大眼睛。「她在哪裡？」

「崔亞諾。」

這個字眼背後隱含的意義像漣漪似地往外擴散，夾帶著恐懼的浪潮湧向百姓。我邁步向前。

「不，不，她不能這麼做！」馬克抓住我的手臂，試圖阻止。

「你知道我必須離開。」一股奇特的衝動油然而生，想要攻擊阻撓我和希賽兒重聚的任何人，但我極力壓抑住。

「但有詛咒……你不能去。」

「我知道。」我用力吞嚥，「請你通知我的父母，唯有他們聯手才能夠……」殺了我。

「崔斯坦……」他欲言又止，「我會竭盡所能、完成我們發起的工作。」他鬆開手臂。

「謝謝你。」喉嚨灼熱得難以說話。「再見，馬克。」

我大步走向溪水路的路口，快跑，但我壓抑衝動。「堤普，陪我走一段。」混血種靠過來，努力跟上我的腳步。

「所以就這樣？」他面無表情，語氣平淡。「你要怎麼做？」

「我必須去找她。」

堤普的拐杖在石地上打滑，他及時停住，沒有跌跤。「你不能去，再強的魔法都無法衝破屏障，前人已經屢試不爽了。」

說得好像我不知道一樣。「我必須試試看。」一試再試，直到心跳停止的瞬間。當我一心一意要順從希賽兒的召喚，到了某種境界，邏輯和理性的思考便會停止運作，讓我變成瘋子，為了掙脫束縛，妄想劈開所有的巖塊。消息傳得很快，隱約看到大門的守衛開始動員，預備應付我的到來，但他們阻止不了。

「時間不多了，」我說。「有件事我想趁著……結束之前告訴你。」

「我在聽。」

這時要冷靜並不容易，對我而言，戰爭已然結束，但我不希望其他人就此放棄。「許久以來，我一直認為這是混血和純種之間的對抗，」我終於開口。「但我錯了，真正要消弭的是錯誤的觀念和意識形態，爭取更好的生活方式，血緣不能決定一個人的想法和行為，今晚的一切就是一個見證。」

回顧城市的方向，高聳的石柱伸向穹頂。「雖然有馬克和雙胞胎協助，但我認為唯有你能夠團結有志者，一起推翻當前的暴政。」

「我們需要你，」堤普的語氣充滿絕望。「你才是領袖。」

「不，」我勉強停住腳步，直視他的眼睛，爭取最後交談的時間。「其他人會揭竿而起，時候到了，這個城市迫切需要改變，我的朋友，沒有我，你一樣可以完成。」

堤普遲疑許久，然後出奇不意地深深一鞠躬。「這是我的榮幸，王子殿下。」

從他抬頭挺胸的姿態，看得出他不會輕易放棄，這讓我放心很多。「我有同感，」我說。「再見了，堤普。」

交談時間結束，我轉向大門，閃開守衛和他們的魔法，劈開擋路的大石塊，將障礙物甩到一邊，拔腿就跑，順著光滑的路面越跑越快，奔向外面的世界，奔向她。這就是終點，我也不想這樣，但一切到此為止，讓人如釋重負。

希賽兒做了選擇，不只為她，也為我，已經沒有轉圜的餘地。

清新的微風拂面而來，帶著海水的鹹味、生命和自由的氣息，黃昏的餘暉隱約出現在前方。在這一刻，我好恨她。

我愛她。

魔法屏障隱然逼近，我一鼓作氣，做好心理準備，迎向痛苦，心裡閃過最後一個念頭，拜託讓她活下去。我義無反顧地撞上去。

33 希賽兒

看到克里斯佇立在劇院後方的樓梯上，我鬆了一口氣。在這個充滿失敗的夜晚，看到朋友平安無恙，也算一種幸福。

「莎賓跑去警告你？」

他點點頭。「我當時跟佛雷德在一起。附帶一提，他的說謊技巧比妳還差，莎賓不敢公然揭穿他的謊話，擔心他會跑去警告艾登爵士說妳逃跑，但我想還不至於，因為他非常懊悔。妳有找回那本書嗎？」

「每一個市場都跑遍了，還是沒找到她的蹤影。」我真痛恨自己精神抖擻，彷彿那些鮮血已經洗去諸多失眠夜晚的疲憊。「我決定改弦易轍，用其他辦法破除咒語，但依舊沒效果。」我吞嚥了一下，彷彿喉嚨卡著硬塊，不想解釋自己究竟做了什麼。失敗那一瞬間，我依稀察覺她非常得意，火氣一湧而上，我瘋狂地喊著崔斯坦的名字，最後像個瘋婆子，頹然倒在沙灘上。

「莎賓告訴我妳們偷聽到了什麼，」克里斯開口。「她在裡面，後台亂成一團，因為妳母親號稱身體不舒服，躲到侯爵鄉間的宅第休養了。」

「她沒有生病，是生氣。」我嘟噥著按住額頭，自己不只沒有釋放巨魔，也沒有保護她。

「妳打算怎麼做？」

「等信差找上門，」我說。「等他和凱瑟琳幫我找到安諾許卡，帶到國王面前，再放她自由。」一直等到路人離開我才說下去。「船到橋頭自然直，該來的就會來，至少我們還活著，可以再奮戰一天。」胸口緊繃著。「我不會放棄的，克里斯。」

「那就還有希望。」他捏捏我的手。「崔斯坦怎麼樣？」

我閉上眼睛，推開那股怪異的狂喜。「不太好。」同時發現相互間的感受更加強烈，唯一的理由只可能是他的情況在惡化。

「希賽兒，幸好妳沒事，真是謝天謝地。」莎賓飛身奔下樓梯。「我們不知道妳的去向，雖然依照約定回到這裡，可是……」她皺眉。「妳為什麼全身溼答答的？」

「說來話長。」幸好那些可怕的血跡大都洗掉了。

「妳最好到屋裡比較暖和，但妳如果進去，他們一定會要妳上台。吉妮薇沒露臉，今晚又是閉幕演出，如果臨時換角、由別人上台，觀眾肯定大失所望，要求退票。」

要冒死上場嗎？凱瑟琳遲早會發現我和莎賓逃走，很快就會派人來尋找，若要享受最後幾小時的自由，還有什麼比上台演出更好？

「我去，」我揚起下巴。「就算倒下也要激起一點火花，不能就這樣埋沒天賦。」

兩位朋友表情嚴肅。

「他們不會上台抓人，」我說明。「一定是下台之後，屆時你們不要干預，我會乖乖配合他們第一階段的計畫，稍後再試圖逃走。」這不是最周全的應變之道，但至少可以給崔斯坦一個奮戰的機會。「如果失敗，請轉告我的家人，說我愛他們。」我嘴唇顫抖，伸出雙手分別摟住他們。「感謝你們的幫助，這樣的好朋友我要去哪裡找。」

「祝妳好運，」克里斯聲音沙啞。「我去看看自己是否還保得住飯碗。」

他垂頭喪氣，緩步離開。

我緊緊抓住莎賓的手。「我好害怕。」

她捏捏我的手指頭。「我也是。」

後台兵荒馬亂，管弦樂團的演奏穿透牆壁，我認出現在來到其中一場芭蕾舞表演，台上的舞者想必都盡力表現，運用優雅的肢體語言和精湛的舞蹈技巧娛樂觀眾，但他們不能永無止境地跳下去。

「希賽兒！該死，妳跑去哪裡了？」舞台經理扣住我的手腕，拉往更衣室方向。「我還以為必須讓潔絲汀上場，她穿了妳的戲服，妳要快點更衣打理。莎賓，給妳十分鐘。」

「是，先生。」

潔絲汀坐在我的更衣間，棕髮緊緊盤在頭頂上，預備戴假髮，看我出現，她臉色一沉，露出失望的神情，隨即笑臉迎人，「真高興妳來了，他們期待的是吉妮薇，我可不想上台自討沒趣。」

這是人之常情，不能怪她。今晚的觀眾滿懷期待，都想親自見證崔亞諾最著名的女演員最後一場謝幕，就算潔絲汀唱到嘔心泣血，也不會有人欣賞。「她退休了，」我說。「總要有人接班，我會大肆推薦妳替補。」只差沒說不只一個女孩的排名要變動，因為這也是我的最後一齣。

十分鐘內，戲服、化妝、髮型要一一兼顧，趁著莎賓緊鑼密鼓地工作，我逐漸暖活起來，有條不紊地配合她，只是心不在焉，心思飛往另一個國度，那裡燈光環繞，四周都是玻璃花朵，但我關注的只有遠處那對銀色的瞳仁。

即便所有的努力都失敗，今晚崔斯坦給我的感覺卻是無比接近。

他的情緒糾纏我的心，深刻而強烈，我不想刻意去區隔，深深陶醉於自己創造的世界，在那裡兩個人相偎相依，沒有詛咒，也沒有國王和女巫從中作梗。

我踏上舞台，當觀眾察覺今晚的演出者不是母親時，全場爆吼。我忽略這些情緒，付出前所未有的努力，撇開技巧的壓抑，選擇真情流露，將情感灌注到歌聲裡。雖然喉嚨灼熱、肉體疲憊，卻覺得精力蓬勃。我不想放棄，更不願意就此結束。

然而演出總有落幕的時候，這回也不例外。

「妳今晚的表現太精采了！」最後上台謝幕的時候，朱利安炯炯有神、低聲稱讚。「結局叫人出乎意料。」

突然間，魔法耗盡，我膝蓋發抖，腳步搖搖晃晃。

「希賽兒？」他抓住我的肩膀。

「可以請他們給我一點獨處的時間嗎？」

「當然。」朱利安放開我的肩膀，邁開腳步走向後台。「不要打擾，給她一點時間。」他告訴其他人。

觀眾紛紛離席，迅速走向休息廳，或許再徘徊幾小時才散去。到時演員會跟著離開、慶祝這齣戲圓滿成功，至於劇組的工作人員大概會丟下剩餘的雜務，尋求溫暖的被窩，或是到客棧飲酒作樂。然後風聲很快就會傳遍城內，今晚上台的人是我，艾登爵士應該不難找到人。

「打扮成宮廷女僕，妳會行動不便。」莎賓走過來提醒。

「我知道。」我跟著她回到後台，換上依舊潮溼的衣服，讓她幫我卸下臉上的濃妝，再給她一個大大的擁抱。「我愛妳。」我對著她的耳朵低語。「現在去找克里斯，找一個安全的地方躲上一陣子。」

她拭去淚水，點頭說道。「祝福妳。」

我回到台上，閃進布幕底下，天花板上水晶吊燈的火光一一熄滅，兩名工人員緩步經過走廊，使勁吹滅牆上的油燈。紅色天鵝絨褪成深灰，其中一位詢問性地瞥了我一眼，終於滅掉最後一盞燈，把我留在黑暗當中。

許久不曾置身在完全漆黑的環境，我不能靠眼睛，只能倚賴其他感官。劇院後方傳來觀眾的交談，氣流從左邊舞台吹拂而來形成一陣風，汗水和香水味摻雜在一起。衣服上飄來淡淡的鹹味，我忍不住納悶那是來自於海水或鮮血？白白屠殺一頭牛，卻一點價值都沒有。

我膽戰心驚地躲在這裡，深信艾登爵士和凱瑟琳肯定會找上門。他們會再次把我丟進潮溼的地窖，還是懲罰我逃走？究竟還要等多久？

我席地而坐，撿起從觀眾席丟上來的玫瑰花，輕輕撫摸花瓣。這麼多夜晚裡，唯獨今晚感覺崔斯坦特別地近，真是苦樂參半，獎懲合一，彷彿只要閉上眼睛再睜開，他就觸手可及。

大廳通往劇院的門開了又關，我倒抽一口氣。遠處傳來清晰的腳步聲，在走道上穿梭。我緊緊閉上雙眸，像孩子一樣堅信只要我看不到怪物，它就看不到我，可惜我不是小孩，躲不掉眼前的遭遇，我睜開眼睛面對。

前方的銀色光球發出微光，比印象中小得可憐，光芒黯淡，但異常地熟悉。我屏住呼吸不敢喘氣，玫瑰花掉在地板上。我睜大雙眼搜尋漆黑的戲院，另一球光芒又出現在觀眾席上，詭譎的光線照亮四周的黑暗。

「希賽兒？」他嗓音粗啞、充滿猶豫。就算隔了上千年，依舊認得出是他。我僵坐在地上，彷彿時間就此停止。我怯步不前，認定自己在做夢，等我醒過來後，劇院依然只有我而已。然後我不顧一切地奔跑，衝下樓梯、奔上走道，瞬間投入他的懷抱。

沒有言語可以形容心中的感受，此刻讓我想起什麼叫作一切盡在不言中。我們可以感同身受——震驚、不確定和狂喜，這些既是他、也是我的感覺。我撲進他懷裡痛哭流涕，才發現最害怕的就是再也見不到他。

「真不敢相信你在這裡，」我哽咽地開口。「這怎麼可能呢？」

「妳呼喚，我就必須趕過來。」

他的語氣讓人不安，我抽身退開，想要看清楚他的臉。崔斯坦比我離開厝勒斯的時候更消瘦，頭髮也長了一些，黑眼圈清晰可見，但是某些特質永遠不會改變，他依舊面無表情，情緒滴水不露。

「沒想到會奏效，」我低語。「我用了錯誤的魔法。」

他微微晃了一下，腳步似乎無法站穩。「崔斯坦？」我驚呼一聲，掩不住擔憂的語氣。我指間泛黑的紋路意味著他病得不輕，然而理智上知道和親眼看見是兩回事。

他沒有回答，逕自舉手要撥開臉上的頭髮，舉到一半又縮回去，手腕上的金屬光芒一閃而過，這時我突然認出空氣中的味道是什麼。

血腥味。這可不是想像力作祟。

「天哪，」我囔囔地問。「告訴我，你不會是一直戴著這些東西吧？」

他的沉默已經給了答案。

「我要拿掉它們。」話說完就去抓他手臂，他轉身迴避，快得讓人看不清楚。

「不！」

「為什麼?」

他有哪裡不對勁?

「他威脅要再加兩副。」他別開臉龐,不肯直視我的眼睛。想當然耳,這很合理。

「他們追上來還要多少時間?」

他轉向我。「他們尚未恢復自由。」

我睜大眼睛,不懂他在說什麼。「什麼意思?那你怎麼會……」我甚至不知要如何問出口。

「我不清楚,可能是……」他半途停住,搖頭以對。「只知道我是唯一不受咒語束縛的巨魔。」

人生還能奢求什麼?這是最理想的狀況,只是可能性低得想都不敢想。崔斯坦得自由,而其他讓人避之唯恐不及的巨魔都在牢籠裡。困擾許久的難題似乎有了解決之道——無須犧牲任何人就可以和崔斯坦廝守在一起,而且世界依舊安全無虞,不必擔心有羅南那樣的怪物來攪局。我本該興高彩烈、大肆慶祝才對,但卻沒有心情這麼做,反而覺得現在的我正身處在颱風眼裡面,不管朝哪個方向跨出一步,都會捲入巨大的混亂裡。

砰然關門的聲響把我們嚇一跳。「我們不能留在這裡,」我說。「他們知道我逃走了,很快就會追上來。」

「他們是誰?」

「艾登.雀斯勒爵士,他幫你父親通風報信。」我示意他一起到後台,他留意到牆上的油燈、繪畫和扶梯,一切盡收眼底,又好似心不在焉。

「攝政王之子。」崔斯坦語氣平淡,但我能夠察覺他很震驚。「他有轉告我的口信嗎?」

「某種程度上,」我顫抖地笑了,「他是為了自身的利益,與我無關,還徵召我哥哥從旁協助。」

我率先上樓、選了一個沒有窗戶的房間——舞者練習室，解釋艾登和凱瑟琳的計畫。我說得語無倫次，或許他半聽半懂，也沒有沒打岔。崔斯坦神經緊繃，有如拉緊的弓，外表卻根本看不出來。他一臉氣定神閒，在室內走來走去，檢視稀稀落落的家具，但我渾身不自在。重逢的感覺跟想像中的大不相同，雖然現在去想這些未免太過愚蠢。他需要適應，就只是這樣而已，眼前所見想必讓他過於震驚。

我從架上抓了一條毛巾，就近用罐子裡的水浸溼，轉身面對他。「坐下，」我開口。「既然你似乎無法處理，我來幫你。」

「我不能……」他想爭辯，但被我打岔。

「你父親不在這裡，他既不可能靠近，也無法派人逼你戴回手銬。我努力存活到現在，不會坐視你因為頑固或天真害我跟著送命。」

他下頦繃緊，百般勉強的態度點燃我的怒火。「除非你有合乎邏輯的絕佳理由，讓我明白這東西不能摘掉，不然就好好坐下，讓我處理。」

崔斯坦盯著我肩膀後方的牆壁和練舞的扶桿。「傷口怵目驚心，」他終於開口。「我不想嚇到妳。」

「這個理由不夠好，」我席地而坐，將所需的物品放在旁邊。「坐下。」

「好吧。」崔斯坦終於放棄。

他脫掉外套，我瞬間感受到相同的劇痛，但他沒有露出瑟縮的表情，極力掩飾自己的軟弱。坐下時兩腳交叉，手肘靠著膝蓋，拉起黑色襯衫的袖口，露出鐵銬。黑布層層裹住手腕，一路纏到手臂上，布條被血滲透，氣味刺鼻，手套遮住雙手。我心跳加速，不敢想像底下的慘況。

「抬起手肘。」但願我的聲音四平八穩，不要發抖，但其實沒有差別——因為彼此的感受瞞不了對方，想到過去百般嘗試要隱藏，真是傻瓜。

我把毛巾鋪在膝蓋上防汙，小心翼翼將袖子捲上手肘，耐心拆解繃帶的死結，指尖拂過手臂內側的肌膚。他輕微地呻吟，我抬起頭，看他閉著眼睛、咬緊牙關。我慢慢解開布條，提醒自己千萬小心，不能讓他痛上加痛，但放慢動作其實是因為害怕的緣故。

實際狀況的確令人怵目驚心。

環銬附近的皮膚是冰的，原有的光澤盡失，膚色泛黑，血管裡流的很像墨水，而不是血。當我撥開黏膩的布條，露出下方發黑的傷口時，緊張得滿頭大汗。如此駭人的傷口，只有凍傷可比擬，但兩者迥然不同，嚴重程度也不在話下。

我極力壓抑情緒，避免做出任何反應，也不敢為他承受的折磨傷心掉淚，自知他不會感激。痛楚和羞愧逐漸凝聚在腦海深處，我慢慢剝開手套，露出泛黑、僵硬的手，勉強認出它的輕撫曾讓我渾身發熱過。

「那是鐵鏽，如果妳想問的話。」

我點頭以對，雖然他仍閉著雙眼。我傾身向前，檢視環住手腕的鐵銬，卻沒有找到鎖孔——只有用鉤子固定在肉裡。不看還好，一看更加懊惱，因為這意味著是恐懼或其他莫名的理由讓人不敢拿掉。

我固定鐵環不動，撥開鉤子，沒有預先警告，就拔出深入手腕的鐵刺，崔斯坦渾身一震，尖銳地吸氣，猛然把手臂抽回去。他垂著頭、拱起肩膀保護受傷的臂，雖然極力忍耐，肌肉依然痙攣不已。另一隻手突然伸到我面前，示意我繼續，才一眨眼，還沒看清楚他就把手收了回去。「趕快，免得我失去勇氣。」

我依言而行，動作簡潔俐落。「要來了。」這回我先警告一聲。

他渾身緊繃，抽出時，金屬發出啵的一聲。「該死！」他詛咒，接著罵得更難聽，整個人彎腰駝背，我只能看到頭頂。

換成別人，我會上前擁抱，呢喃地安慰幾句，但是直覺告訴我，對崔斯坦這麼做只會造成反效果。袖手旁觀固然讓人心痛，但他不願意接受安慰卻令我更受傷。我咬牙忍耐，不敢提供幫助，只能等他忍住疼痛。

等他抬起頭，我默默地開始清理傷口，纏上繃帶。他的手冷得像冰，非常僵硬，本來以為只要拿掉鐵銬，傷口就會有明顯的改善，結果看起來還是一樣。如果不能自行痊癒呢？我是否要主動幫他治療？

「你會復原吧？」

「不用擔心。」他冷冷地回應。

他的語氣很傷人，我只好繼續低頭，包好沾血的毛巾和手銬。「凱瑟琳拿走魔法書，」我嘗試打破僵局。「我用它來追蹤安諾許卡的下落，少了魔法書，不知道要怎麼找到她，等他們發現你掙脫咒語的束縛，他們計畫落空，肯定會摧毀那本書。」我必須告訴他關於自己家族的發現——安諾許卡如何利用後代子孫的死亡延續自身的生命，但某些原因阻止我說出口。

「同意，」他回應。「我們要把握優勢奪回那本書，妳曉得她現在可能在哪裡嗎？」

他敷衍的語氣令人氣結。「到處找我？」

「當她找不到妳，又會去哪裡？」

「回家吧，她住在店鋪後面，就在彼加爾區。」

「我們就去那裡。」

還來不及多說什麼，手裡那包垃圾就飛到房間中央，自己冒火燃燒，升起銀藍色的巨魔之火。烈焰顯得反常而奇特，布料迅速化為灰燼，金屬鎔成發亮的液體，滴在木頭地板上。

我抓起水罐，把水倒向冒煙處，以免引發火災。

「還有很多東西都可能造成傷害，」他順勢解釋。「我們去找這個凱瑟琳吧，免得太遲。」

34 希賽兒

我從戲服間偷了一件斗篷給他披上，拉起兜帽遮住臉龐，免得走在彼加爾區的街道上，被人看到那種非我族類的長相。今晚夜風冰涼，星空閃爍，上弦月的光芒讓巨魔之火派不上用場，原本在他身邊形影不離的光球消失了，感覺非常詭異，就像此刻竟然由我帶路一樣。

行進之間，崔斯坦滿懷戒備，一直望著天空，彷彿期待有一顆星星剛好飛越天際，砸在我們頭頂上。他不是看著天空，就是東張西望，打量飲酒尋歡的路人、看看煤氣燈、欣賞漫步經過的坐騎，甚至關注對我們狂吠的小狗，東看西看就是不看我。我們之間有太多疑問和話語想傾訴，什麼都不說反而讓我神經緊繃、難以放鬆，而且不需探索就知道他也有同感。

「別出聲，有人在跟蹤我們，兩個人。」

我的胃上下翻攪，勉強克制不去抓住他的手。除了艾登爵士和凱瑟琳，還會有誰跟蹤我們？

「怎麼辦？」

「逮人。快，在這裡轉彎。」他把我推過轉角，閃進一棟建築物的大門口，酒氣和尿味撲鼻而來，就算光線昏暗，依然看得到他噁心皺鼻的反應。

我們沉默地等候，沒過多久他們就現身了。「我沒看到人。」女聲低語。

「他們走這邊。」她的同伴應道，兩個耳熟能詳的聲音。

「噢，老天爺。」我掠過崔斯坦，閃到門口。「希賽兒！」

莎賓和克里斯被我嚇了一大跳。

「你們跟蹤我做什麼？」我怒斥。

「我們想看看他要帶妳去哪裡。」莎賓解釋。

「正確的說法是她帶我走。」崔斯坦步出陰影。「在這個陌生的城市裡，我只能倚賴她仁慈對待。」

莎賓伸手摀嘴，克里斯的眼珠幾乎要爆出來。「崔斯坦？真的是你？」

「正是在下。」他的注意力轉向莎賓，表情好奇無比。「妳是莎賓小姐，對吧？」

她戒備地點點頭。

「久仰大名，很高興終於見面了，有人說了妳很多好話。」

她下顎繃緊。「真希望我也有同感，只是你和我想像的不太一樣。」

「抱歉令妳失望。」

「你很清楚不是那樣，」她嘲弄地說，嫌惡地揚起嘴角。「只是我以為你會長得很抱歉，就姑且可憐你、原諒你對她所做的事，看來我錯了。」

「崔斯坦，」克里斯搶著打岔。「其他巨魔呢？你是怎麼出來的？現在有什麼計畫？」

「唯獨我有這樣的榮幸恢復自由，」崔斯坦瞥了我一眼。「至於為什麼會這樣，和究竟怎麼做到的，要問希賽兒才知道，因為她也尚未撥空告訴我事情的經過。」

他講得輕鬆自在，彷彿答案對他而言無關緊要，但我知道不是這樣，也知道原因是什麼。名字，那是他最大的祕密所在，他從來不曾告訴任何人，包含我在內，不知怎地卻被我知道了，還使用了。那奇特而複雜的音節產生了巨大的約束力，讓他必須聽我指揮，如同朝陽東升、夕陽西沉一樣自然。對他而言，這可非同小可，肯定讓他寢食難安、心神不寧。

「希賽兒？」發問的變成克里斯。

「我……」一陣風吹來，夾帶木頭燃燒的氣味。「有東西燒焦了。」彼加爾區的木頭建築櫛比鱗次，只要星星之火，就足以引發大災難。此外，更有一股莫名的擔憂浮上心頭。

「那邊。」克里斯舉手一指，我們抬頭，看到遠處橘紅色的火光。

「不，」我呢喃。「不，不，不要！」我拔腿就跑，一手拎起裙襬，急忙奔向凱瑟琳店鋪所在的街道。一過轉角，就看到一群人擠在那裡，手忙腳亂地傳遞水桶，試圖撲滅攫住店鋪的大火，但是杯水車薪，於事無補，尖叫聲傳入耳朵，我愣了一下，原來是自己在尖叫。我摀住嘴巴，睜大眼睛，再次拔腿狂奔。

快步轉向隔壁的街道，沿著馬路跑到與庭院相連的建築物。我推開前門，不管住戶大聲嚷嚷，穿過一張張床鋪，直奔後門，跑進院子，縱身一跳，攀住圍牆上面的石頭、爬了上去。

「希賽兒，妳在做什麼？」崔斯坦大叫，但我置之不理，跳到圍牆另一頭的泥土地。火勢很強，熱氣四散，讓人不敢靠近，瀰漫的煙霧刺痛眼睛，淚水汩汩而下，凱瑟琳背叛我是事實，但一開始是我把她牽扯進來，假如她在屋裡，我不能見死不救。

我不顧一切地走向火場，被煙霧嗆得幾乎喘不過氣，不住地咳嗽，魔法突然攬住我的腰，把我拉回去。

「妳瘋了嗎？」崔斯坦大吼，把我拉向圍牆邊。

「凱瑟琳或許在屋裡。」我試圖掙脫他的掌握，想要跑回火場。「我必須救她。」

魔法之手扣住我的下巴，強迫我在霧霾中直視他的眼睛。「如果她在裡面也沒救了，妳無能為力。」

理性知道他說得沒錯，可是想到凱瑟琳被燒死在屋內，我就無法忍受。淚水滂沱，流過炙熱的肌膚。「安諾許卡的魔法書在她那裡，我必須找到她，我需要它保護母親平安。」

「妳在說什麼？」

「我需要魔法書！」我氣急敗壞、對他大吼大叫，絕望讓我失去理智，狂暴錯亂。

崔斯坦詛咒著，接著就聽到他跟克里斯交代了幾句，內容對我來說毫無意義，因為當下最重要的就是找到女巫，任何犧牲都沒關係。

崔斯坦把我推向克里斯，自己快步走向火場。「他要做什麼？」

這就是妳要的。我突然領悟自己竟然把書的價值放在崔斯坦的生命安危之上。彷彿被一巴掌打醒，我匆忙爬過去要拉他衣裳，但是克里斯把我往後拉。

「希賽兒，冷靜一下，」他對著我的耳朵嚷嚷。「他會照顧好自己。」

火苗向上竄升，燒向兩邊屋頂。面對煉獄般的烈火，水桶接力滅火的努力無異是杯水車薪，沒有任何東西能夠抗拒如此的高溫。木頭劈啪碎裂的響聲意味著屋頂快要撐不住，理性告訴我魔法能夠保護崔斯坦全身而退，本能還是讓我大叫出聲，警告他趕快出來。

在煙霧瀰漫中，終於看見崔斯坦的身影。他走向我們，一個虛弱無力的身軀浮在半空中。

克里斯鬆手，我急忙跑過去，隱形的魔法繩索把我攔住，捲到空中，放在庭院另一處。

「你在做什麼？」我一邊咳嗽，想要扯開魔法。「我可以幫她。」

「已經沒救了。」崔斯坦把她放在草地上，霧霾底下根本看不清楚。「還是別看得好。」

「放開我！」

崔斯坦搖頭，不管看了一眼就靠在牆邊乾嘔的克里斯，繼續說道。「她死了，希賽兒，被人割開喉嚨再放火燒毀屍體，我不希望妳看到那樣的慘狀。」

我不配被保護，應該親眼目睹凱瑟琳的下場，因為是我把她牽扯進來，這些陰謀遠遠大於她能夠了解的程度。「魔法書呢？」

「不在身上，若在屋裡，也燒成灰燼了。」

唯一的希望灰飛煙滅。我沮喪地坐在地上，臉頰貼著長出苔蘚的圍牆，看著店鋪燒個精光。旁邊突如其來的動靜引起我注意，柔軟的舌頭正舔拭我的手指。

低頭一看，有隻渾身髒兮兮的小狗。「小老鼠！」我把牠抱在胸前，撫摸牠的毛，低聲安慰，希望自己也有同感。這時候，一部分的屋頂突然垮了，帶出一陣熱流，建築物的後門碰一聲炸開，嚇得我抬起頭。

我手指冰涼，突然渴望剛剛小狗的暖熱。眼睛瞥向後門，我頓時睜大雙眼，腦袋理解得很快，只是一時反應不過來。

「崔斯坦，」我沙啞地呼喚。「克里斯！」

我的語氣引起注意，他們轉過頭來，看我發抖地指著後門，兇手是誰已經真相大白。

木板上有個大大的紅字「A」——安諾許卡殺了凱瑟琳，還留下記號。

最糟糕的是，我相信那是寫給我們看的。

35 希賽兒

我們持續留在現場，直到火勢受到控制。崔斯坦創造出某種魔法的煙囪阻止火焰往外蔓延，路人議論紛紛，說附近的木造房子沒有被燒成廢墟真是天大的奇蹟，顯然沒有人想到這跟站在馬路對面的年輕男子有何關聯。

克里斯加入傳水救火的隊伍，莎賓和我在人群裡穿梭，打聽是否有人目睹一開始如何起火，然而既無人看見，也找不到半點線索，倒是有很多人認定這四年來對惡名昭彰的法辛夫人窮追不捨的火刑終於找上門。只有我們四個人知道背後的真相。

我失去了魔法書，不管是淪於祝融或被安諾許卡奪走都一樣。少了它，就無法追蹤她的下落，一切歸回原點，這些日子的努力全部付諸東流。

或許不是全部。我抬起頭，凝視著走在前方的崔斯坦，他纏著克里斯，問了一大串問題。不久之前，對於只有他被釋放，我還感覺像做夢一樣，現在才感受到是自己眼光太短淺，問題一樣沒進展。我一手抱著小老鼠，一手勾住莎賓，兩人靠得很緊。

「真的沒辦法切斷聯結嗎？」莎賓仍不肯放棄分離我和崔斯坦。

「至死方休，」我嘆了一口氣。「就算有辦法，我也不要，我愛他。」

她一言不發。

「你們才剛認識，不要太快下定論。」我說。

「我了解的已經夠多了。」她壓低聲音。「看到他我就頭皮發麻、渾身起雞皮疙瘩，搞不懂耶……他到底哪裡吸引妳？」

我瑟縮了一下，但怒火隨即驅走受傷的感覺。我拉住她停下腳步。「厝勒斯也有很多人對他說過一樣的話，」我厲聲反駁。「只不過在那裡，被鄙視、被視為異類的是我，幸好他的想法跟那些人不一樣，而我也是。」

克里斯咳了一下，抬起頭，發現他們都在看我。崔斯坦的臉被斗篷的兜帽遮住，但我知道他聽得一清二楚。

「那就明天見？」克里斯打破尷尬的氣氛。

「南邊城門口。」崔斯坦回應。

他們竟然把我排除在外，已經擬定了好計畫，我忍不住皺起眉頭。

「記住我說的，一定要變裝，在大白天露出真面目，沒有人會相信你是人類。」克里斯朝莎賓揚起下巴。「我送妳回去。」

「你們想到什麼計畫？」朋友一走，我劈頭就問。「我怎麼不知情？」

「尋找安諾許卡，」崔斯坦壓低聲音。「履行諾言的壓力完全寫在妳臉上，我也感覺得到。妳上次吃飯是什麼時候？睡得好嗎？在妳還有著力點的時候，就已經弄得筋疲力竭，現在丟了魔法書，更是束手無策。我們要另起爐灶，找出新的策略，否則不出一星期，妳跟我都要賠上性命。」

他或許是出於關心，我感受到的卻不是這樣；崔斯坦氣急敗壞、急怒攻心，我聽到的卻是責怪，火氣一湧而上。「你究竟要我怎樣？轉身走開任由你被打死？或者要我袖手旁觀，讓國王把厝勒斯裡我所關心的每一個朋友拖出來遊街示眾、送上斷頭台？我很清楚他的操縱和盤算，唯一不了解的是你怎麼會以為我有其他的選項。」

「希賽兒……」

「不要說了！」我舉手要他安靜。「你幾乎不看我一眼，難道你以為我不知道原因？」我口若懸河，就是要一吐為快，直到沒有任何隱瞞為止。「明知道選擇幫你的同時也會讓你失望，而且不管怎麼做，所有的犧牲都會違背你對我的期望，你知道這對我而言是什麼感覺？」

我緊閉雙眼，恨自己不爭氣，流下的淚水只會侵蝕怒火帶來的效果。「感覺就像我跟你父親聯手對抗你，這種感覺讓人反胃。」

我強迫自己睜開眼，看看他在想什麼，或許有些東西可以緩和他和我共有的挫折與怒火，但他不動聲色，默不作聲。

飄然而落的雪花觸及炙熱的肌膚，感覺冰冰涼涼的。我仰起臉龐，迎向更多的雪花，讓融化的水滴掩飾悄悄滑落的淚珠。明知道必須告訴他，卻又害怕說出來的影響不知有多大。「咒語是意志的展現，用魔法去鞏固，今晚我更學習到也可以把能量當燃料，靠著意志力去破除，只是安諾許卡加了其他元素，針對你的族類特別有效。」

「名字。」他粗嗄的語氣，既是承認也是疑問。

「對，」我仰望漆黑的天空。「但你從來不曾說過你們真正的名稱是什麼，就算我知道了，一想到巨魔得到自由會發生什麼事，心中便產生疑慮。這想法只會礙手礙腳，看看最終還是失敗了……」我拐彎抹角，不肯直接說出來，我不知道說了會有什麼後果，既然知道了就不可能裝成不知道，我怕他永遠無法接受我握有掌控的事實。

我直視他的眼眸。「你帶我穿過迷宮的時候，我做了一個夢——當時迷迷糊糊，直到今晚才想起。那個地方有永恆的夏季，五顏六色的生物比彩虹更艷麗。我遇到一個人，他渾身透亮，光芒像太陽那般刺眼，他送我一個衷心渴望的名字，」我眨眨眼。「你的全名。」

錯愕的震驚像兇猛的公羊一頭撞過來，但崔斯坦外表看起來只是微微抽搐了一下。「仲夏國王告訴妳的？不可能。」

我搖頭以對。「顯然沒有不可能的事。」

他下顎微微抽搐，一瞬間，所有的情緒顯現在臉上，我還來不及反應，他已然轉過身去。望著他意氣消沉的背影，我一時手足無措、不知道要怎麼辦。我看得出來他完全無法接受，不曉得要怎麼安慰才好。

「崔斯坦？」我輕觸他的背，他反而縮得更遠，不願意接受任何形式的同情。

「這意義深遠，不是嗎？」我試著用理性說服。「肯定有人幫你命名，那時應該就是他，若不是他認為有必要，肯定不會讓我知道，我相信他不是輕率地隨口透露。」

「對妳一無所知的事情，怎麼能夠言之鑿鑿？」他劈頭就反駁。

我試著不去在意他傷人的語氣，但實在不容易。「我會一無所知是因為你選擇隱瞞，這是你一貫的方式。」

「我的作風向來如此，妳一直都知道。」

突如其來的疲憊感讓我身心俱疲的感受更加倍，甚至覺得麻木。「你說得對，我是知道，卻不曾說過我心滿意足、毫不介意。」

真相總是引來強烈的感受，這句話亦然，現在終於說出口了，反而覺得如釋重負，不必再拐彎抹角。我安靜下來，等待他的回應，看他一言不發，我開始走回家。

平常恨自己動不動就掉眼淚，現在走在雪地，眼眶卻乾得像鋸木屑，胸口緊繃難以呼吸。我想大哭一場，發洩情緒，卻只想起每一個失眠的夜晚、有一餐沒一餐、走錯的每一步、我造成的傷害，這些情緒糾結在一起，帶出深深的絕望。自己其實沒有能力應付如此複雜的難題，再怎麼絞盡腦汁，就是苦無對策，心情低落到極點。

母親躲到侯爵鄉間的別墅，僕人回家休息，屋裡黑漆漆的，唯有玄關亮了一盞燈。我撇下自己從未想過要撇下的人，逕自回家，孤伶伶的一個人，文風不動站在燈下凝視著火焰。雪花融化在腳下，化成一灘水。

寧靜中響起扣門的聲音，我定住不動，知道是崔斯坦，也知道不能置之不理。他在一個陌生的地方，無處可去，讓他站在屋外吹風受凍未免太殘忍。

轉動門閂，門縫開了一半，我搶先開口避開尷尬的氣氛。「我可以告訴你克里斯住的地方，」我說。「或者帶你去旅館，如果需要的話，我身上有錢，想怎麼樣，悉聽尊便。」

他遲疑半晌，隔著肩膀望進屋裡。「我寧願跟妳在一起，」他終於開口，靜靜地承認。「不過我給妳的感覺正好相反，顯然沒有榮幸進門。」

我欣然鬆了一口氣。「這算口頭道歉嗎？」

他嘴角一揚。「我在努力。」

拉近距離的渴望大得難以抗拒，但我繼續堅持立場。「顯然不夠，還要加把勁。」

雪花被風捲起，還沒觸及臉頰已經融化，讓我想起在湖邊的對話。那時我滔滔不絕地描述四季的景色變化，直到他的唇吻上肌膚，趕走所有的言語，現在也有類似的渴望，不想說、不想聽，只想感受。我屏住呼吸，等待他的下一步。

「對不起，」他的嗓音有些微顫抖。「我愛妳勝過世上的一切，有些時候，卻用自己最壞的一面對待妳，原因連我都說不出來。」

我打開大門，退到一邊，讓他走進來。他身上借來的斗篷和我的裙襬摩擦，潮溼的布料貼向腿部的肌膚，害我冷得打哆嗦。玄關明明很寬敞，他卻靠得非常近，足以嗅到衣服上的煙味。感覺炙熱的體溫從他身上擴散，我從他來自異世界的眼眸裡面看見燭光不住閃爍。他近得伸手可及，噢，我是多麼渴望朝把伸出手。

「已經動工了，」他聲音沙啞，用力吞嚥了一下。「我自行設計的結構預備取代魔法樹，目前正在建造中，有混血種加入，父親也……呃，允許，雖然沒有公開鼓勵。」

諸多疑問浮出心底，我咬牙忍住。

「以後再解釋我是如何得到允許，總而言之，就是以其人之道還治其人之身，這是我第一次打敗他。」笑容閃過臉際，隨即消失無蹤。「厝勒斯陷入混亂，情況比妳離開前更嚴重，因我犯的錯誤，馬克差一點精神失常，雙胞胎被打入礦坑做苦工，混血種能夠說謊，安哥雷米掌控了我弟弟的名字，萊莎假冒安蕾絲的身分，」他一度搖頭。「我的母親甚至試圖殺死我。」

他說的每一句話都傳入我耳中，只是過於複雜，暫時難以理解消化。我早就懷疑厝勒斯出了狀況，聽見自己關心的朋友受到傷害，敵人卻大肆慶賀，心裡當然不好受，只能咬牙忍住，保持沉默。

「縱然有這麼多紛紛擾擾，我終於開竅，抽絲剝繭、看出背後的奧妙，」他盯著我的眼眸，看的卻不是我。「我開始看懂他的布局和計畫，明白他背後的動機。混血種支持我，公會認同我們的目標，甚至有某些貴族公開附和；我設計的結構越建越高，人民終於開始團結在一起，朝向我夢想的目標逐漸接近……」

他眨眨眼睛，和我四目相對。「然後妳以名字召喚了我，我只能拋下一切成就離開。」

我畏縮地靠近桌子。「對不起，」我哽咽。「我只知道你病了，恢復自由是我所知，唯一能救你的方式。」

「別說對不起，」他舉起手彷彿想觸碰我的臉，卻又了縮回去。「這是我試著想解釋的，希賽兒。我很生氣，但不是對妳。」

我垂眼看他胸口。「我毀了你的計畫。」

「不，這不是回應召喚和留在厝勒斯二擇一的問題，而是同生或共死的選擇題。」溫暖的魔法環住下巴，勾起臉龐。「唯一的解決辦法不可能發生，我們卻雙雙站在這裡，還在呼吸。」

心裡有無數的疑問亟待解決，但我似乎就是想不起來，只好問道：「現實跟你想像的一樣嗎？」

他閉上眼睛。「以前常常幻想厝勒斯外會是什麼模樣，以至於幾乎相信自己真的知道。現在看見了……」他停頓。「覺得浩瀚無邊。」

對他而言的確是這樣，但在這一刻，我的感覺正好相反，彷彿整個世界驟然縮小，只剩我家門口。除了我倆站立之處，其他不復存在。

「事實上，」他繼續。「失去妳以後，我朝思暮想，如果還有相逢的機會，我要做什麼。」他屏息，我滿懷期待，等待他的告白。「萬萬沒想到會這麼艱難，連擁抱一下都很痛苦，」他舉起手來，虛弱無力地垂在身旁。「指尖甚至感覺不到妳肌膚的觸感。」

他突然住口，我立刻領悟到承認弱點對他而言是何等困難。我想告訴他，鐵鏽終會褪去，他會痊癒，然而我跟他一樣都對結果沒把握。

「你從未失去我，」我呢喃。「我一直相信……」突然說不出口，真要宣稱過去這幾個月自己都是信心滿滿，無疑是謊言。「希望……」再次哽咽。「我……」

「我了解。」他低頭深深一吻，嘴唇接觸的瞬間，我環住他的頸項，他舌尖的滋味和肌膚的熱氣趕走心底所有的猶豫和懷疑。我踮起腳尖，緊緊依偎上去，全然陶醉在他溫暖的氣息裡。感覺如此熟悉，又有點陌生，慾火在胸口燃燒——一股久被剝奪的渴望——讓我頭暈目眩、有些喘不過氣。

「希賽兒……」他的氣息吹過耳際，燈火倏然變暗，隨即大放光明。

我真的頭暈目眩、喘不過氣來。

「希賽兒？」

「我要昏倒了。」含糊地嘟嚷一聲，膝蓋癱軟，眼前一片漆黑。

36

崔斯坦

她向來都這麼的瘦弱嗎？我抱著希賽兒上樓，看到一間淺紫色蕾絲的臥房，布置井然有序，但小地方又有些許凌亂，便知是她的房間。把她放在床上，脫掉泡水的鞋襪，對衣服猶豫了一下。布料溼答答、煙味瀰漫，但我不想在她不醒人事的時候為她寬衣解帶，以前她也有過衣衫不整的時候，卻不見得喜歡我擅作主張。我留下衣服，直接用厚棉被裹住，撥開糾結的頭髮，露出她的臉龐。

其間沒有一絲肌膚的接觸，不然，唯一的感受只會是椎心之痛。

摘掉手銬後感覺好很多，比較有力氣，同時脫離了垂死邊緣。但破壞已經造成，傷勢也沒有顯著的改善，手只要稍微動一下，刺痛就如萬箭穿臂，指尖麻木沒知覺。我會痊癒嗎？或者餘生都要忍受這種痛楚？我是否就此不復往日的強悍，變得殘缺不全、衰弱破損？或許大多數的工作都可以用魔法取代，唯獨和她在一起不行。指尖再也感受不到她肌膚的觸感，也不能擁抱而不疼痛，這種失落讓人難以消受。

我跪在床邊，好整以暇地審視希賽兒的臉龐。記憶中圓潤的臉頰變得凹陷、顴骨凸出，本來晶瑩剔透的肌膚也失去健康的光澤，金色睫毛貼著眼眶底下瘀青的皮膚；抵著下巴的指甲咬到根部，有的幾乎見血。沉睡中的她少了堅強個性的支撐，顯得柔弱、失去青春活力。

「對不起。」我呢喃、輕輕吻一下她的臉頰再坐回腳跟。

我自由了。

透過魔法和頑強的意志，希賽兒破解了安諾許卡的咒語對我的拘束力。突如其來的自由讓我毫無心理準備，至今還在調適當中，瞬間變化過於劇烈，遠遠超過我的預期。

閉上雙眸，回想起在溪水路狂奔的時候，速度甚至超過旁邊的水流，彷彿只要盡力加速就可以衝破許久以來局限族人的障礙物。當我逐漸逼近隔絕兩個世界的那條隱形疆界，恐懼盤據心頭，明知衝撞的痛苦，還是願意一試，不管是用魔法或赤手空拳，都不會住手，直到心臟停止跳動。那一瞬間，我對希賽兒的愛與恨來到極點。就一個簡單的命令，她竟然找到方法結束我們的生命。

撞上界限之際，咒語竟然阻攔不住。

感覺它試著要把我抓回去，阻撓我不容通過，但有某種更強的能量使勁一推，讓我踉蹌好幾步，摔倒在沙灘上。我翻身仰躺，望著夜晚浩瀚寬廣的天空，它全然開放、無邊無際遠超過我所有的想像。繁星無數，滿佈夜空，有的光芒微小，依舊不住閃爍，我驚嘆地仰望，難以動彈。

「崔斯坦？」父親的叫聲把我喚回現實世界，語氣裡帶著驚慌。

我坐起身，發現他臉上閃過一種前所未有的表情。

「去找她！」他大喊，我突然拔腿狂奔。

我知道他指的是安諾許卡，但縱使希賽兒沒有呼喚我的名字，第一位想找的人還是希賽兒，彷彿我們之間有一條絲線牽絆，把我拉往她的方向。我通過漆黑的鄉間小道，進城的路途模模糊糊、記不清楚，即使還不到聽力範圍內，我依然隱約聽見她在唱歌。當我走進劇院裡面，看她坐在舞台上，周圍一片花海，清脆、透亮如水晶的嗓音傳入耳際。生命當中總有某些時刻會深深烙印在記憶深處，永遠鮮明清晰，對我而言，她坐在台上的畫面就是其一。

但那光輝的一刻仍然染上些許灰塵。

關於她如何得知我的名字，我相信她說的是實話，過去也曾聽說有某些人夢見自己到了世外桃源的阿爾卡笛亞，然而眾所周知的是，這些睡著的人從此不曾甦醒，魂魄漂離、變成冬境精靈的俘虜。

只是我從未聽說這發生在人類身上，想到這可能是仲夏國王公插手干預，反而更加懊惱。我欠隆冬之后一個人情，而現在希賽兒得著仲夏國王的眷顧，讓我忍不住納悶，除了兩個王國之間永無止境的戰爭，他們是不是又玩起了另一個把戲；假若他們得以再一次自由涉足於這個世界，又會掀起怎樣的軒然大波。在祖先的故鄉裡，有某些殘暴、危險的生物埋伏在黑暗中，虎視眈眈地想要伺機而動。畢竟我們遠不如往日那般強悍，難以肯定還能夠像以前那樣制伏他們，掌控全局。

相信希賽兒的說法改變不了現在她握有掌控權的事實，雖然她絕口不提，我也相信她不會草率行事，可是每一次感覺自己的名字閃過她的思緒，腦袋就一片空白，渾身僵硬地期待她發出下一道命令要我去執行。她很清楚這是她得以釋放我自由的主要因素，因為這樣，有一大部分的我寧願回到牢籠裡，重拾自主權，不必聽她指揮，還可以回到自己的工作崗位。

我沉重地嘆了一口氣，起身舒緩身體、活動筋骨。希賽兒取名為小老鼠的東西坐在旁邊，露出尖牙、舌頭伸得長長的，出奇機靈的眼神定定地盯著我看，她說這是一條狗，但我不完全相信真的只是這樣而已。

「幫我注意她好嗎？」我問。

這隻動物似乎了解我的含意，輕吠一聲，跳到床上，腳掌壓著棉被，轉了三圈，才在她膝蓋後面安頓下來。「等等就回來。」我交代。

臨近的房間除了家具沒什麼私人物品，唯有走廊末端的主臥室，應該是她母親的房間。吉妮薇．卓伊斯的臥房放眼望去，裝潢華麗、家具精緻，酒紅色的長毛絨布、琳瑯滿目的藝術品，讓人看得目不暇給。牆壁上淨是女性睡姿的油畫，很多作品的來源我認得是來自厝勒斯，而且所費不貲。玻璃裝飾品和高價瓷器塞滿桌子，還有一疊封面鍍金的書籍堆在壁爐旁邊的椅子上。

我很清楚歌劇女伶——即使已是大明星——薪水少得可憐，絕對供應不了如此奢華的生活。就算她的贊助者是眾所周知的侯爵，支持藝術不遺餘力、出手闊綽，也要非常、非常地慷慨才能送她這麼多昂貴的禮物。

希賽兒很少談起她的母親，讓我難以判定她是愛到幾近崇拜或者心中有恨，加上自己和吉妮薇從未謀面，全部的印象都來自於道聽塗說，然而就我所聽見的，負面評語居多。無論過去或現在的行為在在顯示她不只自私，還非常自戀，不過這一切或許只是表相，而且是蓄意塑造的，符合一般人概念中歌劇女伶的形象。從我探聽到的，她出生於中等收入的家庭，父親英年早逝，留下她由同為歌手的母親撫養長大。

可是吉妮薇出入的社交圈遠高於她出身階層的範圍，意味著她有不為人知的另一面，讓我對她好奇至極，何況今晚希賽兒甚至還迫切地哀求要救她一命。

我啟動魔法手指，翻箱倒櫃地搜尋一番，還得確保事後回復原狀看不出異狀。除了一疊來自仰慕者的情書，和幾頁文筆拙劣、屬名朱朱的情詩稍有看頭之外，其餘沒什麼特別。衣櫃塞到幾乎滿溢的程度，各種昂貴的衣服，鞋子、配件，顯示她有錢到一無所缺，其中散發出濃濃的香水味，讓我鼻子深受刺激。

拉開床頭櫃的抽屜，我隨即闔起，又忍不住再次打開，強烈的好奇勝過道德倫理的約束，我細細打量其中的絲繩，羽毛和蕾絲，嗯，有趣的收藏品。

正打算再一次闔起，突然發現抽屜深處似乎另有端倪，迅速檢視一番，推開底下的夾層，裡面放了一疊舊情書。東西藏在這裡很聰明，可以避免僕人嚼舌根。

我把所有的信件瀏覽一遍，寄件人都是希賽兒的父親，從他們分別之後起算，前後歷經五年，每一封的內容都是殷殷期盼一家人能夠團聚，詢問她為什麼改變主意，哀求她去蒼鷹谷，提及他和孩子們多麼想念媽媽。他情詞迫切地解釋，只要她肯回信，他甚至願意出售祖傳的農場，帶著孩子搬到崔亞諾跟她團聚。

最後一年，來信的頻率遞減，唯一不變的是殷切的期盼——直到最後一封還是懇求不斷。停止寫信的理由是不是因為收到她的回信？吉妮薇徹底的拒絕讓他死心？或者苦苦哀求了五年，他終於發現一切努力都是枉然？過了這麼多年，她保留這些信件有什麼特別的意義？這些跟其餘的情書一樣都是戰利品，亦或是內心深處，吉妮薇的確在乎她的家人？

想把信件拿給希賽兒看，又有些猶豫。這些都是書面證據，證實她父親的懇求從頭到尾都沒有收到回應，但她知道了，只會更加傷心，不是嗎？她的煩惱已經夠多了，不用我再揭開往日的瘡疤雪上加霜，信件還是放回原處比較好。

下樓走了一圈，大廳、起居室、廚房、連地窖我都探頭進去看了一眼，最後來到樓梯底下那間沒有窗戶的小書房。藉著光球的光芒，我仔細檢視書桌上的物品，瀏覽所有的信件，看起來像請帖或邀請函的卡片，歌劇的曲目和樂譜，還有一疊帳單，她似乎都準時支付。

看到角落有個保險箱，我眼睛一亮，鋼鐵外殼看起來非常堅固，還配了一付構造複雜的鎖頭。我實在不願意靠近金屬，可是沒有其他辦法打開它，顧不得麻癢灼燙的刺痛感，我慢慢轉動刻度盤，仔細聆聽插銷的動靜，順利開了保險箱。本以為裡面是珠寶，完全沒想到是一大疊帳冊，稍微翻閱一下，看得我目瞪口呆，下巴闔不起來。

吉妮薇．卓伊絲單憑自己的努力，就累積了驚人的財富。

一頁頁檢查她的存款金額、投資項目和土地產權的明細，發現她擁有崔亞諾劇院百分之六十以上的產權，還有好幾棟房子坐落在城裡，這些都以公司名義持有，而她是唯一的老闆。她是持有者的事實似乎隱藏在一層又一層的法律文件底下，幾乎所有的財富都繼承自她的母親——希賽兒的外婆——所有的紀錄最終都追溯到她身上。即使從我的標準來看，吉妮薇都非常有錢，而她卻偽裝成完全倚賴侯爵的供養，讓人忍不住要問為什麼？

希賽兒初到厝勒斯，我就派人徹底調查她母親的來路和背景，沒有人提到這方面的資訊，意味著這個祕密隱藏得很好，至今沒人知道，甚至連女兒都被瞞在鼓裡。我鎖上保險箱，返回樓上查看希賽兒的狀況。

她睡得很沉、一動也不動，壁爐的炭火讓室內極其溫暖，我小心翼翼脫掉外套，感覺口袋沉甸甸的，書的存在被我拋到九霄雲外。

我把小冊子放在希賽兒書桌上，自己坐在椅子上。這是我抱起凱瑟琳的時候，在她身子底下發現的，因此沒被燒著。當時只瞄了一眼，確定不是安諾許卡的魔法書，但還是逕自塞進口袋，現在才有時間研究。

封面裡夾了一張對摺好幾遍的羊皮紙，我認得這是希賽兒潦草的筆跡，就是一些名字和日期，最近的是吉妮薇的母親，其他都很陌生，此外還有一張摺起來的崔亞諾地圖，應該不可能被燒著，卻有好幾處火燎的痕跡，就像小黑點遍佈在紙上。我看不出任何端倪，但這應該很重要，不然凱瑟琳不會偷走希賽兒的東西。

冊子本身盡是各式各樣的咒語，迅速瞄了幾眼，都是一些血腥的黑魔法，邪惡得令人皺眉，最後是關於尋找失蹤者的咒語，需要用到地圖。

父親的眼線回報希賽兒運用血魔法，我一直不願意相信，眼前鐵證如山，證明他說得沒錯。拿起地圖，我把那些痕跡數了一遍。

「妳施了幾次咒語，希賽兒？」我問道，感覺她已經醒了。

她猶豫半晌。「只有一次，那些痕跡是同時造成的。」她慢條斯理地起身下床，走到屏風後面，片刻之後裹了一件綠色天鵝絨的睡袍走出來。

「這些婦女是誰？」看著她走過來，行進之間不時露出白皙的小腿。「妳外婆跟安諾許卡又有什麼關係？」

她坐在書桌邊緣，膝蓋和我碰在一起。「外婆是受害者之一，」她低頭玩弄睡袍的衣帶。「詳細過程還不確定，只知道安諾許卡利用她們延長自己的壽命。」

我默默等待，知道她還有話要說。

「有些咒語透過近親的血緣可以增強效力，」她放下衣帶。「這些女性都是我的祖先。」

「也是她的後裔。」我接替她說下去，驚訝的程度不如自己所預期的。我再次打量名字和日期。「因此妳很擔心妳母親——她是下一位。」緊接在後的就是希賽兒。

「妳妹妹呢？」

「喬絲媞不是女巫。」

「所以妳母親是？」

希賽兒遲疑了。「我……是的，我想她有相同的天賦，但她似乎不自覺，畢竟我從來沒看她用過魔法。」

我不確定自己認同她的觀點，但現在不是逼問的時機，留待以後再談。

她不自覺地開始咬指甲，直到我小心翼翼地拉開她的手臂。「只要我們阻止她殺死母親或我，她就無法長生不死，壽命遲早會走到終點。」希賽兒開口。

已經一團亂的處境現在加倍複雜。「第一步必須先抓到她，」我說。「接下來要怎麼處理……以後再決定。」

「你有什麼建議？」希賽兒詢問。

「用誘餌引她現身，」我和克里斯一開始的計畫是拿自己當誘餌。安諾許卡肯定知道我的身分，應該不會坐視我悠哉地到處晃蕩，不過現在這個更勝一籌。

「而且她需要妳們母女，」我說。「只要消息傳出去，說我跟妳牽扯在一起，打算帶妳們母女離開崔亞諾，她就被迫要採取行動，如此一來，她必然露出馬腳、身分被揭穿。」

她揚起眉毛。「你說牽扯是什麼意思？」

我聳聳肩膀。「妳母親搭上有錢的侯爵，但我比他更富有。親愛的太太，妳要不要也找一位慷慨的贊助人？」

37
崔斯坦

「你遲到了。」我從樹幹後面走出來，小老鼠亦步亦趨跟在旁邊。

「不用大聲嚷嚷。」克里斯應道，勒住灰馬停在馬路中央。

我試著露出兇狠的眼神，但想必效果大打折扣。淚水潸然而下，都怪陽光過度明亮，白色的雪堆又反射陽光刺痛眼睛。

「你就像找不到地洞為家的鼴鼠。」克里斯同情地說。

「我不知道什麼是鼴鼠。」我拉開馬車的門，先把小狗抱上車。

「就是住在地底的小動物，眼睛昏花看不清楚。」

「這樣的比喻還算貼切。」我選擇他身旁的座位。這輩子從沒坐過馬車，即便心裡忐忑不安，仍然興奮地期待這次嶄新的體驗。兩匹馬身刷得閃閃發光，偶有泥巴濺上馬腳，依舊瑕不掩瑜，無損牠們流線型的力與美。想到厝勒斯城裡那些拖曳整車穀物、步伐緩慢沉重的老馬，跟眼前這對灰馬比起來似乎是迥然不同的生物。

這裡的一切跟我之前熟悉的世界有著天壤之別，陌生的氣味和噪音既新奇又恐怖。周圍的生命腳步急促，甚至感覺擁擠，有時我幾乎慶幸模糊的視力得以緩和空間的真實感，不致讓感官承受不住變化的刺激。

克里斯扯動韁繩，吆喝一聲，馬匹猛然起步往前，馬具隨著每一步發出叮咚聲響。

「希賽兒同意你這麼做，讓我有些驚訝。」他說。

「同意？」有些路面結凍、馬車不住搖晃，連脊椎都受到震動。

克里斯哼了一聲，姿勢懶散地坐在木板凳上，似乎不受震動干擾，怡然自得。「別裝啦，如果她不同意，我們不會在這裡。」他斜睨我一眼。「你有告訴她我們要去哪裡吧？」

「我當然說了。」

「然後呢？」

「她了解其中的必要性。」

克里斯笑呵呵。「你肯定被嘮叨很久。」

「我忘了她生氣的時候是個大嗓門。」我承認，一腳踩住地板、勉強保持平衡。「小老鼠躲在床底下，我很想跟著鑽進去。」我困窘地說。

「總之我們到了這裡。」克里斯趕緊做結論好結束話題。

是的，慢慢走向通往厝勒斯的道路，這次會面讓我既期待又怕受傷害。自由之身應該給我一種佔盡優勢的感覺，然而事實正好相反，我彷彿失去了掌控權，這種感覺讓人很不舒服。我擔心自己突然離開之後，厝勒斯發生變故，擔心朋友和同志的地位岌岌可危，只能任人擺佈，父親不會無端傷害他們，然而只要我的行為不合他意，他會毫不猶豫地利用他們來對付我。

「你想他會幫忙嗎？」

我伸手擦乾臉頰，避免傷及手腕。「是的。」望著矗立在右手邊、如龐然大物般的山脈，我的目光落在我們的那座山，陡峭的山峰在陽光底下閃爍著黃金般的光芒。「事件轉圜或許出乎他的預料，但是別誤會，他應該對希賽兒努力的成果非常滿意。對他來說，這絕對是我們全體族類邁向自由最大的一步。」

馬車終於脫離遮擋視線的樹林，前方就是大海，然而吸走我注意力的卻是介於魔山和海洋中間那一大片滑坡。滑坡上巨石嶙峋，眼前所見的外觀和規模似乎比想像中小很多，很難想像它底下涵蓋了被我視為整個世界的城市。

我們有很多藝術作品戮力描繪大崩塌以前的景色，那時厝勒斯盤踞於三角形尖峰下的山谷，園中繁花五彩繽紛，而且不是透明玻璃；港中船隻往來頻繁，世界的中心就在這裡。當年的榮景如今只剩光禿一片，石頭一望無際，除了視覺上的震撼，毫無生命氣息，繁華不再，反成了荒蕪中心——淪落成不為人知的牢籠，受困的巨魔一族面臨滅絕。眼前的景象讓人怒火填膺，我生平第一次跟父親的意念一致。

「那是艾莫娜妲·蒙托亞的船。」克里斯指著往南的商船，可能是駛向柯維爾。

「你怎麼知道？」

「見過太多次，已經能夠分辨了。」他瞇著眼睛看。「坦白說，商船離開讓我有點驚訝，她在崔亞諾至少停泊了一個月，還有一兩次不期而遇，她似乎沒有閒聊的意願，假如你明白我的意思。」

我點頭，艾莫娜妲許過交易咒，無法討論關於厝勒斯的大小事物，但是傾聽不受限制，至少可以讓她知道在我離開的時候，姊妹倆安然無恙，得以放下心中的大石頭，專心從商，免得她擔心過度，在父親重開大門的時候，錯失進入厝勒斯的機會。

「你要我陪同嗎？」克里斯勒住馬匹停在路旁。

「不，」我自馬車一躍而下。「你留在這裡觀望是否有別人，我不希望談到一半被人打擾。」正想走下沙灘，想想又停住腳步。「留意那條狗，希賽兒很喜歡牠，但牠所到之處都會留下爛攤子需要整理。」

克里斯嘟噥地詛咒，擔心馬車可能受損和荒唐的小狗，我微笑地邁步離去。

路徑中間的積雪被經過的馬車和路人壓得緊密，我寧願走在邊緣，享受踏雪而過窸窸窣窣的聲音。沙灘沒有積雪，就算有也被潮水沖刷得一乾二淨。在不知情的人眼裡，溪水路的入口被崎嶇不平的懸崖掩住，幾乎看不出來。

越過巖石和沙灘，進入被懸崖峭壁遮蔽的洞穴入口。河水奔洩流入大海，但是漲潮的時候，海水會直達咒語的屏障處，退潮時則留下漂浮的殘骸散落在四處。前面河口看起來好像有一塊大石頭杵在那裡，但我知道那是幻影，背後的能量只有一小撮巨魔有能力供應。

「我還以為你至少會找人幫你搬椅子過來。」我停在安全距離之外，不願意靠近咒語界線，避免被捲入的風險。

幻影消失，父親站在裡面，沒有椅子坐，我佯裝同情地皺起眉頭。「但願你沒有等很久。」

「我在欣賞風景。」

我回頭看了一眼。「這裡的視野很局限。」

「很快就會改變了。」

我轉過頭來。「他們做何反應？」

「跟預期的一樣。」他的手臂靠著屏障，表情愉悅，無意透露厝勒斯內部的情況，知道這樣可以讓我一顆心懸在半空中，七上八下，才能爭取談判的籌碼，顯示他依然握有掌控權。我們父子心知肚明。

「看起來安諾許卡知道希賽兒在找她，」我說。「昨天晚上女巫凱瑟琳被殺，魔法書焚毀或者被她帶走了，讓我們失去追蹤她的方法。」

父親眉頭深鎖，半晌不作聲。「她既然知道希賽兒的身分，何不直接對付她就好？」

他立刻看出箇中端倪、直指核心問題，但我暫且不想透露希賽兒和安諾許卡的關連，也不想拆穿我知道他掌控艾登．雀斯勒爵士一事。

「我也產生相同的疑問，」我承認。「可能是某種道德良知或是對同類的認同使然，但也證明她不會因為殘殺人類而愧疚不安，應該是另有考量才沒有對希賽兒下手。」

「希賽兒本身是關鍵，」他說。「預言引領我們找上她，而她的所作所為證實預言正確無誤，現在又有更多的證據指明她的重要性，只是我們不知道原因。」

「安諾許卡很清楚。」

「顯然是這樣，」他從口袋撈出一枚金幣，在指間翻來轉去，沉思地問。「你有什麼計畫？」

「有一點雛形，」我看著金幣在他手中彈跳。「希賽兒曾經解釋，咒語是安諾許卡意志力的展現，透過魔法化為具體。出於仇恨，她渴望把我們關在這裡。」我挪開目光。「當她發現竟然有一名巨魔掙脫出來，還不是不相干的閒雜人士，」我挺起胸膛。「而是她最痛恨的人的後代，肯定會勃然大怒。」

這是計畫的一部分，雖不是全部。

金幣不再移動。「你要拿自己當誘餌？」

我點頭。「她肯定會採取行動。」

他文風不動，從表情看不出端倪，但欠缺反應本身就透露了他對我的提議感到不安。

「你若公開宣示自己的身分，我們其他人也會面臨危機，脆弱的處境會讓我們難以抵禦。」

「我不會透露來歷，只會說自己是誰，」我回應。「只要滲透她出入的貴族階層和社交圈，在她眼前晃來晃去加以刺激，終究會驅策她採取行動，露出狐狸尾巴。」

「風險太高了，」父親咕噥，「第一，你很可能被她所殺，其次，你期待一個五百年來老謀深算、不曾犯錯的女人這次會破例。」

「你有更好的提議嗎？」我問。

他出聲嘆息。「看來你需要金幣。」

38 希賽兒

我面對鏡子站在平台上，身上只有薄絲襯裙。裁縫師熟練地用尺測量腰圍，手指在無意之間觸及肋骨的疤痕，意外發現的瑕疵讓她渾身一震，我也跟著瑟縮了一下。「妳瘦了。」她用閒聊掩飾剛才的反應。「禮服都要修改，胸部外加襯墊。」她再量一次胸圍，看著刻度嘆了一口氣。

雙頰忍不住發熱，她的助理笑得很無禮，我抬高下巴，直視她的眼睛。「再來一片蛋糕，謝謝。」接著對裁縫師說道。「不用大驚小怪，先前我身體不舒服，現在好多了，不久就可以恢復原貌。」可悲的是，原貌依舊需要襯墊。

我是真的感覺好很多，國王的督促依然存在，但不至於急迫得讓我招架不住。若說我們已經奪回掌控權，未免太自不量力，目前的情境只是稍有改善，崔斯坦恢復自由，艾登爵士的威脅性消失，即使計畫不夠明確，至少算有了腹案。

崔斯坦本想熬夜策劃，我堅持他要休息，他沒有抱怨不舒服，但是傷口的困擾並未消除。我很想幫他治療，一直猶豫不敢開口，過程要借助他的魔法由我指揮，以最近的發展判斷，他應該無法容忍這樣做。

一夜好眠帶出莫大的效果——我不只頭腦清醒，胃口也跟著恢復，然而這些現象讓我忘忑不安，真希望可以把情勢改善歸因於崔斯坦的出現——真希望是他治好了我的病。

我不許自己如此天真以致失去戒心，當然啦，他得著自由毫無疑問地讓我卸下心中的懸念，我和他重逢的喜悅倒是其次，最開心的應該是國王，這意味著一切都按照他的計畫在進行。今天早晨崔斯坦去海邊找他父親討論，結果如何令人掛心。

助手端來一片蛋糕，裁縫師忙著幫我試穿媽媽新訂製的禮服。這是當前最流行的款式，一層又一層的襯裙滾著荷葉邊，上身和袖子束緊，低胸的方型領。這款式更適合母親的年齡，我穿得很不自在。今天至少要試穿六件禮服，為此她應該花了不少錢。

這些新衣服讓人忍不住懷疑母親的居心，她顯然希望我盡快加入崔亞諾的沙龍聚會——陪伴在侯爵旁邊，不然還有什麼理由要幫我添加行頭，淨選一些暗淡的色調。雖然這個時機配合得剛剛好，但不是她期待的理由。

我端著盤子、斯文地小口咬蛋糕，一邊盯著試衣間入口。崔斯坦和克里斯應該已經返回旅館了，但要等他們的通知，才能啟動我要扮演的角色。門口的鈴鐺叮咚作響，片刻之後，莎賓出現在更衣間，揚起眉毛看了新衣服一眼，也不管裁縫師在場，逕自走上試穿的平台，低聲咬起耳朵。「他們住進克林薙飯店。」

「是嗎？」我不置可否地呢喃，嗓音大得足以讓別人聽見。「住套房？」

「最豪華的房間。」她湊近，氣息吹過我的耳朵。「克里斯改頭換面、充當紳士的男僕，還有自己的房間，但他渾身不自在，好像驚弓之鳥，崔斯坦倒是如魚得水，調適得很好。」

「真讓人興奮，」我調皮地笑了。「城裡最近很少有任何值得關注的事物，他是最有趣的一位，請妳幫個忙，再去替我探聽一下他的行程，等我試穿完畢就去喝下午茶，妳再告訴我細節。」我親吻莎賓的臉頰、目送她離去，希望沒有露出緊張的情緒。

「最近有演出計畫嗎，小姐？」裁縫師嘴巴含著大頭針，聽語氣興致不高，好像是隨口詢問，但我心知肚明，表面上她幫出手闊綽的中產階級和低階貴族裁量衣服，私底下卻是八卦消息交換中心。

「有幾場演出，」我嚥下最後一口蛋糕。「時間不能排滿，我必須保持彈性。」

「喔？」她把這個字用得像鐵撬一樣，試圖挖掘更多的情報。

「最近城裡來了一位紳士，藝術品味很高。」我悠悠說道。

「新來乍到？」她沒有停下手裡的工作。

「今天的事，不過前幾天就聽到他要來的消息。今年夏天我們有幸認識，見了幾次面，最近接到來信說他要來崔亞諾住一陣子。」

「來自哪裡？」

我把盤子還給助理。「真是人間美味！可以再給我一盤嗎，親愛的？」我刻意等著她離去，確信她會躲在門外偷聽。

等她出去之後，才低頭說道。「他來自南方，就在柯維爾附近，顯然有點厭倦鄉間隱居的生活，想要來見識崔亞諾的花花世界。」我淘氣地微微笑，希望用眼神傳遞最好的八卦材料。「他極為富有，未來會繼承家族龐大的財產，」我伸舌舔舐下唇的糖霜。「而且長相英俊，再怎麼端莊謹慎的婦女都會為他動心。」

裁縫師睜大眼睛。「有頭銜嗎？」

我搖搖頭。「沒有，但我猜這一點很快就會改變。」這是禮貌性地暗示他想來這裡找一個貴族妻子，裁縫師馬上領悟我的言下之意，感覺腦袋轉得飛快，思索有哪個窮酸貴族家的女孩很需要金錢——並且了解它的價值，願意當這位紳士的情婦，如果她還沒有特定的對象。

她把我轉向穿衣鏡，費心整理袖子的蕾絲。「他的名字是？」

我猶豫了一下，告訴自己這樣可以增加戲劇效果，其實是心裡害怕。一旦透露崔斯坦的名字，等於幫他貼上標籤，讓安諾許卡找上他。然而這無可避免。

「嗯，親愛的，妳說的是哪一位年輕紳士？為什麼以前沒聽妳提過？」

我渾身一僵，慢慢轉頭迎向母親洞察一切的目光，「媽媽！妳這麼快就回來了？」我心神不寧地轉回鏡子，如果再被她限制出入的自由，那就麻煩了。

「感覺好些了嗎？」我轉移話題。

「好多了，」她語氣冷淡。「請不要賣關子，親愛的，故意吊我們胃口，這位紳士是何方神聖？」

我口乾舌燥，故意調整禮服領口，現在避而不答似乎很怪。「他是崔斯坦．莫庭倪。」

39 崔斯坦

靠著偽裝的自信和希賽兒模糊的指引，我總算保留顏面，沒有洩露自己對這方面的無知，順利住進克林雍飯店。安頓後的第一件事，就是拉上全部的窗簾遮蔽燦爛的午後陽光。我隨即卸下偽裝，撤去溫暖的魔法面具。

「你想營造氣氛？」克里斯問道，仔細打量桌上那一大盤蛋糕，幫自己和小狗各挑一塊。

「你的性別傾向令人好奇，克里斯多夫。」我打開箱蓋檢視黃澄澄的金幣，想起僕人——不，是挑伕扛得氣喘吁吁。這些外觀和攝政王轄下鑄幣廠發行的貨幣一模一樣，全是為了方便考量。厝勒斯鑄幣廠有能力鑄造各個王國專用的貨幣，藉以順應商人和海盜船長的要求，用他們偏好的貨幣支付，因為單是輸入厝勒斯所需的食物，還得避免引發人類鄰邦的注意和覬覦，就已經非常複雜了，若不這樣，只會招來更多的問題。

我轉身面對共謀者。「單單駕車返回崔亞諾途中，你用『漂亮』形容了我三遍，我不記得自己曾經在這麼短的時間內連續被人讚美這麼多遍。」

「說你美得像女人不是讚美。」克里斯嘴含蛋糕含糊地答腔。

「假如我真的偏愛魁武健壯的鄉村壯漢，聽到這樣的侮辱肯定會心碎。」我順手抓了一把金幣，小小的動作立刻引發劇痛竄入手臂。即便雙手的活動力大致恢復，手腕的傷口依然泛黑，微微滲血，看起來很恐怖。

「拿去。」我將金幣遞給克里斯。

他停止咀嚼，戒備地盯著黃澄澄的金幣。「你認為我會笨得收下？不勞而獲的巨魔黃金會招來惡運。」

「這不是不勞而獲，」我把金幣放在桌上。「是酬謝你幫忙。」

他搖搖頭，瞪著雙腳。「我忙了一整年的收入都不到這些的零頭，遑論你說只要幾星期的時間就夠了。」

天哪，這個傢伙真是老實過了頭。

「接下來你要參與的工作不只更加艱難，還非常危險，理當得到更高的報酬。」

「這不是工作，」克里斯嘟噥。「也不是為了賺錢——我根本沒想過酬勞的事情。」

「巨魔不喜歡欠人情，」我強調。「所以若不要金子，就是別的物品，說吧，你要什麼？」

他聳聳肩膀。

「蛋糕？」我提議。

他扮鬼臉。

「玫瑰花束？」我決定逗弄他。

「沒見過像你這樣的討厭鬼。」

我故意嫣然一笑，對他猛眨眼睛。「香吻？」

克里斯一把抄起金幣塞進口袋。「金子就好。」

我哈哈大笑，坐進對面椅子，收起幽默感，恢復嚴肅。「我們需要你的協助，克里斯，」我說。「希賽兒和我無法獨力完成這項任務，在崔亞諾這裡，唯有你和莎賓值得信任。」

這是實話，雖然聽起來很奇怪，因為我們既不熟，我也不是很了解他這個人。想起初次見面的時候——當時彼此都小，他父親第一次帶他進入厝勒斯城。世代以來我們和吉瑞德家族一直維持密切穩固的合作關係，他們不只銷售自己農場的農作物，同時負責到小島南半部的市場收購穀物和蔬果，克里斯未來將承接農場和家族生意，那次見面早在按部就班的安排裡。

他立誓的時候有一個小小的儀式，我是監誓人，那是我第一次承接誓言，自此以後至少收過上百次，這是國王的職責之一，附加效益是保護王者免受敵人攻擊。一般慣例是等到繼承人長大成年以後才會承接這份職務，像父親這樣把職責加在八歲兒子身上是很罕見的情況。這樣的安排最終派上用場，讓克里斯得以擁有在厝勒斯的界線外討論的自由。

「對，呃，」他吃了第四塊。「但願我們的幫助能夠開花結果。」他猶豫了一下。「等我們找到安諾許卡，你打算怎麼做？」

我會殺她嗎？

「坦白說，不知道。」我嘆了一口氣。「我關心的人幾乎都在厝勒斯，當我人在那裡，期待安諾許卡活著、咒語持續很容易，至少還有我保護他們；現在我在這裡，等於拋棄他們不顧，任由他們被一小撮力量強大、作風危險的巨魔宰割，我卻無能為力，讓我良心不安。」

克里斯往後靠著椅背，一臉深思的表情。他話雖不多，若把當傻瓜看待可就大錯特錯。

「只要希賽兒脫離國王的掌控，你會就考慮回去，對嗎？」

我百般不情願地點頭承認。「是有考慮過，但是一回去，就得殺死父親，等於殘害我的母親和阿姨，還得殺死弟弟，這樣才能執掌大權，但能維持多久？大家都知道我有釋放人民自由的機會，卻白白浪費，他們會因此恨我入骨，不消多久就會有人挺身刺殺我做為報復，王位爭奪戰於焉展開，誰知又有多少人因而喪命。五百年前安諾許卡開始把我們關在巖石底下，爆發內戰等於幫她完成最初的心願。」

「你也可以釋放他們。」

「然後承擔迥然不同的後果。」我說，這個選項自己也曾思考過，透徹的程度和前一個不相上下。

「你進退維谷，卡在巨石和峭壁中間，對嗎？」

我哈哈大笑，真希望這不是苦笑。「天天如此，已經變成生活的常態。」

有人叩門。克里斯起身去應門。「我猜是莎賓。」

金髮女孩走進來，吻一下克里斯臉頰，挑了一張離我最遠的椅子坐下來。「剛和希賽兒喝完下午茶，她已經啟動了你的計畫，很快就知道是否有效果。」她為自己倒了一杯茶，輕輕吹涼。「吉妮薇回來了——突然出現在裁縫店，希賽兒正好在試穿。」

克里斯發出深表同情的聲音。「我猜希賽兒被數落了一頓？」

「奇怪的很，沒有，」莎賓喝了一口茶水。「她說吉妮薇似乎一反常態，大概還沒有從病痛中恢復過來，只逗留一下，查看她幫希賽兒訂做的禮服，不久就離開了。」

「真走運，」克里斯嘟囔。「那個女人很少大發慈悲。」

「我懷疑，」莎賓說道。「應該是想要等更好的機會再一次算帳，加倍處罰。」

「艾登爵士或希賽兒的哥哥有什麼動靜嗎？」我提問，希賽兒深信被綁架兩次的風險不高，但我依然擔心她出入的安危。

「我去營房打聽過，佛雷德在城堡執勤，兩個人都沒有靠近希賽兒的跡象。」莎賓目光閃爍，左右張望、打量四周，最終落在我身上。「看來你又住進皇宮裡。」

「我來這裡自有目的，不為個人的舒適和享受。」

她嗤之以鼻，把杯子放在桌上。「噢，是喔，我確信如果給你選擇權，你會屈就二流的旅館。」

「莎賓，」克里斯語帶警告。「別鬧了。」

「為什麼不？」她很兇悍。「聽說巨魔看重誠實的態度，難道你不想我據實以告？」

她的眼神彷彿把我當成難以預測的危險動物，隨時會咬人一口，那不是恐懼，是戒備，而且憤恨未消。我默默點頭。

莎賓吸了一口氣。「你綁架我的好朋友，強迫她跟你結合，把她當成囚犯看待，還差一點就害她沒命。」她越講越激動，手指掐進絨布扶手，指關節因著壓力泛白。「這種所謂的聯結，毀了她一生。」她說得咬牙切齒，「她永遠無法脫離你的魔爪恢復自由，我當然恨你。」

「妳的行徑就像瘋婆娘，」克里斯擋在我們中間。「這不是他的錯，莎賓，關於這件事，他倆都沒有選擇的自由。」

「噢，閉嘴！」莎賓猛然起身。「他給你時髦的衣服，讓你吃蛋糕，你就幫他說好話辯解？我聽到你口袋裡的金幣叮叮噹噹響，你該感到羞愧，克里斯多夫．吉瑞德！」

他轉頭瞪我。「我就說黃金會招惡運！」

「我想是因為你喊她瘋婆娘，問題不在黃金，」我說。「時間會證明一切。」

莎賓把他推開。「你不想辯解嗎？」

「蒼鷹谷的女人都很有骨氣。」我說。

她揚起下巴。「我對你的讚美沒興趣。」

「這是個人觀察的心得。」

我造出魔法球體，凝視它的深處思索。不用法力的感覺就像不用左腳走路——不是不可能做到，卻是一項挑戰。現在在這裡可以運用自如，帶給我莫大的安慰。想起之前閱讀的報告，冗長陳述這女孩日復一日騎著馬在田野和樹林裡穿梭，到處尋找希賽兒的蹤影，還為著朋友的失蹤自責不已，這樣堅貞的友情和忠誠度讓人敬佩。現在面對偷走她朋友的罪魁禍首，激動的反應自然會帶出憎恨，唯有傻瓜才會覺得驚訝。

如果易地而處，我的反應是什麼？真能饒恕嗎？應該不可能，潘妮洛普離世的時候，我為了她跟馬克聯結而敵視她，因為我相信她逃不過一死，失落感會讓馬克痛不欲生，寧願陪葬也不想活著。我捻熄魔法。

「我無話可以辯解。」

「一句都沒有？」

我起身，雙手背在後面，避免讓她有受威脅的感覺。「我可以用幾小時的時間解釋當時我是如何抗拒、反對希賽兒被帶進厝勒斯城，父親沒有給我選擇的餘地，我若不從，他寧願殺了希賽兒，也不容她恢復自由，但現在聽起來，這些理由很空洞，對嗎？解釋再多都無法改變已然存在的事實，無法抹滅希賽兒和她的家人，還有對妳造成的傷害和痛苦——解釋的目的只會幫我甩開應受的譴責，讓我像懦夫一樣不敢面對責備。」我停頓不語，觀察她的表情。「不管說什麼我都不配爭取妳的饒恕，莎賓，只能用將來的行動證明我的價值所在。」

她瞇起眼睛，慢慢搖搖頭。「從外表、從言談，你都顯得過於完美，這些都讓我無法喜歡你這個人，更不可能信任。」

我低下頭，跟她四目相對。「如果妳認為我完美，應該是沒看清楚我的緣故。」

又有人敲門，我刻意看了克里斯一眼。

「我已經覺得很厭煩了。」他咕噥一句，還是開門出去站在走廊上。

莎賓和我站著聽他和門外的人爭論。「他在休息……不喜歡你去打擾……該死的東西交給我就好！」外頭一陣騷動，不久克里斯回到房裡。「多管閒事的渾球，」他說。「給你。」

我接過那一大疊卡片，一一打開翻閱邀請函內文。「都是今晚的邀約，只是這些人我一個都不認識。」我皺眉地看著那堆人的姓名。

「因為你對崔亞諾的居民熟悉得很？」莎賓戲謔地問。

「比你想像的多很多，」我說。「至少是一些舉足輕重的人物。」

她翻白眼。「名字念給我聽。」我一一複述，她聽了名單後，有的搖頭有的點頭，「都不是貴族，以你在城裡沒沒無聞的程度，這是可預期的。」

克里斯含著另一塊蛋糕哈哈大笑。單是他和小老鼠，幾乎要啃光那一盤蛋糕。

「也不是低階貴族就不會登門拜訪，」她說。「而是時間還早，他們不想表現得太過急切，免得有失身分。」

「一個鄉下姑娘怎麼會了解這些人情世故？」我知道她沒說謊，只是她對一個自己不曾涉足的社交圈說得如此自信，讓我深感好奇。

「我父母親的旅店是方圓幾英哩內唯一一家客棧，人們酒喝多了，說話就沒有分寸，」她說。「再者我在崔亞諾也住了幾個月——這些都不是祕密，只要稍微留心聆聽，誰都可以了解。」

「言之有理。」我嘟噥一句，對她印象深刻。「所以我該接受哪一位邀請？」

「布查德先生，」她毫不猶豫地建議。「他是銀行家——不是最富有的，但有六個女兒，」她繼續說下去。「這不是晚餐邀約，而是一場派對，籌備了好幾個月，稍微有頭有臉的人物都會出席。」

我對銀行這個行業的了解有限，但我無意承認。

「就這樣定案。」我走到書桌前，小心翼翼書寫回函，接受布查德先生的邀請，再遺憾地婉拒其他邀請。

「派人去送信。」我把回函交給克里斯，假設他知道要如何處理。「請他們送食物上來，我快餓扁了，至於妳——」我轉向莎賓。「把妳知道的一切統統告訴我吧。」

40
崔斯坦

雙人馬車飛快穿梭在油燈照耀的街道，寒風涼颼颼，結晶的雪花在空氣中晶瑩閃耀。克里斯跟我相對而坐，即使衣著光鮮筆挺，但神經緊繃得幾乎要抽搐。按照預定計畫，這幾天晚上我要盡量融入崔亞諾的社交圈，之後才開始追求希賽兒，在此之前都不能見面。我痛恨這樣。

「我要怎麼知道自己該做什麼？」克里斯問了第七遍。「萬一做錯怎麼辦？」

「不要口無遮攔說了不該說的話，其餘都不是問題，放心，你會安然過關。」這個問題我也回答了七遍。「不知要做什麼，就模仿別人，總之與工作無關，只是交際應酬，但不要過度，以免引人注意，故事大綱我們已經演練很多遍，照本宣科就行了。」這些建議對他、對我都適用。

「我一定會犯錯出糗，」克里斯呻吟，「這種事莎賓比較適合。」

「的確，」我沒說自己已經問過她了。「但人類社交傳統的約束讓我別無選擇，只能屈就於你，帶女僕出席會讓人說閒話。」

「這是什麼意思？」克里斯反問。

「在厝勒斯這麼做沒關係，我們對男女一視同仁，權力和血統才是重點。」

克里斯低頭檢視擦得發光的皮鞋，暫時忘了緊張。「我們當時立下的誓言呢？男人不得染指女性的巨魔，為什麼只規定這樣，而不概括禁止人類和巨魔在一起？」

「這是生理因素使然。」

克里斯不解地眨眨眼睛。

我嘆了一口氣。「男人追求巨魔女孩，事後拍拍屁股就可以離開，不需承擔後果；女子和巨魔調情嬉戲，萬一懷孕，孩子出生之前，生理因素便會讓她難以離開厝勒斯，就大多數的案例而言，單單這一點就足以讓她們婉拒追求者示愛，不過坦白說，」我補充。「這條規定很少嚴加執行，混血種向來都是有價資產，很多人都對新血加入睜一隻眼閉一隻眼。」

「有道理。」克里斯點點頭。

馬車嘎地停住，讓我鬆了一口氣。「我們到了。」

車夫走過來開門，我靜靜觀察這戶人家，四四方方的宅第還算寬敞，兩層樓磚造建築，窗戶映出金黃的燈光，甚至比頭頂的半輪明月更加耀眼，我走在人行道上，屋內傳出悠揚的樂音歡迎我們到來。

「莫廷倪先生？」門房詢問。

「是的。」一時不太習慣這種稱呼，感覺很奇怪。

「布查德先生正等您光臨。」

隨著僕役走向入口，鑄鐵的圍籬環繞庭院四周，經過時皮膚有輕微的刺痛感，不知道他們是否記得最初建造這些圍籬的原因——就是要阻擋長生不死的精靈，可惜對人類而言，這些無法保護他們對抗巨魔，有限的壽命帶來額外的優勢，其中之一就是對金屬有更強的忍耐度。

大門敞開，我跨進屋內，悶熱的空氣瀰漫著食物、香水、汗珠和煙霧的氣味——音樂加上嘈雜的交談聲，聲音震耳欲聾，讓我心跳加速。這輩子參加過無數次的宴會，沒有一次是為了享樂，總是別有目的，還得偽裝不同的面目，但從來不曾如此違背自己的真實身分。巨大的挑戰讓人害怕又興奮。

「莫廷倪先生！」宏亮的嗓門引我注意，我半轉過身去，預備將斗篷和帽子交給僕人，同時看到一個五短身材、紅光滿面、鬍子花白的男子朝我而來，伸出一隻手。即便握手的概念很奇怪，我還是僵硬地握住他的手，咬牙微笑，忍耐他手腕上下晃動。「我是法蘭克·布查德。」他自我介紹，終於鬆開我的手。「你能賞光今晚的宴會，真是蓬蓽生輝。」

「能夠受邀參加是我的榮幸，」我跟著步入前廳。「這是我第一次來到崔亞諾，坦白說，很像出水的魚兒，相當不適應。」

「哦，別擔心，你會受到妥善的照顧。」

粉紅色打扮的女孩走過來，看到我時立刻睜大眼睛。

「妳在這裡，親愛的，」布查德說道。「安娜，這位是莫廷倪先生，剛從南方上來——如果我記得沒錯，聽說在柯維爾附近？」

謝謝妳，希賽兒。

我面帶微笑，低頭親吻女孩的指關節。「沒錯，你的記憶力可真好。」

「好極了。」布查德說道並輕拍我的肩膀，我及時克制伸手撥開他的反射動作，勉強容忍他示好的行為。「到了我這個年紀，很多東西都不太可靠。」

「很高興認識你，先生。」安娜急著插嘴。

「是我的榮幸才對，」我應道，「本來擔心要獨自用餐，沒想到到了這裡，有你們陪伴，遠遠超過我的期待。」

她笑呵呵地喝了一口酒。「這恐怕就是單身漢的缺陷，現在在這裡，正好介紹大家給你認識一下——法蘭克負責帶你參觀，有些紳士希望認識你，更多貴婦淑女都期待這個機會。」

「你經營採礦事業，對嗎？」布查德引我走開，「我有不少企業家客戶，考量眾多條件，竟然不曾聽說你的大名，讓我非常震驚。」

眾多條件其實只有一個重點：財力。

「父親辛辛苦苦、大費周章地保護家庭，就是希望隱姓埋名。」我微笑地對著旁邊那堆年輕女孩點頭致意——這是今晚的角色扮演，那些女孩手勾手，擠在一起交頭接耳、竊竊私語。「礦場營運一概透過言行謹慎的中間商，你如果聽過我的名字，我反而更詫異。」

「這意味著你們父子觀點迥異，」布查德論道。「他應該不贊同你出現在這裡？」

「他是出乎意料地支持我到外面世界來冒險，」關鍵在於我要遵照他的計畫按部就班。「並且提供豐厚的資源，讓我投資自己的未來。」我模仿父親嘲諷的語氣，當時他把箱子推過屏障交給我運用。「但現在不是討論公事的時機。」

這句話吊足胃口，讓他更想討論。我接過香檳，暗暗環顧室內。安諾許卡在這裡嗎？應該不至於，希賽兒認定女巫受到雀斯勒家族的保護，出入的社交圈應該在上流階層。

「我很樂意協助你安排投資事宜，」他眼睛發亮。「只要讓我大致了解你考量的幅度，也比較好知道介紹的方向。」他的問題粗俗直白，但我既然是沒見過世面的鄉巴佬，不予回應就顯得拘謹，我湊過去呢喃了一個數目。

布查德驚訝地張大眼珠。「你有多樣性的選擇，莫廷倪先生。」

「太好了，」我說。「等我方便的時候再約時間。」

接下來就順理成章，一連串旋風般的介紹引見和寒暄，人人前仆後繼搶著認識我，因為我年輕有為、有魅力、家財萬貫，最重要的一點是新面孔。就算我跟磚頭一樣平凡無趣，單單新鮮感就讓我全身發光。

我有同感。終此一生、千篇一律地被族人圍繞，少有機會認識新面孔，即便偶有機會，權力和階級的界線也讓我很難真正了解他們，希賽兒是唯一的例外。我清楚記得她有一股與眾不同的魅力，讓人想要進一步了解未知的神祕，這場宴會也給我類似的感受。當我穿梭在人群中，被他們當成人類的一份子，感覺新鮮又刺激，那種前所未有的奇特感受比杯裡的白蘭地更令人陶醉千倍。

我輪流跟好幾位年輕女孩跳舞，隨後還分別和她們的母親婆娑起舞，也入境隨俗地站在角落跟其他男性大講黃色笑話、和別的女孩調情、跟她們的父親大談政治議題。時間如飛而逝，不久就發現自己置身在陰暗的房間，室內煙霧瀰漫，我手端白蘭地，另一手拿牌。

「你若不是島上運氣最好的渾球，就是在算牌，崔斯坦。」一位年輕人邊看牌邊嘀咕。

「相信只要你有足夠的手指和腳趾算算術，也會跟我一樣。」我這麼說，其他人哈哈大笑。我的確忍不住在算牌，與其冒險被其他人指控作弊，乾脆放下這一局。「我退出。」

「嗯，這位是誰呢？」

其他人紛紛露出笑容，我轉頭一看，希賽兒的母親翩然出現，我放下手中白蘭地，起身致意。「卓伊斯夫人，真是久仰大名。」

那對藍眸看起來既熟悉又陌生。「我也有同感，進城不到半天，八卦消息的內容都跟你有關，叫人不得安寧。」

我聳肩以對。「有人討論還好，默默無聞才悽慘。」

她嘴角一揚，眼神卻很冷淡。「聰明。」

「這句話只是拾人牙慧，真正有創意的人不是我。」

「偽裝的謙虛算不得優點，」她朝我伸出手。「那是弱者爭取恭維的方法。」

「強者會怎麼做呢？」我低頭親吻她戴著手套的指尖，希望有人事先警告我她會出現。

「用行動表現。」

「您真是美麗與智慧雙全。」希賽兒捏造我們在夏天邂逅，看來真假摻半的故事顯然傳進她耳朵，才決定到這裡來掂斤兩，不然沒理由出現。

她抽回自己的手，緊接著出奇不意地撫摸我的下頦，親暱的舉動讓人頗不自在。「你總是這麼熱呼呼的嗎？」

「天生就熱血沸騰，」我回應。「我們莫庭倪家族或許受到很多詛咒，至少不會手腳冰冷。」

她拱起眉毛。「冬天寒夜漫漫的時候這算優點。」

尖銳的口哨和嘲弄的喝采聲四起，我咳了幾下，盲目地伸手到背後拿飲料，差點打翻酒杯，吉妮薇哈哈大笑，聲音響亮清澈如同號角，屋裡每一位彷彿都收到訊號似地應和她的笑聲。我的耳膜嗡嗡作響，脊椎有一股毛骨悚然的不安，一口灌下白蘭地來掩飾。關於她擁有女巫法力的疑慮已經消除殆盡，至於她是不是刻意的有待進一步觀察，希賽兒是在渾然不覺之間開始運用魔法，她母親很可能也是這樣。

她的笑聲終於收斂。「你何不去幫我倒杯飲料。」

「喜歡喝些什麼？」

「等你給我驚喜囉。」

我走向邊桌，那裡有十幾種酒類，我倒了兩杯白蘭地，算算時間早該離開這裡，但她有某些特質讓我頗不自在，並不是因為她言詞犀利勝我一籌的緣故。

「為我們高歌一曲好嗎，吉妮薇？」布查德跟幾位年長的紳士站在角落裡旁觀。

「稍後吧，」她嚷嚷地接過我的酒杯，「如果太隨便答應，你們就不知珍惜。」

「不可能，」他立刻反對。「妳的歌聲無與倫比，這裡每個人都知道，就算沒聽過的也即將印證。」他對我眨眼，我舉杯回應。

吉妮薇拉著我的手走向壁爐，屋裡已經非常溫暖，爐火讓人熱得更難受，豆大的汗珠沿著背脊流下，襯衫黏在身上極不舒服。

「告訴我，」她說。「你為什麼來到崔亞諾？」

「謠言怎麼說的？」白蘭地味道不佳，真希望是開水。

「傳言的內容五花八門，正確與否誰都說不準。」

我笑呵呵。「這樣更有趣，不是嗎？」

她撇撇嘴唇。「你不想告訴我？」

我搖搖頭。「一旦說了真正的目的，或許就要言出必行，我不確定自己準備要許下承諾。」

「傳說你來這裡找妻子的人選，」她淺啜一口。「有些人認為這是承諾的極限。」

「我猜妳不認同。」

她眨眼睛。「你似乎很了解我。」

「對自己感興趣的對象，當然要了解一下她的母親。」我說。「希賽兒有天籟般的嗓音，第一次聽見就讓我著迷。」

杯子在她手中應聲碎裂。

她瞪著指尖滴下的鮮血，反應似乎跟我一樣震驚，其他人紛紛圍了過來。布查德抓住她的手腕，扳開手指頭，玻璃碎片掉在地上發出叮噹的聲音。

「怎麼一回事？」他查看傷口質問。

「爐火太熱了，」她說。「玻璃耐不住高溫。」

真是胡說八道，我蓄意提起希賽兒去撩撥她，結果遠遠超過預料。是怒火，還是恐懼？很難一眼看破她的反應，所以也不敢確定，唯一確定的是她不希望我靠近她的女兒。

「這種傷口應該看醫生，可能需要縫合。」他舉起她的手心讓我察看，我唯有點頭同意，畢竟人類傷口的嚴重程度我根本無法判斷。

「胡說，」她掏出手帕裹住傷口。「這點小傷沒關係，只需要再來一杯。」她揮揮手，示意旁觀者退開，將另一杯酒放在壁爐上面。「希賽兒對自己失蹤幾個月的細節幾乎守口如瓶，很少透露。」

「妳來找我就是要探聽細節？」

「如果對自己女兒來來去去或失蹤的細節都不聞不問，我算什麼母親。」

「經常缺席的那一種。」我微微一笑。明明目標是要贏得她的支持，搞不懂自己為什麼反而去刺激她。「這些不是無關緊要的閒聊，恐怕我不方便透露希賽兒的祕密，您想要知道答案可能得自己去問她。」

她下顎緊繃。「你對她有什麼意圖？這個可以透露吧？」

「這樣問太直接了。」

「她年輕又天真，我不想看她受傷。」她直接地回應。

「啊，」我將杯子交給過路的侍者。「嗯，請放心，卓伊斯夫人，我寧願傷害自己也不忍心傷害妳的女兒，我只想看她光芒四射站在舞台上，無庸擔心財務這種瑣事的困擾。」

「你要贊助？」她瞇起眼睛。「交換條件是什麼？」

「單單看她上台表演不就是一種榮幸？」

她嗤之以鼻哼了一聲。「不要哄我，那種榮幸買票就做得到。」

「那就是她的陪伴囉。」

「原來你有花錢找人……作陪的習慣？或者希賽兒是長長隊伍中的第一位？」

「不。」我語氣如冰，一點都不喜歡這個女人，她眼神冷酷而且工於算計，這些問題背後的動機不在保護希賽兒，只想斷定我的興趣能夠維持多久，是否值得投資。「我的習慣是運用自身資源讓自己所關心的人快樂幸福。」

「原來如此。」

這段交談再延長下去純然浪費時間，我很想離開，只是找不到合適的藉口，怕讓人誤會我想逃離她的審問。

救星來了，一個僕人滿臉苦惱地走過來。

他停在旁邊，說道。「先生，出了一點意外。」

我揚起眉毛。「發生什麼事？」

他愁眉苦臉。「您的男僕不知節制，喝得酩酊大醉，躺在廚房地板上，您要我們怎麼做？」

我閉上雙眼，裝出痛苦的表情。「真難堪，怎麼會發生這種醜事。」我轉向吉妮薇。「我的提議對您也有利，請您考慮看看。」

「但願您的傷勢不嚴重，夫人，或許改天很快就會碰面。」猶豫了一下再補上一句。

跟著僕人進去，克里斯果真躺在地上打呼，就在廚房正中央。「不曉得他是哪根筋不對勁，本來好好的，突然間大口暢飲，好像以後再也沒機會喝酒一樣。」

我皺起眉頭，輕輕踢一下克里斯，他毫無反應。「你們兩個把他抬起來。」

他們繞到後門，我去拿帽子和斗篷，四個人碰面之後一起走向等待的馬車，疲憊的馬兒耐心地站在雪地裡。

「把他抬上後座。」

「如果他嘔吐就要加收錢。」馬車夫要求。

「克林雍飯店，」我吩咐道，懶得回應他的評語，靜靜坐在長條凳上，直到馬車上路之後才開口。「這招很聰明。」

克里斯坐起身，只是有點搖搖晃晃，「聽說吉妮薇抵達現場，你顯然需要脫身的方法。」他打嗝。

「呃，這招真有效。今晚有聽見什麼有趣的風聲嗎？」

「應該有。」又一次打嗝。

「嗯？」

「你跟希賽兒的謠言滿天飛，半數傳說你到崔亞諾的理由是要重燃你們之間的愛火。」

「另一半呢？」

「不惜血本、大肆揮霍你父親苦心賺來的黃金，控制這座島嶼。」

我微笑以對。「還有嗎？」

「我……」他又一次打嗝，這回臉色發白。

「你可千萬不許……」他的結論是把胃裡的液體一股腦兒吐在地板上。

我嘆了一口氣，伸手掏錢給車伕。

41 希賽兒

我無聊地撥弄早餐，突然傳來敲門的聲音，我立刻起身，噹地一聲丟下叉子，不管受驚嚇的母親，逕自搶在女僕前面去應門。

「收件人是卓伊斯小姐，」門外的男孩宣布，盒子上的浮雕顯示是一家廣受歡迎、價錢不斐的糖果品牌，還有一張卡片。

「謝謝，」我笑得闔不攏嘴。「如果方便請等一下，我想請你回送謝卡。」我從盒子裡掏出太妃糖，順手塞進嘴巴，拆開卡片閱讀。

最親愛的希賽兒：

但願妳平安收到信，並如我記憶的那般享受美妙的甜點。即使最近才抵達崔亞諾，我卻發現自己無心欣賞這個城市的風景，滿心渴求妳令人心曠神怡的陪伴。我受邀出席今晚的芭蕾舞劇演出，若不能挽著妳同行，就必須婉拒盛情的邀請，因為少了妳的風采和倩影，劇院只是一個黯淡無光的地方。請求妳務必於今晚擠出空檔，容我六點整到妳母親的宅第去迎接。

仰慕妳的人。

TdM

喜悅和興奮讓我渾身發熱、臉頰泛紅——相較於近日逐漸累積的挫折，這更是個受歡迎的改變。明知道我們從事的任務險峻又嚴肅——處心積慮要刺激一個五百歲的女巫攻擊崔斯坦，從而暴露出她的真實身分，然而五天不見，由衷的期待實在是情不自禁。

我一直缺少窈窕淑女、君子好逑的經驗，蒼鷹谷的男孩都知道我將遠離家鄉，懶得把時間浪費在我身上；到了厝勒斯，崔斯坦無法這麼做的理由十分明顯。偶爾任性的時候，常常自艾自憐，讓我更加渴望縱情享受這樣的時光，不去在意背後的動機。

再吃一顆太妃糖，我走向書桌拿出卡片。

莫庭倪先生：

你對甜點的品味卓越超凡，使我猶似身在天堂。我很樂意應邀出席芭蕾舞劇，今晚六點見。

希賽兒

我把卡片交給信差，外加一枚錢幣，交代送去指示的地點，順手關上大門，倚門閉上眼睛，舔掉指尖的糖。

「希望妳婉拒了邀請。」

我睜開眼，看到母親站在書桌旁邊，握著崔斯坦的卡片。就知道她會拿起來看，才故意留在桌上，這齣戲不只為了安諾許卡，也需要母親參與。

「當然不，我為什麼要推拒？」

她愁眉苦臉，沉默許久。「接受臨時邀約會讓人顯得心急如焚、迫不及待，而且無心做事，這些特質都欠缺吸引力。」

我不耐地翻白眼。「別說傻話，就我對他的了解足以讓我自己判斷。」

「既然從未提過這個人，妳這麼說真讓人玩味。」

「那是因為我從沒想過還有重逢的機會，」我假裝低頭挑糖果，免得說謊還要直視她的眼睛。「今年夏天我們在柯維爾認識，後來受了傷，吉瑞德父子急忙把我送回蒼鷹谷，甚至沒機會道別，最近收到他的來信，這才曉得他得知我在崔亞諾。」

「妳跟這個年輕人究竟認識有多深？」

她的語氣和言外之意顯而易見，讓人漲紅臉。「沒那麼深，母親。」

她鬆了一口氣。「幸好。」

我拉著她的手走向長椅，塞給她一顆鹹味焦糖，這是她最愛的口味。「我想這是妳希望的安排，」我說。「所以才給我這樣的訓練。」

「他不是個好對象。」

「為什麼？」

她把糖果放在桌上。「聽妳說了你們認識的過程，我自作主張稍微打聽了一下。希賽兒，他不是合適的人選，年紀太輕，過度英俊，要什麼有什麼，這種人我見過很多，剛開始雖然熱情如火，但瞬間就熄滅，而且他不夠謹慎低調。妳還有更好的抉擇。」

「例如侯爵。」我酸溜溜地說。

母親點頭。「他會供應妳一切所需，對妳要求不多，又沒有心碎的風險。」

她拿起糖果吃掉。「這個年輕人只會讓妳傷心，」邊說邊牽起我的手。「他終會結婚，把注意力轉向家庭，你們門戶不相當，地位也不一樣，不可能是他結婚的對象。不管怎麼說，他都會自認為高妳一等，妳真要走上這條不歸路嗎？」

焦糖黏住牙齒，味道甜得膩人。「如果是呢？」

「那就會鑄下大錯。」

「妳無法確定。」

她扣住我的下巴，強迫我直視她的眼睛。「妳愛他嗎，希賽兒？」

我掙開，不想再談下去。

「呃，看來如此。」

我站起身，收拾糖果和崔斯坦的卡片。「這是我的人生，媽媽，不容妳決定，有時候妳好像忘記這一點。現在我要去預備排演，不好讓大家久等。」

⁂

鐘敲了六下，我極力壓抑跑向窗口、查看馬車跡象的衝動。

「他跟布查德在一起，不遲到才怪。」母親坐在那裡看書。她從今早開始轉換策略，採用消極式的攻擊姿態，試圖用冷漠勸阻我走上這條路。「不要煩躁。」

「我沒煩躁。」我撫平蕾絲手套，身著寶藍色天鵝絨禮服，低胸緊腰、小露的胸部靠著襯墊加強效果。這是新設計的禮服，袖子束緊手肘，蓬鬆的蕾絲垂到手腕處，厚重的襯裙撐開臀部以下的裙襬，天鵝絨衩開露出底下的蕾絲裙。

織錦的鞋子和腳踝的緞帶互相搭配，加上莎賓強烈建議的藍寶石鑲鑽耳環，跟禮服相得益彰。她特地幫我挽起秀髮，只留幾綹捲髮烘托臉龐，用墨條描繪眼線，並染紅嘴唇。

叩門聲讓我一躍而起。「我去開門。」不顧我的急躁，母親慢條斯理地站了起來，緩步走向大門。「晚安，莫庭倪先生，」她招呼。「請進，冬天真的來臨了。」

「妳的手還好吧？」崔斯坦問道，我對母親的回答充耳不聞，逕自調整不知調整過幾百遍的禮服，等我抬起頭，他已經繞過轉角，和我眼神交會。

他以偽裝出現，灰色眼珠掩飾銀眸，膚色微暗，接近人類的色澤，除此之外維持原貌。就算他真的改頭換面，我依舊認得出來，因為他是我心之所愛。強烈的愛意讓我胸口緊繃、呼吸喘急，屋內的一切像褪色的油畫黯然無光。

「卓伊斯小姐，」他微笑致意，先看地板，再抬頭凝視我的臉。「記憶和本尊比起來失色不少。」

「真會講話！」母親拍手叫好，我們雙雙嚇一跳。「最好趕快出發，你們可別遲到了。」

一到屋外，我便開口。「今天排演的時候，瑪麗的侍女吱吱喳喳地都在討論你，她顯然知道你到了崔亞諾。如果她知道，安諾許卡一定也知情。」

「很好。」他似乎沒有聽進耳裡，我緊緊抓住他的手肘，慢慢走下溼滑的台階，不確定他手腕復原的狀況，只知道最好別問。

「那是真心話，」他補充一句。「妳看起來美若天仙，那件禮服……」他中途停住。

「我要努力引誘你，掏空你口袋的金幣。」我開玩笑地說。

「努力？」他哈哈大笑。「妳早就成功了，我心裡只有妳，沒有其他念頭。」

「我更欣賞你能夠專注於手邊的任務。」嘴巴這麼說，暗地裡卻非常得意。

「若我心不在焉，都是妳的錯。打從相遇那一天起，妳就讓我棄械投降。」

車夫拉開車門，崔斯坦扶我坐進去。

「晚安，希賽兒。」布查德先生宏亮的嗓音充斥小小的空間。我和這位捐款人見過幾次面，他的侄兒也坐在旁邊。「晚安，」我說。「聽說莫庭倪先生有機會跟我見面，都要謝謝你成全。」

「樂於從命。」馬車緩緩起行，他對崔斯坦眨眨眼。「我要求他證明自己不是信口雌黃，原來你們真的相識。」

「噢，是的，」我朝崔斯坦微微一笑。「今年夏天我們在柯維爾相識，當他決定加入崔亞諾的社交圈，我真是喜出望外。」

「從現在開始，有問題找希賽兒就對了，」布查德說道。「她不像你那麼沉默寡言，凡事守口如瓶，莫庭倪。」

我笑呵呵。「恐怕他保守祕密跟守財奴看緊金幣一樣，我花了一整個夏天挖掘推敲，只勉強看到冰山表面。」

「我有充分的理由，」崔斯坦回應。「這樣才有神祕感，如果什麼都告訴妳，妳可能會覺得我很無趣。」

「我懷疑……」馬車撞到路面的凹洞，把我震向崔斯坦。

「穩住！」布查德高聲叫嚷，拍打隔板。「該死的路面，早就應該處理了。」

但我一點也不生氣，即使隔著一層又一層裙襬，依舊感覺得到崔斯坦髖骨緊貼，手臂靠著椅背，外套的布料摩擦頸側，呼出的氣息挑動我的髮梢，我很想靠過去，但是同車男子笑意盎然的表情，顯示我已經跨過淑女應該謹守的分際。真希望他們不在這裡，就可以甩開禮儀教養的約束，而且從我腦海深處的熱流判斷，崔斯坦應該也有同感。

*妳不必有所顧慮，他是妳丈夫。*近來這個念頭不斷閃過腦海，現在再一次爬上心頭。我

跟著眾人哈哈大笑，其實心不在焉，不知道他們在笑什麼。

我逕自潛心思索以前克制和受限的理由，主要是無法面對生小孩的複雜問題，不只生存岌岌可危，更不敢去想如果我們雙雙遇害，寶寶又有什麼未來。一個混血嬰孩，萬一落入國王手裡，如果沒有立刻被殺，就是賣為奴隸，就像他對待萊莎的模式？而且只要咒語效力存在，另一個無可避免的結果就是孩子或許必須返回厝勒斯城？是孩子出世的瞬間就發生？或者在那之前？驚悚的念頭讓人不敢想下去。

馬車停在拱門入口外，這裡專門保留給捐款人和其他貴賓，崔斯坦先行下車，再轉身攙扶。「妳在想什麼？」他悄悄詢問，引導我走向穿制服的男僕拉開的大門。

「那股強制的力道越來越厲害。」這是真話，他需要知道，因為我不願意承認唯有想入非非的意念能夠抗衡。

「妳該牢牢記住，妳已經很努力要完成諾言了，」他輕聲說道。「她知道我的打算，遲早會針對我而來。」

他想安慰我，只是一提到安諾許卡試圖要傷害或殺死他，恰得反效果。他自己不擔心，但是我很害怕。世上沒有人比她更了解巨魔的能耐，如他一樣強悍的人也有一位死在她手下。

崔斯坦察覺自己的安慰適得其反，用另一隻手捏捏我的手掌，低下頭來，溫暖的氣息吹向我的耳朵。「我知道妳想的不是這個。」

我臉頰發燙，笑容綻放。「或許吧。」

剛到崔亞諾的時候，母親曾經帶我來歌劇院參觀，那之後，我逐漸淡忘它宏偉壯觀、令人歎為觀止的一面。鍍金的柱廊支撐藍色天花板，巨型的水晶枝狀吊燈接二連三地照耀著深長的大廳。

劇院成馬蹄形，遲到的我們直接走進布查德位於二樓的包廂就座，燈光已然熄滅、布幕拉起。舞台上，纖細如柳枝的女孩們穿著白紗舞衣，輕盈地飛躍而過，即使類似的演出已經看過無數次，對她們優雅的舞姿、踮起腳尖露出的閃亮緞面舞鞋、手腳的靈活和柔軟度依然難以置信。崔斯坦傾身靠著欄杆，看得目不轉睛，心醉神迷，這場表演跟其他許多事情一樣，都讓他大開眼界。

目光轉向他的手腕，我悄悄將外套和襯衫袖子微微拉起，介於袖口和手套中間的皮膚被黑布裹住，我的胃糾成一團，趕緊轉向舞台，以免被發現。五天了，依舊沒有好轉跡象，真該問他是否可以讓我治療看看。

侍者端酒過來，崔斯坦靠著椅背淺啜美酒，依舊盯著舞台。我忍不住納悶面對這麼多人類，他在想什麼？繽紛的色彩、充沛的活力、醜惡和美善、人類的臉孔和五官跟厝勒斯的巨魔迥然不同，他對我的感覺是否也有改變？

指尖接觸的感覺把我嚇了一跳，酒杯前後晃動，崔斯坦仍然面對前方，暗暗和我十指相扣，藏在蓬裙的皺摺裡。

他靠過來，輕微的動作很難察覺，我從眼角觀察布查德的反應，確定他沒發現異樣，才敢靠過去，肩膀觸及他的手臂，熱流湧過全身，凝聚在胃裡。小啜一口酒，舞台的燈光似乎亮得讓人眼花撩亂。感覺他的膝蓋和我碰在一起，我深吸一口氣，上衣緊緊繃著胸口，我的肌膚泛紅，慾火苦無宣洩的管道，徐徐積蓄在體內。腦筋一片空白，想來想去都是他是否會邀我一起回旅館？或者我應該主動詢問？

布幕突然降下，燈光大亮，崔斯坦彷彿被燙傷似地鬆開手指，詫異地盯著我看。中場休息，我以嘴型解釋，他微微點頭。觀眾紛紛起身，往走道移動，我們也隨波逐流。我注意到好些人朝我們這方向打恭作揖、行屈膝禮，只是身高不夠，看不到是哪位王公貴族大駕光臨。

崔斯坦完全不覺得有什麼異狀，強烈的怒氣湧入我心裡，我抓緊他的手臂，踮著腳尖東張西望——恰巧看見艾登爵士的目光落在崔斯坦身上，佛雷德和另一名侍衛隨侍在後。哥哥發現我男伴的身分，臉色一沉，周圍的紳士紛紛鞠躬，我屈膝施禮，使勁拉一下崔斯坦的手臂，他跟著鞠躬，動作輕微無比。

「你遠離了家鄉，莫庭倪。」他轉向我。「真是厲害，卓伊斯小姐，我低估了妳。」

「你不是第一個，大人，」走道的氣溫突然往上竄升，甚至高於夏天的正午時分，我的指尖掐入崔斯坦臂膀，祈禱他不會有意外之舉。「肯定也不是最後一位。」

艾登爵士的目光回到崔斯坦身上。「我想跟你聊幾句，莫庭倪。」

「悉聽尊便。」崔斯坦語氣冷淡。

好些人發現他語氣不夠恭謹，詫異地挑起眉毛。隨著他們回到包廂，我發現布查德驚恐的眼神，只能無奈地使個眼色，彷彿那股緊繃的張力只是兩個年輕人各有立場，無須瞎操心。

「不許外人打擾。」艾登吩咐另一名侍衛站崗，只容佛雷德跟入。

門答一聲關上，魔法罩住走道的交談和樂師調整樂器的噪音。佛雷德皺起眉頭，悄悄握住腰間的手槍。

「不要輕舉妄動。」上方的枝形吊燈突然大放光明，佛雷德眨眨眼睛，轉身看我，一臉難以置信。

「別用那種表情看我！」我咆哮。「看你做了什麼好事。」

「那是為妳好，」他解釋。「我試著要幫妳。」

我氣忿地搖頭否認。「你那麼做是只是因為你不贊同我的決定，因為你想阻止我釋放巨魔，或是想對他效忠。」我朝艾登的方向點頭示意。「但你不可以說都是為了我，因為你我心知肚明，你想控制我。」

「希賽兒，」他語帶懇求，伸手要拉我，但我倒退一步。「因此你才如此痛恨母親？因為你不喜歡她的決定？因為她無法符合你期望中的母親形象？」

這是卑鄙的攻擊，佛雷德臉色慘白，但我氣過頭，根本不在意。

「不，不是這樣，」他結結巴巴地解釋。「妳弄反了，是她逼我在父親和她之間做選擇，我不肯……」他用力吞嚥。「她就要我付出代價。」

「所以你也這樣對付我。」說完，我走過去站在崔斯坦旁邊，他靠著看台，感覺彼此的怒火在對方的火上加油，這不是好現象……

「你想怎樣？」我對艾登沒好氣地咄道，努力克制想要報復他的欲望。他不只對付我，還不放過我的朋友。

「告訴我你們為什麼要殺死她，」他質問，「你們大可以拿書走人，凱瑟琳只是顆棋子——不必為此喪命。」

我皺眉以對，他顯露出對凱瑟琳死亡的憤怒比指控我們謀殺她更讓人驚訝，乍看之下艾登似乎非常鄙視凱瑟琳，只因為情勢所需才跟她聯盟，或許是我看錯了。「我還以為你恨她。」

他陰沉地看我一眼。「我需要她。」

那是當然。

「我們沒殺人，」我甚至懶得掩飾嫌惡的感受。「趕到現場時，店鋪已然陷入火海，她被崔斯坦救出來的時候已經回天乏術。」

佛雷德肩膀一垮，顯然鬆了一口氣。「謝天謝地。」他嘀咕著。

我更受傷。「難道你真心認為我會冷酷無情地謀殺女人？」

「有些人為了報復，手段無所不用其極。」他瞪著地板。「我甚至不敢去臆測他的能耐到什麼程度。」佛雷德抬起頭，對崔斯坦怒目相向。

「如果我真是殺人不眨眼，那我在此聲明，爵士大人，」崔斯坦嘲諷地說下去。「你肯定是第一個受害者。」

「既然這樣，那就動手吧。」艾登咄道。「請不要假惺惺地偽裝凡人，巨魔，露出你的真面目來。」

崔斯坦卸下偽裝，兩大步就到艾登前面。「我給你為善的機會──協助希賽兒脫困──結果你只顧及自身利益，另外想出一個計謀，邪惡程度跟我父親不分軒輊。如果當時你救了她，我自然會竭盡所能幫助你，未來的關係或許大不相同，現在你跟我為敵，將來只會後悔莫及。」

佛雷德欠動身體，我轉身想再次警告他，卻發現他眉頭深鎖，緊盯艾登爵士，顯然攝政王的兒子有所隱瞞，沒有告訴哥哥實情，他向來不喜歡被別人操縱。

「我唯一的遺憾是計畫失敗，沒有機會看到少了你父親和你們那些怪胎興風作浪的未來！」艾登大聲咆哮。「我發誓一定會想出辦法，讓你們跪地求饒，各個瀕臨餓死，求生不得，求死不能，要人類大發慈悲。但是讓我告訴你，巨魔，我絕不憐惜。」

崔斯坦怒火爆發，就在來不及眨眼的瞬間，一把拎住艾登的脖子，讓他雙腳離地，使勁摜向牆壁。佛雷德詛咒一聲，試圖拔槍，但被我的法力壓抑，只好轉而拔劍，我想制止他，還來不及說話，長劍就脫離掌心，在空中旋轉、插入對面包廂上。佛雷德縱身撲過去，魔法箍住他的身體，將他壓制在地。

我以靜制動，事情在瞬間發生，時光的腳步彷彿轉成慢動作，讓我清楚看見艾登臉色發黑，勉強抽出腰間匕首，跟魔法做困獸之鬥，另一隻手試圖扳開崔斯坦的手指。冷酷、渴望報復的一面讓我想要退後一步，靜靜旁觀他斷氣的那一刻。

這個男人跟我所憎恨的國王狼狽為奸，還試圖綁架、利用我去對付我所深愛的人，只因他痛恨一個巨魔，就威脅要滅絕一整個種族，這種敗類哪裡值得同情？

但如果自己連一點慈悲心都沒有，又算哪種人？即便怒火沖天，我依然感覺到崔斯坦心裡猶疑不定。我很清楚他的能耐——要捏斷艾登的脖子簡直是易如反掌，他卻沒有痛下殺手，而是讓死亡慢慢接近，不是因為殘忍，而是因為不忍心殺人。天性慈悲的一面，讓他與眾不同，有別於他的父親、安哥雷米和羅南的兇殘，讓我們得以對不一樣的未來抱持希望。他必須維持善良的本性。

「崔斯坦，他是故意刺激你，放手，讓他走吧。」我向前一步，強迫大腦冷靜下來，澆熄彼此的怒火。「如果殺了他，事跡就會敗露，讓他稱心如意。」

崔斯坦放鬆力道，厭惡地哼了一聲，把艾登甩在地上，轉過身去，陰沉地瞪了佛雷德一眼，鬆手放開，走向看台眺望遠方。

這個男子命中註定要統治小島。

我跪在一旁，看艾登伸手壓著瘀青的喉嚨，近乎窒息地大口吸氣。「因為是人類，你就以為高他一等，」我說。「其實你軟弱又自私，而且廢話連篇，連管理茅坑都不配，快點滾開，免得我對你的私處下咒語，讓你癢到坐立難安，羞於見人。」

管他聽不聽，我逕自起身倒了兩杯酒，塞了一杯給崔斯坦，包廂的門開了又關，他們雙雙離去。「振作一點，」我說。「布查德和他侄子很快就進來了。」

他點點頭，眼珠轉成灰色，看著下方的觀眾湧回座位裡。「咒語的束縛讓他們永遠不得安寧，」他輕聲說道。「裡裡外外都有危險，我要怎樣才能幫助他們？保護他們平安？」

只有一個答案，但我咬住嘴唇，不吭一聲，直到其他人返回包廂裡面。

「沒事吧？」布查德蹙眉問道。

「好極了，」我說。「第二幕即將開演。」

「我不知道你也認識艾登．雀斯勒爵士。」崔斯坦一轉身，他立即詢問。

崔斯坦不予置評，我踢他腳踝。

「我們有一面之緣，」他終於打開金口。「他認識我父親。」

布查德的舌尖上似乎還有話要問，只是時機不對。「布幕升起了，」我迅速提醒。「我們最好趕緊就座吧。」

⚜

第二幕那些女孩跳得好不好，實在不敢說，因為我一心二用，一隻眼睛盯著崔斯坦，同時分心思索。苔伯特國王或許認定自己掌控了艾登爵士，但我們親眼看到所謂的掌控是何等薄弱，顯然任何誓言都有應對之道——只要找到漏洞即可脫身，然而接下來呢？他對巨魔的憎恨並未局限於激怒他的人。

他想滅絕整個種族消恨，這才是困擾崔斯坦的原因所在。他向來認定人民面對的危機來自厝勒斯內部，完全沒想過人類對巨魔整體會造成威脅。一旦苔伯特過世，或者被艾登找到誓言的漏洞，敵對的狀態就很可能發生。

我們要怎麼做？如果百姓生命垂危，崔斯坦要如何應對？為了保護人民的安全，他會不會不擇手段？我急於了解他的想法，眼前卻不是發問的時機。不管會發生什麼事，當下還有一個策略在進行，若棄之不顧，肯定是愚蠢的做法。

演出結束，我們到大廳看舞者謝幕，多數的男人露出垂涎的表情，顯然醉翁之意不在酒，唯有崔斯坦例外。他逕自瀏覽牆上的肖像，外表看起來輕鬆自如，心思卻很肅穆。「那條項鍊在哪裡？」他問我。「可以用它取代魔法書嗎？」

我用它買了一頭牛，在儀式中作為犧牲，放你自由。

「賣掉了。」我給母親的說法是送到珠寶商那裡修項鍊。謊言、謊言、謊言，我不想讓他知道自己做了什麼事。

「買什麼？」

「換現金。」

「為什麼？妳又不缺錢。」

「她們全都戴著那條項鍊，讓我覺得很怪異，不想再留它。」

他跨近一步，不想讓人聽見。「妳錯了，告訴我妳典當給誰，我去贖回來。」

「不是當舖，是街上……偶遇的人，稍後再告訴你去哪裡找。」

偽裝的法力稍受影響，他的眼珠稍微發出銀光，又恢復灰色。「妳曉得我對謊話的感覺，希賽兒，尤其是從妳嘴巴說出口的謊，這同時還牽涉到百姓的性命安危。為了花錢買珠寶那些玩意兒，很可能丟了我們唯一的機會。」

明知他怒氣的源頭主要是艾登爵士的威脅，小部分才是我，但感覺就是不對。我只要求過一個正常的夜晚，假裝我們擁有美好的未來，連這麼悲微的希望，都要被剝奪撕裂。沮喪的感覺籠罩心頭，我要的只有一夜，這樣要求很過分嗎？

「我跟牧人換了一頭牛，殺牛是咒語的一部分，才能釋放你自由。」說完不等他回應，扭頭就走。

我加快腳步，在不致引人注目的情況下離開大廳，穿過後台走向員工出入口，外面一個人都沒有。我靠著石牆，吸了一大口冰冷的空氣，仰頭望著近乎圓滿的月亮，多麼希望我所召喚的能量來自於如此純潔的源頭。

「好久不見，希賽兒。」後方傳來一個熟悉的嗓音，我從滿月挪開視線，愕然發現一把槍對準我的眉心，霎時怵目驚心。

42 希賽兒

本想尖叫，結果只能發出可憐兮兮的哀鳴。

「閉嘴，我了解妳的能力。」

「艾莫娜妲？」我近乎窒息地說。「為什麼？」

她下顎緊繃，似乎有口難言，手槍上下晃動，直到我倒退一步才穩住。「對不起，」她低語。「我是迫於無奈，償還人情債。」

槍聲響起，刺破沉靜的黑夜，我雙眼緊閉，眼不見為淨，彷彿這樣可以保護自己免於子彈攻擊，同時屏息以待，等候金屬穿透內臟、鮮血狂湧的痛楚。

結果什麼感覺都沒有。

猛然睜開眼睛，子彈定著在鼻尖前方，相隔不到幾吋，宛如射進一面隱形牆，牆外的艾莫娜妲仰躺在地上，墨水似的斑點濺在雪地上，那些黑點其實是血，很多、很多血。

子彈從半空墜落、無聲地掉在雪地裡，轉身一看，崔斯坦站在員工入口，平舉的手指向前方。我的注意力回到艾莫娜妲身上，緩步過去查看，撥開兜帽，試探頸部的脈搏，這麼做是多此一舉，胸前傷口之大幾乎可以把拳頭塞進去。

「艾莫娜妲。」他的語氣平淡、沒有感情，但他震驚的反應讓我跟著發抖。

「巨魔逼她這麼做，」我縮手，幾乎確信她的皮膚開始變得冰冷。「芮根有恩於她，逼她償還人情。」

「我不是有意……」他哽咽得說不下去。「妳一定要救她。」

「她已經回天乏術。」姑且不說世界上沒有任何人能夠承受他的攻擊。

「不！」無視於地上那灘血，他激動地跪下去。「快點用魔法救她，幫她治療，妳一定有辦法。」

「崔斯坦，她斷氣了。」

他直搖頭，不肯接受我的說法。「妳要救她。」他甚至抓住艾莫娜妲的肩膀，攙扶她坐起來，下方那灘鮮血怵目驚心，令人反胃想吐。「救她！」

我手足無措，不知道該怎麼做，肯定有人聽到槍聲，遲早會發現這裡鬧出人命，我們還蹲在屍體旁邊，屆時要如何解釋她的死因。我們必須遠離現場。「崔斯坦，我們必須離開。」

我率先站起來，死命拉他的手臂，試圖拖他離開，但他倔強得不肯移動。「我不是有意的……」他說。「我不知道是她。」

他口口聲聲試圖強調不是故意要殺她，卻說不出善意的謊言。

「崔斯坦，這是自我防衛，無論她是不是被迫的，都試圖射殺我。」血和雪混在一起，地上又溼又滑，但他硬是不肯鬆手，弄得全身是血，遠處傳來馬蹄接近的聲音。「我們真的該逃走了！」

不管怎麼苦口婆心，他似乎充耳不聞，喊他全名的衝動一閃而過，但我推開這個念頭，改用佛雷德教導的方法，握緊拳頭，利用肩膀力道舉手一揮，手指關節撞上他臉頰，劇痛竄入手心。崔斯坦渾身一震，錯愕的程度多於疼痛。

他抬眼看我。「我不想丟下她。」

「我們別無選擇，」真希望我不要如此麻木不仁。「先逃命再說。」

我們在漆黑的風雪中奔跑，我一手拉高裙襬，一手拎著高跟鞋，襪子瞬間溼透，底部迅速磨破，但只能赤足狂奔，恐懼讓我無暇抱怨不舒服。衛兵應該已經發現艾莫娜妲的屍體，只要有點腦筋就知道要追蹤雪地上的足跡，我們必須融入人群裡，再躲進屋內洗掉證據，但其實沒多少差別，艾登和佛雷德肯定知道兇手是誰，攝政王的兒子平白得到一個夢寐以求的機會。

「這邊，」我嘶聲說道，把崔斯坦拉向大街，先停下來穿鞋、放下裙襬、並勾住他的手臂。「要微笑，」我低聲命令，躲開車潮，跟著路人走上人行道，最後招來一輛馬車，上車時一言不發，任由馬兒漫步走向旅館方向。

「抱歉打了你一拳，」我說。「因為你太震驚了，根本聽不進去。」

他沒有回應，馬車經過路燈底下，我才發現白色領巾沾了血跡，我以僵硬的手指顫抖地解開布料，塞進斗篷的口袋，確信他身上也有血跡，只是一身黑衣，希望沒有人留意。我捏捏他的手，手套感覺潮溼而黏膩。「崔斯坦，你還好吧？」

他下顎繃緊，把手抽回去。「我應該先送妳回去。」

「我不在乎閒言閒語，」我說。「我要陪你。」

「隨便妳。」

我咬住嘴唇，他的話聽起來像無情的攻擊，但不是針對我，而是攻擊自己。他的罪咎感和悲戚讓人心疼，因而故意把我推開以懲罰自己。「別這樣。」

馬車停了下來。「旅館到了。」他不等門房過來，自己推門下車。我想跟下去，他擋住去路，盯著我的腳說道。「妳應該回去，我付錢請車夫送妳回家。」

我揚起下巴。「不要。」

「隨便妳，妳想怎樣就怎樣。」他咄道，轉身付錢，任由馬伕攙扶我下車，甚至連正眼都不看，逕自伸出手臂，讓我挽著走上台階，大廳顯得壯觀而宏偉，樹枝狀的水晶吊燈，厚地毯，貼著絲質壁紙的牆壁上掛著巨幅山水和海景，還有一個男子在彈鋼琴，娛樂一小撮人，各個目不轉睛，假裝沒看到我們走向蜿蜒的樓梯，在他們眼底，我跟崔斯坦出現在這裡就是傷風敗俗，但我絲毫不在乎。

我們逐步往上走，腳底的水泡和破皮處在鞋子摩擦下，痛得受不了，裙子泡水，整個人快凍僵了，但我擔心崔斯坦甚於自己的不適，強烈的罪惡感幾乎讓他滅頂。

他的套房佔據頂樓三分之一的空間，熊熊的爐火和綠色玻璃的油燈照明讓室內溫暖宜人。我脫掉斗篷，掛在椅背上晾乾，崔斯坦越過房間，用魔法讓爐火燒得更旺，同時猛力一抽，脫掉手套，丟進火焰裡焚燒，外套和襯衫也一一丟入，然後跪下來瞪著爐火，煙霧與氣味撲鼻而來，聞起來十分駭人。

「我要怎麼告訴艾莉和柔依，我殺了她們的阿姨？過去造成的傷害已經夠多了，現在又罪加一等？」

橘紅色的火光襯托他陰暗的輪廓，我留在原處，害怕說錯話，更怕保持沉默。「崔斯坦，那時艾莫娜姐想找我談，才跟芮根交換條件，」我閉緊雙眸，回想當時的狀況。「她想讓我了解混血種面對的不公平待遇，認定我可以提供協助。當時我只關心自己的遭遇，不知她承擔了何等大的風險，但我的確發現她非常關心兩個外甥女，一心要幫助她們——那是她畢生奮鬥的目標，相信她死而無怨。」

「她給了我許多幫助，」他回道。「我無以回報，還殺了她。」

「你或許是最後那根稻草，但真正殺她的是敵人——我們和她共同的敵人。」我揪緊泡水的裙襬。「芮根或許是討債的人，但她也是身不由己、聽命行事，她大可以指派別人來追殺我——很多人願意為錢賣命，艾莫娜妲是我們的盟友才會雀屏中選，被迫來殺我，就算失敗，依舊是一項巨大的打擊。」

「這不是我父親的命令，」崔斯坦輕聲說道。「他不會派人追殺妳。」

我脫掉黑色蕾絲手套，丟在地板上，用手指描畫銀色的紋路。「我知道。」用力吞嚥了一下。「雖不敢說自己了解你父親，或支持他的做法，但我確信他希望你繼承王位。這是安哥雷米的詭計。」

「對。」崔斯坦的語氣微微顫抖。「他突然大膽採取行動，讓我非常擔心厝勒斯又出了狀況。」

那是他無力保護的家鄉，沉重的罪咎感跟著壓在肩頭上——不只因為艾莫娜妲死得冤枉，也因為他拋下朋友、親人，讓百姓獨自對抗的可怕敵人。我繞過家具，走向他身旁。

「希賽兒，有些話我必須告訴妳。」他突如其來說道，把我愣在那裡。

「我不是非殺她不可，」他聲音瘖啞。「阻止她跟擋住子彈一樣容易。」

我有想過這一點，但不想落井下石才沒有說。「在她開槍之前，你只有瞬間能做反應，而你是為了救我一命。」

室內僅有爐火霹啪作響，崔斯坦的靜默讓我胃部揪緊，他的告解還沒結束。「崔斯坦？」

「我有足夠的時間思索，」他別過臉來側面對我，喉嚨跟著吞嚥動作上下移動。「一看到那把槍，我便立刻豎起屏障保護妳平安，但……」他肩膀肌肉緊繃。「我誤以為是她。」

我愕然以對，啞口無言，只有一個她。

「我只看到是個女人，」他繼續說道。「出手時我很清楚自己在做什麼，我想殺了安諾許卡。」

時光停駐，我彷彿靈魂出竅，看著另一個女孩出乎意料地聽到這番話。他強調過許許多多不希望巨魔被釋放的理由，而今一看到機會出現，卻毫不猶豫、當下就出手。我不知道要做何反應，心裡五味雜陳。

「現在，妳希望我叫出租馬車送妳回家嗎？」

這個問題背後的意涵很廣泛，他不是問我是否後悔今晚踏入他房裡，而是詢問是否後悔我們的關係，後悔愛上他。

閉上雙眸，曾經相處的時光一幕幕浮現眼前。從邂逅那一刻起，即便受到驚嚇、渾身是傷，我依舊認為他英俊非凡，雖然這個字眼形容得不夠完善。應該說他美得讓人心痛，沒有一點瑕疵或缺陷，美得超脫現實，如夢似幻，就像虛擬的人物，十全十美，可是令人懊惱，因為只能遠觀、只能崇拜，卻不能碰觸、憐愛，因為他行徑卑鄙、作風惡劣、處處讓人討厭，雖然內心深處的感覺不太對勁，眼見、耳聞和感受互相衝突，就是搭不起來。這些矛盾反而增加他的魅力，即便當時我一心想要逃走，那股渴望了解他的需要依然縈繞在心頭。

聯結之後這股渴望變得更加強烈。他外在的假面具偶有裂縫，露出迥然不同的一面，而唯獨我有這樣的特權認識另一個崔斯坦，那是我急於解開的謎團——也是得著自由的關鍵。謎團揭曉也斷不了我們的關係。我還清楚記得真相大白的那天，是在空無一人的馬廄裡，他終於摘下面具，顯露真實的情緒，從此我看到的不是巨魔，而是他自己。他不只變成朋友和盟友，更是我所認同的使命的領袖。

我從欣賞、渴望，最終為他傾心，深深愛上這麼一個滿腔熱血、扛負重責大任、深信只要自己日以繼夜努力不懈、終究可以改善全民福祉的男人。幸運的是，同樣的熱情也返回到我身上——不只在他眼神中流露，在心裡也有領受。他愛我，我愛他，我們兩情相悅，至死方休。如果靈魂永在的話，我會愛他到地老天荒那一刻。

「我原諒你。」我呢喃地走過去，跪在他背後，這時才目睹他所承受的傷害不只在心底，也在肉體。那天已經見識過他承受鞭刑的痛苦，不知道為什麼現在看見傷疤還這麼心疼，或許是對他的能力太有信心，一直認為那不會留下永久的痕跡，原來我錯了。

頸部以下到腰間，密密麻麻都是鐵刺鞭留下的痕跡，一條條像是銀蛇。鐐銬的尖刺則在兩側肩膀和手肘上方，留下銀幣大小的印記，還有手腕……本來用黑布裹住袖口到手套中間的皮膚，現在都拆掉了。傷口已然痊癒，但痕跡並沒有消除，血管發黑，皮膚呈深灰色，在在顯示他是血肉之軀，並非所向無敵。

我用指尖描摹背部的痕跡，他畏縮地退開。「不懂妳怎麼能夠忍受看到我的背。」

「你怎能這樣說？」我低語。

「因為我跟以前不一樣，」他垂頭喪氣，頭髮垂到眼裡。「不值得妳多看一眼。」

「你真的這樣想？以為這些疤痕會改變我對你的感覺？」我呢喃地起身，手指顫抖地伸到背後，一一解開從腰部到肩胛骨中間的鈕釦，禮服唰地滑落到地上，被我踢到一旁；我再深吸一口氣，撥開襯衣的肩帶，絲綢輕柔地落到髖骨，上半身一絲不掛。

面對爐火的身體灼熱而溫暖，另一面卻開始起雞皮疙瘩。原本勇敢的舉動瞬間受到影響，顫抖的手臂猶疑不定，不知該垂在兩側還是環抱胸口。我直視前方，實在太過緊張，根本不敢低頭看他反應。看是看不見，依舊聽見他轉頭的瞬間，倒抽了一口氣，也察覺到他心底的感受……

「我說的不是妳。」

我點頭以對。「我知道。」

「這不能相提並論，妳是……而我……」他語無倫次，彷彿突然失去理智，不擅言詞。「這些不會消失，」我似乎看到鮮明的紅色疤痕橫跨在我的肋骨上，膝蓋抖得互相撞擊。「而會陪伴我一輩子，如果你無法忍受……」

熾熱的唇貼住瑕疵的肌膚，我忍不住驚呼，重心搖擺不定。他箍住我的髖骨，幫我站穩。「不要說，」他的嗓音模糊不清。「也不要想了。」

我纏住他潮溼的頭髮，終於敢低頭看他。崔斯坦坐在腳跟上，臉頰貼著側腰，緊緊抱住我的身體，幾乎到會痛的程度。他半抱半舉，依附我的感覺很像在暴風雨中緊抱磐石不放。「如果可以的話，我想抹除這些傷痕，」他說。「當時我以為會失去妳，都是因為我的緣故，害妳遭受那麼多痛苦。」他的手指頭順著疤痕上下游移，我渾身震顫，連羞於啟齒之處都是。

他仰起臉龐，眼珠從暗沉的灰變回讓我沉醉的銀色。「部分的我很高興只有自己有榮幸看見。」他說。「這個記號顯出妳生命的堅強和韌性，減輕我的憂慮和恐懼。」

他抓住垂到臀部的絲綢，我以為他會幫忙拉回原處遮住裸露的肌膚，讓我們避開相互渴望的誘惑。克制才是明智的決擇，避免造成更多、更複雜的問題，因為……因為……原因多得不勝枚舉。

想不到他往下遊走，指尖在我的臀部、腿後和小腿留下炙熱的痕跡，還來不及喘口氣，溫熱的絲質襯衣就掉到腳踝，他把手縮回去，目不轉睛看得入迷。

我膝蓋微彎，不是因為軟弱無力，而是要崔斯坦把我拉過去。他傾身吻我，滋味像醇酒又像融化的冰雪。我像千里跋涉、橫渡沙漠的旅人，深深啜飲著，一手探入他濃密的頭髮，用力回應他，不管嘴唇是否瘀青；同時撫摸他背部結實的肌肉，指甲掐入皮膚，牙齒含住他的下唇。

突然感覺背部貼著地板，粗糙的地毯摩擦著肩胛骨，崔斯坦灼熱的氣息吹向喉嚨處，他握住我的手，十指交扣，僅有的隔閡就是裹住手腕的布條。

「希賽兒。」他抬起頭，直視我的雙眼，手指抓得很緊。

「嗯？」他語氣嚴肅，讓我心跳加速，有點擔心。

他撥開我臉上的頭髮，「我知道不該這麼做。」他移開目光，又讓眼神再度交會。「有風險、有後果，還有邏輯分析和諸多考量……理智要我現在撤退，」他咬唇沉吟，我屏息以對。「但我不想那麼做，我們差點失去對方，經過這麼多風風雨雨，不希望有一天後悔自己沒有抓住機會把一切獻給妳。」

旁邊的火苗竄得很高，熱氣讓我半熱半冷，感覺卻像全身都著了火。選擇權在我，這個抉擇輕而易舉，我雙手環住崔斯坦的脖子，拱起身體，嘴唇貼向他的耳際，輕聲低語。

「我願意。」

43 希賽兒

崔斯坦枕著我的腿，躺在沙發上，一腳膝蓋彎曲，另一隻腳跟抵著扶手——率性的舉動證明他一輩子沒有洗刷織錦家具的經驗。等待時我們坐立難安，不知道誰會上門，也不知道下一步會如何。他銀色眼眸像金幣似的閃爍發亮，心不在焉，紛擾的情緒反映心底的恐懼和挫折感。

夜裡醒來有些寒意，崔斯坦不在我身旁，只有絲被纏住身體。轉頭發現他站在窗邊，手心貼著玻璃，遠眺漆黑的天空。「離開厝勒斯之後，我每晚都收到父親送來的信函。」他娓娓道來，知道我醒了。

「信上怎麼說？」我喉乾舌燥，聲音沙啞，感覺頭很痛，卻不是喝酒造成的宿醉。

「沒說什麼，但又盡在不言中，」他的手從玻璃上放開。「就是提醒我什麼事都瞞不了他。」

就是在宣示他仍掌控大局。我用毛毯裹住赤裸的肩膀。

「獨獨今晚例外。」

「或許就在櫃檯，早上才會送上來。」

他搖頭。「克里斯下樓問過了。」

我咬住下唇。原來睡覺的時候，他來來去去，我卻一無所知。

「厝勒斯出事了，」他顯得憂心忡忡。「今晚安哥雷米膽敢做出那樣的舉動，就是因為他自信滿滿，認定我父親無力報復。」

我猶豫了一下。「你擔心國王駕崩？」即便這麼問，心裡很害怕他說是。本來被我詛咒無數次的巨魔，現在反倒成了我們的中流砥柱，因為相較於厝勒斯城內黑心的安哥雷米與羅南，和城外充滿憎恨的艾登爵士，國王的邪惡程度輕微多了。

「妳說呢？」

我不知道自己何時下床的，總之回過神時，發現自己已經穿戴整齊，皮膚緊繃發熱，太陽穴悸痛不已，就像上癮的人急欲尋找毒品。我知道自己半夜驚醒的原因。「他還活著，」崔斯坦說，我停住扣鈕釦的動作。「但是深感絕望。」

「我不知道要怎麼做。」

抬起頭，崔斯坦轉身面對我，眼神流露前所未見的無助。眼前這個男人絕頂聰明，從小生長於爾虞我詐、詭計多端的環境，面對再大的艱難和考驗都勇往直前，現在卻回頭跟我尋求答案。

我只覺得口乾舌燥，再次舔唇。「那條項鍊對安諾許卡極為重要，我們必須找回來。」

⚜

這不過是數小時前發生的事情。我們將一袋金幣交給克里斯，請他去追蹤賣牛的商人贖回項鍊，莎賓負責去探聽艾莫娜妲死後的發展，最重要的，是要找出艾登爵士和哥哥是否將矛頭指向崔斯坦。兩人至今沒有任何回音，我們討論過各種可能的緊急應變措施，各自陷入沉思。

崔斯坦挪動身體，嘆了一口氣，手指再次和我扣在一起，低頭一看，他的臉頰貼著我的肚子，雙眸微閉，黝黑的睫毛襯著白皙的皮膚。我的心柔軟下來，暖流驅走國王造成的緊繃和壓力，輕撫他凌亂的頭髮，指尖輕描他的耳廓，姆指掠過顴骨的線條。

他放鬆下來。想到千辛萬苦才贏得他的信任，讓他不再隱藏恐懼和軟弱，願意主動尋求安慰，對我而言，這些價值遠比厝勒斯蘊藏的黃金更加寶貴。

「我愛你。」這是無聲的告白，他卻抓緊我的手，彷彿聽見了我的心聲。這讓我想起昨夜的一切，感受無比強烈，隨即浮起一個惱人的念頭。「安諾許卡是亞力士的情婦，」我有點自言自語。「前後時間多久？」

「兩年，或許三年，這種事應該不會明文記錄，他的妻子更是諱莫如深。」

我皺眉。「她叫什麼名字？」

「菈美爾。」崔斯坦清清喉嚨。「排除我曾祖母統治厝勒斯將近四十年之外，傳說她是有史以來最有勢力的皇后。」

「對她似乎毫無幫助。」我嘀咕。

他猶豫半晌。「大概她也不在乎，皇室婚姻大多出於政治考量，為了血緣傳宗接代，她應該沒有……幻想。」

這些話聽起來很空洞，就算巨魔皇后不在乎丈夫的忠誠，仍然彼此聯結，安諾許卡則必須想辦法阻斷聯繫，每次和亞力士在一起，都得偷偷將藥劑摻入另一個女人的飲食裡。或許皇后心知肚明，被迫咬牙忍受那些感覺時時閃過內心，沒有因此發瘋才奇怪。

「國王死後，她還活著嗎？」

「是，當她發現逃不開安諾許卡的詛咒，氣得發狂，逼得她兒子……」他頓住。「他別無選擇，因為發狂和魔法能量是悲慘的組合。」

眼神交會，無庸多說什麼就了解他說的不只是菈美爾，還有自己的弟弟。

叩門聲響起。「是我，」隔著房門，莎賓的嗓音有些含糊。「讓我進來。」

一進門她就摘下兜帽，抖落身上的雪花。「我敢發誓，這真是最冷的冬天。」她嘀咕地脫掉斗篷，掛在椅背上。「拜託升個火，好嗎？」

巨魔之火立刻點燃壁爐的火苗，崔斯坦跟著莎賓走進起居室，急切問道。「怎麼樣？」

「什麼都沒有，」她坐進對面的椅子。「沒聽說有謀殺案，也沒聽到有人……橫死街頭，一點風聲都沒有。」她倒了茶水，仰頭喝了一口，眉頭一皺，把杯子塞到崔斯坦前面。「冷的。」

崔斯坦陰沉地瞪她一眼，一秒過後，杯子開始冒煙。

「我去劇院察看屍體是否還在原處，但是不見了，雪地上還有血跡，看起來似乎有人費心處理過，裝成沒事一樣，雖然做得有點草率。」

崔斯坦沉重地坐在旁邊。「你父親？」我問。

他慢條斯理地搖搖頭。「如果是他，不可能這麼輕率。」

「那是誰？」

「我也不知。」

莎賓靠著椅背。「回程順便去了一趟妳家，妳母親還沒回去，只派人傳話說她要明天早上才返回崔亞諾，朱利安顯然也跟去了。」

我愁眉苦臉。「她有生命危險，還在鄉間到處留連，真是讓人焦慮。」

門突然開了，克里斯衝進來。「我找到他了！」

「項鍊呢？在他手中嗎？」崔斯坦質問。

「沒有，可是……」

崔斯坦連聲詛咒，走向窗戶，額頭貼著冰冷的玻璃。

「可是，」克里斯繼續說道。「你不會相信他賣給誰了。他說清晨時分，一位女子拿了一袋金幣上門詢問，聲稱那條項鍊具有珍貴的紀念價值，賣項鍊的女孩是傻瓜。」

我瑟縮了一下，這部分說得很對。「他記得對方的長相嗎？」

「他說臉龐大都被兜帽遮住了。」

室內溫度驟升，莎賓坐直身體，不安地盯著崔斯坦。

「我應該自己跑一趟，」他對著窗戶咆哮。「或許能夠逮個正著，省卻所有麻煩。」

「崔斯坦，我和她至少相隔一小時，」克里斯說道。「你去了也沒有差別，但請仔細聽清楚，那個商人說她的馬車上有攝政王的徽章。」

我猛然坐起，崔斯坦轉身面對我們。

「還有下文，」克里斯說。「回來的時候，櫃檯的男子給我一封信，」他迅速走過去交給崔斯坦。「這不可能是巧合。」

崔斯坦劃開封印，瀏覽內文。「這封邀請函請我出席瑪麗．雀斯勒夫人舉辦的最長的一夜舞會。」

我驚訝地眨眨眼。「我的假面劇就在那裡表演，那是本年度最熱門的社交聚會，」我起身說道。「好幾週以前就發出邀請函，唯有崔亞諾上流階層的貴族世家才會獲邀出席，不包括炫耀父親財富、身分卑微的資產階級。」

「邀請函的收件人不是炫耀父親財富的資產階級。」崔斯坦靜靜地說，遞過來給我。

看到受邀貴賓的頭銜，我心跳加速。盛情邀請尊貴的崔斯坦．莫庭倪王子殿下參加……

「這是陷阱。」我茫然說道。

「毫無疑問。」崔斯坦回應。「她有十足的自信，甚至懶得隱藏身分。」

「何必如此冒險？」莎賓詢問。「現場會有很多來賓當見證，牢牢記住她的臉龐和身分，要殺你還有更好的地點，不必選擇那裡。」

「我同意，」崔斯坦說道。「希賽兒和吉妮薇也會同時出現，背後似乎有特殊涵義。」

最長的一夜……我顫巍巍地吸口氣。「那是冬至。」

最近對魔法頗有概念的克里斯，點頭以對。「女巫可以在季節交替時汲取最大的法力，例如冬至和……」他停頓半晌，轉向窗戶再回頭看著我。「月圓之夜，希賽兒，明晚就是滿月。」

「兩者同時發生的機率很高嗎？」莎賓提問。

「不知道耶，」我望著崔斯坦，他搖搖頭。「我很少花時間研究天文學——意義不大，因為皮耶知識淵博，但現在不可能去問他，這有什麼差別嗎？她的魔法對我沒作用。」

靈光乍現，恐懼伴隨而來。「你有那張地圖嗎？本來夾在凱瑟琳魔法書裡面的名單？」

崔斯坦不發一語，從櫃子裡掏出清單，我迅速檢視一遍，瀏覽人名和年代，大都間隔十九或三十八年，只有少數幾個例外，如果說這就是固定的型態，感覺似乎很薄弱，除非事實不然。我把紙張平鋪在桌上，托著下巴，本來以為還有好幾年空檔，母親沒有立即的危險，因此把她剔除在外，萬一我弄錯了呢？

我手貼大腿。「我們需要知道上次冬至剛好是月圓的日子，還要歷年統計的資料，來源必須可靠，不能錯。」

「我知道妳的意思，」崔斯坦語氣冷淡。「答案是不可能。」

「我們要確定是否有模式可循，」我說。「或許這是唯一能夠預測她行動的方法，再者，我們也需要知道厝勒斯究竟出了什麼事。」

「怎麼做？」他扮鬼臉。「又不能飛進城裡問，父親政權不穩，安哥雷米肯定竭盡全力阻撓我們。」

「不用飛，」我說。「只要偷溜進去。」

崔斯坦搖頭。「就算進得去，也不可能神不知鬼不覺地溜到皮耶家裡，我的法力太強大──他們馬上就知道是我。」

「所以我要自己去。」

他冷冷地看了我一眼。「即便值得冒險一試，也不可能達成。進城只有兩條路，兩道大門防守嚴密、滴水不漏。」

「不盡然。」克里斯剛開口，馬上招來崔斯坦怒目相向的眼神，畏縮地閉上嘴巴。

我起身上前，擋在他們視線中間。「你說什麼？」

克里斯嘟噥了一句不堪入耳的髒話，隨即嘆了一口氣。「呃，他們屋頂有洞。」

44 希賽兒

我們把坐騎栓在樹林裡，開始攀爬將厝勒斯掩埋在世人目光外的巖石之海。我一身灰衣，披著斗篷，加上莎賓從劇院裡拿出來的黑色假髮，這些偽裝不算十全十美，賭的是沒有人會留意混血種女僕出門幫主人跑腿。

自從離開崔亞諾，崔斯坦就惜話如金，聚精會神地駕馭一頭黑馬，彷彿害怕在結冰又滿是泥濘的溼滑路面上打滑，但我知道這只是表象。即便不願意為了收集情報而使我冒生命危險，他依然很想，不，是必須知道厝勒斯內部的狀況，因此變得比平常莽撞大膽，不知道這樣是好還是壞。

「還以為很容易找到，」攀爬沒多久我就氣喘如牛，嘀咕問道：「你知道方向嗎？單是爬到半山腰就要好幾個小時。」我拎起裙襬跳過巖石，轉向崔斯坦問道：「在這裡走沒關係吧？應該不會，你知道……」我誇張地左搖右擺。

「親愛的，石頭這麼多，」幾小時以來，這是崔斯坦第一次展現幽默感。「如果妳想變成山崩的最後一根稻草，還要吃很多松露巧克力，努力增胖才夠。」

崔斯坦魔法在兩顆巨石中間的空隙架出平台，透明的魔法平台閃爍著微光。他跨了上去，伸手拉我。「記得上次妳被打扮成巨魔的時候嗎？」

「怎會不記得。」我抓緊他的手臂，避免去想萬一石頭坍方，我們會滾落到哪裡。「那次是要溜出城，不是要進去。」眼前灰色的巖石讓我回想起決定留在厝勒斯的時候，他的吻讓我覺得瞬間擁有一切，無所欠缺。那種感受持續了多久？不到五分鐘後，厝勒斯幾乎天崩地裂。

「聽到妳選擇留下，是我這輩子最快樂的時刻。」

我依偎在他肩頭。「我沒有後悔過那個選擇。」只有共同的遺憾：幸福時光過於短暫，又間隔太久，災難和悲劇卻總是圍繞在四面八方——當時和現在皆然。為了活著相愛，我們的雙手染上朋友和同志的血跡，未來可能還有更壞的狀況。這會讓我們更加珍惜寶貴的時光，或是反而罩上陰影？不得而知。

「到了。」

月洞比我想像的大很多——大約十呎寬。站在厝勒斯城裡往外看，這裡代表自由和希望，然而從這個角度來看，反倒像是地獄的入口：漆黑、凶險、致命。我突然一陣暈眩，腳步站不穩。

「你說這裡有多高？」我忍不住詢問。

「我不知道。」他緊緊抱住我，我嗅聞著他亞麻襯衫乾淨的氣息，試著恢復平衡。「我不擔心妳下去的問題，怕的是之後面對一群不滿的巨魔，那才棘手。」

隨著時間逼近，感覺這是一個餿主意，可是再拖延下去，連僅有的勇氣都要耗盡。我踮起腳尖，用力吻上他的唇。「幸運之吻。」

他貼著我的額頭。「幸運是給計畫不周的人，只要妳遵照我們的約定，應該沒問題。直接去見皮耶，找到需要的資訊，然後立刻回到我放妳下去的地點。別找馬克和雙胞胎，也別惹麻煩，就可以避開災難。」

我點點頭，心臟跳得又急又快，他應該聽得見。「對，立刻進去，馬上就出來。」

「最危險的時刻應該是下墜的瞬間，陰影顯而易見，我會快速行動，千萬別出聲音——記住，妳的嗓音在這個該死的地方會傳得很遠。」

「不許偷看。」我在發抖，但跟冰冷的氣溫無關。我把手套塞進口袋，用裙子擦乾手汗，在我改變主意之前，魔法裹住腰際，整個人浮到半空中。我蜷曲身體縮成球狀，下巴抵住膝蓋，單手抓腳踝，空著的手抓住崔斯坦的魔法，當成繩索。

「其實不用這樣。」

「這樣比較有安全感。」我尖銳的嗓音至少高了八度，聽起來很怪。

「預備好了嗎？」

沒有，真的沒有，但我還是點點頭。

他不需擔心我發出聲音，急遽下墜的力量讓我無法呼吸，腦筋空白，遑論尖叫。我整個人瞬間懸在巖石底下，俯視厝勒斯全景。我鬆開腳踝，雙手緊抓魔法繩索，試著讓呼吸穩定下來。

雖然崔斯坦信誓旦旦地保證漆黑當中不會有人發現，我仍覺得自己像攤在眾目睽睽之下，無所遁形，強烈的驚慌侵蝕自制力，從這種高度摔下去肯定粉身碎骨，在石板上血肉模糊，當場死亡，尖叫聲無法克制地從喉嚨傳出，雙唇再也含不住抽噎的聲音。

崔斯坦察覺我瀕臨崩潰邊緣，緩緩讓我沿著洞穴天花板移動。不是直接下墜到城裡，而是盡量利用陰影遮蔽，逐漸貼近山谷最高點和巖石接連的地方。他完全看不見，只能憑記憶導引，不只要去目的地，還要繞過撐住整座山脈的魔法石柱、拱門和穹頂，他全神專注地努力，讓我也跟著鎮定下來，重新俯瞰下方的城市。

厝勒斯美麗非凡，感覺像夢境一樣虛幻，似乎不可能跟農場、蒼鷹谷與崔亞諾一起並存於現實世界，眼前這一幕把我帶回過去，宛如我從未離開過。瀑布洪濤從高處宣瀉而下，水光晶瑩透亮；水花飛濺，在河裡形成泡沫，一路朝溪水路河口奔流。

梯田般的街道像巨大的樓梯延伸至山谷邊緣，分岔處是蜿蜒環繞著灰石建築物的台階。白色與金色的皇宮建築井然有序，顯得雄壯宏偉，俯瞰著谷底的河流；後方的玻璃花園一片漆黑，只有小徑兩側有巨魔的光球。不知道從我離開以後，可曾有任何人在小徑上漫步，黑暗中的花朵、灌木和樹叢又是否有人在照顧。

並非一切都維持原狀。

十幾根巨型石柱豎立在街道上，有些高聳得似乎只要我伸出指尖，就可以摸到，卻無人在場建造。我轉身往後望向谷底，心中的疑惑立刻揭曉。緊靠石壁而建的糟粕區周圍築起防禦，以外圍崩塌的建築物和堆積如山的廢石當屏障。就在倉促興建的圍牆後方，小小的光球上下躍動，看得出來活動繁忙。那麼多混血種出現在街上，顯然沒人去挖礦。想到背後隱含的意義，我心跳加快。

我沒有太多思索的時間，底下就是樂土區。貴族的豪宅顯得金碧輝煌，閃爍著巨魔的銀光。一排貴族住家居高臨下，後方的圍牆和谷口的滑坡中間有一處空地，每天都有人定時巡邏，防範死妖入侵。除此之外，這裡漆黑空曠，正是降落的好地方。著地的瞬間我踉蹌了一下，感覺兩條腿像布丁一樣，直到站穩腳跟我才鬆手，魔法跟著放開我的腰。

我知道崔斯坦能夠透過魔法感應某些東西，就像一條有意識的蛇盤在那裡等待，感覺非常詭異。我顫抖地退開一步，掏出塞在口袋裡比較熟悉的能量。

花了點時間呢喃安撫，小光球終於發出微光，讓我完成必要的偽裝。匆匆走入一條狹窄的小巷，左看右看確定沒有路人，這才轉進大街上。

我垂著頭，拉緊斗篷的兜帽，假扮成出門幫主人辦事的女僕，踩著輕盈的步伐，祈求不致引人注目。其實擔心是多餘的——這一區向來寧靜，但還不至於人煙稀少至此，讓我有點不安，直到迎面走來兩個混血種，才讓我如釋重負地吐了一口氣，可惜時間短暫，而且他們刻意保持距離。即便可以降低被識破的風險，這種行徑卻很反常。

下坡走向谷底時，緊張的氣氛幾乎觸手可及。空氣中瀰漫著炙熱的魔法能量，不論純種或混血巨魔，幾乎都豎起防衛，預備面對隨時發生的攻擊，除非有同伴，不然沒人在聊天，多數人手臂上戴著有顏色的臂章，無須解釋就知道居民意見紛歧、各有派別。

前方就是皮耶的住家，我努力克制奔跑的衝動，漫步上台階，敲了一下就自行進門。

「出去！」皮耶尖銳的嗓門令人退卻。「反正你又不接受我的建議！」他坐在書桌前面，一手拿筆，背對著我。

「皮耶？」

矮小的巨魔渾身一僵，慢慢轉過頭來。「妳蓋頭蓋臉的，」他說。「聽嗓音卻是我最親愛的女孩。」

我撲了過去，緊緊抱住他的肩膀。「是我，皮耶！」

「希賽兒，噢，看到妳安然無恙真好。」他抓住我的肩膀，往後推開。「妳在這裡做什麼？崔斯坦呢？他好不好？」

「他很好，」我說，皮耶聽了顯然如釋重負。「他在石頭上方等待，時機一到就拉我上去，他從月洞放我下來。皮耶，我很害怕厝勒斯會遇上五百年來第一場暴風雨。」

他哈哈大笑。「就算剛才有所懷疑，現在也確定妳是希賽兒了。」他收起笑臉。「親愛的，把門閂上，承造公會很少有空搭理我，但我們最好別冒險，以防不速之客上門，發現妳在這裡。」

我依言而行，同時拉上前方的窗簾。「厝勒斯出了什麼事？戰爭似乎一觸即發。」

「已經開戰了，」他一臉疲態。「城裡意見分歧。崔斯坦離開後，混血種要求自治權，希望恢復崔斯坦做王位繼承人，但國王拒絕，他們就開始造反，現在又罷工，除非答應他們的條件。他們在糟粕區架設路障，然而這種對峙的狀況不可能持續太久，就算可以自給自足，安哥雷米也不會放過他們。現在每天都有人死亡，經過調查都是混血種的支持者，只要跟他們有來往的，幾乎人人自危。」

我裹緊斗篷抵禦莫名的寒意。「國王沒有出手阻止事態惡化？」

皮耶搖頭以對。「沒有，許久以來他一直在玩弄兩面手法，現在兩邊都反撲。此外，放棄石樹的掌控權也讓他的地位岌岌可危，我猜他性命不保只是時間早晚的問題。崔斯坦不在這裡，更是沒有人和羅南爭奪王位。」

「百姓希望崔斯坦回來？」但他想回來嗎？

「他們非常害怕，希賽兒，崔斯坦是唯一的希望。」

我強迫自己點點頭。「我會告訴他。」

寂靜半晌，皮耶率先打破沉默。「妳冒險回來這裡應該有很特殊的理由，公主殿下。」

「是的，我們需要協助。」我把名單和日期遞了過去，簡潔扼要解釋了一下自己的懷疑。「我想知道是否有特定的模式可循。」

「這些都是冬至和滿月同一天的日期。」皮耶嘀咕著，典籍從書架上飄然而下，各式圖表懸在半空中。我安靜地在一旁，看著皮耶迅速瀏覽書頁，不時對照小心充滿的圖表，一手拿筆，偶爾寫下一個日期。

即使迫不及待想要印證自己的理論是否正確，我仍默默站在旁邊等待，直到他放下手中的筆。「怎麼樣？」

他把名單還給我，另一頁是他記下的日期。「妳的推論顯然正確無誤，只有少掉最近的日期。」

明知道樹林裡的無名墳埋的很可能是我外婆，當看見所有的日期皆獲得印證，只有一個例外，還是掩不住震驚。現在已經可以確信，安諾許卡利用後人的性命換取自己長生不老，我若不能及時阻止，明晚將是母親的最後一夜。恐懼滲入血管，流經全身。

「明晚就是冬至，」皮耶說道。「也是月圓的日子。」

還來不及開口，屋外就傳來敲門的聲音。「皮耶！快點開門，不然就破門而入，我們看到混血種進去了。」

混血種？我愣了一下才領悟外面的不速之客指的是我。不管他們是監視這棟房子，或者湊巧看見我進門都不影響，因為皮耶沒有僕人，他絕對找不出任何理由跟混血種女孩閒聊，遑論那個人是我。

矮小的巨魔咬牙吐了一口氣，眼中冒出怒火，室內的溫度因著魔法驟然升高，讓我突然想到或許這位朋友的能耐不像外表那般瘦弱。「妳去二樓，從窗戶爬上屋頂，」他說。「外面是公爵的手下。」

「都怪我，」我低聲呢喃。「他們是因我而來。」

他搖頭以對。「這種事遲早會發生，他們已經等很久了。」他握住我的手用力捏了捏。

「我所效忠的對象眾所周知。」

他們要殺了他。「我不能丟下你。」我絞盡腦汁，尋找脫身的方案，魔法踹門的力道讓屋子震動不已。

「妳沒有選擇，萬一被抓，他們會立刻殺了妳。厝勒斯少我一個影響不大，失去妳卻截然不同。」

「我們一起走吧，」我急得焦頭爛額，不知所云，更不願意就此離去。「我可以揹你，找一個安全的地點躲藏。」

他們再次撞擊大門，聲音迴盪，我知道抵擋他們的不是石頭牆，而是皮耶的魔法。

「厝勒斯沒有任何地方是安全的，趁現在還有機會，妳快走。」

他說得對，留著不只我有生命危險——還會危及崔斯坦，同時連累其他的巨魔，危害他們的命運。我摟住他的肩膀，緊緊擁抱了一下。「對不起，我很抱歉。」

他拍拍我的肩頭。「替我照顧那個孩子，親愛的女孩，他需要妳。」

「會的。」我的聲音被魔法的噪音淹沒。

「快跑！」

我竄向樓梯，兩步併一步衝上二樓，書籍和文件堆得到處都是，一團混亂。屋子開始搖晃，我跟著踉蹌了一下，急忙推開可以俯瞰鄰居住家的窗戶。兩棟房子之間有些許的距離，只能跳過去。我爬到窗台上，抓著屋簷慢慢挺起身體。屋子前半部開始崩塌，石頭紛紛掉落、砸到街上。我倒抽一口氣，微微屈膝，縱身跳了過去。

兩腳順利著地，只是用力過猛讓我往前撲倒，衣服被勾破，膝蓋擦傷，但我顧不了傷口的疼痛，蹣跚爬起來，跑向遠處的屋頂。底下是一面牆，我手腳並用、滑過屋簷，站在石牆邊，還來不及更進一步，爆炸的巨響撼動周遭的空氣。

破瓦殘礫飛濺、灰塵漫天，如果我還在屋頂上，肯定已經喪命了。尖叫聲破空而來，大家狂奔逃命，我滑到地上，加入抱頭鼠竄的人群，盡快往前跑，不敢回顧，也不能回頭。我不忍心看見皮耶的家如今變成廢墟，即使知道他被埋在底下，自己也無能為力。

我往階梯跑去，拾級而上，跑得上氣不接下氣，急著回到原點，讓崔斯坦的魔法把我拉上去脫離危險。可惜養尊處優的生活過得太久，恐懼也不足以鼓勵疲憊的雙腳繼續撐下去，加上舊傷的肋骨隱隱疼痛，一繞過轉角我就停住腳步，彎下腰手撐膝蓋、拚命喘氣。

皮耶的死是我造成的，是我引敵人上門，他會枉死只因為他擁護崔斯坦，相信混血種有權利追求更好的生活。因為我不會魔法，因為一個愚蠢的預言宣稱我的生命比他更有價值，才使他招致死亡。我慢慢地深呼吸，試著保持冷靜，以免張惶失措、失去應變能力。

一股濃烈的氣味撲鼻而來，令我汗毛倒豎；就算把崔亞諾上流階級和下層販夫走卒的糞肥倒在街上，依然無法掩蓋這種引人側目的氣味，但厝勒斯向來注重環境衛生。我盯著前方路面的鵝卵石，鮮紅的血跡緩緩淌向鞋跟處，一灘又一灘，看起來怵目驚心。感覺心臟幾乎要蹦出喉嚨，我慢慢抬起頭。

路面鮮血淋漓，似乎不可能只是一具屍體造成的。我震驚地瞪大眼睛，試著把那些塊狀物拼湊成某種東西——某個人——加以辨認，但就是做不到。羅南蹲在那裡，若有所思地用刀尖撥弄一顆牙齒，亮晶晶的眼珠看著我。

*他沒認出我！*可是這有差別嗎？對那個只剩屍塊的混血種來說並沒有不同。崔斯坦的名字倏地閃過腦際，我考慮要不要跟他求救，但知道如果這麼做，就是一場生死之鬥，得想其他辦法脫身才行。

「王子殿下，」我屈膝施禮，不敢挺起，直到膝蓋發抖。就算有魔法，我也跑不贏他——他的速度至少快上好幾倍。「有需要幫忙的地方嗎？」

他懊惱地吐了一口氣，「我還希望妳跑掉呢，不懂禮貌就是足夠的理由。」

他要對我做什麼？

「恐怕我不明白您的意思，王子殿下。」膝蓋快要撐不住了。

「沒有人明白。」他的語氣有點哀傷。

「羅南！」是安哥雷米！

真沒想到自己會如此高興看到安哥雷米公爵現身。

他逕自走向暴虐的王子，四名神色緊繃的侍衛跟在後面。「天哪，孩子！你受了什麼刺激竟然做出這種事？」

「他滑了一跤，把安蕾絲小姐幫我訂製的格爾兵棋掉在地上，我大老遠跑到阿媞森藝品店找芮根拿回來，卻被他毀了。」

「看起來他似乎是故意的。」公爵語氣尖酸，但我發現他看羅南的眼神充滿戒備。

王子站起身來。「他走在後面，所以我沒發現。」本來握在手裡的刀子不見了，我納悶他把刀子藏去哪裡，反正他也不需要。

「沒有關係，」安哥雷米對侍衛揮揮手。「清理一下，妳——」他轉身指我。

我渾身一僵。「是，公爵閣下？」

「去把東西撿起來。」

我呆呆望著血跡斑斑的盒子，一點都不想走過去撿起來，送入獅子巢穴。

「動作快一點！」安哥雷米顯然心煩氣躁。我不願去想違逆他的後果，趕緊上前，小心翼翼穿過血肉模糊的地面，去拿那只盒子。彎腰時發現羅南把刀藏在布塊底下，我不假思索、悄悄將它藏進裙襬，才把盒子抬起來。本來還擔心盒子太重，萬一搬不起來就會洩露身分，幸好還可以應付，只是沾到血跡又溼又滑，很難拿穩。

心臟瘋狂跳動，我硬著頭皮跟在侍衛後面，走向公爵宅第，就在前方不遠處。

府第的圍牆比周圍高出一大截，大約和皇宮的高牆旗鼓相當。這裡防守嚴密，純種巨魔有男有女，全副武裝面對街道，表情凝重，彷彿隨時會遭受攻擊。其中兩位幫我們開門，除此之外，沒有人在意我的存在。

「您要我放在哪裡，公爵閣下？」我蓄意壓低嗓門，掩不住顫抖的語氣。

「這裡，」安哥雷米推開房門。顧不得痠痛的手臂，我把盒子搬到桌上。「打開盒蓋，檢查一下受損的程度。」

我依言而行，他的手從背後伸過來拿起棋子人偶，嚇得我瑟縮不已。

「是純金的！」他轉過身去，把亮晶晶的人偶拋向牆壁，力道大得穿透灰泥。隔壁房間傳來東西摔碎的聲響，以及一句嫌惡的驚呼。片刻過後，寡居的公爵夫人走了進來，我的心直往下沉。

安哥雷米走向羅南。「你知道那個混血種的價值嗎？」

羅南將我推開，把盒子裡的東西一一掏出來。「噢，都是純金！」

「羅南！」安哥雷米怒吼。

我手腳冰冷，背部冷汗直流，寧願一絲不掛躺在蛇窩裡，也不想在這裡多留一分鐘。然而沒有被遣開就不能走，偏偏他們三個都沒開口。

男孩聳聳肩膀。「呃，就他抵抗的程度，我猜他的價碼不會很便宜。」他對晚餐菜色的興趣可能遠遠超過那個被他冷血殺害的混血種。

「我要跟你解釋多少遍……」安哥雷米停頓半晌，瞥了我一眼。「妳可以走了。」

我再次屈膝，慢慢退出房間，頭垂得很低，直到房門關上為止，正想走向前門，轉念一想停住腳步。他們即將起口角，我何不留下來偷聽？他們如此輕率愚蠢，把敵人引進大門，我若沒有利用這個好機會，豈不是大傻瓜？

笨蛋才留下。崔斯坦的耳語被我置之不理。旁邊就是接待室，我悄悄溜進去，耳朵貼著牆壁偷聽。

「那是樂趣，沒有其他理由。」羅南咄道，我可以想像他雙手抱胸，一臉任性地解釋。

「你不可以一時興起就隨便殺人，殿下，國王仍然有可能恢復立崔斯坦為繼承人，你不希望發生那種事情吧？」

屋子顫動。「不！我才是國王！」

「我也希望是這樣，王子殿下，」安哥雷米換成安撫的語氣。「你很清楚我們若要成功，就要參與這場政治遊戲。你哥哥奸詐又狡猾，鼓吹人民群起反抗我們。」

「你該殺了他。」

「我會的。」玻璃叮噹響，應該是公爵走過去倒酒，藉此緩和懊惱的情緒。「就算我痛恨你哥哥，他還是莫庭倪家族的一員，殺死他並不容易。他那個凡人妻子似乎有九條命，每次都很走運。」

「我要他回來。」

「你不應該這麼想，殿下。」

「我要他變回她來以前的模樣。」

我確定這個她指的是我。假若羅南把哥哥的改變歸咎於我，難怪他會一開始就討厭我。

「你知道，從前他戴著假面具，」安哥雷米說道。「每個人都被他騙了。」

羅南沒有回應，我想看他臉上的表情，因為他的語氣讓人感覺似乎是真的關心崔斯坦，也讓我察覺自己對他們兄弟的感情一無所知，或許這個像怪物的男孩，內心深處還有一絲人性的光輝。

「安蕾絲在樓上，」安哥雷米終於開口。「你何不拿著遊戲去獻寶？我相信她很樂意陪你下棋。」

「這樣好嗎？」羅南問道，彷彿他對好或不好一點概念都沒有。

「是的，殿下，這樣很親切。」

交談聲停止，不久門開了又關，接著是上樓的腳步聲。

「你說他由你掌控，」寡居的公爵夫人口氣不太好。「這該死的小鬼對每個人而言都是威脅！」

「我是可以控制他，」玻璃叮噹的聲響再起。「但總不能叫我在大街上當眾指揮他。」

「你還能有什麼選擇？」她尖酸地說。「羅南明明就是個瘋子——莫庭倪的大腦和法力早被金屬鏽蝕了，若不是王子身分，苔柏特肯定早就殺了他，不會容忍他苟活至今。羅南冷酷無情，只關心自己那些邪惡的嗜好，即便不如哥哥聰明，卻有狡猾的一面，他有辦法迴避你的掌控。」

「我們需要他，控制他才有奪取王位的機會。」

他們沉默許久，感覺戴米爾夫人似乎同意兒子的看法，直到她開了金口。

「他在玩弄你，兒子，」她語帶嘲諷，讓我忍不住同情他有如此刻薄的母親。「許久以來，苔伯特都在耍手段，經驗老到。如果崔斯坦成功破除咒語，莫庭倪的統治地位將是史上無敵，凌駕古代的先王和偉后。」

「那麼妳要我怎樣？」

「立刻差派羅南去刺殺他父親。只要這男孩登基，我們就可以掌控厝勒斯和所有的黃金，再利用人性的貪婪，派出所有的殺手追殺希賽兒，她是他們最弱的一環，遲早要死，等他們死光了，我們再丟出王牌，世界就得俯首稱臣。」

我聽夠了，起身要走，突然有一股能量讓我僵立在原處無法動彈。

「大家都說厝勒斯沒有老鼠，」後方傳來年輕的女聲。「顯然弄錯了。哈囉，好久不見，希賽兒。」

45 希賽兒

安蕾絲站在背後，雙手交叉在胸前，表情像貓逮到老鼠一樣得意洋洋，但她不是我認識的女孩，而是冒牌貨——萊莎。

「哥哥知道妳在這裡嗎？」她問。「這麼做似乎過於莽撞。」

「他在這裡，」我邊倒退邊小聲地說，但背後就是牆壁。「近得超乎妳想像。」

萊莎滿臉笑意。「不夠近吧。」

她伸手扣住我的喉嚨，我想尖叫，卻連呼吸都沒辦法。她把我舉起，笑嘻嘻地看著我雙腳離地、掙扎著踢腳，恐慌如潮水襲來，我抓傷她的手臂，但是傷口瞬間癒合。她要殺我。

我想起羅南的刀子藏在口袋，趕緊伸手抓住握柄，猛然抽出來劃破她的上臂。

萊莎痛呼一聲，鬆手放開，我只有一秒鐘可以喘息，她又撲了上來。情急之間，我沙啞地喊出咒語。「捆住光。」

她僵住不動，虛假的臉孔滿是震驚。這不會持續很久——她知道我做了什麼。我抓住機會，舉起顫抖的手臂、一刀刺進她的肋骨。她大聲尖叫，縮起身體想抓住那把刀。我知道自己殺不了她，必須盡快逃走。

接待室的門被推開，公爵和他母親連袂闖進來。

「羅南王子攻擊安蕾絲小姐！」我大叫示警，假裝驚嚇過度，逕自推開他們。其實我宣稱的距離真實情況並不遠。只有幾秒的時間可以脫身，我努力衝向門口，再跑向大門。「羅南王子暴跳如雷！」我吶喊。「刺傷安蕾絲小姐，正在追殺公爵！」

他們的眼神充滿恐懼，還是鼓起勇氣跑向屋裡，正好給我最寶貴的空檔可以逃亡。萊莎的手指掐傷了我的喉嚨，但我不敢停下來檢查。附近完全沒有躲藏的地方，也沒有小巷或通道，我必須搶先一步爬上樓梯，衝向最後那排宅第的外圍，否則必死無疑。

後面傳來守衛吶喊的聲音，其中夾雜著我的名字，顯然身分已經曝光，他們追上來了。

突然一道魔法纏腰間，我還來不及反應，就被捲起翻到圍牆另一邊。

「安靜。」艾莉把我推向牆壁，摀住我的嘴巴。

⚜

牆外聽雜沓的腳步聲，至少有五六個士兵經過。他們離開以後，我伸手環住她的脖子。水聲驟然消失，我知道她豎起了屏障隔音，才壓低聲音說話。「謝謝妳，妳怎麼知道我在這裡？」

「我看到妳跑進皮耶家裡，」她說。「雖然眼珠和膚色不太一樣，但我依舊認得出是妳。」她捏捏我的肩膀。「崔斯坦在這裡嗎？」

我顫抖地指著月洞的方向。「他等著拉我上去，但我必須趕到外圍的空地。現在追兵四處搜尋，不曉得要如何避開他們。」

艾莉仰望穹頂，神情非常複雜，難以辨別。「我去引開他們注意，把斗篷給我。」

「不可以，他們以為妳是我，就會殺了妳。」

她搖搖頭。「公爵希望活捉妳，發現抓錯人，就會放我離開，我屬於皇后和女公爵所有，他們不敢傷害我。」

我不願讓她這麼做。今天已經失去皮耶了，若再拖累另一個朋友，我無法承受。但她說得理所當然、合乎邏輯，眼下也沒有其他方案。

「我必須讓妳活著出去，」她低語。「妳丈夫欠我人情，萬一他死了，我也得不到好處。」

我勉強脫掉斗篷遞給她。「拜託，千萬小心。」

「妳也一樣。」她眼中有許多疑問──我知道她想問什麼，但沒時間回應，她拉起兜帽遮住臉龐，用力抱了我一下。「從這裡出去，那邊有後門。」

說完她就走掉了。

我僵在原地，一方面不情願拋下她面對敵人，明知道自己很傻，因為艾莉給了我唯一的機會。我在陰暗的花園裡穿梭，盡可能躡手躡腳，避免引起其他巨魔注意。靠著街燈照明，我勉強找到牆邊的後門，伸手推門時，尖叫聲破空而來。「艾莉！」我忍不住喊出她的名字，不敢回頭。

推開大門，我拔腿狂奔，前面就是狹窄的步道直接通往外圍的空地。靴子後跟在石徑上喀喀作響，後方追兵的腳步聲清晰可聞，他們開始追上來了。前方的步道似乎永無止境，厝勒斯邊緣的石壁感覺遠在天邊。

我終於抵達了，在碎石徑上煞住腳步，衝向旁邊的巖石堆，盯著發出微光的魔法繩索，目不轉睛。

「她在那裡！」

冒險回頭一瞥，兩名公爵的手下衝上小徑。正常人靠雙腳或許還要一點時間，但我知道他們的魔法瞬間就能追上，我撲向前方，雙手抓住發光的繩索。崔斯坦提斯恩，帶我出去！

魔法像牢籠罩住全身，一舉把我拉到空中。另一股能量擊中保護罩，銀光對撞，火星四射。因著劇烈的震動，我的胃跟著收縮，整個人飛向穹頂，一股能量把我壓制在隱形泡泡底部，無法動彈，當著無數想解決我的巨魔面前，迅速越過頭頂。

陽光突然刺痛眼簾。

「希賽兒！」

崔斯坦抱住我，踉蹌倒退一步。「妳全身是血，妳受傷了？」

既知道他在眼前，我卻覺得他離我非常遙遠。他的聲音模模糊糊的，彷彿在問另一個女孩是否受傷，摸索她身上的出血點。低頭一看，我滿手是血、溼溼黏黏的。

「明天晚上安諾許卡就要對我母親下手，」聽到聲音，卻不覺得是自己在講話。「羅南打算謀殺你父親，安哥雷米抓走艾莉，皮耶……」我從恍惚中回過神來。驚嚇褪去，悲從中來。「皮耶死了。」

我環住崔斯坦的脖子，將臉埋進他胸口。

嚎啕大哭。

46 崔斯坦

希賽兒裹著我的外套，騎馬走在前面，垂著頭，垮著肩膀。她剛出洞穴的短短幾句話就讓我聽得頭昏腦脹，還來不及追問細節，她便歇斯底里、痛哭流涕，我只能先把她抱下來安撫，直到情緒稍微平復之後，她才娓娓道來。那之後變得非常安靜，木然以對。與其看她死氣沉沉，我寧願她放聲大哭，至少比較正常，等她擦乾眼淚，就會恢復原來的模樣。現在的她眼神空洞，有如槁木死灰，我腦中也反映出同樣的感受，讓我著實擔心她被逼得太緊、承受不住，身心崩潰。

心中的擔憂讓我想要帶她去一個安全的地方，也沒多想，就問她家的農場往哪個方向，於是我們就在前往蒼鷹谷的路上。就算有無數的理由要我們兼程趕回崔亞諾，我仍然堅信這是正確的決定，她需要時間復原。

我也一樣。再怎麼努力，都揮不去對皮耶死亡的傷痛和惋惜。我們認識了一輩子，即便不想增加他的負擔，不曾當他是交心的知己，他卻一直是我的朋友，也在很多無關政治的事情上，成為我的恩師。猶記得第一次見面的時候，父親牽著我走過城區，停在皮耶家門口，蹲下來交代我。

「崔斯坦，在我認識的人當中，就屬皮耶最聰明、知識最淵博，我要你留心聽他說話，好好學習，明白嗎？」

我眨眨眼，父親的影像消失無蹤，身上的薄襯衫擋不住寒氣，讓人不住地顫抖。公爵夫人那席話深深困擾著我，王牌。這兩個字不斷浮現在腦海，我確信它唯一的含意就是安諾許卡。安哥雷米知道她的身分，只等父親和我上西天，屆時就會利用這個情報鞏固自身的權力。

我咬牙切齒，策動坐騎追上希賽兒和她並騎，她單手抓著韁繩，另一隻手放鬆地貼著大腿。我握住她，即使隔著手套，依舊感覺得到她手的冰冷。「妳快凍僵了。」我用牙齒咬下手套，包住她的手，試著驅走寒冷。

「希賽兒，妳還好吧？」真是愚蠢的問題，她當然不好，但我希望她開口，無論說什麼都好。

她轉頭看著我。「他們會傷害她嗎？」

艾莉。我試著不要迴避她的目光。一年前，我會毫不猶豫地回應安哥雷米不敢和我家族作對，傷害我的人馬。但現在人事全非，我很懷疑艾莉能夠毫髮無傷、全身而退。

「我阿姨會盡全力。」

希賽兒抽回她的手。「那不是答案。」

「艾莉知道自己冒的險，」我說。「妳並沒有強迫她。」

「沒有嗎？」她手插口袋。「是我堅持要進厝勒斯，本來可以平安撤退，我又留在屋裡偷聽，如果當時離開，她就不會遭遇危險。」她臉龐緊繃。「你要我別去時，我應該聽你的，如果她有三長兩短，我就是罪魁禍首。」

「這不一定是錯誤的決定，妳沒去就不會收集到如此寶貴的資訊。」明知道聽起來冷漠無情，我還是說了。若是安蕾絲，當收穫和風險兩相權衡，她便認為值得一試；馬克認定做了選擇，就得接受後果；父親則會強調當國王的都得面對艱難的抉擇。

那我自己又怎麼想？「我知道妳絕不希望別人受傷，」我說。「如果可以選擇，妳寧願犧牲自己也要救朋友，但妳了解皮耶被抓的時候，如果出面干預，或者不接受艾莉的幫助，後果將是什麼。妳若犧牲自己，其他人怎麼辦？畢竟妳沒有上千條命可以奉獻救人，就算不願意承認，命運、機會和冥冥中運行的力量就是讓妳的生命比其他人重要。」

我勒住她的轠繩，兩匹馬同時停住。「好的領袖和國王願意犧牲自己挽救百姓的生命，但是犧牲的取捨之間需要更多的智慧和堅強的毅力。」

希賽兒直視我的眼睛，藍眸忿忿不平。「領袖和國王是你，不是我。」

我鬆開繩索。「妳確定？」

她唯一的回應就是用力踢馬腹，揚長而去；我跟著踢馬，急起直追。胯下的坐騎樂於跟隨希賽兒的速度，而我唯一的任務就是避免摔下馬背。不知不覺間我們已經過了蒼鷹谷，一些路人看到我們飛馳而過，露出震驚的表情。不久又進入樹林，樹枝被靄靄白雪壓到彎腰，四周只有馬蹄答答的聲音。

她突然放慢速度，轉進另一個方向，緩步穿過密林，停在一處雪塚旁邊。「這是咒語地圖上最後一個標記所在處。」

「妳怎麼知道？」我左右張望，納悶這裡有什麼特徵足以辨認。

「地圖在我心裡，」她眼睛眨也不眨。「羊皮紙的記號不過是那些知識的實質證據——一開始我不了解，其實並不需要。」

我聽得一知半解，但沒有追問下去，不確定她真能解釋清楚。

「我猜在這裡長眠的是外婆。」

這個推論非常合理，吉妮薇的母親下落不明，屍體遍尋不到，然而一想到安諾許卡就在這裡謀殺另一個女性，頓時覺得不安起來。有一天她也可能在陰暗的樹林裡對希賽兒重施故技。

「為什麼要在這裡？」希賽兒嘟噥。「既然鄙視我父親，她為什麼非要來農場附近？」好問題，可惜永遠找不到答案。無論有什麼理由吸引她到蒼鷹谷，安諾許卡都搶先一步，讓她無法抵達。

希賽兒不發一語，轉向鄉間大道，默默騎了一陣子才開口。「我沒有機會通知他們關於你出現的事，到時可能有點突兀。」

她目視前方，緩步走向通往農場和看來是穀倉的小徑。遠處四條狗一起衝過來，體型比小老鼠高大，對著我們又吠又叫。一個老先生從穀倉走出來，伸手遮陽，看我們逐漸靠近。在白雪覆蓋、灰濛濛的冬天裡，一眼就看得出來希賽兒的髮色從何而來。

住家的門被推開，金髮女孩探出頭來，瞇眼看了一分鐘，又轉身走進去，披著斗篷和靴子再次出現。有個老婦人跟在後面，用圍裙擦乾雙手。

這是希賽兒的家人。

我當然知道會碰面，但現在才想到場面或許不友善，他們知道我的本質、我的身分，絕對有恨我的理由。

「希賽兒！」金髮女孩幾乎不等姊姊下馬就一把抱住她，兩人左搖右晃跳著奇怪的舞步。

「我們以為要等過年才會看到妳。」她父親好奇地對著下馬的我點頭致意。

我點頭招呼，一時辭窮，不知要說什麼。

「一時興起就回來了。」希賽兒回道，脫掉外套遞給我。

喬絲媞睜大眼睛。「那是血嗎？出了什麼事？」

「妳受傷了？」她父親伸手要拉，希賽兒舉手阻止。「沒事，不是我的血。」她猶豫了一下。「爸爸，這是我的丈夫崔斯坦，我們只能留一夜……明天就回崔亞諾。」她把轠繩塞過去。「可以請你照料花兒嗎？我要清理一下。」隨後勾住妹妹的手臂，幾乎是逃進屋裡。

她爸爸和我大眼瞪小眼，這輩子從來不曾如此尷尬過。

「你是巨魔，」他終於開口。「搶走我女兒，逼她結婚的那一個？」

我瑟縮，抓著皮鞭扭來扭去。「對。」當下就把責任推給父親似乎不是好主意。

「所以你們佔領整座島嶼了？」他質問。

我搖頭以對。「只有我出來。」

「呃，看來背後有一段故事，」他皺眉。「希賽兒怎麼了？」

「說來話長，複雜得很。」

他傾身向前，揪住我的衣襟。「複雜？你做了這些事，現在還帶我女兒回家，而她渾身是血，垂頭喪氣，還說這叫複雜？你要好好解釋清楚，年輕人，不然就請你離開。」

看著這個頭髮斑白的農夫揪住我的衣襟，突然領悟希賽兒的特質從何而來。「只要你願意聽，卓伊斯先生，」我說。「我會告訴你一切。」

他勉強點頭，鬆開襯衫。「你可以稱呼我路易，省得把時間浪費在虛偽的客套上。」他看了我的馬一眼。「這匹駿馬不錯。」

「克里斯多夫．吉瑞德幫我挑選的。」雖然一開始他極力說服我先騎小馬練習。

「是嗎？恩，克里斯多夫或許沒受多少教育，卻很了解馬匹。」

我牽著馬走進路易指示的馬房。「他的優點比一般人所想的更多，」我仔細查看扣住馬鞍的皮帶，一邊說道。「他很忠誠，我的經驗裡面這種特質很罕見，他同時也是一個很好的朋友，對希賽兒、莎賓和我皆然。」

路易把花兒安頓在走道對面的馬廄，他已經拿開所有的馬具，靠在門邊看我。「我沒有要爭辯的意思。」他搔搔頭髮。「你知道怎麼照料馬匹嗎？」

我搖頭以對。

他走過來。「你說你幾歲？」

「十七。」

「我以為你不只十七，」他聳聳肩膀。「總之，你不是小孩了，早該學習一些有用的技巧。你可以一心二用、邊說邊學嗎？」

我點點頭，突然急於向他證明自己不是一無是處的公子哥。

「好極了，你最好從頭說起。」

在我敘述的時候，希賽兒的父親偶爾哼一聲或咕噥幾句，示範照顧馬匹的技巧，我的故事不是從今天說起，也不是從希賽兒抵達厝勒斯之後，而是從我自己的事開始，毫不隱瞞。事實上，透露這麼多私事有違我天生的個性，但是不知怎麼地，很多話自然而然便從舌尖流出，彷彿希望被別人了解。畢竟路易是希賽兒的父親，必須讓他了解我這個人，盡可能證明即便有這麼多風風雨雨，我仍舊是值得他託付女兒的人。

我們從馬匹移到牛群，最後到豬圈，他偶爾會提問，但大多數的時候都保持沉默、聽得很專心。故事結束的時候，農場的雜活都做完了，暮色也籠罩大地。

「你說這個女巫打算明天晚上殺死吉妮薇？」

「幾乎確定是這樣。」我們坐在屋前門廊上，路易抽著菸斗，奇特的煙味竟然給人一種安心的感覺。「她以謀殺自己女性後代的方式延續自身的壽命，希賽兒深信必須有血緣聯結，咒語才能發揮功效，而大自然能量最強的時間點就在冬至兼月圓這一天。」

路易哼一聲表示理解，對空吐了一口煙圈。「如果她成功了，希賽兒就是下一位？」

「除非我無力干預。」

他點點頭。「你說巨魔和人類可以……」他眉頭一皺，連吐好幾個圓圈。

我知道他的問題。「厝勒斯大約有四分之三的人口有人類血緣。」

他陷入沉默。「如果希賽兒生下巨魔嬰孩，這個安諾許卡的咒語還有功效嗎？」

他抓到了一個我不曾想過的關鍵。「應該不行。」

「結論看起來，不管你們最後決定要如何，女巫的死期都近了。我雖然不懂你阿姨從哪裡聽來的預言，但她顯然是正確的。」他站起身，敲掉菸斗的餘渣。「我還剩一點雜活要去做，你可以先進屋內梳洗，準備吃晚餐。」

我沒有直接進門，又在那坐了幾分鐘，欣賞周遭的風景。夕陽餘暉逐漸消失在山尖後面，冷風拂來松樹的香氣，穀倉裡的動物有牠們各自的奏鳴曲。一條狗走過來坐在我旁邊，棕色眼眸閃閃發光，不時地審視牠的勢力範圍。這是一個迥然不同的生活——有如另外一個世界。我讓自己陶醉半晌，幻想自己在農場裡長大的感覺。有路易這樣的父親，有兄弟姊妹，不必擔心手足相殘；天天務農，種田放羊養牛，不必玩弄政治手段和計謀。這是一種很棒的生活，完美無缺，讓我領悟希賽兒為了幫助我承擔的風險。

屋內瀰漫著燒柴的煙味和晚餐的香氣，希賽兒的妹妹站在爐灶前攪動鍋裡的東西。「他要你打雜，對嗎？」

「剛好也有很多事要討論。」我試著刮掉馬靴上的泥巴，但是效果有限，乾脆脫下來放在門邊。

她嗤之以鼻，放下大湯勺。「不必說我也知道。口渴嗎？」

「有一點。」

喬絲媞走向角落的小木桶，倒了一杯黑麥啤酒遞給我。「只有這個跟水。」

「這個就好，謝謝妳。」本以為她會回頭繼續弄晚餐，結果卻是杵在原地，大剌剌地把我從頭看到腳，毫不害臊。她比希賽兒高很多，一頭金髮，除此之外，一看就知道是姊妹。

「希賽兒跟奶奶在樓上，如果你想知道的話。」她說。「她們要我下樓做晚餐，讓她們繼續談話。」

「她好嗎？」

「情緒低落，苦惱又害怕，」喬絲媞先是低頭看腳，抬頭凝視著我。「還哭了很久。」

「她有理由痛哭流涕，」我說。「我們失去一個好朋友，另一位的處境也非常危險。」

「她說了。」喬絲媞揚起下巴，眼中自有評價和看法。「希賽兒是個愛哭鬼，老是哭哭啼啼的，不管快樂、悲傷或生氣，都要掉眼淚，上次看她哭成這樣是花兒被蜜蜂螫了，把她摔下馬背，但她後來還是上了馬。我姊姊向來能夠克服挫折、重新振作起來。」

聽起來就像在挑釁，彷彿只要我不知好歹、敢批評希賽兒一句，喬絲媞就會吐我唾沫，一刀捅進我肋骨。

「如果大哭可以給我如妳姊姊一半的勇氣，我願意隨身帶十幾條手帕。」我說。「她的喜怒哀樂都寫在臉上，這是最吸引我的特質之一。」

她狐疑地瞥我一眼，點頭以對。「好吧，你可以先坐一下，她們應該不喜歡被打岔，你最好在這裡等她們下樓。」

我從老舊的桌子底下拉出一張椅子就座。

「你看起來跟我想像的不一樣，」她回到爐灶前。「巨魔是身材壯碩、反應遲鈍的醜八怪。」

「我也聽說了。」

「希賽兒很少提到你，只說你是她這輩子見過最英俊的美男子，我當然不信，因為她的品味很有商榷的餘地。」她的藍眸笑意盎然。「她覺得豬很可愛，還去親吻牠們。」

「豬仔的確很討喜。」我想到穀倉那些粉嫩的小生物。

喬絲媞笑得很調皮。「我說的不是小豬。」

她或許在捏造故事，但我覺得她說的是事實。「降低期望值的好處就是比較不會被失望所苦。」

「誰說我沒有大失所望？」她嘗了嘗鍋裡的食物，眉頭一皺，灑了一撮像鹽巴的東西。「她還說你很神奇，但我看到的奇蹟只有你說服爸爸讓你替代我打雜幹活。」

「她說的是實話。」我裝得一本正經，不敢笑出來。

「證明啊。」

我笑嘻嘻地問。「妳是認真的？」

「以防你沒發現——」她停下來嘗味道。「我從來不亂開玩笑。」

室內的光源瞬間熄滅，包含油燈、壁爐和灶火，頓時一片漆黑。

「嗯，真狡滑，」她說。「既然看不見，也就難以判斷是不是你運用魔法。」雖然她輕輕地說，但我聽見她驚訝地倒抽一口氣。

我順應要求，幾十顆小光球在廚房裡漂浮，她好奇地睜大眼睛、左看右看，讓我回想起希賽兒第一次看見玻璃花園大放光明的時候。

她伸手想摸，有點猶豫。「可以嗎？」我點點頭，看她試著接球，手指一戳而過。趁她分神的時候，我先用細網裹住，再將她輕輕舉起，飄到半空中，她驚訝得大叫，然後哈哈大笑。「再高一點！」

「我還以為不可以命令巨魔使用他的魔法，因為這樣不禮貌？」耳邊響起希賽兒的嗓音，她的呼吸熱熱地拂過肌膚表層，讓人忍不住想入非非，淨是一些兒童不宜的念頭。

我抓住她的手親吻指尖。「凡事都有例外的時候。」我從眼角瞥見她奶奶站在樓梯口，雙手抱住胸口，我便在眨眼間將喬絲媞飄回地面，滅掉光球，爐火重燃，我跟著老實起來，不敢再造次。

希賽兒捏捏我的手。「奶奶，這位就是崔斯坦。」

「真是久仰大名，很榮幸見到妳，卓伊斯夫人。」我彬彬有禮地問好，有點擔憂這位一家之主的長輩對我的看法。

「至少他還懂禮貌。」奶奶說道。「請坐，年輕人。孩子們，預備晚餐了，我聽到妳們父親的腳步聲。」

⚜

「她無法忍受有人在屋內抽菸。」晚餐過後，路易帶我到室外。我坐在旁邊，一手端飲料，仰望頭頂的月亮。完美的滿月帶著惡兆，我忍不住想起上回關注它的時候，正是希賽兒被帶進厝勒斯的前一夜。當時我絞盡腦汁、苦思解脫之道，一心想要逃避和凡人聯結在一起，現在回想起來，就像前世的記憶。

「我忍不住想，如果當年再加把勁、努力說服吉妮薇搬來蒼鷹谷，或許能夠保護她平安。」

想起他在信裡三催四請、苦苦哀求，我很確定除非用蠻力拖她過來，否則他根本無能為力。「安諾許卡自有辦法追蹤她的後代，」我說。「就算帶她來到蒼鷹谷，這點距離一樣幫不上忙。坦白說，我見過她本人——她若不願意，誰都強迫不了。」

「或許你說得對，」他抽著菸斗。「她以前不是這樣——母親失蹤讓她性情大變。」

「她們母女非常親近？」

他哈哈大笑。「剛好相反，吉妮憎恨她母親，那個女人是個蠻橫的潑婦，這也是吉妮渴望搬到蒼鷹谷的原因，她想盡可能遠離那個女人。」

我眉頭深鎖，他說的似乎有哪裡不對勁。「她渴望離開崔亞諾？」

「這本來就是她的主意。她厭倦了日以繼夜的表演生涯，剝奪和兒女相處的時間，但每一次生產過後，她母親總是能夠說服她回到舞台，直到父親過世，我們必須決定要賣掉農場或者自行經營，是她堅持要回來的，還叫我帶著孩子先回農場，等她那齣戲結束再回來團聚，至今我還保留當年她預計抵達前送回來的紙條，說她興奮莫名、滿心期待要展開全新的生活，後來卻沒有出現。」

「我兼程趕到崔亞諾，確信她出了意外，結果在劇院找到人。她說母親失蹤，沒找到之前離開，她會良心不安。我想留下來幫忙找人，她卻堅持要我回家陪小孩，還說她會來團圓。」路易的煙斗抵著膝蓋。「結果食言沒出現。」

「她有任何解釋嗎？」

路易嘆了一口氣。「我去見她好幾次，想要說服她回家，但她總有推托的理由。法律最終判定她母親死亡，我知道已經沒希望，直接找她談判。她說她已經改變了主意，舞台才是生命的重心，如果我真心愛她，就不要干預。」他伸手托著下巴。「如果我早點帶她離開，或許……」

結果會不同嗎？母親死後，吉妮薇的改變如此巨大應該不是巧合——應該是安諾許卡下的毒手。我懷疑是女巫動了手腳讓吉妮薇改變心意——不然還有什麼理由能夠解釋？另一個疑問浮現心頭，自從在歌劇院遇見艾登爵士和佛雷德之後，它就揮之不去。「你兒子和希賽兒吵架的時候，聲稱吉妮薇強迫他在你跟她中間做選擇，他不願意，吉妮薇就採取報復的手段。你知道這件事嗎？」

路易朝地上吐了一口唾沫，一手握拳。「不，我只知道去了崔亞諾以後，某些事情讓佛雷德和吉妮薇反目，但他拒絕透露詳情。」他沉重地嘆息。「一開始她還很熱衷，幫佛雷德在侍衛隊安插職位，派了一輛馬車接他離開農場，還特地為他布置了一間臥房，然而短短幾個月過後，他就搬去營房住了。」他轉頭看我。「你為什麼問起這件事？假若你擔心，希賽兒是她哥哥的寶貝妹妹，一定竭盡所能保護她的安全。」

我搖頭以對，不置可否嗯了一聲。不知怎麼地，佛雷德那番話一直揮之不去，舉凡我所聽見跟吉妮薇有關的事實，皆清晰勾勒出她邪惡的一面，完全不像迫於無奈的受害者。

「該進去了，」路易打斷我的思緒。「你們倆還是決定明天一早返回崔亞諾嗎？」

「是的。」雖然下一步要怎麼做仍是未知數。

「吉妮如何我不在乎，」路易起身說道。「最重要的是孩子們，你要保護希賽兒平安。」

⚜

地板發出吱嘎的聲響，房門開了又關，希賽兒赤腳走進來，上床鑽進被窩裡面。「我還以為妳要跟妹妹擠一張床，以免影響妳父親的觀感，」我低喃，將她摟緊。「他似乎不太相信我們婚姻的合法性。」

「天快亮了，喬絲媞應該不會發現。」她的下巴貼住我的胸口。「再者我也睡不著。」

我順著脊椎來回愛撫，一路從頸背到她渾圓的臀部。她輕聲嘆息，溫暖的氣息拂過我袒露的胸膛。「不能讓她殺死我母親。」她屏住呼吸，彷彿期待我會持反對意見。

「了解，」我說。「我們不會坐視不管。」即便吉妮薇罪有應得。

她以手肘撐起身體，驚訝地挑起眉毛。「我還以為你會反對、強調不能把一個人類的性命放在多數人的安危之前。」

「她是妳媽媽，」我說，看著小光球上下漂浮。「難道我對妳的傷害還不夠深、還得連累妳的家人變成女巫的犧牲品？」

「你的父親、加上母親和阿姨，都跟我媽媽一樣深陷危機。」

「我才不關心……」我住口不語，父親兩個字卡住喉嚨。這不是謊話！我對自己大叫，然而再怎麼努力都無法從口中逼出這句話，不管喜歡與否，我都在乎他的情況。「父親不可能對安哥雷米的陰謀一無所知，」我嘀咕地跟自己生悶氣。「更不致孤立無援，再者他是自作自受——錯在自己，怪不得人。」

「厝勒斯那些人怎麼辦？」她問。「他們也得承受嗎？」

「別問我。」我側轉頭，避免直視她的眼睛。

「萬一安哥雷米陰謀得逞，你能想像他們的處境嗎？在他統治底下，混血種的生活會比現在悽慘一千倍，更糟的是，他知道安諾許卡是誰。一旦殺了她，你所有的努力就付之流水。」

我咬牙。「妳以為我沒想過？」

「這些你當然知道，但你似乎不敢承認自己想殺她，昨晚的反應就是印證，反射出你的心意。」

「你……」腳步聲和碰的一聲讓我閉上嘴巴。「外面有人。」

「如果有人靠近，狗會狂吠。」她咬著嘴唇，睜大眼睛。「噢，不。」

我們翻身下床，一起走到窗邊，希賽兒撥開窗簾。「太暗了，」她低語。「看不清楚。」我的眼力好一些。「有一個大箱子，」我抓起襯衫，從頭頂套下。「妳留在這裡。」

希賽兒根本不聽勸，逕自跟著下樓。

路易探頭看著門外，堅定地握著一把看起來很久沒用過的槍。「無論不速之客是誰，都已經走了。」

狗兒咬著一大塊排骨跑過來。「竟然用誘餌把狗拐走，」他嘀咕。「該死的傢伙，一點警覺都沒有。」

我套上靴子走下台階，光球照耀，院子大放光明，正中央有一個鐵片箍住的箱子，看起來怪異無比，箱子有點變形，木板龜裂，彷彿有某種物體被關在裡面，試圖運用蠻力掙脫出來。我心跳加速，慢慢走近。

「崔斯坦！」回頭一看，路易攫住希賽兒的肩膀，不肯鬆手。她穿著睡衣，顯得年輕又孩子氣，頭髮蓬亂，睜大眼睛。無論箱子裡有什麼東西，我都不希望她親眼目睹。我停在一步之外，箱蓋以大鎖扣住，用魔法扳開，完全不想看一眼。問題不在於會發現什麼，而在於那是誰。

我深吸一口氣，顧不得緊繃冰冷的神經，伸手掀開蓋子。

47 希賽兒

地面搖撼顫動，百葉窗嘎嘎作響，飄落在崔斯坦四周的雪花頓時融化，落入泥濘中的水灘，形成一個圓圈往外擴散。氣溫驟升宛如盛夏，積水從屋頂和穀倉如洪流般灌下。

「天哪。」父親驚訝得低語，鬆開一隻手抓著門框支撐。

崔斯坦膝蓋著地，跪在箱子旁邊，抱出一個女孩，一身灰衣，深色長髮披在他手臂上。我認得那件深色的斗篷，是我們最後一次見面時的打扮。

「放開我。」我哽咽地說。

「希賽兒，不要過去。」父親緊扣我的手臂。

「放開我！」我喑啞地大吼，不在乎對父親不敬，用魔法迫使他鬆手，匆匆奔下台階，跑向崔斯坦。溫暖的泥巴滲進腳趾，又溼又滑，泥濘甚至濺到白色睡衣上，但這些有什麼關係？

「艾莉……」我伸手撥開她的頭髮，看見那對空洞、視而不見的眼睛，膽汁立即湧入喉頭。「怎麼會？」

「因為她死了。」崔斯坦怒不可抑的語氣幾乎不像他自己。「咒語不管屍體。」

我抽手，從箱子受損程度就看得出來她曾受的折磨。她向來畏懼密閉空間，連礦坑都無法忍受，他們就用這種殘酷手法對付我的朋友。

地面停止顫動，山間吹來一陣風，捲走魔法的熱氣。我寒毛直豎、忍不住發抖，並不是因為溫度太低，而是崔斯坦別過臉來，怒容滿面，嚇得我倒退一步。這個他不像我丈夫，也不像我深愛的男孩，更不像人類。他的怒火令人害怕，如同被野放的怪獸，有能力把整個世界撕成碎片。

「我要活活燒死他。」他語氣兇狠。我瞥見蓋子內側，一個驚慌害怕、在垂死邊緣掙扎的女孩，用指甲刻出兇手的名字，上面血跡斑斑。

安哥雷米。

我們心思相連、意念相通。在愛、激情與悲傷當中，我知道那種步調一致的感受，但在這一刻，我讓他的怒火像傾瀉而下的洪水，浸潤靈魂每一個角落，直到那不只是他的怒火，也是我的領受。

報仇。

48 希賽兒

我們兼程趕回崔亞諾，在答答的馬蹄和風聲呼嘯之下隔空叫嚷對話，逐漸擬定一個計畫，唯一不考慮的就是帶著母親躲起來等天亮，利用拖延的方式讓安諾許卡喪失複誦咒語的機會。第一，國王的魔法像戰鼓似地在我腦中轟炸催促，逼迫我盡速達成目標；第二，這或許是逮著安諾許卡的絕佳機會。假面劇是引我們入甕的陷阱，然而我們也可以用其人之道還治其人之身，她的死期指日可待。

我們驅策疲憊的馬匹穿越結霜的街道，終於抵達住家門口。我先下馬，韁繩交給崔斯坦。

「寸步不離跟著她，」他至少交代過一百遍。「別讓她離開視線，安諾許卡必須等到太陽下山才會採取行動，那時我已經到城堡了。」他猶豫半晌，追加一句。「如果有突發狀況，妳知道要怎樣吸引我的注意。」

我點頭踮起腳尖，他從馬鞍上俯身輕輕吻我。「小心一點。」

「我會的。」

我佇立在台階上，目送他離去的背影，這才轉動鑰匙進門。

「妳回來了，」擦拭桌椅的女僕抬頭瞥了一眼，「我們還以為妳又決定離家出走。」

我不予置評。「母親在哪裡？」

「出去了。」

感覺胃猛然下沉，喉嚨有一股灼熱被我用力嚥下去。「她去哪裡？」

「我猜在城堡，今早瑪麗夫人派了自己的馬車來接，她離開時發現妳不在家，簡直氣急敗壞，留言要妳盡快趕過去，我猜她已經等得不耐煩、可能放棄希望了。」

她已經落在他們手裡了。我心浮氣躁，努力掩飾頹喪的反應。距離下咒的時間還早，我提醒自己別白費心機。計畫還沒有啟動就已經亂了章法，女巫早一步採取行動。

現在換我們出招。「我梳洗完畢再趕過去，」我說。「如果可以，請幫我送熱水上來沐浴。」

洗澡似乎不是當務之急，但我還得上台，總不能滿頭大汗，渾身散發出馬匹的臭氣。我飛奔上樓，先回房間拿出事先藏好的藥草，以防臨時需要。

進門立刻看見更衣屏風上掛著嶄新的禮服，顯然是母親親手挑的。挑選衣服的時候她想必只關注我的外貌、能否被眾人接納，渾然不知自己有生命危險，而我甚至來不及警告她。想到這些，我的胃糾結在一起，母親是我們的誘餌，即便這個主意令人厭惡，我卻不能事先透露，以免破壞既有的計畫。

我需要知道她在哪裡。

匆忙走進她房間，直接到梳妝檯找梳子，上面竟然連一根頭髮都沒有，好像全新的一樣，雙眉微皺，翻弄剩下的梳子和化妝品，尋找頭髮的蹤跡，還是一無所獲。女僕打掃得還真徹底，顯然她清理母親的東西遠比打掃我的房間更認真。

點燃油燈，我走向衣櫃翻找衣服，搜尋金紅色的髮絲，一樣沒有收穫，這怎麼可能？連床單都是剛洗過的，我東張西望尋找可以運用的物品，任何東西都好，只要堪用就行——獨獨那些買來以後不曾再看過一眼的小飾品例外。

崔斯坦的計畫非常簡單，就是我隨母親一起去城堡，悄悄追蹤瑪麗或是利用她的私人物品，找出和安諾許卡相關的記憶，進一步挖掘她的身分。成功之後，呼喚他的真名傳遞情報，由他來對付女巫。如果這招失敗，我就黏著母親、跟她形影不離，等待安諾許卡找上門。不管被她帶到哪裡，我都可以呼喚崔斯坦，他一定可以找到我。我們寄望她不知道這一點。

背後的門被推開，我轉過身去，以為是女僕送熱水上來，沒想到來了兩個神情冷酷的士兵，身著正式制服，衣襟別著曬乾的紅漿果。

「卓伊斯小姐，」其中一位說道。「雀斯勒夫人要見妳。」

「我需要時間準備，」我抗議地倒退一步。「現在正要沐浴。」

「城堡能夠供應妳一切所需，現在就跟我們回去。」

我召喚大地的能量，只求拖延幾分鐘——找一樣母親的私人物品，屆時方便追蹤，還有魔法需用的材料就放在我臥室桌上。

「你們先下樓，我會盡快。」我把召來的能量全部注入話語當中，魔法像漣漪般流動。消褪無蹤。

士兵搖頭以對，上前扣住我的手臂。「現在就走。」

我突然領悟漿果的作用。想起克里斯曾經說過，有一種木製護身符可以幫人抵擋魔法的咒語，當時我不以為意，即便瑪麗夫人戴著奇特的木製耳環、髮間別著相同的漿果，我都沒有聯想在一起。

山梨樹，鎮巫環，這個東西讓我們的計畫毀於一旦，安諾許卡重新掌控大局。

如果她曾經落敗的話。

49 崔斯坦

「他們不肯讓我進城堡，」莎賓咆哮地踱步，靴底的爛泥在地板留下痕跡。「他們說希賽兒今晚不需要我協助。」

「其他員工也被排除在外嗎？」我問道，輕搔小老鼠的耳朵後面，看著莎賓走來走去只會增加焦慮。

「沒有。」她氣急敗壞。

「他們阻斷連繫，讓她孤立無援。」克里斯咕噥。

莎賓停住腳步。「真是病態。」她轉而注視我。「你也太冷靜了一點。」

我搖搖頭，扯掉靴子鬆脫的縫線，心底的怒火燒得很慢，但是逐漸增溫，逼近爆炸的臨界點。每分鐘的時間都慢得像在折磨人，天空的太陽緩緩移動，本能要我採取行動，衝進城堡找瑪麗，不惜任何手段逼她吐露安諾許卡的身分，唯有憑藉最後一絲自制力才讓我留在椅子裡，不斷地提醒自己若要成功就不能衝動，必須講求策略、以智取勝。

「我要告訴你們一件事，最好坐下來聽。」

莎賓留在原地，雙手交叉抱在胸前。

「希賽兒的論點是對的，這一天既是冬至又是月圓，」我說。「若不能及時阻止，安諾許卡便會殺死吉妮薇，利用咒語作法，延續不朽的生命。就算希賽兒的母親活下來，今晚也將是我們逮到她的唯一機會。」

「既然這樣，你還讓希賽兒孤身冒險，闖進獅子坑裡面？」莎賓氣得漲紅臉，腳跟一旋走向門口。「我要想辦法溜進城堡，就算要游泳過河都好。」

「莎賓，回來。」我砰然關上房門。

她使勁轉動門把。「開門，讓我出去。」

那一瞬間，我在考慮是否要用魔法舉起她的身體，讓她站在面前，好好聽我說完，但我懷疑這種粗暴的手法難以讓她安靜下來傾聽。「莎賓，請妳坐下來聽我說完，拜託。」

縱然百般不情願，她還是回來坐在克里斯旁邊，我仔細說明希賽兒在厝勒斯的所見所聞。「安哥雷米打算利用我弟弟來掌控城市，一旦陰謀得逞，下一步就是派人追殺安諾許卡，事成之後，巨魔將會歡呼擁戴，把他當成拯救者，全世界會因此受苦，連我都阻止不了他。」

「所以你要先下手為強，殺死安諾許卡。」克里斯是陳述而非發問。

我點頭承認。「我們依然有機會逮到她，利用艾登的計畫釋放希賽兒脫離我父親的掌控，再把她藏起來，但是……」我猶豫了一下。「我的人民裡外都有危險，我必須盡己所能保護他們。」

「然後呢？巨魔自由之後怎麼辦？」莎賓雙手環住身體彷彿在抵禦寒氣。

「我會奪下皇冠，」我說。「終己一生努力壓制他們的攻擊性。」

「萬一失敗呢？」

我閉了閉眼睛，大崩塌前的歷史事實閃過眼前。「建議妳祈禱上帝祝福我成功。」

「希賽兒希望這樣嗎？」克里斯抬起頭來，堅毅不畏縮地直視我的眼睛。

「她是這麼說。」我往後靠著椅背，腳踝勾住膝蓋。

莎賓和克里斯心情沉重地對看一眼，我瞪著靴子給他們思索的時間。

「我能理解你們想在背後捅我一刀，或是看我一箭穿心的心情，我不會責怪你們。」我深呼吸，慢慢吐氣。「希賽兒的父親預備在午夜時刻警告蒼鷹谷的居民──時間絕不能提早，以防消息走漏，因為我們不確定村民效忠的對象是誰，」我抬起頭。「如果你們想回去和家人團聚，我不會制止，還會給你們夠用的金幣，可以搭船去島國避難，但我不能保證崔亞諾的港口還能安全多久，最好是立刻啟程。」

克里斯瞥一眼時鐘，下巴繃緊。即使現在就出發，摸黑騎馬回家，也很難趕在路易公布消息之前抵達。「你們可以借用我和希賽兒的馬，」我說。「厝勒斯的居民應該不會立刻行動，唯有死妖可能在黑夜遮蔽下出來活動。」

我起身走向大木箱，掀開蓋子，抓了一把金幣塞滿錢囊。「拿去。」我試著交給克里斯，他搖頭不收。「莎賓？」我遞過去，希望她至少有點腦袋，不要拒絕。

「不，」她拾起斗篷和手套。「我要去找希賽兒，就算不知道要做什麼，至少有朋友陪在她身旁。你幫我潛入城堡，不然給我武器也好。」

我一言不發，默默抽出藏在靴底的小刀，刀柄向外遞過去，她遲疑地握住把手，似乎不太知道如何使用，不過願意嘗試看看。「暫時別走，」我轉向克里斯。「你呢？」

「我跟巨魔往來大半輩子，」克里斯說。「深刻了解你們的能耐，我不會撒謊，只要想到你們從此恢復自由，隨心所欲想做什麼就做什麼，就會嚇得我屁滾尿流，但不管我喜歡與否，看來這件事是註定要發生，我當然要竭盡所能確保我們的陣營得勝。」他挺起胸膛。

「如果我註定要被一個性情高傲的美男巨魔統治，我寧願那個人是你。」

「很高興聽你這麼說，」我試著不要笑出來。「萬一你決定棄我而去，誰曉得我的自尊會受到什麼傷害。」

克里斯朝我翻白眼。

「莎賓，」我再次拎起那一包金幣。「我需要美女陪同出席今晚的宴會，如果她裙子裡能夠藏上一兩把刀會更好。」我把錢囊丟給她。「好好花錢打扮一下。」

我轉身走向窗戶，眺望冬季的天空，冰天雪地的寒意似乎在預告即將來到的厄運。倘若一切順利按計畫進行，今晚被釋放的不只巨魔而已，距離隆冬之后要求我履行協議，不知還剩多少時間？

「計畫付諸實行之前還得跟某人談一談，」我說。「希望他心情大好、願意耐心傾聽。」

50 希賽兒

他們把我塞進馬車送入城堡，如果士兵認為歌劇明星受到這種待遇很奇怪，也因為訓練精良沒有質疑長官的決定，有問題也不予回應。

我們從後門進入城堡，上到二樓房間，裡面有冒煙的澡盆和一個年長的女僕。莎賓精心縫製、用羽毛點綴的白色絲質戲服掛在屏風上，至於我的朋友則不見蹤影。這裡遇見的每一個人都別著山梨樹的莓果，我問女僕配戴的原因，她說是慶祝冬至到來，摘下會帶來厄運。

我放下主見、任由女僕打點，滿腦子想的都是要如何規避山梨樹抵銷咒語的功效，感覺有點像死妖對巨魔的圍堵，一定有辦法應付，退而求其次至少要從瑪麗身上挪開它的保護。我必須持守自己這一端的計畫，才會拖到現在都不和崔斯坦聯繫。他不夠冷靜，萬一被他知道目前狀況一團亂，一定會直接闖入城堡，用暴力逼問瑪麗供出情報。或許情況最終走到那一步，但我寧願竭盡所能、避免它發生。

「妳把我們搞得暈頭轉向，四處追逐。」

我抬起頭，看著瑪麗走進來，扭曲的枝枒編成頭冠戴在頂上，要摘除似乎有些難度。

「妳為什麼要這麼做？」我質問。

「妳我心知肚明，希賽兒，不要裝蒜，」瑪麗應道。「妳一失蹤讓大家忙得人仰馬翻，不能再冒險讓妳缺席今晚的盛宴。」

我口乾舌燥、用力吞嚥。「我母親在哪裡？」

「你們很快就會見面，別再惹麻煩，希賽兒，如果妳再搞鬼，她的懲罰方式就是傷害妳最關心的那些人，包括巨魔。」

「妳在威脅我？」

她搖頭以對。「只是警告。」

「我要妳證明我母親安然無恙。」既然不可能用魔法對付瑪麗，現在最重要的目標就是母親，跟她行影不離靜候崔斯坦找到我們。

「只要安諾許卡說可以，妳就見得到，在此之前不行。」

她在這裡。「我還以為妳是島上最有權勢的女人，」我說。「顯然是誤判。」

瑪麗哈哈大笑，笑聲尖銳刺耳。「她開口唱歌，我們只能跟著跳舞，就算她是惡魔不是人類。不是有一句俗語嗎？『敵人的敵人就是朋友。』」她走進室內，我突然發現她的鞋底黏了一根金紅色頭髮，是我的？母親的？還是安諾許卡？

「我上次不肯依從，被她狠狠處罰，從此記住教訓，不敢犯相同的錯。」她說。

「求求妳，」我膝蓋著地假裝跪地哀求。「她要殺害我母親，請妳幫助我。」我伸手按住頭髮。

「我也希望幫妳，希賽兒。」她退後一步，不安地迴避我的目光。髮絲被我手掌壓住。

「然而這是保護島上生靈唯一的方法，巨魔唯一的剋星就是她。」

我轉而望向嶄新的戲服，她跟著看過去。「經過這一切，妳還期待我上台演出？」我握住頭髮，往後坐在腳跟上。

「如果妳希望巨魔活過今晚，最好乖乖上台，」她表情猙獰。「安諾許卡的條件是妳若配合，她就放巨魔一條生路，再把他關回籠子裡。妳若干預儀式，她就殺了他。」

我胃部收縮，扭頭凝視油燈的光芒，直到淚眼婆娑。「妳竟然逼我在情人和母親性命中間做選擇？」這些都是耍嘴皮，希望她趕緊離開，讓我嘗試念咒語。

「吉妮薇必死無疑，這一點沒得商量，也不會因為妳的抉擇有所改變，妳只能期待救回愛人的生命。」她故意扭曲的語氣彷彿那是某種噁心下流的東西。

「他明白這是陷阱，」我低語。「也知道她的計畫。」

「但這些救不了他，」瑪麗走過去撫摸絲質的戲服。「我要妳了解，希賽兒，我並不以此為樂，庇護安諾許卡是五百年來處於我這個身分者的重擔。我們的丈夫誓言追殺這個女人，而我們卻肩負保護的責任，遑論她本身就很難纏，我們也不好過。」

顯然攝政王和艾登爵士都被蒙在鼓裡，這也難怪。

「妳的宿命應該是延續咒語的效力，現在卻把最難纏的敵人釋放出來，如此諷刺的發展讓人始料未及。」

「他做了什麼事讓妳嚇得一定要他的命？」我質問。

「是他的能耐讓人恐懼，」她咄道。「終生囚禁或死亡，就看妳的抉擇。」

我對她怒目相向，瞪了好半晌才露出垂頭喪氣、挫敗的表情。「為了他，我願意配合。」

「這是正確的決定，」她走向門口。「趕快做準備，賓客已經抵達了。」

等她離開之後我才伸手抹去虛假的眼淚，仔細查看手心的頭髮，很難判定原主是誰，然而這是最後的機會。崔斯坦即將抵達現場，同時等待我的回音，如果一點消息都沒給他，很難想像會發生什麼事情。

51 崔斯坦

「抬起頭，」我低聲咕噥，試著不要流露對希賽兒一逕保持沉默的憂慮。「記住，妳是受邀來這裡。」

莎賓盡責地抬頭挺胸，但她的手死死地抓住我的手臂，並沒有放鬆。

「妳曾經說過，只要細心觀察、仔細聆聽，情報到處都收集得到，不用擔心，」我補充一句。「同理可證，留意觀察他們的舉動，跟著做就對了，他們很可能不知道妳是誰，這跟他們認識妳、知道妳是鄉下小酒館老闆的女兒完全不一樣。」

「對。」她深吸一口氣應道。

我朝另一對賓客點頭致意，介紹莎賓是家族的朋友。抵達崔亞諾的第一週參加不少宴會，認識很多面孔，他們是其中之一。擦身離開之後，聽見他們竊竊私語、討論我怎麼有辦法弄到邀請函，出席如此冠蓋雲集的上流宴會。那些流言蜚語對我毫無影響，希賽兒早就應該跟我聯繫，即使沒找到答案，至少要讓我知道計畫失敗了。

「看到瑪麗了嗎？」

莎賓搖頭，她認得雀斯勒夫人，我派她負責盯著那個女人，觀察跟她交談的對象，萬一發生最糟的情況，我需要掌握那個女人的去向，以備不時之需，用暴力逼她說出答案。「不過攝政王在那裡。」她補了一句。

我轉向她說的方向，一眼認出在小圈圈裡面，被群臣簇擁巴結的就是攝政王。他跟兒子長得很像，就是多了幾年的風霜、白髮和中廣的腰圍。

「你敢來到這裡露臉，我不應該太過驚訝。」

艾登站在背後，剛修過鬍子，打扮得體、符合自己身分，就是看起來很憔悴，比我知道的年紀蒼老十幾歲。「爵士大人，」我鞠躬致意。「顯然我收到的邀請函不是你的功勞？」

「忍耐你在我的城市裡遊蕩已經夠悽慘了，彷彿你是……」他及時住口，發現自己的衝動引來很多人側目的眼光。「人類，」他說。「而不是該被詛咒的惡魔。」

「詛咒挪開了，」我從旁邊的托盤拿了一杯酒。「你要更新資訊、了解最新的進展。」

他沉下臉。「卓伊斯說你要跟我談條件，我願意聽，說完就請離開。」

我聳聳肩膀。「悉聽尊便。」彎腰低聲吩咐莎賓。「妳知道要做什麼，小心一點。」

艾登帶頭離開大廳，穿過狹窄低矮的走廊，進入書房。「關門。」他沒好氣地吩咐希賽兒的哥哥，他一路跟著我們。「免得有人偷聽。」

我特意坐在爐火旁邊，看他心煩氣躁地踱步，小心翼翼地確保佛雷德和他握槍的手都在視線範圍內。

「卓伊斯說你願意鏟除父親的障礙，交換我今晚的協助。」

「安諾許卡躲在城堡裡面，」我說。「我強烈相信你的母親庇護她很多年，至於是出於自願或脅迫，我就不敢確定。」艾登張開嘴巴想要反駁，但我舉手打岔。「這些年來女巫在特定的條件底下，犧牲自己女性的後裔，運用咒語保持長生不死的壽命，她今晚就要殺害吉妮薇．卓伊斯來延長自己生命。」

艾登揚起眉毛。「這意味著希賽兒也是……」

我點頭證實。「我需要你的協助，務必趕在安諾許卡完成咒語之前逮捕她。」

他靜默不語，過了許久才開口。「你以為我是傻瓜啊，如果幫忙逮捕女巫，你會殺了她，然後你們那些禍害將在島上暢行無阻。」

「對，」我撇開被他措辭激起的怒火。「我會殺了她，但你必須了解她的死無可避免。我父親的政敵安哥雷米公爵已然查出她的身分，等他利用弟弟掌控厝勒斯的下一步就是殺死女巫，這表示你得做選擇，不是應付他就是面對我。」

「這是詭計，」他低語。「我不會再一次受騙上當。」

「這是事實，」我說。「我弟是暴力狂，安哥雷米公爵則是極端主義者，一旦殺死女巫，就成了民族救星，屆時誰敢保證在英雄熱潮消褪之前，他們會殘害多少無辜的百姓。」

「夠了，」艾登嚷嚷。「你的話是毒藥。」他揮手示意，一秒過後，槍管抵著我的後腦勺。我文風不動。「給你最後一次機會重新考慮。」我的警告被當成耳邊風。

「動手，卓伊斯，」艾登大叫。「你還等什麼？」

「你即將鑄下大錯，」我脈搏加速。「攜手合作才能互蒙其利，雙方人民和平共存。」

「締結和平唯一的機會就是滅絕你們！」他眼神狂亂。「佛雷德，這是你幫妹妹報仇的機會，現在就開槍。」

「不，」希賽兒的哥哥從我背後側跨一步，槍口對準另一人。「抱歉，大人，我不能讓你踏錯這一步。」

「滿意了吧？」我起身詢問，早就知道艾登不會同意我的計畫，但在佛雷德做出近乎叛國的決定之前需要確切的證據。

佛雷德點點頭，失望的神情清晰可見，他原以為艾登是值得效忠的對象。

艾登驚訝得睜大眼睛，這才發現自己被耍了。「錯的人是你，卓伊斯，你說是這個怪物毀了你妹妹的人生。」

「是的，」佛雷德回應。「但我同時看他救了妹妹一命，這回又嘗試要救她，我相信他說的話。巨魔終究要脫離受詛咒的命運，我寧願和對的人為伍，也不願面對卑劣的風險。」

「你會後悔莫及！」艾登大吼。

「或許，」佛雷德說道。「但我現在需要你的衣服。」

52 希賽兒

眼睛盯著門口，匆匆套上莎賓精心縫製的戲服，胸前的花樣憑空添加更多曲線，金網包覆的肩帶緊貼肩膀，奇特的A字型長裙走起來搖曳生姿，布料貼在腿上如空氣般輕盈，背後一排白色羽毛代表翅膀，輕飄飄地跟著步履移動。

多麼希望莎賓在場，她很可能就在城堡裡面，只是瑪麗不許她靠近。一股疑慮啃食我的心，崔斯坦肯定會告訴她我們有殺死安諾許卡的計畫，不知道她會做何反應。

我捏緊頭髮，盡可能忽視手指的顫抖。眼前只有一次機會，結果如何，難以預料。我撚起油燈，開到最亮，全神貫注凝視火焰，汲取火的力量。頭髮移到上方，它霹啪作響，燃燒的速度慢得出奇，卻又異常明亮，魔法發出光輝，我集中思緒。「讓我看到母親。」

沒有反應。

「吉妮薇現身。」我討厭自己絕望的語氣，拜託，千萬要讓她活著。

依舊無聲無息。

我加倍努力，魔法從四面八方湧入體內，我決定改變策略。「顯現安諾許卡。」

火焰裡隱約浮出一個影像，母親的歌聲飄揚在空氣中，安諾許卡跟她在一起！我傾身向前，想要看得更仔細，就像從鑰匙孔看進門裡，前方有些許動靜，黑色衣服，白皙的皮膚，可惜坐得離燭火太近，實在看不清楚。母親開始暖身練習，歌聲裡沒有一絲恐懼或焦慮，渾然不知自己有性命危險，但那無妨，她還活著，這才是我關心的重點。

「希賽兒在我們手裡，正為上台做準備。」某人講話的聲音打斷母親的練唱，嗓音很熟悉，是瑪麗。

我彎曲手肘，雙手互握，屏息以待，靜候安諾許卡開口。「好極了，那個該死的女孩似乎打算破壞一切。」我心跳停了一拍——這是母親的聲音，事情不對勁。

「她以為妳需要保護，」瑪麗語氣平淡，沒有喜怒。「她一路落進妳的圈套，還把怪物帶進來。」

我心跳放緩，怦、怦、怦，每一聲似乎都震耳欲聾，遲來的領悟慢了一步，但又快得難以接受，強烈的背叛刺入心頭，受虐的心祈求這只是大腦認知錯誤。

「妳有說服她上台嗎？」

「是的，」瑪麗遲疑半晌。「真有必要演出嗎？有風險……」

「儀式重於一切，時機更是關鍵，」母親打斷她的話。「上次兩項任務都中斷了，看看後果是什麼：我的法力衰退一大截，才因此其中一個巨魔掙脫、恢復自由，這種事不能再發生第二遍。」

不，不，不！我起身繞著燈火走動，試著找出看清疑似母親的人臉龐的角度，證明那不是她——是我聽錯了，是一場誤會。

「妳出去招呼客人，瑪麗，確保跟妳有關的人都遠離巨魔，他的性命是我的，隨之而來所有的法力也歸我所有，其他人不許插手。今晚我要徹底擊垮精靈的餘孽。」

我咬緊牙關，不許自己啜泣。膝蓋跪地，抬頭望進火焰，終於看到她的臉，那張異常熟悉的臉龐，頸間的項鍊代表註定犧牲的女孩。那條項鍊應該戴在我的脖子上。

我的母親是安諾許卡，我的母親是安諾許卡。腦海中不斷重複這句話，即使眼見為憑，依舊難以相信，發抖地看著她拿起尖嘴喙面具，用黑色緞帶綁在臉上。我認得這個東西，它曾經出現在凱瑟琳的記憶裡。

「時候到了。」

女巫轉向火焰，我縮進桌子底下以免被發現。鬆開魔法，撤除咒語，頹然坐在地板上顫抖不已。

查出安諾許卡是我的祖先已經讓人難以承受，現在進一步發現她竟是我母親——生下我唯一的目的就是當成犧牲品，幫她延年益壽，自己一生中最崇拜的女性竟是殺人兇手。想到這裡就開始反胃，我扭身趴到地上，一口氣全吐了出來，渾身肌肉緊繃，彷彿想藉由嘔吐抹滅剛才看到的一切。原來我才是目標，預備今晚犧牲，拖累崔斯坦跟著陪葬，如果被她得到所有的力量，厝勒斯的朋友們就毫無得救的盼望，我必須警告他。

「崔斯坦提斯恩，」我低語，隨即停頓下來。萬一讓他得知吉妮薇就是安諾許卡，肯定會殺了她。想到她和艾莫娜姐一樣躺在血泊裡，立刻勾起一股出乎意料的悲傷。她是仇敵，明知道自己是傻瓜，仍然跟以前一樣深愛她，或許活捉她以後，再跟她講道理……或許還有其他的方法……

我蹣跚站起來，跑向門口，撇開個人情緒，先警告崔斯坦再說。他的任務就是保護吉妮薇平安——這是計畫的核心——肯定不會想到吉妮薇會反咬他一口，我必須想辦法通知、讓他了解狀況，說服他試試其他的方法。

我使勁轉動門把，房門文風不動，改用肩膀撞門，依然沒有效果，顯然是從外面上鎖，我深呼吸，打算放聲尖叫，叫到有人開門為止，轉念一想又閉上嘴巴。

瑪麗和安諾許卡肯定有所計畫，預料到我會抵抗，因此就算大吼大叫，也只有他們的人馬會來查看，如果他們拖我離開這裡，警告崔斯坦的希望肯定落空，我要動動腦筋，不能笨得落入陷阱。

安諾許卡不知道我發現了她的真實身分，這一點必須保密，唯一的做法就是配合演出，等待時機到來。

「崔斯坦提斯恩，」我重複一遍，總要讓他有所防範。「當心，有一位朋友是敵人，不要信任任何人。」

開門的聲音打斷了我的思緒，詹森先生站在門口，衣領別了一束山梨樹的莓果。「啊，希賽兒，妳看起來真漂亮！」他笑顏逐開，站在兩名警衛中間，「妳得跟我來，表演即將開始，妳預備好了嗎？」

我只能點頭，即便有千年的時間準備都不夠，這是一場獻上生命的演出。

53 崔斯坦

崔斯坦提斯恩……呼喚聲響起，我渾身緊繃，等待族人尋求數百年的答案，但希賽兒沒有再說下去，反而讓我更擔心。

「崔斯坦？」

我回過神來，察覺佛雷德在跟我說話。「對不起，你說什麼？」

「有人會識破我的偽裝，發現我不是他。」佛雷德不安地轉動肩膀，拉扯借來的外套袖子。

「不可能。」我試著專注眼前的任務。有些事讓希賽兒驚慌失措，若不是因為我知道她沒有受傷，早就飛奔而去。她呼喚我的名字，之後就不吭聲。「誰都不會想到發生這種事，怎麼可能會起疑心？」

佛雷德點頭以對，臉上艾登的面具洩露心底的猶豫。

「記得封鎖城堡，」我重複下午討論過的計畫，「關閉大門，不許任何人出入，首要任務是阻止瑪麗干預。」

「沒問題，」他用力吞嚥口水，「我不在乎吉妮薇如何，但一定要保護我妹妹平安無恙。」

即使要返回大廳，但我更想了解吉妮薇和兒子之間衝突的根源。「她做了什麼讓你們母子形同陌路、恨意難消？」

佛雷德僵硬不動，最後靜靜說道，「不是她的行為，而是她做人的本質。」

我等他解釋。

「我來崔亞諾之前一點都不恨她，」他終於開口。「情況剛好相反，她非常神奇——來來去去像一場夢，美麗優雅、翩然降臨、身上散發出香氣。她說只要我搬來崔亞諾和她同住，人生將會無比美好，我當然願意，但是……」他停頓半晌。「這樣還不夠，離開蒼鷹谷她猶不滿意，還要我背棄從小生長的環境，割捨之前認識的每一個人，單單愛她還不夠，還要求我憎恨父親，不只要同情她的立場，更得加入她的陣營，不許有中間灰色地帶，當我試圖中立……」

「她懲罰你。」我代他說下去。

佛雷德點點頭。「似乎每一次打算回家探親，就有事情發生。一開始以為是巧合，沒有放在心上，最終發現背後有模式可循，原來是她精心策劃的阻撓。每當意見相左，或是違抗她的意願，總有災難發生，不是馬匹跛腳、東西遺失不見，就是身體不舒服。然而最可怕的還是她對妹妹的佔有慾，大小事情都要掌控，問得鉅細靡遺，甚至要我說服希賽兒搬來崔亞諾。」

他搖搖頭。「我當然不肯，直說不可能，我會盡全力阻止，讓妹妹和其他家人遠離母親的魔爪，爭吵不到一小時，我就發現自己走在通往蒼鷹谷的途中，一心要把希賽兒帶回城裡，心裡明明知道那不是我的本意。」

故事背後隱喻的含意，勾起不安的感覺壓向心頭。

佛雷德用姆指揉搓太陽穴，下顎繃緊又放鬆。「我終於看清她的本質，知道要遠遠躲開，因此就從那時便搬進營房拒絕跟她見面。」他再次吞嚥。「不久之後，我的馬慘死、同袍生病，接著是跟我交往的女孩，她……」他聲音哽咽。「在眾目睽睽之下，從橋上飛撲而下，死得不明不白，找不出任何理由。」他抬頭直視我的眼睛。「其實她用不著我去說服希賽兒來崔亞諾，但她不在乎，只要不順從她的意願就是與她為敵。她的人生以報復為中心，我知道如果被她發現我阻止希賽兒搬來崔亞諾，肯定會發生不堪設想的災難，若不是父親被馬車輾過，就是喬絲媞發生不測……我不敢冒險。」

假若我曾懷疑吉妮薇不知道自己的法力也不會使用，現在也都消失無蹤，不只如此，佛雷德的故事背後透露的人格和行為模式，感覺異常熟悉。腦中警鈴大作，一個前所未有的意念突然浮現，我們的目標就躲在鼻尖前方。

怎麼會呢？吉妮薇的生日和時辰都有紀錄，這是確定的，她也不是五百歲的人瑞，這是眾所周知的事實，所以她不是安諾許卡，不可能，肯定有別的原因——吉妮薇被安諾許卡掌控，才會不由自主這樣做嗎？是另一個女巫影響她的行為，但是為什麼？如果她要吉妮薇的生命，何必如此大費周章？

*崔斯坦提斯恩，要當心，我們有一位朋友是敵人，不要信任任何人。*希賽兒的嗓音打斷了我的思緒，要求我專注聆聽，但左等右等，都沒有下文，我忍不住詛咒。舉步走向宴會廳，卻被佛雷德拉住衣袖，阻止前進。「等到這一切結束，你要答應我，帶著希賽兒遠走高飛，離她越遠越好，好好保護希賽兒平安。」他說。

如果能夠的話。「我會盡全力保護她，對我而言，沒有人比她更加珍貴。」

雖然在這一瞬間，也沒有人比她更讓我頭痛欲裂。希賽兒為什麼要欲言又止，說得曖昧不清？她指的是吉妮薇嗎？這是她發現的祕密？為什麼不說清楚一點？

我沮喪地咬緊牙關，這時候似乎應該考慮替代的行動方案。

⚜

宴會廳的燈光黯淡下來，貴婦淑女紛紛選擇軟墊長椅就座，紳士端著酒杯站在背後。莎賓本來和一個渾身珠光寶氣的老婦人攀談，看我走進去，眼尖的她彬彬有禮地藉故離開，大步朝我而來，優雅的姿態彷彿本來就屬於這個階層。

「我正納悶你去哪裡，」她挽著我的手。「假面劇快開始了，你看光線逐漸昏暗，可以聽到演員在幕後走動……」她東拉西扯聊了幾分鐘，直到鄰近賓客喪失興趣，不再留意我們的交談內容，才改變話題。「瑪麗剛剛進來過，臉色不太高興，若不是今晚的進展不如預期，」她揚起眉毛。「就是不喜歡這個計畫。」

我自莎賓頭頂上方打量雀斯勒夫人，她站在丈夫旁邊，表情泰然自若，偶爾對過去跟他們夫妻交談的男性點頭致意，但她顯然心不在焉、無意聆聽。她的目光掃過大廳，發現我和莎賓的蹤影，表情微微一怔，隨即恢復過來，繼續原來的交談。我忍不住納悶為了保守安諾許卡的祕密，她費了多少心思。我不想傷害她，然而為了拯救自己的族人，我會毫不遲疑。

「大家認為她之所以心煩氣躁，是因為艾登爵士不肯出席特地為他舉辦的宴會——在場的每一位不是談他就是聊你。」莎賓補充說明。

「他很快就會出現。」我咕噥。一股巨大的張力瞬間盤據整個大腦，讓我幾乎無法思考。「出事了，希賽兒顯然有所發現，不論那是什麼，都讓她瀕臨崩潰邊緣，我們不能等到演出結束再去找她。現在就要知道發生了什麼事。」

「她有給你人名嗎？」

我搖頭以對，吉妮薇？

「她在哪裡？」

「不遠，」我盯著布景，彷彿可以看穿到後面。「就在大廳再過去的房間裡面，我要去找她。」

莎賓用力拉我手臂。「不可以，我們的目標是引她入甕，如果你去找希賽兒，只會適得其反。」她遙望舞台。「吉妮薇快要上台了，她更需要你的保護，我負責去後台找希賽兒，免得別人大驚小怪。」

這回換我拉住她。「他們知道妳是我們的一份子，」我說。「小心謹慎。」

我只能目送她的金色捲髮穿梭在人群中，最後消失在布幕後方。這時舞台燈光一暗，佛雷德還在這時候回到大廳，雙眉深鎖站在瑪麗旁邊，盡力模仿慍怒暴躁的艾登爵士，看起來微妙維肖。

除了唐突的咳嗽聲、衣服窸窣和布幕升起的嘎嘎聲，大廳一片寂靜。鄰近舞台的燈光突然大放光明，觀眾發出驚訝的抽氣聲。

黑、灰、紅三色布景呈現冥界的氛圍，布幕上畫著奇形怪狀的闇黑身影，藉由燈光效果，彷彿台上有火焰竄燒飛舞。音樂響起，曲風陰暗刺耳，跟雜亂的回聲交織在一起，然而這些不是觀眾驚呼的原因。

吉妮薇．卓伊斯坐在大約六英呎高的假石頭上，宛若另一個世界的幽暗怪獸，演出邪惡一角的她，穿著黑底紅色斜紋禮服，黑色羽毛翅膀從兩側突出，尖喙鳥嘴面具遮住半張臉龐，一手扶著假石，另一隻手伸向觀眾，手套像尖爪一般，閃爍著致命的金屬光芒。

她有一種恐怖的美感，令人神經緊繃，但是一開口演唱，人人傾身向前，聽得如癡如醉，霎時變成木偶，她則是操弄線繩的主人。

她用歌聲誘惑觀眾，邀請他們參與各種淫行惡事，擄獲他們的心思意念，意亂神迷地睜大眼睛，飾演罪的女孩們在她下方的舞台上賣力跳舞，我大概是唯一注意到這些動靜的人。其他觀眾，從站在油燈附近的僕人到坐在高背椅中的攝政王，各個看得神魂顛倒，不對，是著魔。

不安和焦慮爬上背脊，他們看得如此入迷，假如發生事情，我懷疑是否會有任何人注意。我移動位置，背部緊貼牆壁，留意四周動靜，沒有異狀，目光再次轉向舞台時，整個人一怔，竟然跟她四目相對。我依直覺靜止不動，模仿其他人看得入迷的神情，但已經露出馬腳，被逮個正著。被誰呢？是希賽兒的母親？或是還有更厲害的狠角色？

一曲終了，觀眾如夢初醒，每位女舞者滑步走到台前，宣布所飾演的罪名，接著鈸聲大響，鑼鼓震天，飾演魔鬼的年輕人竄上舞台，放聲高歌，舞者跟著上台，配合音樂扭曲肢體，挑逗的意味濃厚，邪惡盤踞在半空中、俯瞰眾生。這時樂曲節奏突然改變，女舞者狂野地搖擺，邪惡和魔鬼合聲唱出他們的詭計，打算擄獲善德和她的侍女，竊取她們的靈魂。

莎賓依然行蹤杳然。

我挫敗地咬緊牙關，吉妮薇的前半段演出即將結束，隨後希賽兒即將出場。這時按照計畫，我要藉由魔法遮掩溜到後台暗中保護她，但我不想讓瑪麗離開視線，唯有她知道安諾許卡的真實身分。在魚與熊掌不能兼得下，我暗暗盤算，斟酌著讓其中一位離開視線的風險。

最後一節的旋律在大廳飄揚，燈光淡出，莎賓究竟在哪裡？

我猶豫不定，進退兩難，終於下定決心穿過擁擠的人群走向舞台，第一要務是保護吉妮薇平安，不是掌控瑪麗的行蹤，萬一因為我偏離計畫，順著自己心意行動，導致希賽兒的母親發生三長兩短，她永遠不會原諒我。這時峰迴路轉、舞台側邊的布簾掀開，吉妮薇步入大廳，省卻我顧此失彼、兩難的考量。

54 希賽兒

上半場的樂音在大廳迴盪，相較於母親的歌聲，奇特的伴奏旋律有喧賓奪主的味道。不，不是母親，是安諾許卡的歌聲。明知這是不爭的事實，理智卻拒絕接受，一逕阻止我採取必要的行動。

「希賽兒！」

嘶啞的呼喚讓我轉過頭去——莎賓就站在幾步外的距離，身著華麗的晚宴禮服，挽起頭髮，耳朵帶著璀璨的珠寶，顯然她是跟著崔斯坦進來的。她舉步朝我走來，護送的守衛匆忙過去攔住。

「卓伊斯小姐現在沒空，表演完畢再說。」他壓低嗓門，把莎賓推回布幕。

莎賓可以去警告崔斯坦，把他留在大廳裡，等我跟他解釋之後，再重新擬定行動方案。

「我要跟她談談。」我向守衛說道。

另一名守衛拉住我，搖頭反對。「表演過後再說。」

原來音樂已經到了尾聲。急著攀龍附鳳、搶奪艾登爵士的少女們從舞台上蜂擁而下，突然有尖銳如爪的手指抓住肩頭，轉身一看，母親戴著那個邪惡的面具，遮住了半張臉龐——安諾許卡的臉。

「準備上台了嗎，親愛的？」

國王的魔法瞬間掌控大局，一股蠻力驅策我反手扣住她的手腕，手勁大得連自己都不敢置信。殺了她！

面具下安諾許卡的下顎繃緊，試圖抽身退開。「看起來妳有點緊張。」

就算我想出殺她的方法，當下也沒有武器，而且還來不及動手就會被守衛制伏。但他們擋不住崔斯坦。霎時之間心底有一股邪惡的快感，他的名字浮現腦海，另一個影像是安諾許卡死在我的腳前。

事情不會到此結束，接著將是一場混戰。守衛會攻擊崔斯坦，那會帶出多少死傷？最好等她一個人的時候，既然她打算今晚殺我，這一點應該不困難。

我強迫自己放鬆下來，鬆開她的手腕。「緊張死了，」我用力吞嚥。「妳可以看著我嗎，媽媽？就在前台我看得到的地方？」

她伸手摘下可怕的面具，微微一笑。「當然可以，親愛的，我不會錯過妳的演出。」

看她走向布幕，這才轉身查看是否還有機會跟莎賓交談，但她不見蹤影，連阻攔的守衛也走掉了，我只能祈禱她是回去找崔斯坦，但願自己順利度過接下來十分鐘的表演，沒有意外發生，下台再去找他說出一切，只希望……

我把雜念推到一邊，一屁股坐在鞦韆上，拉好裙襬，用力抓緊繩索，再對負責拉升的工作人員點頭示意。舞台燈光淡出，音樂響起，我升到半空中，支撐鞦韆的桁梁慢慢轉動，把我帶到舞台上方，垂降幾呎定位之後，我腳一踢，鞦韆輕輕地前後擺動，跟著提示開口演唱。

這時燈光亮起，舞台呈現出天堂的模樣，湛藍的天空泛出金黃和純白的色調，觀眾讚歎不已地呢喃。

台下正中央，攝政王和瑪麗夫人端坐在寶座般的椅子上，貴族眾星拱月圍繞在旁，艾登爵士神情肅穆站在母親後方，我在鞦韆上擺盪，做出仁慈和藹的表情，慢條斯理地俯瞰觀眾席。從眼尾餘光看見母親貼著牆壁緩步前進，不時點頭招呼，停步跟其他人寒暄，但崔斯坦在哪裡？

我終於在陰暗角落發現了他的蹤跡，他用眼神追蹤著母親身影，但沒有過去的意思，感情用事讓我忐忑不安，冒上一切的風險對他保密，但我又能怎麼辦？母親已經抵達最右邊那扇門，靠著牆壁，雙手抱胸逡巡一遍。她不是妳媽，是安諾許卡！

我挪開目光俯視舞台，參與選秀的少女一一上台，踩著複雜的舞步，樂團的舞者穿梭其間，舞姿曼妙、合聲優美，我唱的曲子美麗動聽，但不至搶走未來王妃人選的風采。

旋律終了，我停住鞦韆的擺盪，微微傾身向前，佯裝非常關注侍女的下一步，每個少女輪番上前，報出自己代表的美德，再朝艾登爵士深深屈膝，後者盡職地點頭回應。若不是因著擔心隨後要發生的事情，這一幕簡直像齣喜劇。但我明白這些女孩當中有未來要取代瑪麗夫人的角色，奉獻一生保護我要追殺的女人。

我從眼角瞥見崔斯坦那邊有動靜，很想轉過頭，卻又不敢，只能微笑點頭，示意女孩輪番上陣介紹，心底卻在詛咒美德的名單又臭又長。介紹的陣仗終於結束，音樂再起，我恢復擺盪，看到莎賓就站在舞台旁邊，但她目光的焦距不在我身上，而是面對後方，眼神凌厲、僵硬地瞪著我母親。當我想起時已經遲了——當時莎賓跟我一起看見凱瑟琳記憶中的影像，那面具顯然讓她留下深刻的印象。

當莎賓舉步走向崔斯坦，我是靠著多次排演和訓練才從麻木的雙唇逼出第一句歌詞，握住繩子的手套幾乎因為手汗溼透。理性要我不要介入，直覺卻要我跳下鞦韆衝過去阻止她。

這時輪到朱利安出場，他繞著女孩兜圈跳舞，極力引誘，試圖擄走美好的節操，卻被她們識破詭計加以唾棄，最後他和我決鬥落敗、倉皇逃離舞台。之後再唱一首小曲慶祝戰勝的喜悅，稱頌女孩的勇敢，這一段就算結束。

我唱得比預期更大聲，卻感受不到勝利的喜悅，因為真實的處境沒有贏面，再怎麼選擇都避不開痛苦的後果，不論怎麼做都是輸。再過幾分鐘莎賓就會走到崔斯坦旁邊，告訴他實情，他會試圖殺死我母親，只有一個方法能夠阻止。

妳為什麼要阻止？她是殺人兇手。誓言提醒。

她是我媽。

他永遠不會原諒妳……

你不確定。

妳已經許下諾言……

我落入天人交戰，眼前一片模糊，隨即清晰對焦。莎賓突然停住腳步，即便音樂聲震耳欲聾，從嘴型就能看出她在詛咒，她猛然回頭，不管別人大驚失色的眼光，逕自衝了出去。我的聲音微微顫抖，轉眼望向崔斯坦原先佇立的地方，只看到他奪門而出的背影。

恐慌在血液中湧流，顧不得是否會被眼尖的觀眾發現，我直接在鞦韆上轉過身去，努力搜尋母親的身影。

她不見了。

55 崔斯坦

在大廳最遠處，吉妮薇輕鬆地走動，神情從容不迫，偶爾停下招呼客人，室內吱吱喳喳閒聊的聲音恰巧壓過舞台上變換布景的噪音。燈光淡出時，她回頭瞥了台上一眼，我跟著望過去，適時看到布幕掀起，希賽兒坐在舞台上方的鞦韆上。

她美麗動人，即使心裡有千百種掛慮，依舊情不自禁被她的美貌吸引。那襲白色絲質禮服稍嫌暴露，肌膚上的金粉閃爍發亮，紅色長髮垂在背部的翅膀中間，羽毛隨著鞦韆來回擺動。唯有我們之間的心電感應讓我看透她不像表面那般安然悠閒，她的目光先是追蹤母親的去處，繼而轉向我，情緒糾結，焦躁、痛心，和……內疚？我試著用笑容安撫，不安的感覺油然而生。

事情不對勁。

沒有按照計畫進行。

莎賓人在哪裡？

吉妮薇幾乎到了大廳另一頭，停在出口門邊，雙臂交叉靠牆站立，燈光太暗，看不清她的表情，但我抓住機會利用陰影公然盯著她看，一面豎起耳朵聆聽希賽兒的歌聲，我幾乎錯過整場演出，卻知道她每一處的顫音。

音樂的旋律逼近高潮，敲鈸打鼓喧囂的噪音幾乎震破耳膜。演出幾近尾聲，安諾許卡應該會採取行動。正當希賽兒拔高嗓音唱到她音域最高點的時候，吉妮薇背後的門突然開了，伸出一隻手摀住她的嘴巴，我看到刀光一閃，還來不及反應，殺手已把她拖到走廊外。

真的發生了。

顧不得周圍錯愕的表情，我直接衝向最近的出口，以免穿越擁擠的大廳引起更多的騷動。走廊空無人影，我拔腿狂奔，確信最多幾秒鐘就可以跑到刺客挾持吉妮薇的那扇門。「崔斯坦，等一等！是她！」莎賓在後面嚷嚷，我不敢耽擱，只想搶在安諾許卡殺死吉妮薇、逃走之前找到她們，假如慢一步，族人重獲自由的機會可能化成泡影，一旦失敗，希賽兒很可能永遠不會原諒我沒有盡責看好她的母親。

我加速狂奔，眨眼間就穿過狹長的走廊，靴子在地板上滑行，第一次轉彎……第二次……即使到了這裡，音樂還是清晰可聞，卻掩不住一個淒厲的尖叫聲。我再次轉彎，祈禱耳朵不要聽錯、誤判方向。

鞋跟噹啷，吉妮薇．卓伊斯突然跑過來，戴著手套裹住滴血的喉嚨。「救命！」她呻吟。「求你幫助我！」

我急忙停住，讓她穿過魔法，目光炯炯盯著她背後的陰暗處，她揮舞的手臂觸及我的頸項，指尖的金屬讓我肌膚發麻。「她攻擊我！噢，天哪，我在流血，我快死了。」

那一點血看起來不像會死人，但我還是盡責地伸手攙扶，安諾許卡如此輕易地放她一馬，簡直是匪夷所思，這應該是陷阱。「是誰下的手？」我逼問。「只有她一個人嗎？」

「是一個女人，她有刀，」她淚流滿面，口齒不清。「不分青紅皂白地攻擊……我需要幫助。」

後方傳來腳步聲，我轉過身，預備迎敵。

是莎賓，裙襬拎到膝蓋，跑得氣喘吁吁。「崔斯坦！」她大聲尖叫。「離她遠一點！」

我扭頭看，以為有襲擊，但是走廊沒人。

「就是她！」莎賓停在幾步之外。「吉妮薇是安諾許卡！」

真相大白，第一個直覺就想推開吉妮薇，把她捆起來殺了，但隨即想起希賽兒的警告：我們有一位朋友是敵人，不要信任任何人。她說的是莎賓嗎？

才猶豫一秒鐘，吉妮薇就開口了，「唉，真讓人傷腦筋。」尖爪立時刺入我的脖子，金屬灼燒發燙，鮮血滴在領口上。我使勁一推，她雖然撞到牆壁，卻哈哈大笑。「捆住光。」

我的力量彷彿被鉗子制住，力道甚於父親的鐵銬，我怔住，奮力掙扎，感覺像在跟自己對抗，的確是這樣。我突然想起希賽兒用我的魔法幫我治療，安諾許卡也是用它來反制我，但這不表示不能赤手空拳殺死她。

我撲過去，女巫輕輕閃開，拖過莎賓擋在前面，槍口對準她的腦袋。「嗯，王子殿下，」她說。「不要莽撞行事。」

她會毫不考慮就下手，少了魔法，我現在除了配合她的要求，沒有救人的方法。我當然不願意。

「妳真的以為我會為了救她讓妳逃走嗎？」我嗤之以鼻地逼近，她拖著莎賓後退。

「是的。」她的藍眸閃爍發光。「如果我判斷錯誤，還有備案以防萬一。」

擊錘喀擦，我僵住不動，微微一轉頭，看見飾演魔鬼的年輕人——朱利安——站在另一扇門外，武器對準我的後腦。

她輕嘆一聲。「都過了五百年，你們這些巨魔還是沒學到教訓。」

「什麼教訓？」

安諾許卡嫣然一笑。「你們不是所向無敵，百害不侵，當年沒有這些武器，現在就我所知，你們魔法力量再強，小小一顆子彈就足以致命。」

我相信她。「那妳還在等什麼，」我說。「開槍吧。」

「不急，」她說。「我需要希賽兒。進去。」她朝我後面的房間努努嘴巴。

我文風不動。

安諾許卡的左輪手槍用力抵在莎賓頭上。「既然她的命對你無關緊要，那也不需要留她活口。」

莎賓看了我一眼，眼底帶著恐懼，卻沒有掉眼淚，反而充滿決心，輕輕地搖頭。

我有把握讓朱利安繳械，但要救她又救自己的機會非常渺茫。我跟希賽兒說過，不論對與錯，生命的價值有高有低，但從邏輯分析，莎賓的生命價值和我相比又如何？她的死和我命相互比較，後續影響是什麼？

這時候的邏輯分析似乎毫無意義。

「可惜妳現在才明白跟巨魔結盟的代價，已經太遲了，」安諾許卡湊近莎賓的耳朵低語。「他們保護妳只是權宜之計，他們沒有靈魂。」

「謀殺親生母親的黑心女巫說的話能聽嗎？」莎賓揚起下巴。「別聽她廢話，崔斯坦，殺了她。」

安諾許卡嘖嘖有聲。「希賽兒決不會原諒你殺死她母親，還眼睜睜地看著她最好的朋友喪命。」

我深呼吸，慢慢吐氣，希賽兒發現安諾許卡和吉妮薇是同一個人，卻對我保密，她所立下的誓言驅策她摧毀女巫，要有很強的意志力才能抵擋魔法的催促和強迫，這樣的舉動肯定源於更深的感情。

那是愛。

就算吉妮薇不配，我了解妻子的用心。她深愛自己的母親，不讓我知道就是為了保全她的命。希賽兒正朝我們而來，心急如焚而且恐懼萬分，她是擔心女巫怎樣對付我，還是憂心我傷害她的母親？「如果我順應妳的要求，妳願意讓莎賓離開嗎？」保護她的朋友——這是我能力所及的。

「不行，」安諾許卡拒絕，奸詐地微笑。「但我不會讓她腦袋開花。」

我不相信她的說詞，可是別無選擇。「好吧。」我慢慢轉身，不想驚動站在背後的魔鬼，對那把槍置之不理，逕自走進房裡。

安諾許卡接著把莎賓推進去，腳一踢關上房門，那是一間起居室，家具和擺設一般般，唯一的例外是嵌入石牆和地板上的鐵鍊。女巫用力推著莎賓前進，女孩不小心踩到裙襬，若不是我及時伸手攙扶，肯定會摔在地上。

「把他鍊起來。」

「不要。」莎賓站直身體。「妳想怎麼做都隨便，但我不會……」

安諾許卡開了一槍。

56 希賽兒

垂降鞦韆的速度慢得彷彿過了一千年，才離地幾英呎高我就一躍而下，顧不得操作員錯愕的反應，拔腿奔向出口，順著直覺往崔斯坦的方向跑，心底尖叫警告。從他震驚的反應，我知道為時已晚。在狹窄的走廊上赤足狂奔，幾乎沒有聲音，如果他死了，都是妳的錯。我無法反駁良心責備的聲音，魚與熊掌想要兼得，現在就要為錯誤的抉擇付出慘痛代價。

尖銳的槍響在走廊迴盪，我一不小心踩到裙襬，整個人摔在地上。地板粗糙的石頭劃破戴著薄手套的掌心，即使刺痛，我也幾乎沒感覺。從胸膛深處發出哀嚎聲，額頭抵著雙手，等待死神的尖刀刺入心頭，掏空五臟六腑、留下行屍走肉般的軀殼，就像當時跪在斷頭台上等候判刑的時刻。

那種感覺沒有出現。

崔斯坦氣急敗壞，非常害怕，但是毫髮無傷，那是誰中槍？

我從地上爬起來，小心翼翼穿梭在燈光昏暗的走廊，直覺地停在厚厚的實心木門外面，崔斯坦就在另一頭，除了他還有誰？只有安諾許卡，或是還有她的爪牙和幫手？情況很難判斷，搞不好瑪麗派了十幾名士兵跟她在一起，唯有一件事很肯定，這是陷阱，是無法逃避的陷阱。

但我不必矇著眼睛跳進去。

匆忙往前走，測試隔鄰的房門，鎖上了，幸好再隔壁的那間沒有，我心跳加速，穿過漆黑的房間，跑向最遠處的窗戶，寬度不到一呎，這回嬌小的身材終於有點用處。我輕輕撥開栓子，俐落地爬上窗台。

料峭寒風拉扯頭髮和單薄的衣裳，低頭一看，胃立刻糾結成一團。如果失足跌下，落差或許不是很可怕，傷勢肯定不輕，但是其他後果更悲慘。我不顧一切、慢慢爬到窗台外面，如履薄冰地赤腳走向隔壁的窗戶。

每走一步，腳下的積雪便發出窸窣窸窣的響聲，手指頭緊緊攀住石頭中間的灰泥，心臟怦怦跳。終於來到窗井的位置，我使勁攀住邊緣，瞇起一隻眼睛往裡看。

那是一間臥室，黑漆漆的沒有人，但從敞開的房門看過去就是起居間，朱利安背對我，拿槍指著崔斯坦腦袋，這表示安諾許卡切斷了他的魔法，否則這種威脅毫無意義。母親站在他面前，相隔不到幾步，眉開眼笑，拿著銀色手槍揮舞示意，還有莎賓……

看著好朋友把沉重的鐵鍊圈住崔斯坦的手腳，將鑰匙丟給母親，背叛的傷痛在我喉嚨裡灼燒，隨後她虛脫無力倒在腳邊，伸手按住肩膀，衣服上有一大片深紅色汙漬，心痛立刻轉成怒火。

我要進去那個房間。

小心謹慎地推著玻璃，它不為所動，顯然裡面上了栓。我可以打破玻璃進去，但是這樣一定會被發現。扭頭看天空一眼，月光皎潔明亮，時間壓力迫在眉睫。

某種東西引起了我的注意，瞇著眼睛看進窗戶裡，一抹微小的光芒在玻璃旁邊飄啊飄，是我的小光！

說它是光有點誇張，打從逃出厝勒斯以後，它的光芒黯淡到幾乎看不見，現在竟變成我僅有的機會。

強烈的顫抖讓我幾乎抓不住凸出的窗台，我全神貫注地凝視那一丁點魔法，崔斯坦的講解浮現心頭：魔法聽從指揮，意志力叫它做什麼，它就會做……。我曾經循循善誘，亮與暗聽我使喚，但我不曾試圖改變崔斯坦賜予它的目的。現在我把它當成一股力量，像手指頭一樣勾住窗栓扳開。莎賓臉色蒼白，虛弱地躺在地毯上，被鐵鍊銬住的崔斯坦驚惶失措，無力幫忙。

魔法彷彿不太甘願，勉強飄向金屬栓，我咬緊牙關命令它付諸行動，腳趾凍到麻痺無感，十指快要撐不住。如果這招沒效，我不敢確定自己還有力氣走回原來那扇窗戶。

喀。魔法光芒熄滅，我知道它永遠消失了，但這樣就夠了。

紅通通的手指頭緊貼玻璃，預備要推開，又開始猶豫。冷風在城堡裡呼嘯，吹進去肯定打草驚蛇，冰凍的風吹得眼睛好痛，我凝神對抗，直到空氣靜止不動，彷彿全世界屏息以待。憂慮襲上心頭，我置之不理，輕聲推開玻璃，手腳敏捷地溜了進去，像鬼魂一樣悄然無聲，再小心翼翼地把窗闔起來。

「你們巨魔怎麼形容人類？」母親語帶挖苦。「好像謊話連篇？你應該知道我不會留這個女孩活口，她知道太多祕密，這些年我能存活下來可不是粗心造成的。」

「妳有上百種方法能夠消除她的記憶！」崔斯坦咆哮。「殺她的目的只想激怒我並傷害希賽兒，而非迫不得已。」

「不要簡化我的動機，王子殿下，施展咒語需要巨魔和人類當祭品，你們兩位能幫我完成五百年前啟動的計畫。」

她提醒朱利安。「栓上了鐵鍊，他已經不具危險性。去找希賽兒——她不太可能剛好撞見，我們需要她在這裡。」

「是的，親愛的。」朱利安把槍藏在褲腰裡面，經過時親了她一下。若不是心裡正琢磨她的話，我會立刻吐出來，聽起來她似乎不曉得我能找出崔斯坦的下落，顯然她不知道我們聯結的事情，這一點對我很有利。藉著陰影的掩蔽，我悄悄靠近門口，但願崔斯坦發現我來了。

他果然留意到了。

「真的嗎？」這回換成崔斯坦挖苦她。「妳的品味和手段眾所周知，聽說專挑有權有勢的男人下手，但我看妳是老牛吃嫩草，偏愛幼齒的年輕人，沒想到妳已經淪落到這種地步，只會操縱涉世未深的兒童。偉大的安諾許卡、殺人魔、弒君者，連嬰兒都不放過，還……跟孤兒上床。」

他故意挑釁，試圖引開她的注意力，好方便我採取行動，可惜我束手無策，不知道下一步要做什麼。母親哈哈大笑。「噢，不要胡思亂想，朱利安不是我要的——是為了希賽兒。」

崔斯坦揚揚眉毛。「既然她今晚必死，這種追求也太短暫了。」

「正好相反，希賽兒將和朱利安攜手共創美好燦爛的生涯，是吉妮薇要走到人生終點。」

崔斯坦跟我一樣大惑不解。我的胃揪在一起，她的計畫顯然跟我們預想的迥然不同。

「結果很快就水落石出，」她說。「她受苦的時間不會太久，唯有犧牲的能量存留。」

母親動作飛快，一把抓住莎賓的腳踝，從崔斯坦旁邊拖開，他邊咒罵邊掙扎，但鐵鍊將他栓在原處，動彈不得。「妳敢傷害她，我就把妳的心臟挖出來，女巫。」

「不要吹噓，巨魔。」安諾許卡跪在莎賓旁邊，槍口對準她的胸膛。「我只答應不會朝她腦袋開槍。」安諾許卡微微一笑。

我必須阻止她，只是不知要怎麼做，沒有咒語的材料和時間，我的力量哪能對抗她？她扣住扳機，我大驚失色、衝進房裡。「不要！」我把所有的魔法注入這句話，她僵住不動，有點恍神，但瞬間恢復正常，目光炯然發亮。

「嗯，妳真有辦法，每一回都讓我大開眼界、驚奇不已，希賽兒。」她坐在後腳跟。「妳就是有辦法找到巨魔王子，對嗎，親愛的？他們通常不願意配戴護身符一類的東西，不過五百年的囚禁生涯或許足以改變他們的想法。」

「放開她，媽媽。」我為什麼改不了稱呼？「拜託，她很無辜，請妳讓她離開。」

「我需要她。」她的眼睛眨都不眨，充滿算計。

我搖搖頭，並緩慢靠近，趁機在靠近時鑽過崔斯坦的鐵鍊底下。「妳需要他，莎賓不必賠上一條命——別人也行。」

「的確，」安諾許卡回應。「但她剛好在這裡，受傷的情況就算沒死也剩半條命。」

「妳不必再次詛咒巨魔，」看到莎賓的血滲入地毯，我絕望地改變策略。「我想釋放他們，但後來失敗了，我做不來，也不想再試。」我用謊話搪塞。

「但這個巨魔卻跑了出來。」她起身，繞過我站在崔斯坦前面。「表示咒語有漏洞，需要一個長久穩固的解決方案。」

我抓住機會，蹲在莎賓旁邊，從裙襬撕下布條，緊緊綁住肩膀幫她止血。她臉色蒼白、不住地發抖，再不想辦法救她，可能會失血而死。莎賓勇敢地笑一笑，抓著我的手放在她另一隻手臂底下，袖子下方有東西，是刀。我暗暗握住，藏在腰帶裡面。

「我厭倦這種生活了，」安諾許卡柔聲說道。「我要另一個機會，追求自己渴望的目標。不必日以繼夜害怕巨魔找到我，或被愚蠢的攝政王燒死在木樁上。以前我深受創傷，讓我看不清楚必要的策略，但現在不一樣了。」

殺了她！我咬牙克制腦中傳來的強迫催促。她的槍正對準崔斯坦，萬一撲過去刺殺，手槍可能走火，我慢慢挨過去。

她伸手撥開崔斯坦額上的頭髮，他怒火沖天、拉扯鐵鍊想要撲過去，她才縮手。「你像亞力士的翻版，」她說。「這種事應該稀鬆平常，不值得驚訝，你們都長得一模一樣，低等東西就是這樣。」

她背對崔斯坦走向木箱，拿出一個小罐子，裡面有東西在移動，她一邊留意我的舉動、把槍放在桌上。旁邊臉盆盛裝了像燈油的液體，她以燭火點燃，等它冒出熊熊的火焰，再把罐內物品倒進去，那是一隻大蜘蛛，長腳抽搐扭動，不久就消失無蹤，被火燒光了。她低聲呢喃朗誦，我的手腳突然不聽使喚，兩腳僵在原處，雙手麻木貼在身體旁邊，無法動彈。

「妳瞧，希賽兒，」她的槍丟在桌上，逕自走向我。「他們等級低俗，或許在人類眼中，他們長得美麗可愛，但從他們的祖先，那些永活不死的精靈看來，巨魔都是扭曲、醜陋、顏色單調的東西。藉由這個巨魔的死，我要詛咒他們永遠無法再呼吸，無論這裡或另一個世界都無人為他們的滅絕哀悼惋惜。」

我朝她吐口水，因為這是我唯一能動的部位。

她用袖子擦拭，用力甩了我一巴掌。「幾百年來有那麼多忤逆的女兒，只有妳惹的麻煩最多。」

我痛得掉眼淚，不斷眨眼睛。「我確信如果她們認清妳的真面目，一定會更加努力對抗。」

「真面目？」她一臉同情地說。她走向窗邊，拉開窗簾抬頭看月亮一眼。「時候到了。」

鞋跟踩在地毯上發出喀喀的聲響，回到崔斯坦面前。「你們怎麼知道希賽兒是我女兒？」

他冷笑。「妳應該知道精靈無所不知，什麼都躲不過他們的眼睛。」

她偏頭思索。「既然這樣，何必等這麼久才插手幫忙？」

他聳聳肩膀。「時間的起點和終點都在他們眼前，等候五百年又算什麼？」

她嗤之以鼻。「說得真好聽，意思就是你不知道，或許他們想看你們痛苦煎熬？」

「有可能，」他微微一笑。「像我這種低等動物很難揣測出優越不朽的高等生物的動機。他們把一切看在眼裡。這會讓妳忐忑不安嗎？」

她表情冷冽。「儘管看，可以一起來見證巨魔滅絕的末日。」

「等著瞧，」崔斯坦回答。「整座山壓在頭頂都不足以毀滅我們，區區的咒語又算什麼。」

她皺眉，一臉詫異。「你以為那座山是我推倒的？」她仰天長笑。「我幹嘛做那種事？有什麼好處？啊，明白嗎，希賽兒？他們不能說謊，卻各個深諳欺騙之道，這些年來處心積慮，一步一步竄改史實、推卸責任，以致五百年後，連莫廷倪的王子都相信這種無稽的謊言。」

「妳說謊。」崔斯坦冷冷地駁斥。

「不，王子殿下，我沒說謊。」她舔嘴唇，嫣然一笑的模樣彷彿舔到糖蜜一樣。「是巨魔的貪婪摧毀了那座山，你們過度努力採礦，這是大自然的報復。」

「我不相信！」崔斯坦大聲咆哮，我感覺他起了懷疑。

「如果這句話出於所愛之人的嘴巴，你就相信嗎？」她瞄我一眼。「要不要看我那天的回憶，希賽兒？我知道妳以前也玩過類似的魔法。」

她在說凱瑟琳，殺死女巫前她抽走了多少資料？「妳殺了她。」

「她讓我別無選擇。有一次的教訓就該學會不要跟我唱反調，結果她還是一犯再犯。」她說。「想不想眼見為憑？不要也沒關係，我不在乎。」

但我看得出來，她期待的語氣和認真的眼神在在透露她很在乎這件事，或許我看不出她真正的身分，並不表示我不了解這個人。她要我明白真相，背後原因無法確定。證明她沒說謊？或是炫耀自己？看一眼不能改變現況，卻能拖延時間，甚至給崔斯坦脫身、反擊的機會。我點頭同意。「讓我看看。」

安諾許卡從箱子裡拿出裝東西的罐子，我認不出那是什麼植物，她把每一種都掐一點丟進臉盆裡面，再加上可能是龜殼的東西，最後倒進某種濃稠黏膩的液體，味道刺鼻，用蠟燭一點，立刻竄起火焰。她把冒煙的臉盆端到我們中間。

「看著我，深呼吸，」她說，突然改用另一種腔調補充一句。「回憶。」

煙霧鑽入鼻腔，話語和魔法交織合流，從土、風、火、水四方凝聚成一道氣流，周遭的能量遠遠超過她的需要，豐沛濃郁、任君汲取。

房間消失無蹤，當我睜開眼睛，正躺在夏日艷陽下，這跟我看到凱瑟琳的回憶不一樣——當時是旁觀，現在既是自己，同時是她。

斜躺在貴妃椅上，指尖輕觸柔軟如天鵝絨一般的青草。皇宮在遠處的陽光下閃爍，看起來似乎比記憶中的更加宏偉輝煌，或許是因為它被黑暗掩住的緣故。

我——不，是安諾許卡躺在花園中，四周不是玻璃，而是天然美景，後來的花園是巨魔用藝術去模仿當年的景象。鮮花、綠草和樹木肆意繁衍，彷彿生來如此，卻有人工栽培的痕跡。透過她的眼，自然的色彩比我看過的更加鮮艷燦爛。有透明翅膀的小精靈穿梭在花叢裡，指尖一點，花苞旋即怒放。這個地方充滿魔法，神奇得跟現在的花園一樣，但她眼睛所看的不是繁花、不是奇妙的小園丁，而是朝她而來的巨魔。

他是肖像畫裡的亞力士國王。畫家沒有忠實的呈現他傲慢的架勢，他的神態感覺有十足的把握，認定自己是世界上最強悍的男人，總有一天要統治萬國。他順勢跪在躺椅旁邊，捧住安諾許卡的臉龐深深一吻，我連滾帶爬地往後縮、逃避那種感受。

安諾許卡躲著他。「會被人看見。」

「讓他們看，」他低沉地呢喃。「我不在乎。」

「她很在意。」

亞力士坐回腳跟上。「曾幾何時妳開始關心這一點？」

感覺這是他們爭執已久的焦點，只是我的所見所聞還不足以判斷安諾許卡激動的情緒和亞力士眸中閃過的懊惱。

「你愛她嗎？」近期有關巨魔皇后的回憶閃過我的意識層面，立刻明白安諾許卡妒火中燒，即便國王對她甜言蜜語，卻同時周旋在兩個女人中間。

「聯結和愛，」他呢喃地磨蹭她的頸項，輕咬她耳朵。「兩者不能相提並論。」

「你的回答避重就輕。」

亞力士停止磨蹭，半撐起身體俯視她的眼睛。他的眼珠幾乎和崔斯坦如出一轍，唯一不同的是神情。「父親選擇菈美爾是為了她的力量和家世，我卻看上妳的美貌和歌聲，還有妳用魔法做的那些小事情，在在討我歡心。」

他語氣輕快，蓄意安撫安諾許卡的情緒，她則裝聾作啞。

「你能提早繼位，我也有功勞。」她不悅地說。

「這是我們的祕密，」他舉手捂嘴示意。「妳是利用我的魔法制伏我的父親，也是用我的魔法讓他停止呼吸。」

亞力士拒絕承認她的功勞，讓她非常懊惱，但是一想到袓護菈美爾的巨魔一命嗚呼，心情頓時好很多，再者亞力士經驗老道，很會讓她分心。

亞力士拉下安諾許卡的衣裳領口，親吻她渾圓的胸口，慾火在她體內竄燒，我渾身不自在——感覺像個偷窺狂，撞見別人的隱私，但我不能閉眼不看，也不能轉頭。

「你不是要去競技場？」安諾許卡呢喃，似乎不太情願拒絕他的求歡。「大家都來幫你慶生，連精靈都到場恭賀了。」

「菈美爾搞的把戲，」他嘀咕。「老一歲有什麼該死的理由值得慶祝？想辦法讓時光停駐、駐顏有術，才值得狂歡。那些長生不老、青春永駐的傢伙跑來這裡慶祝簡直在挖苦我。」

你不該埋怨……安諾許卡心底閃過這句話，但沒有說出口。失去不朽的生命對巨魔而言還是新傷口，她最好不要多嘴。唯有精靈依舊往來於兩個世界，他們伶牙俐齒已經說得夠多了。

「我有很多事可以做，但是最好不要讓大家苦苦等我，」他再次親吻。「誰叫現在不能做最想做的。」

安諾許卡的目光往下移，我這才發現她大腹便便，很快就要生產了。我有些沮喪，先前看過那麼多資料，都沒提到她幫亞力士國王生了小孩。

「我們要幫他取什麼名字？」她的語氣充滿期待和喜悅，一邊玩弄頸間那條熟悉的項鍊，似乎不曾發現他扭捏不安的姿態，但我留意到了。

「還不知道是男是女，總之到時候它會自己告訴妳。」亞力士神情迥異地說。

她聽到它那個字眼。「亞力士。」她掩不住沉重的責備語氣。

「我必須走了。」

他起身，才沒走幾步路，立刻聽見震耳欲聾的崩裂聲，巨大的聲音刺入安諾許卡耳膜，雙手摀住耳朵，劇痛讓她痛苦地大叫。

我也跟著放聲尖叫，這輩子從沒聽過這麼大聲的噪音，隨即領悟即將發生的事——噪音預示著巨大的災難。

大地搖撼震動，安諾許卡驚慌失措、抬頭仰望高聳的尖峰，頂端裂成兩半，往另一側滑落，摧毀塌陷，崩落的速度越來越快，被撕裂的世界怒吼狂嘯。

「安諾許卡！」亞力士一把將她抱起，伸手揮向上方。山崩滑過天空，像夾帶死亡氣息的土石之海，遮蔽所有的陽光，對某些人而言，太陽從此消失無蹤。

57 希賽兒

我的心像受傷的野兔一樣橫衝直撞，雙手摀住耳朵，拒絕傷痛的回憶。安諾許卡帶我目睹山崩的景象，證明那不是她造成的，雖然我也這麼想，但我痛恨她心裡的感受，不想參與其中。

她猶不肯放過我。

我再次墜落，這次睜開眼睛，四周一片漆黑，安諾許卡筋疲力盡，痛苦不堪，裝飾華麗的房間只有一根蠟燭，她孤單一人，無依無靠，獨自面對生產的劇痛。我咬牙抵抗，跟她一起仰望天花板，滑動的石頭不時發出呻吟聲，她使勁地推，大聲尖叫，然後是嬰兒呱呱落地的哭聲，女嬰全身是血，但完美無缺。

「他會保護妳，」安諾許卡把女兒摟在胸前，對她呢喃。「改變一切來保護妳平安。」

沒說出口的話，單單閃過她心底：我也會保護妳。

安諾許卡帶我一頭栽進另一段記憶。就在厝勒斯街道上，她緊抱新生的女嬰。城市沒有全毀，只是滿目瘡痍，受災慘重，巨大的石塊壓垮住宅，噴泉和雕像東倒西歪，四周盡是廢墟。塵霧漫天，上方的石頭持續在移動，擠壓摩擦的呻吟聲讓人毛骨悚然。

最慘不忍睹的莫過於遍地的屍體，有的橫在大街上，有的壓在石塊底下腐爛發臭，死的是巨魔或人類，在石頭面前都無所謂了。屍臭的氣味讓人反胃，她知道沒人有空處理遺體——大家忙得焦頭爛額，根本撥不出閒暇。瘟疫的氣息瀰漫在空氣中——每一天都有更多人犧牲——但她還是帶著孩子出門，不敢單獨留在家。傳說人類像野狗一樣在街上逡巡，搜尋任何東西，只要可以吃下肚都行。

亞力士獨自站在皇宮前面，還是穿著那天的衣服。他蓬頭垢面，臉上沾滿汙垢，汗水流過，變成一條條的汙漬，全身肌肉緊繃僵硬。

「亞力士？」

他表情呆滯、木然地看著她。「妳不應該出現在街上，這裡不安全。」

「我知道，」她不明白自己為什麼要壓低聲音，「只是我想親自告訴你，你有女兒了。」她將嬰兒遞過去，國王反而別開臉龐，她心如刀割，把孩子抱得更緊。「你要幫她命名嗎？」

他眉頭一皺。「她是混血——等她會講話的時候就會自己告訴妳要取什麼名字，妳很清楚習俗。」

安諾許卡知道巨魔會幫小孩取乳名，直到他們長大以後再自己選定名字。「你覺得叫莉莉好不好？或是小玫瑰？」

他閉上雙眸。「妳不要依戀太深。」

安諾許卡畏縮了一下。

「回家去把門窗鎖好，我有很多事情要操心，妳不要在大街上亂跑。」亞力士冷淡地說。

她掉頭便走。

我受夠了，也明白她讓我看到這一切的原因和企圖，安諾許卡希望讓我看見巨魔的所做所為，跟她一樣憎恨他們，讓我理解她詛咒的原因，轉而對抗崔斯坦。這不是因為她有意饒我一命，而是要我跟她一樣受痛苦煎熬，那種加諸於我的傷害欲望沒有盡頭。我奮力掙扎，想要脫離掌控，但她不肯罷休。

「再看下去妳就知道。」她低語，將我推回過去。

這已經是最後一根蠟燭了，莉莉嚎啕大哭，怎麼安撫都不肯安靜，渾然不知這會招來莫名的危機。我可以感受到安諾許卡忐忑的心情，只要外面有一點風吹草動，她就坐立難安，最糟的是窗外不時傳來衝突打鬥的聲音，骨頭碎裂、肉體遭到重創、砰然落地的聲音；屍體被拖行，衣服窸窣的聲音，顯然要……想到她從窗簾縫隙目睹那些恐怖的場景，就覺得噁心。

屋裡沒有任何食物，僅有的飲料是酒，摻了她從中庭噴泉舀出來的汙水，但她知道自己很幸運，多數的人類和混血種面臨更悲慘的命運。三萬名士兵回來參加亞力士的壽宴，等到支撐石頭的任務建立起系統性的輪班制度，他們開始大吃大喝，予取予求。河床乾涸，就算有水源滲透石頭也被最強的巨魔搶走。

這就是現實人生，強者奪走一切，打家劫舍，商店的物品統統被搶光，有人敢阻止就等著被殺。純種巨魔好幾個星期不吃不喝還能存活下去，他們卻不願意犧牲，天天吃新鮮的麵包，坐視有需要的人挨飢忍渴，最後餓死街頭。精靈袖手旁觀，不肯幫忙，逕自返回阿爾卡笛亞的世外桃源，或是到世界雲遊，至於這些註定死亡的生命，又跟他們有什麼關連？

有人大力敲門。

「噓，噓。」安諾許卡輕聲安撫嬰兒，試著讓她不要出聲，她有幾百種咒語可以對付巨魔，可是都要計畫、準備，獨缺一樣材料。萬一他們直接找上門，她就在劫難逃。

敲門聲持續。「安諾許卡！」

「亞力士。」她如釋重負地吐了一口氣，飛奔下樓，拉開大門，一手摟住他的脖子。

「你來了！」

「在外面等。」他命令隨扈，把安諾許卡推進屋裡。

「天哪，妳好臭。」國王輕輕推開她。

「亞力士，這裡連水都不夠喝，哪還能洗澡。」但他卻神清氣爽，就像剛泡完澡一樣，我跟她都注意到了。

「算了，」他東張西望就是不看她和嬰兒。「收拾妳的行李——搬去皇宮。」

安諾許卡頭皮發麻，心中的念頭一閃而過。皇宮是莅美爾的勢力範圍，她要求亞力士絕對不許她跨入一步。「為什麼？」

「比較安全。」

安諾許卡慢慢搖頭。「告訴我真正的理由。」

他眉頭一皺，走過去倚著欄杆說道。「公主的奶媽死了，我需要妳去餵奶、照顧她。」

「不能找別人？」

「撥不出人手，再者，除了妳，其他人都不可信任。」

「莅美爾呢？」安諾許卡不假思索地質問。「她為什麼不照顧自己的小孩？」

「她在保護厝勒斯！」才一眨眼他就扣住她的肩膀，指甲幾乎掐進肉裡。「死了一萬人，屍體躺在街上發臭，若不是她，還要再死多少人才夠？她不曾闔眼睡覺，日以繼夜站在路上撐起重得難以想像的石頭，妳卻站在這裡大發嬌嗔、打翻醋罈子。這些日子妳躲在屋裡不聞不問，現在有什麼權利拒絕她的要求？」

這些是莅美爾的說詞……

「亞力士，你誤會了，」她窘迫的語氣顯示內心的掙扎。「我的奶水光是餵莉莉都不夠，遑論要照顧兩個嬰兒，只會害她們都餓肚子。」莉莉是混血，絕對承受不住。

「妳要想辦法應付。」

「不可能。」

亞力士放開她的肩膀。「那就定出優先順序，如果公主面黃肌瘦，妳得承擔後果。」

「莉莉也是你的骨肉！」一脫口而出，她就後悔了，因為他的反應在預料中。她不想聽、不想面對殘酷的真相，知道他不會為了自己改變規定，薄弱的盼望終究會落空。

「混血種的未來註定是侍候別人的奴僕，怎麼能夠跟厝勒斯的公主相提並論。」

她希望破滅，倒退一步。

「安諾許卡，妳知道我愛妳，」他輕輕一吻，她反而畏縮了。「如果妳也愛我，就乖乖去做，不要逼我用威脅的。」

好像她有選擇權一樣。現在逃不出去，只能暫時困在這裡，唯一的選擇是聽話照做，等他們挖出一條路，她再逃走，帶著莉莉和金銀財寶，走得越遠越好，遠離這個該死的島嶼，回到北方，那裡的村民知道對抗精靈的方法。

❦

睜開眼睛發現母親盯著我看。「那點有改變嗎？」她掩不住往日的傷痛。

我想說有，說崔斯坦嘗試推翻奴隸制度，不再壓榨百姓，但我緊接著想起萊莎。「她後來怎麼了？」

「我讓妳自己看。」

安諾許卡坐在皇宮育嬰室裡，筋疲力竭、恐懼萬分，又充滿決心。巨魔即將恢復自由——這是亞力士親口告訴她的，只是時間遲早的問題。

兩週以來，她照顧兩個嬰孩，遵照亞力士的要求以公主為優先，女兒飢餓的哭聲撕裂肝腸。她小心策畫著逃脫方案，只要有機會就到皇宮其他房間閒晃，找到金子就順手牽羊、收為己用。再一天，他說，只要再一天。

「自由的日子快到了。」女人的嗓音，溫柔有教養，是純種巨魔的菈美爾。

安諾許卡起身，行屈膝禮。「皇后陛下。」

巨魔皇后一身樸素的黑衣，看起來更加骨肉如柴。她的五官很美，美得有稜有角，個性鮮明，一看就知道不是笑顏常開的類型，我猜是因為很少有讓她快樂的理由。

菈美爾走向公主的搖籃，輕柔地撫摸女嬰的額頭。「她看起來很健康。」

「她長得很快，陛下。」

「頂多不到一小時，她就不再是妳的負擔了。」

皇后的語氣不帶威脅性，但是安諾許卡反而心驚膽跳、毛骨悚然。她慢慢挨向莉莉睡覺的地方，卻有一堵隱形的障礙擋住她的去向。

「我知道妳精通咒語，女巫，也知道他讓妳運用他的能量。他是傻瓜，因為妳只是外表柔弱無助，事實不然，我不會讓妳靠近一步。」

「妳想怎樣？」

菈美爾仰頭大笑，笑聲醜陋淒厲。「我曉得他愛妳，那種感受每天如鯁在喉，足以把我逼到發瘋。我逼他和妳了斷——如果他不肯，我就殺了妳，不管他打算怎樣懲罰我，還有什麼煎熬比他愛妳卻不愛我更難忍受？」

皇后輕觸隱形的屏障，五官肌肉緊繃，彷彿遭受極大的壓力。「他說如果妳死了，他也不想活，只要我敢傷害妳，他就挖出我的心臟再拿刀自殺。」

安諾許卡拚命捶打屏障。「既然這樣，除非妳不想活，我建議妳放我走！」

菈美爾抱起公主，望了一眼莉莉沉睡的地方，「有些懲罰比殺死妳更殘忍，妳不認為嗎？」

劈啪一響，莉莉的骨頭應聲斷裂。安諾許卡淒厲地尖叫，流血的拳頭死命拍打隱形牆壁，我跟著掉眼淚。

「享受妳的自由吧，安諾許卡。」菈美爾說道，隱身走入漆黑當中。

⚜

亞力士背對著她，臉龐埋在手裡。「菈美爾的所做所為讓我非常遺憾，即便在最可怕的惡夢當中，我都沒想到她會做出如此傷天害理的惡行。」

「處罰她！」安諾許卡叫到喉嚨沙啞受傷，然而哀莫大於心死，一點都不覺得痛。

「怎麼做？」亞力士反問地轉過身，「傷害她等於傷害我自己，妳希望這樣嗎？復仇的欲望大得讓妳寧願我受苦也要她受到懲處？」

沒錯。

安諾許卡看得出來他不會有所動作。亞力士過於軟弱、自私，不願意採取必要的行動，精明的菈美爾更是不會讓她有近身加害的機會。左思右想，只剩一個報復的方法，計畫在心底隱然成形。

「羞辱她。」她提議。

他不解地皺眉。「這是什麼意思？」

「既然你不肯採取其他行動，至少為我當眾羞辱她一下，當你跨進太陽底下時，我要挽著你的手臂。」

亞力士猶豫很久，她開始害怕會遭拒絕。「就這樣做吧。」他說。

⚜

他躲在半倒的房子底下，因為脫水而奄奄一息。「巨魔和精靈如此殘忍地對待我們，你想報復嗎？」她靠近耳朵低聲徵詢。

「是。」他的喉嚨乾到發不出聲音，只能用嘴型表達。

「你願意付出什麼代價？」

「不計代價。」

她抽刀劃過他的喉嚨，生命氣息狂瀉而出，一股前所未有的能量籠罩她全身。「我答應你。」

⚜

他們竭盡全力鑿出通往大海的隧道，裡面小而狹窄，瀰漫著魔法的能量，感覺像跋涉在糖漿裡面。她緊抓亞力士的手臂，刀子——沾滿人類的血——沉甸甸地藏在口袋裡，厝勒斯的重要人士都跟在後面，包括菈美爾在內。皇后的目光像火箭一樣射入她肩胛骨之間，濃濃的恨意幾乎觸手可及。

「父親，」年輕巨魔站在大石塊前面，陽光從縫隙透進來。「我把尊榮獻給你。」

亞力士抬腳一踢，石塊飛開，滾進浪濤之中，陽光照進來，燦爛耀眼，刺得安諾許卡的眼睛好痛。亞力士轉向她，捧住她的臉頰。「妳是第一位。」

「我愛你。」她信口雌黃。

亞力士牽起她的手走進陽光裡。

許久看不到陽光的記憶讓我一直眨眼，哭得淚水縱橫，眼淚跟金粉糊在一起。母親鬆開我的手，沉重地退後一步，心情暫時平復，崔斯坦動也不動，垮著肩膀，面無表情。他看不到我所目睹的，只能透過感受，那樣就夠了。

「妳明白不能釋放他們的原因了吧？不能容許精靈再度涉足這個世界。」

「受了這麼多不公平的待遇，」我說。「妳想報復菈美爾，這是人之常情，誰也不能責怪妳，但我不能理解，經歷過那種椎心之痛，妳為什麼還能狠下心，謀殺一個又一個女兒，只為了長生不死？」

「因為沒有其他管道，」她咄道。「妳以為我沒試過嗎？靈魂交換需要有血緣的聯繫才能奏效。」

靈魂交換？

「這句話不算安慰，」我說。「死的還是我。」

「妳得以自由，」她的眼神狂熱明亮。「如果我沒介入，妳以為同樣的遭遇不會發生在妳身上？他只把妳當娼妓看待，我是拯救妳避免重蹈覆轍、陷入悲慘的命運。」

「這是在延續妳的壽命，不是拯救我的人生。」

她哈哈大笑。「妳以為是這樣嗎？一輩子活在恐懼底下、擔心巨魔找上門是一種幸福？是我一個人承擔保護世界抵禦邪惡的責任，我不眠不休，連援手都沒有，頂替另一個女人的生命過了這麼多年，現在我想追求自己渴望的人生，這樣有錯嗎？」

她的做法突然變得一清二楚，難怪可以神不知鬼不覺地存活這麼久。她幫我經營歌唱事業，塑造成功機會，包括今晚的假面劇演出，無非是在操縱我的人生，只等時機來到，竊取我的軀殼，順理成章跨入她理想中的生活。一旦計謀成功，她打算殺了崔斯坦和莎賓，藉此滅絕所有的巨魔，從此以後高枕無憂，再也沒有人能夠阻止她、懲罰她。另一方面，因為除去了所有的巨魔，攝政王或許還會大大地獎賞她。

「這個世界虧欠我，」她的表情軟化下來。「相信我，希賽兒，這個過程很快就結束。」

「妳在樹林裡追上吉妮薇的時候也說這種話嗎？」我的聲音在顫抖。「妳偷走她一家團圓的機會，不能撫育兒女、不能追求自己的人生，這些話能帶來安慰嗎？」我氣急敗壞、肌肉緊繃。「妳跟菈美爾是一丘之貉，甚至比她更卑劣，因為你一再地殘害自己的骨肉至親！」

「閉嘴！」她怒不可抑地咆哮，風也似地採取行動，抓了四個小銀碗，分別盛裝石頭和水，燈油的用燭芯點燃，最後一只是空碗，拿了一把小刀劃開手臂，鮮血滴進碗裡，同時割破我的手依樣畫葫蘆，痛楚尖銳猛烈。

有的血滴像油一樣浮在水面，有的輕飄飄升到空中，有的將火焰染成鮮紅，有的結實圓潤端坐石頭上，就像小小的紅色大理石一樣。我駭然以對，看她把小碗圍成圓圈，環繞四周，魔法如同洶湧的浪潮在室內翻騰，拉扯頭髮。我試著抵抗，卻被她的能量壓制在原地，束手無策，渾身僵硬、下顎繃緊，連尖叫都不能。

安諾許卡扣緊我的手臂，兩個人的血一起滴下去。她直視我的眼睛。「親愛的，聯結靈魂和身體的絲線非常脆弱，」她低語。「一旦切斷，再也沒有任何牽絆把妳拘束在這個世界裡，妳會瞬間消逝，遁入一個沒有痛苦沒有傷害的地方。」她從天鵝絨布袋掏出一朵夾竹桃，毫不遲疑地放在火焰上，花瓣著火燃燒，輕煙飄往空中。

「再見了，希賽兒。」她把煙霧吹向我。

我心臟砰砰跳像鼓一樣，然後震了一下，就此打住。劇痛在胸口爆發，整個人往後倒。崔斯坦的尖叫聲傳入耳膜，然後就落入虛無。我喪失視覺、聽力和嗅覺，感官統統消失，一無所有，只剩下……認知，知道自己死了——知道安諾許卡把我殺死，等著我的靈魂脫離軀殼，好讓她鳩佔鵲巢，據為己有。然而她弄錯一件事，以為我的靈魂不受這個世界的牽絆，但我即使失去知覺，依然感受到一根線把我跟他綁在一起。聯結沒有被切斷。

胸口彷彿挨了一拳，我倒抽一口氣，空氣灌入肺裡，光線滲入眼簾，安諾許卡低頭一看，表情驚惶失措，失敗的打擊讓她臉色慘白。「不可能。」她喃喃自語，畏縮地退卻。

她的能量已經用到極限，咒語的壓力豁然解除，我掙扎地坐起身體。她警覺地看著我脫掉白色手套，肌膚上烙印著鮮明的印記。「天底下沒有不可能的事情。妳無法消滅靈魂，偷走我的人生，因為我的生命聯結於他，一如他連於我身上。」

「他們從不破例，」她低語。「跟人類聯結是降低身分。」

「有時候，非常時期必須採取非常手段，」我說。「唯有這樣才能完成不可能的任務。」

我抓住她震驚失常的機會，舀了一瓢水倒在崔斯坦脖子上，洗去咒語的束縛。安諾許卡衝過去拿槍時，銬住崔斯坦手腕的鐵鍊應聲裂開，短短一瞬間，我以為他會痛下殺手，一擊斃命，就此做了斷。

但他沒有那麼做。

崔斯坦反而將她舉向空中，送回我面前，我抽出莎賓的刀子，反手握住，勉強壓抑住一刀捅進她胸口的衝動。

「希賽兒，求妳饒命，」她哀聲啜泣。「我是妳母親，生妳照顧妳，把妳接來崔亞諾，使妳夢想成真，求求妳。」

原來如此，這就是預言揭櫫的未來：我和崔斯坦的聯結，確保安諾許卡無法奪走我的靈魂、把我的軀殼據為己有。舉凡她的後裔，無論在我之前或之後，都可以達到相同的目的，卻因著曲折的命運，精靈選定這時候透露他們旁觀收集而得的知識，因此這份任務就此落在我身上。

我望著崔斯坦。

「我不會殺死妳母親，希賽兒，」他說。「除非這是妳的心意。」

我徐徐闔上眼簾，想要專心思考眼前的難題。咒語的終點不再是假設，而是時間遲早的問題。她佔據的身體還算年輕——可能還有三十年壽命，這段期間世界得以平安度過，不必擔憂安哥雷米、羅南和萊莎那些邪惡勢力。

但是厝勒斯的居民呢？我的朋友、混血種，和那些渴望改善生活的人們？有多少人會遭遇類似艾莉的命運？在安諾許卡安度晚年之前，還有多少朋友要因此送命？我知道這是厝勒斯最脆弱的時刻，改變隨時會發生，這段時間不會太久，巨魔恢復自由的時機指日可待，現在不處理，未來很可能烏雲罩頂，更難收拾。

「讓她走。」

崔斯坦嘆了一口氣，大失所望的情緒湧入腦海，我置之不理，盯著雙腳著地、雙手得以自由活動的安諾許卡。

「妳做了正確的抉擇，希賽兒。」她說，握槍的手突然舉高，我知道她打算殺我，連帶置崔斯坦於死地，讓歷史再度重演。

不過，我比她快了一步。

她蹣跚倒退，鬆開手中的槍，改而摀住胸前的傷口。其那一下我刺得不夠深，不足以致命，我追上去再補一刀，感覺刀刃卡到骨頭，我直視她的眼睛，嚥下喉嚨的硬塊。

「妳不是我母親，而是殺死她的兇手。」

安諾許卡大口喘氣，低聲呢喃。「如果世界陷入戰火，始作俑者就是妳。」

這是她的遺言。

空氣震動，地面搖晃顫抖，崔斯坦抱著我，扶我站穩腳跟，直到一切歸於平靜。「她死了。」我木然的語氣和心裡的千頭萬緒相互矛盾。咒語解除，後續的影響還有待觀察。

「希賽兒？」莎賓虛弱的呼喚彷彿一語驚醒夢中人，我快步過去，用血淋淋的刀子劃開她的衣服。

「子彈還在裡面，」我嘀咕著。「弄得出來嗎？」

「可以。」崔斯坦神情專注、眉頭深鎖，莎賓痛得尖叫，隨即昏厥過去，金屬碎面從傷口處被挖出來。

「繼續按壓。」我把他的手壓在莎賓肩頭。

我跑向母親盛裝材料的櫃子前面，顫抖地掏了半天，尋找療癒咒語需用的藥材，抓了好些瓶瓶罐罐，丟在崔斯坦旁邊的地毯上，憑藉當初治療堤普的印象，把材料放入水中攪和。

「火。」我舉起廢紙命令，等待火焰從銀轉黃，移入調合液裡面，看著火苗燃起，再度說道。「治療創傷。」

魔法來自四面八方，因著月圓和冬至重疊的緣故，力量更加強大，我壓住傷口，魔法翻湧流入，傷口立刻癒合。莎賓依舊昏迷不醒，但至少呼吸平緩下來，脈象穩定。我在破損的戲服上擦淨雙手，筋疲力盡，虛脫地靠著崔斯坦休息，激烈的情緒起伏幾乎讓我招架不住。

「妳為何那麼做？」靠在崔斯坦胸前，感覺他心臟跳得很快，他的手指溜進頭髮，溫柔地捧住我的後腦杓。

「她想殺我，連帶對你下手。」

「我不是問這個，」他捧起我的臉龐。「我能夠及時阻止，用不著殺她。」

「我知道，」或許我會懊悔自己的決定。「安諾許卡說她沒有推倒山峰，這是實話，」即使是睜著眼睛，回憶依舊鮮明。「是採礦造成的，巨魔都知道。」

「那麼……」

「亞力士待她不薄，甚至比自己的妻子更好。」我轉過頭去，看著安諾許卡。她是殺人兇手，但我也好不了多少。「山崩之後，她剛好臨盆，之前她認為自己不受法律、習俗和規定的限制，因為在亞力士眼裡，她是皇后，他們的女兒理當是公主，至少也會享受類似的待遇。」想起他注視嬰兒的眼神，我就熱淚盈眶。混血種的未來註定是侍候別人的奴僕，可有可無……「結果卻讓她大失所望。」

「她暗自策劃，打算等隧道一開通，就抱著孩子逃離厝勒斯，但是菈美爾皇后另有盤算，她對安諾許卡恨之入骨，就在重獲自由前不到幾小時的時間，當面殺了小女嬰。」

崔斯坦幾乎無法呼吸，不發一語。

「亞力士不肯懲罰菈美爾，不是認為她沒罪，而是不願意傷及自己。他的軟弱讓安諾許卡因愛生恨，把他殺了。詛咒巨魔是對菈美爾的報復，當皇后的無非希望子女未來統治世界，安諾許卡當然要讓她夢想落空。」

有些懲罰比死亡更殘忍……

「妳會認為她做錯嗎？」崔斯坦有些匪夷所思。

我搖搖頭。「那是人之常情，只是……」我搜索枯腸，想要解釋清楚自己的感受。「她不是神，不能把個人的痛苦和不公平的待遇，歸咎於整個種族。如果因為自己軟弱，不敢扛起責任，就讓我們的朋友坐以待斃，這樣我也無法原諒自己。」

話說得強硬，心裡卻很不安，瞬間做出的決定很可能改變已知的世界。

如果世界陷入戰火，始作俑者就是妳……

緩慢而有規律的砰砰聲傳入耳朵，就像有人在打鼓，咚、咚、咚。

崔斯坦渾身僵硬、手臂箍緊，讓我差點喘不過氣。「不，不可以。」

「那是什麼？」我追問，他的恐懼引起我的恐慌。

前所未聞的尖叫聲打破深夜的寧靜，我的心跳得就像被追殺的獵物，瘋狂而紊亂。崔斯坦急忙站起來，把我拉向窗邊，一起眺望夜晚的天空，有個奇怪的黑影在翱翔，飛過月亮前方時，巨大的翅膀像迎風鼓脹的船帆，大得超乎理性的想像，那種怪物只存在於童話故事和鄉野傳說裡面。就像巨魔……

巨龍展開翅膀，向崔亞諾俯衝而下。我看得目瞪口呆，恐懼衝入血管裡面。不到幾秒鐘的時間，人類的尖叫聲破空而來。

我做了什麼？

58 希賽兒

崔斯坦低聲咒罵，退回另一個房間，抱起莎賓放在床上，「她在這裡很安全，」他說。「城牆頂端有鋼鐵保護——飛龍無法破牆而入。」

「我們該怎麼辦？」我拿起床上的毛毯遮住安諾許卡的遺體，不是感情因素——她又不是我的至親——而是不想嚇到莎賓。「我們要如何對付怪物？」

崔斯坦從地上撿起沾血的刀子和手槍交給我。「不是我們，是我。鐵製的武器要隨身攜帶——巨龍對金屬的容忍度遠比巨魔更低，只要有形體被稍微一刺，可能就沒命。」

「我不懂你的意思。」我跟進走廊，幾乎小跑步才能跟上他的速度。

「只要它現出形體。」他停下來抓住我的肩膀。「以前就該告訴妳，只是沒想到會來得這麼快速，他們肯定觀察了很久。」他深吸一口氣。「需要解釋的事情太多，現在時間不夠，妳只要留在城牆內，包管平安無虞。」

即使不同意也只能點頭，忍不住懷疑他似乎無意留在城牆的保護範圍內。

我們一起跑到城堡前方，外面黑漆漆的，火炬的烈焰在風力侵襲下狂舞亂跳。天空突然下起大雪，霧茫茫的一片，地面積起白雪，溫度冷得難以想像，如果沒有崔斯坦溫暖的魔法裹住身體，我只想縮回去。

城門緊閉，士兵成群結隊站在城牆上，緊盯天空翱翔的怪物，渾然不覺有人從背後接近。「開門。」崔斯坦大聲要求。

「你瘋了？」守衛慌張地睜大眼睛。「你知道外面那是什麼嗎？」

「開門！」

轉頭一看，艾登爵士大步走來，他的聲音聽起來……怪怪的。「希賽兒。」他低聲招呼，經過時還對我眨眼睛，原來是哥哥，用巨魔的魔法假扮艾登。

「可是大人，外面有……」假艾登兇惡的表情讓士兵不敢多嘴，倉皇跑向拉開鐵柵門的機關。

「我相信你能殺死那個東西。」他低聲對崔斯坦說道。

「等下就知道，」崔斯坦回應。「不論成功與否，我需要你的劍。」

我們表情凝重肅穆，看著沉重的柵欄由鉸鏈帶著緩緩升起，驚慌失措的居民在街道上尖叫狂奔，讓我背脊發涼、毛骨悚然。飛龍盤旋俯衝，再飛高時嘴裡咬著受害者，鮮血還沒滴到地面就結冰了，每一次呼嘯而過，就吐出更多冰霜，城裡到處都是冰雪。

「不要跨出牆外。」門一打開，崔斯坦先交代一句，才走上橋面。

「安諾許卡死了。」我抓住哥哥的手臂，低聲告知。

佛雷德將目光從崔斯坦身上挪開。「咒語失效了？」

我點點頭。「佛雷德……有些事要告訴你。」我不知要從何說起，讓他知道母親死了，還是我殺的，但在開口之前，崔斯坦突然用一種異世界的語言大叫，還用魔法擴大音量，讓怪物聽得到。

「看來要等以後再說。」佛雷德應道，我頷首，無聲地贊同他的提議。

飛龍悠閒地在城堡上空盤旋繞圈，傾聽崔斯坦的話，這樣的龐然大物幾乎跟一艘船一樣龐大，很難想像要如何殺死牠。

崔斯坦說完，怪龍在橋的上空盤旋，巨大的翅膀煽起狂風扯斷繩索，旗幟被扯破好幾面。

砰、砰、砰。

怪物張嘴露出咽喉，冰爆如雨一般凌空飛向崔斯坦，統統打在魔法牆上。冰塊應聲掉落，摔得粉碎，掉進翻騰的激流裡面。飛龍上下震動，暴怒地吼叫，試圖凌空飛起，卻被隱形的繩索捆住，難以掙脫。崔斯坦把怪物固定在四周建築物上，橋面和城牆跟著怪物的掙扎抖動搖晃，它被越拉越低，最後撞上橋面，撞斷的欄杆掉進河裡。

崔斯坦再次開口，即便聽不懂，從音調判斷是給怪物最後撤退的機會，能夠活著離開。牠以怒吼回應。

崔斯坦舉起佛雷德的長劍信手一揮，劍鋒劃破空氣，斬斷龍的脖子，龍頭掉向地面，還沒著地就變成冰雪，融入飛舞而下的雪花，難以分辨。無頭的身體跟著翻轉，看起來就像大型的冰雕，旋即被狂風侵襲，變得七零八落，暴風雪驟然停止，超乎自然的寒氣不復存在。

「天哪，」佛雷德喃喃自語。「這種事怎麼有可能？」

崔斯坦回頭走向我們。「這只是考驗，真正的威脅是……」

南方傳來號角，淹沒他講話的聲音。吹號聲在山巔和深谷一遍又一遍地迴盪，惡兆和威脅的意味濃厚，那是宣戰的聲音。

「他們發現牢籠的門開了。」崔斯坦牽著我的手，一起回到城堡。

中庭擠滿跑出來觀戰的貴族，站在最前面的是攝政王和瑪麗夫人。

「安諾許卡死了，咒語跟著破除，」崔斯坦說道，「巨魔恢復自由，我們長生不朽的同類即將返回這個世界。」他猶豫了一下，沒有人吭聲，貴族、士兵和僕役都等著聽他說下去。只有少數人知道巨魔的存在，但每個人都目睹飛天的巨龍，這就足以證明他說的不假。「我是崔斯坦．莫廷倪王子，父親是巨魔之王，他認定自己是光之島的國王，未來將要統治全世界。他快來了，相信我，他不會憐憫那些不肯屈膝臣服的叛軍。」

「你是他的前鋒，」攝政王指控。「預先來島上布局，準備迎接新國王。」

崔斯坦搖頭否認。「我來跟你們一起奮戰，透過你們的協助，奪下我父親的王冠，想辦法讓我們雙方和平共存、保護你們，抵抗那些想再次奴役人類、恢復過往模式的敵人。」

群眾憂心忡忡地竊竊私語，我的心往下沉，我們沒時間猶豫——巨魔自由了，很多人不了解他們的威脅性。羅南、安哥雷米、萊莎——他們快來了。

「我們為什麼要相信你？」攝政王質問，「我了解你們，知道你們的做法。」

「因為我是你唯一的指望，」崔斯坦回應。「這場仗不是爭奪島嶼或你自己的統治權，等他們來到這裡，你們就要為自己的生存奮戰。」

遠方再次傳來吹號的聲音。

他們來了，我卻不知道要如何阻止他們。

（千年之咒2：許諾　全文完）

致謝

寫小說稱得上是孤軍奮戰的旅程——成敗的結果往往取決於作者單獨面對鍵盤那段漫長的時間，但很少人想到在奮筆疾書以外的時間，對我也有莫大影響，換言之，該段時間中出現的親友很少得到應有的感謝和尊重。

對我來說，排除伏案的時光，生活當中若沒有這些人的支持，這本書不可能付梓。《千年之咒：許諾》大部分內容能夠訴諸文字，都在我出差的時間，遠離家園，倚賴一群不同於以往的朋友。感謝Carleen、Joel、Cohen、和Camdyn，成為我原生家庭以外的家人。

感謝Brenda，不只讓我有工作，還教我時下最夯的字母縮寫版簡訊；謝謝Bob，總是不忘在餐桌上留一杯星巴克給你家地下室的隱士；還有校園那群朋友，尤其是Shannon、Katie、Jessica、Melissa、Kathyrn、Meaghan、Shaylea、Amber、Sunme、Kaitlyn、Carolyn、Destiny、Brianne、Shelby、Precious和Kelvin，感謝你們不厭其煩地鼓舞我，你們是最棒的！還有我在Calgary的時光，Donna不只招待午餐，更用滿腔熱情傾聽我的故事大綱。

讓我感激涕零的還有神奇且優秀的經紀人Tamar Rydzinski，謝謝你永遠的支持和盡心盡力——若不是你，我會頓失方向！

感謝Laura Dail在事情不順遂的時候及時伸出援手，還有實習生Cassie Homer和Emily

Motyka幫我校正錯字；Angry Robot的員工Caroline、Marc、Phil跟Mike常相左右，貢獻諸多心力在這本書上，期待第三回合的合作。

沒有家人恆久不斷的支持，《千年之咒：許諾》見不到天光。

感謝母親，她是這本書最大的推手（雖然不能和Sandy、Brenda與Edith相比！）做女兒的夫復何求——我可不像自己假裝的那般不知感恩。

謝謝父親無比耐心的潤筆，即便我在最後一刻請求幫忙，你都毫無怨尤。

謝謝小弟跟同事推銷我的書，彷彿這是女童軍手作的餅乾。

還有Spencer，謝謝你讓我的生命多采多姿，沒有一絲枯燥的時光——愛你喔！

最後要感謝的是愛好《千年之咒：誓約》的部落客和讀者，因為有你們，《千年之咒：許諾》才有上架的機會，感激之情，溢於言表。

中英名詞對照表

A

Anaïs (Anaïstromeria)
安蕾絲（安蕾絲托米亞）

Angouleme　安哥雷米

Anna　安娜

Anushka　安諾許卡

Arcadia　阿爾卡笛亞

Artisan's Row　阿媞森藝品

Artisans' Guild　藝匠公會

B

Bakers' Guild　烘培公會

Baroness de Louvois
路易斯女子爵

Builders' Guild　承造公會

C

Cecile Troyes　希賽兒・卓伊斯

Christophe (Chris)　克里斯多夫・吉瑞德（克里斯）

Courville　柯維爾

D

Dregs　糟粕區

Duchesse de Feltre
費爾翠女公爵

E

Elise　艾莉

Elysium quarter　樂土區

Esmeralda Montoya
艾莫娜姐・蒙托亞

Estelle Perrot　艾絲黛兒・佩洛特

F

fey　精靈

Finn　芬恩

Fleur　花兒（馬名）

Forsaken Mountain　魔山

Francois Bouchard
法蘭克・布查德

Frederic de Troyes
佛雷德克・卓伊斯

G

Genevieve (Genny)　吉妮薇

Goshawk's Hollow　蒼鷹谷

Guerre　格爾兵棋

Guillaume　吉路米

H

Hotel de Crillon　克林雍飯店

I

Ila Laval　依拉・賴娃

Indre River　安德爾河

Isle of Light　光之島

J

Josette　喬絲媞

Julian　朱利安

Justine　潔絲汀

K

King Alexis　亞力士國王

King of Summer　仲夏國王

L

La Voisin (Catherine)
法辛夫人（凱瑟琳）

Lady Damia, Dowager Duchess d'Angouleme　戴米爾夫人（安哥雷米公爵遺孀）

Lady Marie du Chastelier
瑪麗・雀斯勒夫人

Lamia　菈美爾

Le Chat　黑貓

Lessa　萊莎

Lily　莉莉

Lise Tautin　莉絲・陶丁

Lord Aiden du Chastelier
艾登・雀斯勒爵士

Louie Troyes　路易・卓伊斯

M

Marc de Biron, Comte de Courville
馬克・畢倫，柯維爾伯爵

Martin　馬丁

Matilde　美妮妲

Melusina　梅露希娜巨龍

Miners' Guild　礦產公會

Monsieur Johnson　詹森先生

Montigny　莫庭倪

Montmartre cemetery
　蒙馬特墓園

O

Ocean Road　大洋路

P

Parrot　鸚鵡

Penelope　潘妮洛普

Pierre　皮耶

Pigalle　彼加爾

Q

Queen of Winter　隆冬之后

R

Reagan　芮根

Regent　攝政王

Renard farm　雷納德農場

River Road　溪水路

Roland Montigny　羅南・莫庭倪

S

Sabine　莎賓

Souris　小老鼠（狗名）

Sylvie Gaudin　希薇・高登

T

The Fall　大崩塌

The Queen of Virtue　善德女王

Thibault　苔伯特

Tips　堤普

Trianon　崔亞諾

Tristan (Tristanthysium)
　崔士坦（崔士坦提斯恩）

Trolls　巨魔

Trollus　厝勒斯

V

Victoria de Gand (Vic)
　維多莉亞・甘德

Vincent　文森

W

winter fey　冬境精靈

Z

Zoe　柔依

幻想藏書閣

千年之咒2：許諾

原著書名／Hidden Huntress (The Malediction Trilogy)
作　　者／丹妮爾・詹森（Danielle L. Jensen）
譯　　者／高瓊宇
企劃選書人／王雪莉
責任編輯／張婉玲、何寧

行銷企劃／周丹蘋
業務主任／范光杰
行銷業務經理／李振東
副總編輯／王雪莉
發 行 人／何飛鵬
法律顧問／元禾法律事務所　王子文律師
出版／奇幻基地出版
城邦文化事業股份有限公司
台北市 104 民生東路二段 141 號 8 樓
電話：(02)25007008　傳真：(02)25027676
網址：www.ffoundation.com.tw
e-mail：ffoundation@cite.com.tw
發行／英屬蓋曼群島商家庭傳媒股份有限公司城邦分公司
台北市 104 民生東路二段 141 號 11 樓
書虫客服服務專線：(02)25007718・(02)25007719
24 小時傳真服務：(02)25170999・(02)25001991
服務時間：週一至週五09:30-12:00・13:30-17:00
郵撥帳號：19863813　戶名：書虫股份有限公司
讀者服務信箱 E-mail：service@readingclub.com.tw
歡迎光臨城邦讀書花園　網址：www.cite.com.tw
香港發行所／城邦（香港）出版集團有限公司
香港灣仔駱克道193號東超商業中心1樓
電話：(852)25086231　傳真：(852)25789337
e-mail : hkcite@biznetvigator.com
馬新發行所／城邦（馬新）出版集團
【Cite(M)Sdn. Bhd】
41, Jalan Radin Anum, Bandar Baru Sri Petaling,
57000 Kuala Lumpur, Malaysia.
Tel: (603) 90578822　Fax:(603) 90576622
email:cite@cite.com.my
封面設計／黃聖文
排　　版／極翔企業有限公司
印　　刷／高典印刷有限公司
■2017年（民106）9 月 28 日初版

售價／ 380 元

國家圖書館出版品預行編目資料

千年之咒2：許諾 / 丹妮爾・詹森（Danielle L. Jensen）著；高瓊宇譯. -- 初版. -- 臺北市：奇幻基地, 城邦文化出版：家庭傳媒城邦分公司發行, 民106.09
面；　公分
譯自：Hidden Huntress
ISBN 978-986-95007-7-7（平裝）

874.57　　106016705

ISBN　978-986-95007-7-7

城邦讀書花園
www.cite.com.tw

廣　告　回　函
北區郵政管理登記證
台北廣字第000791號
郵資已付，免貼郵票

104台北市民生東路二段141號11樓

英屬蓋曼群島商家庭傳媒股份有限公司城邦分公司 收

請沿虛線對摺，謝謝

奇幻基地

每個人都有一本奇幻文學的啓蒙書

奇幻基地官網：http://www.ffoundation.com.tw

奇幻基地粉絲團：http://www.facebook.com/ffoundation

書號：1HI111　　　　書名：千年之咒2：許諾

15 annual

奇幻基地15周年龍來瘋慶典

集點好禮獎不完！還可抽未來6個月新書免費看！

活動期間，購買奇幻基地作品，剪下回函卡右下角點數，集滿點數，寄回本公司即可兌換獎品＆參加抽獎！

集點兌換辦法

2016年6月起至2017年12月20日前（郵戳為憑），奇幻基地出版之新書，剪下回函卡右下角點數，集滿點數貼至右邊集點處，寄回奇幻基地，即可兌換贈品（兌換完為止），並可參加抽獎。

集點兌換獎品說明

5點：「奇幻龍」書擋一個（寬8x高15cm，壓克力材質）

10點：王者之路T恤一件（可指定尺寸S、M、L）

回函卡抽獎說明

1.寄回集滿5點或10點的回函卡，皆可參加抽獎活動！回函卡可累計，每張尚未被抽中的回函卡皆可參加抽獎。寄越多，中獎機率越高！

2.開獎日：2016年12月31日（限額5人）、2017年5月31日（限額10人）、2017年12月31日（限額10人），共抽三次。

回函卡抽獎贈書說明

中獎後，未來6個月每月免費提供奇幻基地當月新書一本！

(每月1冊，共6冊。不可指定品項。)

特別說明：

1.請以正楷書寫回函卡資料，若字跡潦草無法辨識，視同棄權。

2.本活動限台澎金馬。

【集點處】

1	6
2	7
3	8
4	9
5	10

（點數與回函卡皆影印無效）

為提供訂購、行銷、客戶管理或其他合於營業登記項目或章程所定業務之目的，英屬蓋曼群島商家庭傳媒(股)公司城邦分公司，於本集團之營運期間及地區內，將以電郵、傳真、電話、簡訊、郵寄或其他公告方式利用您提供之資料（資料類別：C001、C002、C003、C011等）。利用對象除本集團外，亦可能包括相關服務的協力機構。如您有依個資法第三條或其他需服務之處，得致電本公司客服中心電話(02)25007718請求協助。相關資料如為非必要項目，不提供亦不影響您的權益。

個人資料：

姓名：＿＿＿＿＿＿＿＿＿＿ 性別：□男 □女

地址：＿＿＿＿＿＿＿＿＿＿

電話：＿＿＿＿＿＿＿＿ email：＿＿＿＿＿＿＿＿

想對奇幻基地說的話：＿＿＿＿＿＿＿＿＿＿

請剪下右側點數，貼於集點處，集滿5點以上，即可寄回兌換抽獎

1p 2017